명작을
읽는
기술

Ernest Hemingway

THE OLD MAN AND THE SEA

박경서 지음

SOURCEBOOKS

명작을
읽는
기술

Tess of the d'urbervilles

THOMAS HARDY

The GREAT GATSBY

FITZGERALD

문학의 줄기를 잡다

랜덤
책

내가 세계를 알게 되니 그것은 책에 의해서였다.

— 장폴 사르트르

    문학, 그중에서도 고전 소설은 왜 읽어야 할까? 이 책은 이런 의문에서 출발했다. 고전이란 과거에 쓰였지만 시대를 초월하여 오늘날에도 영향력을 발휘하고 모범이 될 만한 작품을 말한다. 하지만 고전이라는 이유로 꼭 읽어야 할까? 무슨 말인지 잘 몰라도 고전을 읽었다는 것에 만족해야 하나? 우리는 어릴 적부터, 특히 청소년기에 접어들면서 고전 읽기의 중요성에 대해 귀에 못이 박히도록 들었다. 시험에 나온다고 하니 마지못해 읽는 독자들도 있을 것이다. 고전 소설은 묵직하게 읽히기는 하는데 어떤 문학적·사회적 메시지가 들었는지 모호할 뿐이다. 그렇다면 고전 소설은 어떻게 읽어야 할까?

문학 작품이 책으로 출간되면 책방에서 가장 눈에 잘 띄는 신간 코너의 매대 위에 누워 있게 된다. 며칠 뒤 또 다른 신간이 나오면 누워 있던 책은 일어나 자리를 비켜 주고 주변 서가에 서 있게 — 세로로 꽂혀 있게 — 된다. 얼마간 시간이 지나면 사람의 손길이 닿지 않는 구석진 서가에서 먼지를 뒤집어쓴 채 죽음을 기다리며 고독하게 꽂혀 있는 처지가 된다. 그러다가 결국 책의 운명은 끝난다. 높은 곳에서 내려와 헐값으로 팔려 나간다. 이제 그 책은 절판되어 세상에 존재하지 않게 된다. 물론 중고 책방에서는 찾을 수도 있지만. 이게 대부분의 문학 작품이 거쳐 가는 인생 역정이다. 한 권의 책으로 태어나서 죽기까지를 어림잡으면 5년 정도가 될 것이다.

그중에서 일부는 더 오랫동안 생존한다. 20년 넘게 살아남아 책방의 서가에 계속 꽂혀 있는 영광을 누리기도 한다. 이런 책을 스테디셀러라 한다. 그럼 고전은 어떤가? 20년, 50년, 아니 백 년을 넘긴 채 여전히 책방의 서가에 꽂혀 있는 놀라운 생명력에 경탄을 금할 수 없다. 고전이니까 서가에 꽂혀 있는 것이 아니다. 지금까지 읽히니까 고전이고 그래서 서가에 꽂혀 있는 것이다. 대다수의 책이 단명하는 것과 달리 세월의 시련을 겪어 내며 당당히 서가에 꽂혀 있는 것 자체가 고전을 읽어야 하는 이유가 된다. 그리하여 고전은 반드시 읽어야 하는 책, 언젠가는 읽어 봐야 할 책으로 자리매김하여 머릿속에 각인된다.

고전 읽기의 중요성이 워낙 강조되다 보니 작품을 읽어 보지 않고도 내용은 어느 정도 알고 있는 경우가 있다. 이미 읽어 봤다는 착각에 빠지기도 한다. 이것이 바로 고전 읽기의 역설이다. 고전 소설이라 하면 호랑이 담배 피우던 아득한 옛날에 쓰인 걸로 착각하기 쉬운데, 사실 소설의 역사는 3백 년을 웃돌 뿐이다. 기껏해야 18세기 근대 시민 사회의 형성과 더불어 소설이라는 장르가 탄생했다. 그래서 소설을 〈신기한〉, 〈새로운〉을 뜻하는 〈노블novel〉이라 부르는 것이다. 이 책에서 다루는 소설들도 18세기 이후에 쓰인 뒤 오늘날까지 스테디셀러 반열에 들어 독자에게 익숙한 작품들이다. 그러므로 이미 읽어 봤다면 금상첨화일 테지만 읽지 않았더라도 앞으로 소개하는 내용을 어렵지 않게 이해할 수 있을 것이다.

요즈음은 스마트폰의 보급으로 손쉽게 정보를 찾아볼 수 있게 되면서 어설픈 지식인들이 주변에 얼쩡거린다. 한 꺼풀 벗겨 보면 속 빈 강정인 경우가 많다. 시중에 나와 있는 인문학 책도 다르지 않다. 겉보기에는 화려하게 치장했으나 막상 들여다보면 지식을 나열하는 수준에 그치는 책이 많다. 이 책은 그런 수박 겉핥기식의 개론서는 아니다. 그렇다고 전문 독자를 위한 이론서도 아니다. 그보다는 고전 소설의 깊이 있는 메시지에 일반 독자도 자유롭게 접근해 폭넓은 인문학적 소양을 쌓을 수 있기를 바라는 마음으로 썼다. 이 책을 통해 개념 소개에 머무는 교양서를 탈피해 깊이 있는 독서의 대중화를 모색해 보려고 노력했다.

먼저 문학의 뿌리인 헬레니즘과 헤브라이즘에서 시작해 문학 논쟁의 기원인 플라톤의 이데아와 아리스토텔레스의 미메시스에 대한 이해를 통해 문학과 철학에 대한 기초 체력을 다지려고 한다. 이어 르네상스, 고전주의, 낭만주의, 리얼리즘, 실존주의, 모더니즘, 포스트모더니즘까지 문학 사조 전반을 훑어 내려가면서 문학 작품에 대한 이해는 물론이고 서구의 예술사를 일목요연하게 조망할 수 있도록 했다. 이 책을 읽으면 서구 문학과 예술사에 대한 나름의 지식 체계와 안목을 갖출 수 있으리라 믿는다.

〈이데아와 미메시스의 대결〉, 〈고리오 영감의 눈물겨운 부성애〉, 〈베르테르의 비극적 운명〉, 〈햇빛 때문에 사람을 죽였다고 하는 뫼르소〉, 〈죽도록 일만 하다 벌레로 변해 버린 그레고르〉, 〈극기란 무엇인가를 온몸으로 보여 준 산티아고〉, 〈히스클리프의 이루어질 수 없지만 포기할 수 없는 사랑〉, 〈테스의 안타까운 죽음〉, 〈개츠비의 이루어질 수 없는 꿈〉, 〈신은 죽었다고 선언하고 마냥 초인을 기다린 차라투스트라〉, 〈니체의 초인 정신을 구현하며 자유롭게 살아간 조르바〉에 대한 문학적 공감이 울림과 빛이 되어 〈내가 세계를 알게 되었으니 그것은 책에 의해서였다〉라는 감동을 느껴 보기를 기대한다.

2021년 여름을 맞이하며, 박경서

차례

3부 문학은 삶에 대해 알고 있다

1부 문학은 시대를 반영한다

1장

이성주의와 감성주의의 뿌리

문학은 사회, 문화와 불가분의 관계를 맺고 있다. 그 사회와 문화를 반영하고 당대를 사는 사람들의 삶을 묘사하며 미래의 바람직한 사회상을 제시하기 때문이다. 서구 문학사에서 시원(始原)이 되는 사회는 어디일까? 서구 문학을 이해하기 위해서는 모태가 되는 사회와 문화를 찾아보아야 한다. 이 작업은 서구 문화의 뿌리를 찾는 작업이기도 하다.

서구 문명과 정신 사상은 〈헬레니즘Hellenism〉과 〈헤브라이즘Hebraism〉이라는 양대 축에서 시작되었다. 헬레니즘은 〈헬라스Hellas〉 사람들의 문화와 사상을 가리킨다. 헬라스란 그리스의 옛 이름이다. 헤브라이즘은 히브리 민족의 정신과 문화를 가리키는 용어이다. 히브리인은 성서에서 아브라함의 자손인 이스라엘 사람들을 지칭하는 말이다. 헬레니즘은 고대 그리스와 로마의 문명을 가리키고, 헤브라이즘은 유대교와 기독교에 바탕을 둔 문명을 가리킨다. 고로 서양 문학을 이해하기 위해서는 헬레니즘과 헤브라이즘을 살펴보아야 한다. 이를 무시하고 건너뛸 수는 없다. 두 문명은 건축을 포함한 예술 전반에 막대한 영향을 주었을 뿐 아니라 문학에도 엄청난 영향을 끼쳤다. 헬레니즘은 고전주의, 리얼리즘, 자연주의에 영향을 끼쳤고, 헤브라이즘은 낭만주의, 실존주의, 모더니즘에 영향을 끼쳤다.

헬레니즘이란 무엇인가

마케도니아* 왕국의 필리포스Philippos 2세에 의해 통일되기 전까지 그리스는 도시 국가라고 하는 폴리스로 구성되어 있었다. 이때의 그리스를 〈고대 그리스Ancient Greece〉라 부른다. 대표적인 폴리스로 영원한 라이벌 관계였던 아테네와 스파르타가 있다. 고대 그리스는 기원전 1100년경부터 기원전 146년까지를 가리킨다. 그 대표적인 시대인 〈그리스 고전기Classical Greece〉는 기원전 500년경부터 알렉산드로스Alexandros 대왕이 사망한 기원전 323년까지로 본다. 다시 말해 헬레니즘 시대 이전을 고대 그리스 시대라 부르고, 그 가운데 문화가 가장 융성했던 시기를 그리스 고전기라 일컫는다. 서양 철학의 삼두마차인 소크라테스Socrates, 플라톤Platon, 아리스토텔레스Aristoteles는 그리스 고전기의 위대한 유산이다. 문학에서는 『오이디푸스왕Oedipus Rex』이라는 비극으로 유명한 소포클레스Sophocles, 역사학자 헤로도토스Herodotos, 의학의 아버지인 히포크라테스Hippocrates가 이 시대가 배출한 인

* Macedonia. 그리스 북쪽에 있으며 오늘날에는 〈마케도니아 공화국〉이라고 불림.

물이다.

〈헬레니즘〉이라는 용어는 독일의 역사가이자 정치가인 요한 드로이젠Johann Gustav Droysen이 『헬레니즘의 역사Geschichte des Hellenismus』에서 쓰기 시작한 뒤 공식적인 용어로 자리 잡았다. 헬레니즘이 탄생한 역사적 배경부터 살펴보자. 흔히 우리가 알렉산더라고 알고 있는 저 유명한 대왕의 아버지인 마케도니아 왕국의 필리포스 2세는 기원전 346년에 그리스를 침공해 아테네와 테베를 함락시키고 그리스를 통일한 뒤 암살당했다. 그의 아들 알렉산드로스는 기원전 336년에 스무 살의 나이로 마케도니아 왕으로 즉위한 뒤 아버지의 위업을 이어받아 영토를 계속 확장했다. 그리하여 서쪽으로는 그리스, 북쪽으로는 마케도니아, 동쪽으로는 인더스강, 남쪽으로는 이집트에 이르는 광대한 대제국을 건설하기에 이르렀다.

대제국을 건설한 알렉산드로스 대왕은 지중해 세계와 오리엔트* 세계를 통합하는 하나의 세계를 통치하게 되었다. 그리하여 오리엔트 전역에 그리스식 도시가 건설되며 문화가 유입되었고, 또 반대로 오리엔트 문화가 그리스로 건너와 서로 섞이게 되었다. 결과적으로 원래부터 그리스 땅에 있었던 문화와 사상은 점차 희미해지고 그리스 고유의 문화와 오리엔트의 여러 요소가 융합되어 예술, 사상, 정신 면에서 새로운 문명이 생겨났다. 이 문명을 이전 시대의 그리스 문화와 구별하여 〈헬레니즘 문화〉라 부른다.

* Orient. 해가 뜨는 곳이라는 뜻으로 메소포타미아 문명과 이집트 문명을 가리킴.

헬레니즘 문화는 대체로 알렉산드로스 대왕이 죽은 기원전 323년부터 로마가 이집트를 정복한 기원전 31년까지 3세기에 걸친 문명을 가리킨다. 헬레니즘 시대에는 고대 그리스인들의 생활 중심지 역할을 했던 아테네와 스파르타 같은 폴리스가 쇠퇴함에 따라 그리스인들은 세계 시민으로 성장하게 되었다. 그래서 폴리스 시대의 애국심이나 공공 의식보다는 개인의 행복이나 구원을 추구하는 경향을 보이게 된다. 〈나〉를 근본으로 삼으며 개인이 중시되었다는 말이다. 그리스의 고대 도시 델포이에 있는 아폴론 신전에 새겨진 소크라테스 철학의 표어인 〈너 자신을 알라〉라는 말이 이러한 면모를 상징적으로 보여 준다. 인간을 떠난 모든 것은 의미가 없고 인간이 모든 것을 판단하는 기준이 된다는 의미에서 프로타고라스Protagoras의 〈인간은 만물의 척도이다〉라는 말도 헬레니즘의 근본정신이라 하겠다.

헬레니즘의 특징

• 개인을 중시한다. 인간 중심 사고를 지향하고 인본주의 세계관을 바탕으로 한다.
• 진리 추구에 매진한다. 특히 이성을 중시해 사물을 객관적으로 보고자 노력한다.
• 예술을 사랑한다. 헬레니즘 시대 그리스 사람들은 이성을 바탕으로 하는 아름다움을 추구했다. 표현 양식에서도 조화, 통일, 균형을 바탕으로 하는 아름다움을 참된 아름다움으로 보았다.

헬레니즘 철학

헬레니즘 시대에는 도시 국가를 중심으로 한 강력한 지배가 점차 사라져 가면서 철학에서도 개인주의 사상이 출현하게 되었다. 이 시대를 주름잡던 철학 사상으로는 〈에피쿠로스학파〉와 〈스토아학파〉가 있다. 두 사상은 개인적이고 보편적인 경향을 지향하지만 추구하는 내용은 달랐다. 전자는 〈쾌락주의 윤리관〉이고 후자는 〈금욕주의 윤리관〉이다. 물론 에피쿠로스학파가 주장하는 쾌락은 육체적 쾌락이 아니라 정신적 쾌락을 말한다. 이 학파는 허황한 욕심을 버리고 현실 세계에서 지적 만족과 검소한 생활을 통해 얻는 마음의 평정이 최고의 쾌락이라고 주장했다. 인간의 욕망에는 삶에 필수적인 욕망과 필수적이지 않은 욕망이 있다. 전자는 의식주에 관련된 기본적 욕망이고 후자는 사치, 탐닉, 권력과 같은 허황한 욕망이다. 에피쿠로스학파는 후자보다는 전자의 욕망을 충족하고 만족하자는 것이다. 오늘날에 유행하는 말로 일상에서 느끼는 작지만 확실한 행복을 의미하는 〈소확행〉과 닮았다.

반면 〈스토이시즘〉을 추구한 스토아학파는 플라톤과 아리스토텔레스의 전통을 이어받아 감각이나 욕망 대신 이성을 바탕으로 〈금욕〉과 〈극기〉를 강조했다. 원래 〈스토아stoa〉라는 말은 고대 그리스의 아고라 안에 있던, 기둥이 늘어선 회랑을 의미한다. 스토아학파의 창시자 제논Zenon ho Elea이 스토아 포이킬레*에서 강의를 한 것이 유래가 되어 스토아학파라는 말이 생겨났다. 스

---

* stoa poikile. 아고라 광장 옆에 있던 화려한 주랑.

토아학파는 인간의 행복은 감정과 욕망을 버리고 이성을 통한 정신과 영혼의 안정에 도달할 때 비로소 완전할 수 있다고 주장했다. 이들은 〈우주 만물에 존재하는 이성적 질서〉를 의미하는 〈로고스logos〉라는 개념을 통해 마음의 평정을 얻을 수 있다고 보았다. 에피쿠로스학파의 정신은 근대 경험론과 공리주의에 영향을 끼쳤고, 스토아학파는 기독교, 바뤼흐 스피노자Baruch Spinoza, 이마누엘 칸트Immanuel Kant의 윤리 사상에 영향을 끼쳤다. 다음은 두 학파의 철학자들이 한 말로 이들의 사상을 상징적으로 드러낸다.

나에게 빵과 물만 있다면
나의 행복을 제우스의 행복과 견주리라.
— 에피쿠로스Epicouros(에피쿠로스학파의 창시자)

규칙적으로 일을 하는 사람은 어리석은 일을
할 시간이 없다. 게으름을 피우지 않기 위한 가장
확실한 수단은 일이다.
— 루키우스 세네카Lucius Seneca(후기 스토아 철학을 대표하는 철학자)

헤브라이즘이란 무엇인가

헬레니즘과 더불어 서양 사상을 형성해 온 헤브라이즘은 고대 이스라엘인의 종교에 근원을 둔 사상으로 유대교의 전통에서 비롯된 종교적 세계관이다. 히브리 민족의 사상과 문화, 종교를 가리킨다. 헤브라이즘은 신, 즉 여호와에게 절대복종하는 것을 삶의 근본이념으로 삼는 신중심주의 사상이다. 오늘날에는 유대교 전통과 기독교 사상을 아우르는 용어가 되었다. 헤브라이즘 사상이 집약된 책이 『성서』이다. 헬레니즘 문화에는 여러 신이 존재하지만 헤브라이즘에는 오로지 하나의 신만 존재한다. 성서에 나오는 유일신은 완전한 인격을 갖춘 존재여서 인간에게 완전한 순종과 믿음을 요구한다. 헤브라이즘은 내세적이고 신본주의적인 세계관을 바탕으로 한다.

헤브라이즘의 특징

• 이상 세계에 바탕을 두고 신앙적 노력에 진력한다.
• 내세 지향적이고 이상적 가치관을 바탕으로 하는 신본주의 관점을 취한다.
• 인간적인 자유주의 대신 신에 대한 절대복종을 요구한다.
• 현세의 삶보다는 내세가 중요시된다.
• 철학 사상은 중세의 교부 철학과 스콜라 철학으로 이어진다.

헤브라이즘 철학

헤브라이즘 사상은 중세의 교부 철학과 스콜라 철학으로 이어진다. 교부(敎父)는 글자 그대로 〈교회의 아버지〉라는 뜻이다. 예수 그리스도의 가르침을 좇아 신앙 전통을 이어 오면서 교리(敎理)의 정립과 교회 발전에 이바지하는 종교 지도자들을 가리킨다. 따라서 교부 철학은 교부들의 철학과 사상을 주된 연구 대상으로 삼았던 기독교 중심의 철학이다. 스콜라 철학은 교부 철학이 세워 놓은 기독교 신앙과 성서의 가르침을 체계적으로 정리하고 합리적으로 이해하고자 했던 철학이다. 〈스콜라schola〉는 〈여유〉를 뜻하는 고대 그리스 말인 〈스콜레〉를 라틴어로 소리 나는 대로 적은 것이다.

중세에는 모든 학문이 신학을 중심으로 했기 때문에 철학도 신학에 종속되어야 했다. 그래서 〈철학은 신학의 하수인〉이라는 말이 나올 정도였다. 교부 철학이 기독교 철학을 정립했다면 스콜라 철학은 이를 체계적으로 증명하고 세밀화했다고 할 수 있다. 헬레니즘과 헤브라이즘을 간략하게 표로 정리해 보자.

헬레니즘	헤브라이즘
고대 그리스·로마 세계관 신화 중심	유대교·그리스도교 세계관 성서 중심
인간 중심의 가치관 → 인본주의	신 중심의 가치관 → 신본주의
이성적·지성적: 지식의 추구 → 철학과 과학을 발달시킴	감성적: 신의 음성에 귀 기울임 → 신앙심과 예술의 원천이 됨
실용적: 사회적으로 유익한 행동 함양	권위적: 강한 지도자에 의한 선민사상
개인과 개성 존중 / 지혜와 기술 존중	집단주의 / 창조주에 대한 경배와 순종
스토아학파와 에피쿠로스 학파	교부 철학과 스콜라 철학

문학의 줄기를 잡는 노트

물질, 이성, 철학, 과학, 경제로 대표되는 헬레니즘과 정신, 감성, 신앙, 종교로 대표되는 헤브라이즘은 서구 문화에서 상반되는 두 개의 전통이다. 두 사상은 서로 화합하기도 하고 대립과 갈등을 겪기도 하며 서양 문명과 사회를 지탱하고 발전시키는 데 커다란 원동력이 되었다. 한 사상이 극단으로 흐를 때는 그와 반대되는 사상이 나타나 이전 사상을 비판하고 대안을 내놓기 마련이다. 알렉산드로스 대왕이 오리엔트에 그리스 문화를 심어 놓은 것은 헬레니즘이 헤브라이즘을 지배한 셈이 된다. 이후 로마 제국이 기독교를 국교로 삼은 것은 헤브라이즘이 헬레니즘보다 우위에 있었다는 뜻이 된다. 중세에는 신중심주의인 헤브라이즘이 우위에 있다가 인간성 회복을 부르짖는 르네상스 운동이 일어나 헬레니즘이 부활하기도 했다. 헬레니즘 정신이 강하게 나타날 때는 고전주의, 리얼리즘, 자연주의라는 문예 사조가 등장했고, 헤브라이즘 전통이 강세를 띨 때는 낭만주의, 실존주의, 모더니즘이 나타나게 되었다.

문학의 뿌리인 헬레니즘과 헤브라이즘에 대한 기본 지식을 얻었으니 이제 본격적으로 문학 이론에 관한 이야기를 해볼까 한다. 헬레니즘과 헤브라이즘에 관해서는 교부 철학의 거두 아우렐리우스 아우구스티누스Aurelius Augustinus와 스콜라 철학의 대표적 신학자인 토마스 아퀴나스Thomas Aquinas의 말로 마무리하기로 하자.

누구든지 진정으로 하느님을 사랑하고
마음이 깨끗한 자는 구원받을 수 있다.
— 아우구스티누스

인간은 일반적으로 이성의 힘보다는
사랑을 통해 하느님 곁으로
더 가까이 다가갈 수 있다.
— 아퀴나스

2장

**깨달음이 먼저인가, 재미가 먼저인가:
플라톤 대 아리스토텔레스**

「모방이란 이데아로부터 3단계
떨어져 있는 사물에 관계되는 것이네.」
「아뇨, 모방한다는 것은 어렸을 적부터
인간의 본성에 내재한 것입니다.」

우리는 가끔 이런 질문을 주고받는다. 문학 작품을 재미로 읽는가, 아니면 삶의 의미나 교훈을 얻으려고 읽는가? 어떤 독자는 일단 재미와 흥미가 있어야 한다고 말한다. 또 다른 독자는 그래도 문학이란 중요한 삶의 의미를 제시해야 하는 것이 아니냐고 말한다. 재미와 흥미에 치우칠 때 자칫 삶의 의미를 담기 어려울 수 있고, 교훈적인 이야기만 늘어놓다 보면 독자들이 외면할 수 있다. 이것이 바로 문학의 두 얼굴이다. 전자는 문학의 예술적 기능으로 심미성과 쾌락성, 즉 재미를 추구한다. 후자는 문학의 사회적 기능으로 공리성과 실용성, 즉 교훈을 추구한다.

문학의 기능

두 가지 기능 가운데 어느 것이 더 중요한가? 이 물음은 문학이라는 예술이 인류 문명사에 등장한 이래 소위 정치의 이념 논쟁과 마찬가지로 끊임없이 논쟁을 불러왔다. 우리나라에서는 해방 후 순수 문학과 참여 문학의 논쟁이 한때 치열하게 전개되었다. 이를테면 생명의 신비와 정신적 성숙 과정을 묘사한 서정주의 시 「국화 옆에서」는 순수 문학이고 노동자의 비참한 삶의 모습을 고발하여 계급 의식을 일깨우는 박노해의 「어쩌면」이라는 시는 참여 문학이다. 1980년대에는 민중 문학과 노동 문학이 들불처럼 번져 참여 문학이 우리나라 문학계를 들었다 났다 한 시절도 있었다. 이 시대에는 심지어 공장 벽에 붙은 표어나 전단에 적힌 글귀조차 문학으로 간주해야 한다는 주장이 일기도 했다.

그렇다면 문학 논쟁은 언제, 어디에서부터 촉발되었을까? 그 역사를 거슬러 올라가 보자. 문학 논쟁의 기원은 까마득한 옛날인 고대 그리스의 두 철학자 플라톤과 아리스토텔레스로 거슬러 올라간다.

플라톤의 이상 국가

플라톤 하면 그의 정치사상으로 대표되는 〈철인 정치〉와 철학 사상의 정수인 〈이데아〉가 떠오른다. 그는 자신의 대표작이자 정치 철학의 역작인 『국가 Politeia』에서 두 개념을 잘 설명하고 있으며, 이데아에 연결시켜 예술론까지 확장하고 있다.

플라톤의 예술론을 이해하기 위해서는 먼저 그의 〈이상 국가론〉을 살펴보아야 한다. 플라톤은 〈소크라테스 시대에 태어나 그를 만날 수 있었던 것을 신에게 감사드린다〉라고 말할 정도로 스승 소크라테스를 절대적으로 존경했다. 그런 소크라테스가 부당한 판결에 따라 독배를 마시고 죽는 모습을 보고 민주 정치와 다수결의 한계를 절실하게 느껴 철인 통치야말로 이상적인 정치라는 결론에 이른다.

그리하여 플라톤은 철학자들이 나라를 다스리는 철인 정치를 주장하게 된다. 그에 따르면 사람은 머리, 가슴, 배 세 부분으로 구성되어 있다. 머리에는 이성과 지혜, 가슴에는 기개와 용기, 배에는 욕망과 절제가 들어 있다. 어떤 사람은 이성적이며 지혜롭고, 어떤 사람은 기개와 용기가 있고, 어떤 사람은 욕망과 절제의 덕을 갖추고 있다. 지혜로운 사람은 〈통치 계급〉인 철학자들이고 용기 있는 사람은 〈무사 계급〉이며 욕망과 절제의 덕을 갖춰야 하는 사람은 농민이나 장인인 〈생산 계급〉이다. 플라톤이 말하는 영혼의 세 등급을 정리해 보자.

철학자 가장 높은 등급으로 금의 영혼을 가진 자. 지혜로움이라는 덕을 토대로 통치를 한다. 현상을 초월하여 이데아를 인지할 수 있는 자이다.
무사 두 번째 등급으로 은의 영혼을 가진 자. 용기를 바탕으로 국가를 지킨다.
농민, 장인 마지막 등급으로 철과 동의 영혼을 가진 자. 피지배 계층이 되어 생산에 종사한다.

플라톤은 세 등급의 사람들이 각자의 위치에서 지혜, 용기, 절제를 조화롭게 발휘하는 사회가 정의로운 사회라고 말한다. 개개인이 자신에게 맞는 일을 하고 능력을 최대한 발휘하며 결과에 따라 공평하게 배분받는 사회가 가장 좋은 이상 국가라는 것이다. 이 이상 국가를 실현하기 위해서는 앞서 말했듯이 철학자(지식인)가 국가를 다스려야 한다고 주장한다. 이것이 철인 정치의 핵심이다. 현대적 관점에서 보면 플라톤의 철인 정치는 소수 엘리트에 의한 독재를 정당화할 수 있다는 우려가 존재한다.

세 종류의 침대

어차피 문학에 관한 이야기를 하려고 끌어들인 것이므로 철인 정치는 이 정도로 이해하고 이데아로 넘어가자. 이데아는 철학 이론이기는 하지만 문학에도 적잖은 영향을 끼쳤다. 플라톤은 철학자가 국가를 다스려야 한다고 주장하면서 철학자야말로 이데아를 인식할 수 있는 자라고 말한다. 그럼 이데아란 무엇인가?

플라톤은 『국가』에서 예술 창작의 기본 원리로서 모방이나 재현을 뜻하는 〈미메시스〉의 가치를 비판했다. 다음은 플라톤의 침대론이다.

세 가지의 침상이 있게 되었네. 그 하나는 그 질(본성:physis)에 있어서 침상인 것으로. 이는 내가 생각하기로는, 신이 만든 것이라고 우리가 말할 그런 것일세. 아니면 다른 누가 만들겠는가? (……) 다른 하나는 목수가 만드는 것일세. (……) 또 다른 하나는 화가가 만드는 것이네. (……) 그래서 화가, 침상 제작자, 신, 이들 셋이 세 종류의 침상을 관할하는 자들일세. (……)

그런데 신은 자신이 원했건 또는 자신으로서도 본질적 침상을 하나 이상은 만들 수 없는 어떤 필연성 때문이었건 간에, 저 '침상인 것 자체'를 하나만 만들었다네. (……) 자네는 우리가 신을 그것의 '본질 창조자'(phytourgos)라든가 또는 그와 같은 이름으로 부르기를 바라는가?[1]

첫 번째는 이데아의 세계에 있는 신이 만든 불변의 침대이고 두 번째는 목수가 나무로 만든 제작물이자 우리가 사용하고 있는 개개의 침대이다. 그리고 세 번째는 목수가 만든 침대를 보고 화가가 그림으로 그린 침대이다.

어쨌든 목수는 침대의 진리를 알지만 화가가 그린 침대는 이데아 혹은 진리로부터 3단계나 떨어진 〈그림자의 그림자〉에 불과하다. 목수는 이데아를 모방하는 방식으로 침대를 생산하지만 화가는 목수가 모방한 것을 다시금 모방하여 그림으로 그리기 때문이다. 따라서 예술적 생산 방식은 이데아로부터 가장 멀리 떨어져 유용하지도 않고 그만큼 진리와 멀어진다. 이렇게 화가들은 〈모방의 모방〉을 일삼는 저급한 사람들이라는 것이다. 다시 말해 진리로부터 멀어진 예술은 삶에 대한 그릇된 생각을 심어 주어 시민들에게 위협이 될 수 있다.

시인을 추방하라

미메시스는 진리로부터 3단계 떨어져 있는 사물에 관계된다. 이렇듯 화가는 진실이 아닌 가상의 모방자이다. 플라톤은 모방술이 그 자체로 열등하고 열등한 것과 결합하여 열등한 것을 낳는다고 설파하며 시인 역시 화가와 같은 모방자일 뿐이라고 일축한다. 그는 〈시인은 진리에 비해 열등한 것을 만들어 낸다는 점에서나 이데아의 열등한 부분과 가깝고 가장 훌륭한 부분과는 교류가 없다는 점에서 화가를 닮았기 때문〉이라고 말한다. 따라서 시인은 진리로부터 아주 멀리 떨어진 상(像)을 만들어 냄으로써 개개인의 영혼을 선량하고 훌륭하게 이끌 수 없다. 이상적인 국가에서는 이러한 모방을 절대로 받아들여서는 안 된다는 것이다.

플라톤에 따르면 시적 미메시스는 이성이 아닌 감각이나 감정 등 영혼의 비이성적 부분에 호소하는 것이므로 시민의 윤리 정서를 심각하게 저해한다. 혼란스러운 정치 상황을 극복하고 이상적인 국가를 건설하는 데 골몰하던 플라톤은 시는 해롭거나 기껏해야 무익한 것에 지나지 않으므로 국가에서 추방하자고 주장하기에 이른다. 〈시인을 추방하라!〉 그러면서도 쾌락만을 지향하는 게 아니라 〈국가와 인간 생활에 유익〉한 시라면 받아들일 수도 있다는 단서를 달고 있다. 이 단서로 인해 앞서 언급한 순수 문학과 참여 문학의 논쟁에서 참여 문학을 지지하는 문학인들이 플라톤을 시조(始祖)로 모시기도 한다. 아무튼 미메시스는 플라톤이 가장 혐오하는 말이었다. 그에게 절대적 진리란 이데아였다. 철학이란 인간과 세계에 대한 근본 원리와 삶의 본질을 연구하고 진리를 추구하는 학문이기 때문이다.

인간은 고대부터 존재의 진리를 탐구해 왔다. 여기서 진리에 도달하는 방법에는 〈절대주의〉와 〈상대주의〉가 있다. 절대주의는 절대적이고 보편적이며 불변하는 단일 진리를 상정하고 추구하는 입장이다. 상대주의는 절대 불변의 진리를 부정하는 태도로 다양한 진리가 변화하며 존재한다고 믿는다. 절대주의 사상과 상대주의 사상은 고대부터 근대까지 철학의 주도권을 놓고 다퉈 왔다. 현대 철학도 따지고 보면 두 사상을 시조로 하고 있다. 이처럼 플라톤은 본질적이고 영원한 이데아 세계를 제시함으로써 절대주의 철학의 시조가 되었다.

이데아란 무엇인가

플라톤의 절대주의 철학에서 키워드는 〈이데아〉이다. 이데아가 〈인간이 지향해야 할 궁극적인 진리〉라는 것은 알겠는데 머리에 명쾌하게 와닿지 않는다. 일반적으로 통용되는 예를 들어 보자. 학교에서 바닷가로 소풍을 가서 선생이 학생 세 명에게 모래 위에 정삼각형을 그려 보라고 했다. 학생들은 머릿속에 정삼각형이란 세 각의 크기가 각각 60도이고 세 변의 길이가 모두 같은 삼각형이라고 하는 개념을 가지고 해변에 정삼각형을 그릴 것이다. 그런데 세 사람이 아무리 정확히 그려도 엄밀한 의미에서 정삼각형은 될 수 없다. 다만 이 삼각형이 저 삼각형보다 더 정삼각형 같다고 이야기할 수는 있을 것이다. 우리의 머릿속에 〈이상적인 삼각형〉의 이데아가 들어 있기 때문이다. 학생들이 그린 삼각형은 〈객관적이고 불변하는 사물의 본질〉인 삼각형의 이데아를 모방해서 그린 것에 불과하다. 시간이 지나 모래 위에 그린 삼각형은 파도에 휩쓸려 사라져 버릴 테지만 우리의 머릿속에는 여전히 정삼각형의 정의가 남아 있다. 이 지식은 세월이 아무리 흘러도 바뀌지 않는다. 따라서 이데아란 해변에 그린 삼각형처럼 개별적인 사물이 없어지더라도 계속해서 존재하는 그 사물의 원형을 가리킨다.

플라톤은 모든 사물 — 목수가 만든 침대 같은 것 — 을 원래 이데아의 일부가 현상 세계에 나타난 것으로 본다. 장미꽃이 아름답다고 하면 아름다움의 이데아가 부분적으로 장미꽃이라는 사물에 나타난 것이 된다. 이렇게 이데아는 우리의 경험 세계를 초월한 원형의 존재이며 모든 사물의 본질이다.

이데아를 어떻게 인식하는가

그렇다면 이 뜬구름 같은 이데아를 어떻게 인식한단 말인가? 플라톤은 인간에게만 존재하는 영혼을 통해 인식하라고 말한다. 인간이 장미꽃을 보고 아름답다고 판단하는 것은 아름다움 자체에 대한 지식이 영혼에 간직되어 있기 때문이다. 학습이란 우리의 머릿속에 들어 있는 이데아를 상기하고 연상하는 과정일 뿐이다. 만일 어떤 시인이 장미꽃의 아름다운 모습에 매료되어 시에 그 아름다움을 묘사했다면 플라톤은 그자를 당장 국가에서 추방하라고 명령했을 것이다. 플라톤식으로 해석하자면 장미꽃을 보고 감각의 세계에 나타난 아름다움을 느끼지 말고 그 아름다움의 이데아를 인식하라는 말이다. 이런 이데아를 가장 잘 인식하는 자가 철학자이고 그들이야말로 국가를 다스릴 자격이 있다는 것이다. 플라톤의 예술론을 요약하면 예술, 특히 시(문학)란 사물의 본질이자 궁극적 진리인 이데아의 그림자의 그림자를 모방한 것에 불과하므로 진리를 올바로 파악할 수 없다.

플라톤의 〈이데아〉 사상에 관해서는 이쯤 해두자. 현상을 초월하여 눈에 보이지 않는 궁극적인 진리를 좇는 그의 철학 사상을 깊이 파고들수록 미로에 빠져 헤어 나올 수 없을지도 모른다. 관점에 따라 플라톤의 관념 철학은 허황하고 사변적일 수 있다. 눈에 보이지 않는 궁극적 진리의 인식에 의구심이 들고 〈현실 감각의 세계인 이 땅에 서 있는 실질적인 인간에게 필요한 삶의 의미와 존재는 무엇인가〉라는 현실적인 의문이 생긴다. 한 떨기 장미꽃을 보고 아름다움의 이데아를 인식하라니. 이렇게 플라톤의 미메시스 개념과 이데아론에 반기를 든 철학자가 있었으니 바로 그의 제자 아리스토텔레스이다.

스승에게 반기를 든 아리스토텔레스

60대 초반의 노학자 플라톤과 10대 소년 아리스토텔레스의 만남은 철학사에 기록될 기념비적 사건이었다. 플라톤은 기원전 387년경 아테네 교외에 설립한 학교인 〈아카데메이아〉에서 자신의 이데아론을 열정적으로 설파했다. 플라톤과 아리스토텔레스의 운명적 만남은 바로 이곳에서 이루어졌다. 그리스의 변방 마케도니아 출신의 열일곱 살 소년 아리스토텔레스는 기원전 367년 아카데메이아에 입학한다. 그 후 20년 동안 그는 그곳에 머물며 철학 공부에 심취했다. 플라톤 밑에서 철학 사상을 절차탁마한 아리스토텔레스는 스승의 이론에 이의를 제기하며 자신의 길을 걷는 데 주저하지 않았다. 아리스토텔레스는 오늘날 문예 비평의 시조라 일컬어지는 저작 『시학Poetics』에서 플라톤의 이데아 이론과 미메시스 개념에 반기를 들며 자신의 입장을 조목조목 설명했다.

먼저 플라톤의 이데아론을 반박하며 내세운 이론이 아리스토텔레스의 〈실체론〉이다. 두 이론을 설명하는 각각의 키워드는 〈보편자〉와 〈개별자〉라는 용어이다. 보편자란 추상적이고 보편적인 대상을 가리키고, 개별자란 감각적이고 경험적인 개별 대상을 가리킨다. 보편자는 〈이데아〉로, 개별자는 〈현실의 사물〉로 이해해도 좋을 듯싶다. 예컨대 ①장미꽃은 아름답다 ②모란꽃은 아름답다 ③수선화는 아름답다는 세 문장에서 장미꽃, 모란꽃, 수선화는 개별자이고 공통으로 쓰인 아름다움은 보편자이다. 그런데 아름다움은 꽃 없이도 독립적으로 존재하는가? 플라톤은 세꽃이 언젠가는 시들어 사라지지만 그 꽃의 보편자인 아름다움은 불변한다고 말한다. 장미꽃이 아름다운 이유는 아름다움의 이데아가 장미꽃에 들어갔기 때문이라는 것이다. 하지만 아리스토텔레스는 장미꽃의 아름다움은 장미꽃으로부터 독립된 것이 아닌, 분리할 수 없는 속성이라 본다. 장미꽃 없이는 아름다움도 없다는 것이다. 이처럼 아리스토텔레스는 눈에 보이는 개체만이 실재하는 것으로 보았다. 그의 개별자 개념은 예술에서 미메시스 개념으로 옮아간다.

라파엘로 산치오Raffaello Sanzio의 벽화
「아테네 학당School of Athens」(1510~1511년)

아리스토텔레스가 말하는 미메시스

문학에 관한 아리스토텔레스의 논의는 〈비극〉을 중심으로 이루어진다. 당시의 예술 장르로는 비극과 서사시가 있었는데, 아리스토텔레스는 비극이야말로 고귀한 인간 삶의 재현이라고 본 것이다. 물론 그가 말하는 비극은 오늘날의 관점에서는 폭넓게 문학으로 이해하면 된다.

예술이란 이데아의 그림자의 그림자를 모방할 뿐이며, 특히 거짓말쟁이에 불과한 시인은 시민들에게 연민을 불러일으키고 감정을 나약하게 만들 수 있으니 국가에서 추방하라는 추상같은 플라톤의 엄명에 아리스토텔레스는 답한다. 아닙니다, 스승님!

모방한다는 것은 인간 본성에 어렸을 때부터 내재한 것이요, 인간이 다른 동물과 다른 점도 가장 모방을 잘 하고, 그 지식도 모방에 의하여 획득하기 시작한다는 점에 있습니다. 그리고 모방된 것에 대하여 모든 인간이 희열을 느낀다는 것도 인간의 본성에 속합니다. 인간이 모방된 것에 대하여 희열을 느낀다는 것은 경험적 사실에 의하여 증명됩니다.[2]

아리스토텔레스는 이런 주장을 펼치면서 예술이란 그림자의 그림자에 불과하다고 한 플라톤의 미메시스론에 정면으로 도전한다. 이데아가 아닌 현실에서 진리를 찾고 싶어 한 것이다. 그에게 모방이란 플라톤이 이야기하는 것처럼 단순한 모방에 그치지 않는다. 시인은 인간의 행동을 언어로 모방함으로써 현실을 사진

기나 복사기처럼 그대로 복제하는 것이 아니라 창조적으로 재구성한다. 그가 주장하는 시인의 모방은 유기적인 통일성을 이루고 사건의 인과 관계라는 테두리 안에서 재현된다. 일종의 〈창조적 모방〉이다.

역사보다 고귀한 시

그런 관점에서 아리스토텔레스는 시인을 일종의 〈창작자〉로 보았다. 그는 시가 역사보다 더 철학적이고 고귀하다고 주장한다.

> 시인의 임무는 실제로 일어난 일을 이야기하는 데 있는 것이 아니라 일어날 수 있는 일, 즉 개연성이나 필연성의 법칙에 따라 가능한 일을 이야기하는 데 있다. (……) 한 사람은 실제로 일어난 일을 이야기하고 다른 사람은 일어날 수 있는 일을 이야기한다는 점에 있다. 따라서 시는 역사보다 더 철학적이고 고귀하다. 시는 보편적인 것을 말하는 경향이 강하고, 역사는 개별적인 것을 말하기 때문이다. 〈보편적인 것을 말한다〉 함은 다시 말해 이러이러한 성질의 인간은 개연적으로 또는 필연적으로 이러이러한 것을 말하거나 행하게 될 것이라고 말하는 것을 의미한다.[3]

시인의 모방은 아무런 통일성도 없는 사건의 복합을 사진사처럼 복사하는 것이 아니라 그 자체로 하나의 유기적인 통일을 이루고 있는 사건을 필연적인 인과 관계의 테두리 안에서 재현하는 것임을 알 수 있다. 또한 시는 연민을 불러일으키고 감정을 나약하게 만든다 — 시는 도덕적 기능이 없다 — 는 플라톤의 지적에 대해 아리스토텔레스는 비극에 특정한 쾌감의 산출, 즉 〈카타르시스〉 기능이 있다고 주장한다. 『시학』에 다음과 같은 구절이 있다. 〈비극은 연민과 공포를 불러일으키는 방식으로 움직이고 이러한 감정의 카타르시스를 야기한다.〉 아리스토텔레스는 카타르시스라는 용어를 처음으로 만들어 사용하면서 더 이상의 설명은 하지 않는다. 카타르시스는 〈배설〉이나 〈정화〉를 뜻하는데, 쉽게 말해 우리가 배변할 때 느끼는 일종의 쾌감에 가깝다. 마찬가지로 관객들이 비극을 볼 때 슬픈 이야기에 공감하고 등장인물들의 비참한 상황에 두려움이나 연민의 정을 일으켜 슬픔이 해소되고 고통스러움이 정화되는 것이다.

이데아 대 미메시스

플라톤의 『국가』와 아리스토텔레스의 『시학』을 통해 그들의 상반된 예술론을 알아보았다. 플라톤과 아리스토텔레스는 둘 다 미메시스란 자연과 현실을 모방하는 것으로 파악하고 있다. 하지만 플라톤에게 자연의 모든 대상은 조물주가 이데아를 모방한 형태로 나타난 것이다. 그러므로 자연에 대해서는 토를 달지 않는다. 다만 이 자연을 또다시 모방하려는 예술에 대해 지적할 뿐이다. 이 부분은 플라톤의 침대론을 통해 설명했다. 플라톤의 입장에서는 미메시스를 통해서가 아니라 이데아를 통해서 궁극적인 진리를 인식해야 한다는 것이다. 예술적 가치란 보편의 진리를 담아내고 있는 이데아의 범주 안에서만 유효하다. 이성적 논리에 충실하고 도덕적으로 유익해야만 예술이 될 수 있다.

반면 아리스토텔레스는 예술 행위가 근본적으로 모방, 즉 미메시스에서 비롯된 것이라고 주장한다. 미메시스는 인간의 본성이며, 예술은 현실을 있는 그대로 단순하게 복제하는 것이 아니라 세심하게 관찰된 창조적 모방으로 정신을 반영하는 것이다. 그에게 모방이란 보편적이고 일반적인 인간 행동의 모방이며 삶에 대한 전망으로 확대된다.

문학의 줄기를 잡는 노트

플라톤이 예술에 대한 철학의 우위를 논했다면 아리스토텔레스는 문학적 우위를 주장했다고 볼 수 있다. 플라톤의 철학과 아리스토텔레스의 철학은 후대에 각각 관념론과 경험론이라는 양대 산맥으로 자리 잡게 되었다. 문학에서도 이들의 영향은 실로 막강하다. 플라톤의 예술론은 문학의 공리적·실용적 측면, 즉 문학의 사회적 기능을 중시했으며, 아리스토텔레스의 예술론은 문학의 심미적·쾌락적 측면, 즉 문학의 예술적 기능을 강조했다. 플라톤은 문학의 내용을, 아리스토텔레스는 문학의 형식을 중요시했다는 말이다. 플라톤의 문학 사상은 고전주의로 이어져 리얼리즘에서 꽃을 피웠고, 아리스토텔레스의 문학 사상은 낭만주의를 거쳐 예술 지상주의와 모더니즘 그리고 포스트모더니즘으로 이어져 내려오고 있다. 앞으로 소개할 문학 작품들도 플라톤과 아리스토텔레스의 영향권에 놓였다고 말할 수 있다.

3장   **현실에 대한 불만족에서 탄생한 세계:
토머스 모어의 『유토피아』**

「양이 사람을 잡아먹는다.」

우리 동네에 있는 카센터 이름은 〈카토피아〉, 세탁소 이름은 〈크린토피아〉, 찜질방 이름이 〈힐링토피아〉이다. 이렇게 주변에 흔하게 널려 있는 〈○○토피아〉라는 말은 〈유토피아 Utopia〉라는 단어를 본뜬 합성어이다. 유토피아는 우리의 눈과 귀에 무척 익숙한 용어이다. 사실 유토피아를 인간이 꿈꿀 수 있는 최고의 가치인 〈이상향〉 정도로 이해하고 있는 독자들이 적지 않을 것이다. 과연 유토피아란 무엇인가. 이 용어가 어디서, 어떻게 나왔는지, 과연 인간이 달성할 수 있는 세계인지, 아니면 그저 마음속에 존재하는 공상에 불과한지 의문점을 하나하나 풀어 나가면서 유토피아 문학에 대해 이야기해 보려고 한다.

중세와 르네상스 문학

유토피아 문학을 알기 위해서는 먼저 중세와 르네상스 문학에 관해 이해할 필요가 있다. 넓게는 세계사, 좁게는 유럽사를 놓고 볼 때 시대 구분을 고대, 중세, 근대로 나눈다. 앞서 살펴본 그리스·로마 시대를 고대, 봉건 제도를 특징으로 하는 중세 그리고 17세기 이후를 근대라고 지칭한다.

고대와 근대 사이에 위치하는 중세는 게르만족 이동과 서로마 제국의 멸망이 있었던 5세기부터 동로마 제국(비잔틴 제국)이 멸망한 15세기까지 천 년간의 기간을 가리킨다. 중세 문학은 작자 미상이 많고 연대도 불분명하다. 중세 하면 떠오르는 것은 갑옷을 입고 말을 타고 초원을 질주하는 〈기사〉이다. 이들은 평상시에 무술을 연마하고 전쟁이 일어나면 나아가 싸웠다. 명예를 소중히 여기고 여성이나 약한 자를 나서서 도와주는 아름다운 기품을 지닌 자들이었다. 이런 정신을 〈기사도〉라 부른다. 중세에는 기사들의 무용담을 다룬 〈기사도 문학〉이 발달했다. 기사도 문학의 대표작으로는 독일의 경우 게르만의 전설을 묘사한 영웅 서사시인 『니벨룽겐의 노래 *Das Nibelungenlied*』, 프랑스의 경우 8세기 후반의 샤를마뉴 Charlemagne 대제와 그 부하들의 무용담을 그린 『롤랑의 노래 *La Chanson de Roland*』, 영국의 경우 색슨족과 게르만인의 침입을 막아 낸 아서왕의 전설을 다룬 『아서왕 이야기 *King Arthur's tale*』가 있다. 아서왕이 차고 다녔다는 검이 그 유명한 〈엑스칼리버 Excalibur〉이고 롤랑이 샤를마뉴 대제로부터 하사받은 검이 〈뒤랑달 Durandal〉이다. 그럼에도 중세 문학은 신학에 복무한다고 할까, 종교의 굴레에서 벗어나지 못해 독자적인 존재 의미를 지니지 못했다.

중세에서 근대로 넘어가는 과도기적 형태가 바로 르네상스이다. 13세기에 이르러 고대를 이해하고 연구하고자 하는 움직임이 일어났다. 그러다가 본격적으로 그리스 고전의 문화를 다시 부흥시키고자 하는 문화 부흥 운동이 유럽에서 14~16세기에 전개되었다. 르네상스 운동은 중세 가톨릭의 권위와 봉건 제도의 권력에 반발하면서 일어났다. 고대 그리스의 고전 문화를 다시금 부흥시키려는 노력이 르네상스의 기본 틀이다.

이 새로운 시대정신은 14세기 초 이탈리아에서 먼저 일어나 중세의 봉건적 사고와 삶의 방식을 무너뜨리고 신보다는 인간이 중심이 되는 휴머니즘 사상을 탄생시켰다. 르네상스 운동은 그때까지 득세하고 있었던 영주, 교회, 기사들이 몰락하는 계기가 되었다. 이 부흥 운동은 이탈리아에 머물지 않고 알프스산맥을 넘어 프랑스, 독일, 바다 건너 영국으로 치달아 문예 부흥의 꽃을 활짝 피웠다. 이제 새 세상이 도래한 것이었다.

르네상스 운동은 근대의 유럽 문화가 태동하는 데 기반이 되었다. 르네상스 시대 사람들은 신본주의 질서 대신 인간 중심의 질서를 부르짖는 과정에서 이성의 중요성을 깨닫게 되었고, 고대 그리스·로마의 인간 중심 문화를 중세의 암울한 기독교 사상에 접목하면서 인본주의 사상을 뿌리내리게 하는 역할을 했다. 앞서 헬레니즘을 통해 살펴보았듯이 인본주의는 그리스 사람들의 사상이었으므로 이성을 동경하던 르네상스 시대 사람들은 자연히 그리스 문화에 대한 동경이 컸을 것이다. 문학에서도 인간 중심주의를 구가했던 그리스·로마의 고전주의 정신을 좇아갔다. 이

것이 바로 르네상스 문학이다. 르네상스 문학은 중세의 신앙에서 벗어나 고대 그리스와 로마의 고전을 통해 인간성 회복과 문화적 교양을 추구하는 인본주의 회복에 힘을 쏟았다. 그리하여 문학의 전범을 고대 그리스와 로마 문학에서 찾아내 그것을 번역하거나 모방했다. 르네상스 시대야말로 문학이 종교의 굴레에서 벗어나 독자적인 존재 이유를 가지게 된 것이다.

르네상스 초기의 문학 작품에는 이탈리아의 시인 단테 알리기에리Dante Alighieri의 『신곡La Divina Commedia』, 이탈리아의 소설가 조반니 보카치오Giovanni Boccaccio의 소설집 『데카메론Decameron』 그리고 서른한 명의 순례자가 런던 템스강변의 여관에서 하나씩 이야기를 풀어놓는 제프리 초서Geoffrey Chaucer의 『캔터베리 이야기 The Canterbury Tales』가 있다. 르네상스가 무르익을 때쯤 문학은 사회 비판적인 장르가 되었다. 남쪽으로 가보면 에스파냐 문학 최대의 걸작이자 근대 소설의 효시라고 평가받는 미겔 데 세르반테스 사아베드라Miguel de Cervantes Saavedra의 『돈키호테Don Quixote』가 있다. 프랑스에는 르네상스 문학이 이탈리아에서 돌아온 인문학자들에 의해 전파되었는데 수필 문학의 효시로 일컬어지는 미셸 몽테뉴Michel de Montaigne의 『수상록Essais』이 있다.

바다 건너 영국으로 가보면 〈인도를 다 준다 해도 셰익스피어와 바꾸지 않겠다〉*고 영국인들이 말할 만큼 그들에게 ― 아니, 전 세계인에게 ― 보물 같은 존재인 윌리엄 셰익스피어William Shakespeare

* 19세기 영국의 역사가이자 사상가인 토머스 칼라일Thomas Carlyle이 『영웅 숭배론On Heroes, Hero-Worship, and the Heroic in History』에서 〈영국은 언젠가 인도를 잃게 될 것이지만 셰익스피어는 사라지지 않는다〉라고 말함.

의 4대 비극과『로미오와 줄리엣Romeo and Juliet』이 있다. 그리고 네덜란드로 가보면 성직자의 위선과 교회의 부패를 신랄히 풍자한 데시데리위스 에라스뮈스Desiderius Erasmus의『우신예찬Encomium Moriae』이 있고, 다시 영국으로 와보면 이 작품의 영향을 받아 당대의 부조리하고 불공정한 영국 사회를 냉소적으로 비판하고 이룰 수 없는 낙원을 그린 토머스 모어Thomas More의『유토피아Utopia』가 있다. 이러한 작가들은 중세의 종교적 사슬에서 벗어나 그야말로 르네상스의 꽃을 피운 대가들이다. 이 가운데『유토피아』에 관해 이야기해 보려 한다.

『유토피아』는 천 년에 걸쳐 신이 지배하던 중세의 암흑기를 뚫고 인간이 중심이 된 르네상스 정신을 대표하는 작품이다. 더욱이 문학사적으로 볼 때 〈유토피아 문학〉과 〈디스토피아 문학〉이라는 장르를 탄생시킨 시조이기도 하다. 사실 모어가 꿈꾼 유토피아는 5백 년이 지난 지금까지도 실현되지 않고 있다. 어쩌면 영원히 도달할 수 없기에 이 순간에도 우리는 유토피아를 꿈꾸며 희망을 버리지 않는다. 이것이 우리가『유토피아』를 살펴봐야 할 이유이다.

유토피아와 디스토피아

〈유토피아〉는 영국에서 평민으로 태어나 대법관까지 오른 법률가이자 당대의 위대한 인문주의자였던 토머스 모어가 1516년에 발간한 소설 이름이자 그 소설에 등장하는 섬 이름이다.

유토피아란 말의 어원을 살펴보면 〈장소〉를 뜻하는 그리스어

〈topos〉와 〈아니다〉라는 의미의 부정어 〈ou〉가 조합된 형태로 합쳐 보면 현실 세계에는 존재할 수 없는 곳인 〈어디에도 없는 곳no place〉이란 뜻이 된다. 다시 말해 인간이 상상할 수 있는 최고의 이상향이 유토피아이다. 그런 의미에서 유토피아와 반대되며 인간이 상상할 수 있는 최악의 세계는 〈디스토피아〉 혹은 〈반유토피아〉라 부른다. 모어가 창조한 이 용어로 인해 문학에 〈유토피아 소설〉이라는 하위 장르가 생겨났다. 작가가 미래의 국가와 사회를 창조하되 인간이 열망하는 이상 세계를 그렸다면 유토피아 소설이 될 것이고, 그와 반대로 인간이 도저히 살 수 없는 최악의 세계를 그렸다면 디스토피아 소설이 될 것이다. 모어의『유토피아』를 필두로 이탈리아의 도미니크회 수사 톰마소 캄파넬라 Tommaso Campanella의『태양의 나라La città del Sole』와 영국의 철학자 프랜시스 베이컨Francis Bacon의『새로운 아틀란티스New Atlantis』를 3대 유토피아 소설이라 하고, 러시아 작가 예브게니 자먀찐 Yevgeny Zamyatin의『우리들My』, 영국의 소설가 올더스 헉슬리Aldous Huxley의『멋진 신세계Brave New World』, 영국의 소설가 조지 오웰 George Orwell의『1984년Nineteen Eighty-Four』은 3대 디스토피아 소설로 불린다.

왜 유토피아를 꿈꾸는가

인간은 유토피아나 디스토피아를 가슴속에 담아 두고 산다. 그만큼 현실 세계가 불만족스럽고 행복하지 않기 때문일 것이다. 현재의 삶에 백 퍼센트 만족하며 행복하다고 자신할 수 있는 사람이 몇 명이나 될까? 현실이 손톱만큼이라도 불만족스럽다면 바로 인간만이 가지고 있는 고유한 능력이 작동된다. 현실 세계를 탈출하려고 할 때 인간의 유일한 돌파구는 상상하는 것이다. 상상력을 지닌 인간은 하루에도 수없이 현실 너머의 이상 세계를 꿈꾼다. 눈을 감고 고달픈 현실 세계를 벗어나 더없이 행복한 상상 속의 세상을 꿈꾼다면 그 사람은 〈유토피언(공상적 이상주의자)〉일 것이고, 이런 식으로 가다간 어지러운 현실 세계가 미래에 더 암울하고 파괴적인 세계가 될 거라고 비관한다면 그 사람은 〈디스토피언(공상적 반이상주의자)〉일 것이다.

물론 현실 너머의 세계를 꿈꾼다는 점에서 낭만주의 역시 유토피아와 유사하다. 하지만 어원을 살펴보면 낭만주의는 〈로망 roman〉이라는 말에서 유래했다. 로망은 중세 프랑스어 〈로망즈 romanz〉에서 나온 말로 12~13세기 중세 유럽에서 연애담이나 무용담 따위의 통속 소설을 의미했다. 로망에서 유래한 낭만주의는 18세기 말부터 19세기 중반에 걸쳐 유럽과 아메리카 대륙에 전파된 문예 사조로 꿈이나 공상의 세계를 동경하고 감상적인 정서를 중시하는 창작 태도를 보인다. 유토피아 사상이 주로 문학에 국한된 것에 비해 낭만주의는 문학뿐 아니라 미술, 음악 등 예술 전반에 나타난 예술 운동이다.

유토피아와 낭만주의는 본질적으로 다르다. 유토피아는 이 세상에 없는 장소를 꿈꾸고, 낭만주의는 현실을 바탕으로 〈유기적 공동체〉를 꿈꾼다. 그리하여 낭만주의는 자본주의 이전의 사회에 대한 동경, 잃어버린 것에 대한 추구를 목적으로 한다. 낭만주의자들은 인간과 자연이 하나라고 주장하며 자연을 분석하지 말고 상상력으로 통찰하라고 설파한다. 한마디로 현실을 버리고 존재하지 않는 〈네버랜드Neverland〉를 꿈꾸는 것은 〈유토피아니즘〉이고, 현실에 바탕을 두고 희망의 땅 〈드림랜드Dreamland〉를 꿈꾸는 것은 〈낭만주의〉이다. 문학에서 실로 거대한 산맥으로 자리매김되어 있는 낭만주의에 관해서는 나중에 다시 살펴보기로 하자.

『유토피아』는 어떻게 탄생했나

인간의 뇌리에는 현실 세계를 넘어 상상의 이상향이 존재하는데 이런 이상 세계를 모어가 창조한 〈유토피아〉라 부른다는 것을 알았다. 그리고 유토피아를 상상하는 것 자체가 현실이 불만족스럽기 때문이라는 것을 알았다. 따라서 유토피아 문학은 저 너머 행복한 이상 세계를 다루는 공상 문학이지만 뒤집어 보면 현실 세계를 비판하고 아울러 현재가 나아갈 길을 제시하며 미래를 묘사하는 문학 장르이다.

모어가 『유토피아』를 쓴 16세기 초반은 중세 말에서 근대로 넘어가는 과도기였다. 르네상스 운동에 힘입어 신중심주의에서 인간 중심주의로 사고가 전환되던 때였고, 종교의 부패를 비판하는 종교 개혁의 시대이기도 했다. 서구인의 관점에서 볼 때는 〈대항해 시대〉였다. 대항해 시대란 서유럽 국가들이 새로운 항로를 개척하고 새로운 땅을 찾아 나서 무역을 하던 시기를 가리킨다. 대체로 15~17세기를 말하는데 이 시기에 콜럼버스Christopher Columbus 같은 탐험가는 에스파냐의 이사벨Isabel 여왕이 내준 〈산타 마리아

호)를 타고 신대륙을 발견하기도 했다. 이 시대에는 상업 자본이 확대되면서 자본가는 물론이고 개인도 탐욕에 빠져들어 돈을 벌어들이기 위해 나섰다. 이처럼 신대륙의 발견과 신항로의 개척에 따라 유럽 국가들의 상업 활동에 일대 변혁이 일어난 일을 〈상업 혁명〉이라고 부른다. 이를 통해 결과적으로 영국에서 〈산업 혁명〉을 이룰 수 있는 자본, 즉 물적 토대가 구축되었다.

　무엇보다 사회·경제적으로 발전이 큰 시기였다. 나침반과 지도의 등장으로 항해술이 발달했고, 그 결과 무역이 활발히 이루어지기 시작했으며, 기계의 발명으로 대량 생산이 가능해지면서 도시에 임금 노동자가 늘어나게 되었다. 이러한 일련의 과정을 통해 자본주의가 싹텄다. 자본주의란 생산 수단을 소유한 자본가 계급이 노동자 계급의 노동력을 사서 생산 활동을 함으로써 이윤을 추구해 나가는 사회·경제 체제를 말한다. 공장을 짓고 운영하는 사람들, 다시 말해 생산 수단을 소유한 계급을 〈부르주아〉라 부르고, 생산 수단을 소유하지 못한 채 그들 밑에서 노동을 하며 임금을 받는 무산 계급을 〈프롤레타리아〉라 부른다. 자본주의의 등장으로 부르주아 계급 사람들이 더 많은 재산을 소유하기 위해 프롤레타리아 계급의 노동자들을 착취하면서 여러 가지 사회 문제가 생겨나기 시작했다. 이런 시대를 배경으로 모어는 현실의 문제점을 비판하고 이상 사회를 꿈꾸며 『유토피아』를 썼다.

소설의 숲속으로

『유토피아』는 총 2부로 구성되어 있다. 1부는 당대 사회의 모순과 병폐를 비판하고, 2부에서는 해결책으로 〈유토피아〉라는 섬의 제도와 생활 방식을 묘사함으로써 모어가 꿈꾸던 이상 사회를 제시하고 있다. 이 책은 작중 인물로 등장한 모어가 헨리 8세의 특사로서 네덜란드에 머물다가 미지의 나라를 방문하고 돌아온 허구의 인물 라파엘 히슬로다에우스와 나눈 플라톤적 대화로 구성되어 있다. 1부에서 눈여겨봐야 할 대목은 〈인클로저 운동〉의 폐해에 대한 지적과 사유 재산제 폐지에 관한 주장이다. 〈인클로저enclosure〉는 〈울타리를 두름〉 혹은 〈울타리를 친 장소〉를 가리키는 단어이다. 15세기 중엽부터 지주 계급이 공유지나 미개간지를 돌담이나 울타리를 쳐 사유화하고 양을 키우기 위한 목초지로 만든 현상을 말한다.

인클로저가 영국에서 왜 커다란 문제가 되었으며, 모어는 어떻게 진단하고 있는지 살펴보자. 우선 모어는 〈귀족들은 대부분 수벌처럼 게으르게 살아갑니다. 이들은 오직 소작농들의 노동을 통해 먹고사는데 늘 소작료를 올려서 농민들의 고혈을 짜냅니다〉라고 일갈하면서 본격적으로 인클로저에 대한 비판의 칼날을 겨눈다. 영국에서는 두 차례의 인클로저가 있었는데 15~16세기의 〈제1차 인클로저〉와 18~19세기의 〈제2차 인클로저〉로 나뉜다. 모어가 비판하는 것은 제1차 인클로저이다. 『유토피아』에서 가장 유명한 구절 가운데 하나가 당시 잉글랜드 농민의 비참한 실상을 고발하며 〈양이 사람을 잡아먹는다〉라고 묘사한 부분이다. 어째서 양이 사람을 잡아먹을까? 그 온순한 초식 동물이? 모어는 라파엘의 입을 빌려 인클로저 운동을 비판한다.

양입니다. 예전에는 지극히 온순했고 먹는 양도 매우 미소했었지요. 그러던 것이 이제는 몹시 게걸스럽고 사나워져서 사람도 먹어 치운다고 들었습니다. 양들은 논밭과 가옥을 황폐시키고 마을을 강탈합니다. 귀족들과 영주들은, 아 그리고 다른 일에서는 고결한 분들이신 일부 수도원장들까지도, 이 나라 어느 곳이든지 가장 부드럽고 값비싼 양모가 산출되는 지역이라면 자기 조상들이 그 땅에서 받았던 지대(地代)에 만족하지 않게 되었습니다. 이들은 사회에 득이 되는 일은 하지 않으면서 나태하고 사치스럽게 사는 것만으로는 더 이상 만족할 수가 없어서 이제는 적극적인 악행을 시작합니다. 경작할 수 있는 땅을 모두 없애 버리고, 목초지를 조성하기 위해 울타리를 둘러 놓으며, 집을 부수고, 마을을 없애 버리고, 양 우리로 사용할 건물과 교회만 남겨 놓습니다. 그리고 삼림과 금렵구(禁獵區)로 이미 국토가 낭비된 것만으로는 충분치 않다는 듯이 이 높으신 분들께서는 모든 주거지와 경작지를 황야로 되돌려 놓고 있습니다. 그리하여 자신의 모국에 끔찍한 재앙이요, 게걸스럽고 탐욕스러운 폭식가 한 사람이 수천 에이커의 땅을 단 하나의 울타리로 둘러막아 놓습니다.[4]

2부에서는 라파엘이 유토피아에서 직접 경험한 사회 제도와 생활 방식을 들려준다. 특히 사유 재산제와 화폐 제도를 폐지하고 공산제를 경제 시스템으로 삼은 유토피아 사회를 보여 주고 있다. 그 내용을 살펴보자.

지리 유토피아는 총면적이 5백 마일 정도의 큰 원 모양으로 된 섬이다. 1년에 한 번씩 도시마다 경험 많은 노인 세 명이 선발되어 아마우로툼에 모여서 섬 전체의 공공 관심사를 논의한다.

도시 모든 도시는 지리적인 요건 때문에 생겨나는 차이만 빼면 똑같이 생겼다. 그리고 모든 집의 문이 항상 열려 있어 원하는 사람은 누구나 집 안에 들어갈 수 있다.

노동 유토피아 사람들은 하루에 여섯 시간만 일한다. 저녁 8시에 취침하고 여덟 시간 동안 잠을 잔다.

의식주 주민들은 똑같은 색 외투를 입는다. 모든 사람이 회관에 모여 식사를 한다. 회관에서 힘들고 더러운 일은 노예가 맡아서 한다.

사회관계 각 가구는 혈연관계의 사람들로 구성되어 있다. 본토(유토피아 섬이 아닌 대륙)에 원주민들이 경작하지 않는 빈 땅이 많은 곳을 골라 식민지를 건설하고 사람들을 그곳으로 보낸다.

여행 유토피아 사람들은 허가서를 받아야만 여행이 가능하다. 집단으로 여행하며 여행을 떠나도 좋다는 허락과 돌아올 날짜를 명시한 국가 원수의 편지를 휴대한다.

금과 은 유토피아에서 금과 은은 아주 저급한 것으로 간주된다. 범법자들은 명예롭지 못한 행위의 표시로 평생 금귀고리와 금목걸이를 달고 다녀야 한다.

도덕 철학 유토피아인들은 행복이 선하고 정직한 쾌락 속에서만 발견된다고 믿는다. 또한 육체적 쾌락보다는 정신적 쾌락에서 행복이 온다고 생각하며 이를 추구하려고 애쓴다.

학문 유토피아인들은 지적 행위에 지칠 줄 모르고 매진한다. 그들은 정신적 삶을 유쾌하고 편안하게 만드는 각종 기술을 놀라울 정도로 빠르게 발전시킨다.

노예 유토피아안들은 전쟁을 하다가 포로로 잡힌 다른 나라 사람들을 노예로 삼기도 한다. 하지만 대부분은 이 나라 시민 중에 사형 선고를 받았거나 큰 잘못을 저지른 사람들을 노예로 삼는다.

전쟁 유토피아안들은 만약의 경우에 대비하여 정해진 날에 모든 남녀가 모여 군사 훈련을 한다. 오직 합당한 이유가 있을 때만 전쟁을 한다.

돈 유토피아안들은 돈을 없앴을 뿐 아니라 탐욕까지 없앴다. 돈이 사라지면 빈곤도 완전히 사라진다고 믿는다.

라파엘이 이야기를 마쳤을 때 모어는 그가 설명한 유토피아의 관습과 법 가운데 적지 않은 것이 부조리하다고 생각했다. 그럼에도 그는 라파엘의 이야기에 찬사를 보내고 나중에 더 자세한 이야기를 들었으면 좋겠다고 말하며 소설은 끝난다.

자본주의의 맹아, 인클로저 운동

그렇다면 인클로저 운동이 왜 영국 땅에서 생겨났을까? 전통적으로 영국은 양을 키워 직물을 생산하는 모직물 공업이 발달했다. 모직물이란 양모사로 만든 직물을 가리킨다. 영국에서 모직 공업은 자본주의적 공업 조직의 모태였으며, 세계 최초로 산업 혁명이 일어나는 데 단초를 제공한 것도 모직 산업이었다. 영국 왕실의 보호 정책에 의해 15세기 후반부터 16세기 초반에 걸쳐 모직물 공업은 영국의 국민적 산업으로 부상하게 되었다. 16세기에 접어들어 모직물 공업의 발달로 양털값이 폭등하자 지주들은 수익을 올리기 위해 농경지를 양을 방목하는 목장으로 전환하기에 이르렀다. 나아가 앞서 지적한 인클로저 운동이 일어나게 되었다. 농민들에게 땅을 빌려주고 지대를 받는 것보다 양을 키워 양모를 파는 것이 훨씬 더 높은 이윤을 보장하게 된 것이다. 당시는 면직물이 발명되지 않았기 때문에 사람들의 옷은 대부분 양모로 만들어졌다. 그러니 지주 입장에서는 구미가 당기는 일이었지만 농업 노동자들에게는 재앙이 되었다. 원래 땅에서 조상 대대로 땅을 빌려 농사를 짓던 농민들은 농사지을 땅이 없어 자연적으로 쫓겨나게 되었다. 수십 명의 노동력이 필요했던 밭은 이제 울타리가 쳐진 채 한두 명의 양치기만으로 가능한 목장으로 바뀌었다. 그 결과 중세 촌락의 공동체는 해체되고 토지를 잃은 농민들은 비참한 생활을 할 수밖에 없는 처지가 되었다.

앞서 이야기했듯이 영국에서 자본주의가 생겨난 것은 바로 인클로저 운동에 힘입은 바가 크다. 영국은 예전에 양모 원료를 수출했다면 이제 모직 공업이 주도적으로 성장함으로써 실질적인 자본주의적 기업 발전의 원동력이 되었다. 중세의 생산 수단인 장원이 근대에 들어와서 공장과 자본이라는 생산 수단으로 대체된 것이다. 프랑스의 전기 작가이자 평론가인 앙드레 모루아André Maurois가 쓴 『영국사Histoire de l'Angleterre』에 따르면 〈헨리 8세 때는 잭 뉴베리라는 사람이 한 건물에 2백 대의 직조기를 설치하고 6백 명의 직조공을 고용하기에 이르렀다〉고 한다. 자본가로 구성된 부르주아 계급과 임금 노동자로 구성된 프롤레타리아 계급이 탄생한 것이다. 이렇게 시작된 자본주의는 탄생 초기부터 문제점이 불거졌다. 인클로저 운동의 여파로 도시의 임금 노동자가 된 농민들은 입에 풀칠할 수준의 임금을 받았다. 그마저도 없던 사람들은 도시 빈민으로 전락하거나 비참한 상태로 내몰려 범죄자가 될 수밖에 없는 모순적인 사회 구조였다. 정든 고향과 조상 대대로 부쳐 먹던 땅을 떠나 낯선 도시에서 빈민으로 전락한 이들은 자본주의 맹아기의 첫 희생자였다. 이처럼 토지를 잃고 도시로 몰려 유랑민이나 범죄자로 전락한 사람들을 구제하고 통제하기 위해 1601년에 구빈법이 제정되었고, 그들에게 따뜻한 밥과 잠자리를 제공하기 위해 구빈원이 생겼다. 이때 구제라는 명목으로 빈민 아동들을 구빈원으로 보냈지만 당시 그곳의 상황은 찰스 디킨스Charles Dickens의 『올리버 트위스트Oliver Twist』에 잘 드러나듯이 매우 가혹했다. 어린아이들이 강제 노역에 동원되고 체벌, 감금도 빈번하게 일어났다.

모어는 〈여기저기서 떠돌이 생활을 하다가 얼마 안 되는 돈마저 다 날리면 결국 도둑질 끝에 교수대에 매달리든지 아니면 유랑하며 구걸하는 수밖에 없다〉고 적고 있다. 당시 이런 사정으로 도둑이 창궐하여 심각한 사회 문제로 비화하자 영국 당국은 도둑들을 교수형에 처했다. 어느 날인가는 한 교수대에 스무 명까지 달려 있었다고 한다. 헨리 7세와 그의 아들 헨리 8세가 통치하던 시절(1485~1547년)에 무려 7만 명 이상의 크고 작은 도둑들이 처형당했다고 하니 인클로저의 병폐가 얼마나 큰지 짐작하고도 남는다. 이에 모어는 라파엘의 입을 빌려 〈단순 절도는 사형에 처할 정도로 큰 범죄가 아닙니다. 그리고 먹을 것을 구할 길이 전혀 없는 사람에게는 아무리 심한 처벌을 한다 하더라도 도둑질을 막을 수 없습니다〉라고 교수형의 부당성을 비판하고 있다.

이런 식으로 모어는 영국이라는 섬나라가 〈소수의 지독한 탐욕 때문에〉 몰락할 것임을 경고했다. 모어는 라파엘을 통해 농장과 농촌을 황폐화한 사람들이 직접 그것을 복구하든지 혹은 그렇게 하려는 사람들에게 땅을 넘기도록 규제하는 법을 제정하고 독과점을 일삼는 부자들의 권리를 제한하여 장차 도둑으로 전락할 사람들에게 일거리를 주라고 촉구했다. 이렇게 인클로저를 적나라하게 비판하기 위해 모어가 『유토피아』를 썼다는 주장도 있을 정도이다. 그렇게 본다면 모어는 근대 자본주의 태동기에 자본주의의 폐단을 공격한 최초의 반자본주의자라고 할 수 있겠다.

물론 자본주의는 18세기 중반 영국에서 시작되었다는 것이 정설로 되어 있지만 모어가 살던 시대에 이미 자본주의의 맹아가 싹텄다고 볼 수 있다. 인클로저가 계속되면서 영국의 양모 산업은 엄청나게 발전했다. 영국에서 최초의 자본가 중 한 사람은 양모 공장의 소유주였다. 부르주아들은 공장을 운영하며 새로운 사회의 주인공인 자본가로 성장했다.

라파엘은 누구인가

다만 『유토피아』에서 짚고 넘어가야 할 문제가 두 가지 있다. 첫째, 작중 인물의 입장이다. 이 책에서 등장인물인 모어는 실제 저자인 모어인가? 허구적 인물인 라파엘은 누구를 대변하는가?

1부의 마지막 부분에서 사유 재산제를 폐지하고 이상 사회의 토대가 되는 공산제를 수립할 것을 주장하는 라파엘의 입장에 대해 모어는 적극적인 반론을 펴지 않고 유보하는 태도를 보인다. 2부의 마지막에도 모어는 라파엘의 이야기를 다 들은 후 그가 말한 모든 것에 동의할 수는 없지만 일부는 〈우리나라에도 도입되었으면 좋겠다〉는 말로 소설을 끝낸다. 작중 인물인 모어의 입장이 저자 모어의 견해일까, 아니면 라파엘의 이야기가 모어의 진짜 견해일까? 아무래도 아리송하다. 독자 입장에서는 라파엘의 이야기는 공상가의 허튼소리임이 분명하다. 하기야 라파엘 히슬로다에우스에서 〈히슬로다에우스Hythlodaeus〉의 뜻이 〈허튼소리를 하는 사람〉이라고 하니 그의 이야기는 신빙성이 없을지도 모른다.

그렇다면 저자 모어의 입장은 작중 인물 모어의 견해만인가? 당대 영국의 사회 제도를 비판한 자도 라파엘이고 사유 재산을 철폐해야만 행복한 이상 국가로 갈 수 있다고 설파한 자도 라파엘이다. 그는 자신이 방문했던 유토피아라는 섬에서 그런 것들이 실제로 실행되고 있다는 것을 증명하며 이상 사회의 실현에 대한 증거를 제시했다. 그런데 모어는 라파엘의 이야기에 선뜻 동의하지 않고 다소간 미심쩍게 의심의 눈초리를 보내기만 한다. 『유토피아』의 마지막 장을 넘기도록 저자 모어의 속내가 무엇인지 궁금할 뿐이다.

문학의 페르소나

예술에 〈페르소나persona〉라는 용어가 있다. 페르소나는 고대 그리스의 연극에서 배우들이 쓰던 가면을 뜻하는 라틴어에서 유래했다. 〈가면을 쓴 인격〉을 의미한다. 그러다가 심리학자 카를 융Carl Gustav Jung에 의해 처음으로 이론화가 되어 〈타인에게 비치는 외적 성격〉을 가리키는 용어가 되었다. 융에 따르면 인간은 천 개의 페르소나를 지니고 상황에 따라 적절한 페르소나라는 가면을 쓰며 인간관계를 이루어 간다고 한다. 예컨대 프랑스의 황제 나폴레옹Napoléon도 전쟁터에서는 강인한 군인의 페르소나를, 가정에서는 다정다감한 남편이자 아버지의 페르소나를 지닌다는 것이다. 그리고 연극이나 영화의 경우 감독이 직접 연기할 수 없으니 — 물론 감독이 주연을 맡는 경우도 있지만 — 자신의 작품 세계를 대변할 수 있는 배우에게 일종의 역할극을 하게 만든다. 이때 배우는 감독의 페르소나가 된다. 이를 문학 작품에 도입하면 문학적 페르소나가 된다.

예컨대 영국의 소설가 조너선 스위프트Jonathan Swift의 『걸리버 여행기Gulliver's Travels』에서 걸리버는 스위프트의 페르소나가 될 수 있다. 스위프트는 18세기 영국의 정치·종교·학문의 타락상을 공격하기 위해 이 풍자 소설을 썼다. 작가 자신의 분노나 감정을 작품 속에 그대로 투영하지 않고 페르소나를 등장시켜 대신 토로하게 하는 것이 풍자 소설의 특징이다. 작가 자신이 직접 목소리를 내게 되면 사회·정치적으로 문제의 소지가 있기 때문이다. 『유토피아』에서도 작중 인물 모어와 더불어 라파엘 역시 모어의 페르소나라 할 수 있다. 두 명의 페르소나가 서로 이야기를 주고받으며 논쟁을 벌이는 형식인 것이다. 〈모어는 현실 세계의 갈등과 모순을 보고 이 문제들을 해결할 수 있게 극단의 조치를 취한 이상 국가의 모델을 만들어 보았다. 그 모델을 대변하는 것이 라파엘 히슬로다에우스이다〉라는 주장과 〈저자 모어는 그의 가장 깊은 신념을 작중 인물 모어의 입을 통해서가 아니라 또 하나의 분신인 특별한 인물 라파엘을 통해 토로하고 있는 것이다〉라는 지적은 타당하다. 유토피아 사상은 당대에 관한 비판 의식을 깔고 있어서 기존의 권력 체제 안에서는 급진적이면서도 위험한 사상으로 여겨진다. 이 때문에 모어는 『유토피아』에서 라파엘이라는 페르소나를 등장시켜 자신의 의견을 강력하게 대변시키고 자신과 동일시될 수 있는 작중 인물 모어에게는 다소 유연한 시각을 심어 준 것으로 생각된다.

공산주의 사회

유토피아는 본질적으로 공산주의 사회이다. 이 섬나라에는 사유 재산제가 없고 화폐 자체가 없으며 모든 생산물을 공평하게 분배해 빈부 격차가 없다. 공산주의는 사적 소유를 없애고 공동으로 생산해서 공평하게 나누면 모두가 행복하게 된다는 철학이다. 이 철학이 실현된 사회가 유토피아이다. 라파엘은 〈유토피아야말로 세계에서 가장 좋은 국가일 뿐만 아니라 공화국이라고 할 수 있는 유일한 나라입니다〉라고 자신 있게 말한다. 이런 이유로 독일의 철학자인 에르네스트 블로흐Ernest Bloch는 모어를 가리켜

〈공산주의의 가장 고결한 선구자 중의 하나〉로, 『유토피아』를 〈민주주의적 공산주의의 꿈과 욕망을 그린 최초의 근대적 작품〉으로 평가하고 독일의 사회 사상가 카를 카우츠키Karl Kautsky는 모어를 〈근대 공산주의의 최초 이론가〉로 칭송하고 있다.

유토피아를 바라보는 두 시선

과연 유토피아는 공산주의 사회이며 모어는 공산주의 철학의 시조인가? 유토피아는 사적 재산과 화폐가 존재하지 않고 부를 공동으로 소유하는 사회일 뿐만 아니라 육체적 쾌락보다는 정신적 쾌락을 최고의 행복으로 상정하고 있는 사회이기도 하다. 유토피아에서는 하루에 여섯 시간만 일하고 나머지 시간에는 덕을 키우고 지식을 연마하고 신을 경배하는 등 정신적 행복을 추구한다. 다시 말해 이 나라는 공산주의 사상을 뛰어넘어 사회의 궁극적 목적은 경제적 평등이 아니라 더 상위 목표인 정신적 행복을 기반으로 한다고 주장한다.

한편 유토피아의 시도를 부정적으로 보는 시각도 있다. 『열린 사회와 그 적들Open Society and Its Enemies』의 저자로 유명한 영국의 철학자 카를 포퍼Karl Popper는 유토피아적 사고는 이성에 의지하지 않고 감정에 휩싸여 결국 사회를 망친다고 주장한다. 그는 민주주의 사회에서 악을 바로잡아 가며 점진적으로 개혁을 해나가야 한다고 주장한다.

유토피아에 대해 부정적 시각을 드러내는 또 한 사람은 영국의 소설가 조지 오웰이다. 그는 현재의 삶을 힘들게 하는 모든 악과 불행이 사라진 세계, 무지와 전쟁, 빈곤, 오염, 질병, 좌절, 기아, 두려움, 과로가 없는 그런 세계가 모두가 바라는 세상이라는 점은 부정할 수 없지만 정말로 그런 세상에서 살고 싶은 사람이 있느냐고 되묻는다. 그런 세계에서는 영원한 무기력만 뒤따를 뿐이라는 것이다. 오웰은 네덜란드의 화가인 피터르 브뤼헐Pieter Bruegel the Elder이 1567년에 그린 「게으름뱅이의 천국The Land of Cockaigne」을 예로 들고 있다. 뚱뚱하고 거대한 사람 몸뚱이 세 개가 머리를 맞댄 채 누워 있고, 그 주변에는 이들이 먹다 남긴 듯한 빵과 달걀, 구운 고기가 널려 있는 그림이다. 오웰은 이 그림을 보면 영원히 지속되는 〈좋은 시간〉이라는 개념이 전반적으로 공허하다는 사실이 드러난다고 주장한다. 그리하여 유토피아는 이제 기술적으로 얼마든지 실현할 수 있으며, 그 결과 유토피아가 오지 않도록 하는 방법이 오히려 심각한 문제로 떠오르게 되었다고까지 말한다. 생화가 조화보다 아름다운 것은 꽃이 시들기 때문일 것이다. 거실의 화병에 꽂아 놓은 장미 몇 송이는 곧 시들어 잎이 떨어질 것이기에 지금 훨씬 아름다워 보인다. 영원히 시들지 않는 활짝 핀 조화를 보고 〈아름다움〉을 느끼기는 어려운 법이다. 누가 브뤼헐의 〈게으름뱅이의 천국〉에 살고 싶어 하겠는가? 이것은 오웰뿐 아니라 누구나 동의하는 바일 것이다.

이러한 유토피아의 부정적 관점을 거론한 작품으로 영국의 소설가 올더스 헉슬리가 쓴 『멋진 신세계』가 있다. 이 소설은 오웰이 제기한 바와 같이 현대인이 만들어 낼 수 있는 합리적인 쾌락주의 사회에 대한 두려움을 표현하고 있다. 모어의 〈유토피아〉만

보더라도 개인의 자유가 없고 개성이 결여된 사회이다. 여행을 하려면 당국의 허가를 받아야 하고 가족의 수도 정해져 있으며 공동의 공간에서 식사해야 하는 등 국가의 통제를 기반으로 한다. 집단의 행복을 위해 개인의 욕구가 절제되는 나라가 아니라 욕망이 억제되고 강제되는 나라인 것이다.

피터르 브뤼헐,
「게으름뱅이의 천국」(1567년)

문학의 줄기를 잡는 노트

인간이 유토피아를 상상하는 것은 현실이 행복하지 않기 때문이다. 그래서 유토피아는 현실에 대한 비판으로 작용할 수 있다. 모어의 『유토피아』도 이를 그대로 적용하고 있다. 특히 1부에서는 당대 영국 사회의 경제적 토대를 가차 없이 비판한다. 〈양이 사람을 잡아먹는다〉라는 날카로운 은유를 통해 귀족과 지주들의 탐욕을 위해 더 많은 이윤 추구와 효율성을 정당화하는 근대 자본주의 초기의 사회 체제를 극렬하게 비판하고 있다. 모어의 현실 비판은 유토피아 사상의 기본 정신으로 이해할 만하다.

유토피아 사상에는 긍정의 의미와 부정의 의미가 공존하고 있다. 인간의 가장 고귀한 꿈이 실현되는 지고의 사회인 〈이상적인 곳〉을 뜻하는 동시에 어원 자체의 의미에 따라 〈어디에도 없는 곳〉을 뜻하는 만큼 비현실적이고 실현 불가능하다는 의미이기도 하다. 그런 맥락에서 유토피아 문학은 바람직한 이상 국가가 아니라 현실에 대한 하나의 경고로 읽히기도 한다. 결코 존재하지 않는 유토피아를 상상하는 것 자체가 현실에 대한 비판적 성찰이 되기 때문이다. 모어의 유토피아 사상은 현대에 접어들어 헉슬리와 오웰이 창조한 디스토피아로 나타나 전체주의 국가들에서 나타나고 있는 사회 모델로 부각되기에 이른다. 그렇다고 미래의 행복한 모습을 꿈꾸어서는 안 되는가? 그렇지 않다. 더 나은 세계에 대한 열망이 있어야 인간 문명이 진보할 수 있다.

『도리언 그레이의 초상*The Picture of Dorian Gray*』이라는 작품으로 유명한 아일랜드의 극작가 오스카 와일드Oscar Wilde의 말을 빌려 마무리하고 싶다.

유토피아가 표시되지 않은 세계 지도는
잠시도 쳐다볼 가치가 없다. 인류가 정박해야 할
나라가 빠져 있기 때문이다. 일단 그곳에 발을 디딘
인류는 다시 밖을 내다보고 더 나은 국가를 찾아
항해를 떠난다. 진보란 유토피아를 하나씩 실현해
가는 과정이다.

2부 문학을 한다는 것

고전주의, 문학이란 꾸준히 삶을 닦아 나가는 것: 알렉산더 포프의 「고요한 삶」

「잡념 없이 전적으로 즐기는 일이란 고요히 묵상하는 것.」

지금까지 서양 문화의 두 기둥인 헬레니즘과 헤브라이즘의 정신, 플라톤의 이데아 사상과 아리스토텔레스의 미메시스 문학론을 지나 중세 문학을 간략히 짚어 본 뒤 르네상스를 이해하면서 후대에 유토피아 문학의 독자적인 영역을 구축한 『유토피아』를 살펴보았다.

이제 본격적으로 오늘날의 문학과 만나는 물줄기를 따라가 볼 차례이다. 서구 문학사는 고전주의부터 시작된다고 볼 수 있다. 그럼 고전주의가 어떻게 탄생되었으며, 그 문학 정신이 어떤 것인지 알아보자.

문예 사조

문학 작품은 작가가 살았던 시대의 유행이나 정신과 떼려야 뗄 수 없는 관계를 맺고 있다. 같은 시대를 살았던 작가들은 당대의 세계관, 즉 시대정신을 충실히 반영하면서 작품에 유사점이 생길 수밖에 없다. 그 시대와 장소에 공통되는 문학 정신이 등장하여 문학 전통을 이루게 되는 것이다. 이처럼 동시대에 쓰인 문학 작품은 대체로 미적·도덕적·사회적 신념과 관념, 인생관 등에서 서로 공유하는 부분이 생긴다. 이런 공통된 경향을 한데 묶어 〈문예 사조〉라 부른다. 문예 사조는 한마디로 〈문학과 예술이 지닌 공통적인 사상의 시대적 흐름〉이다. 특정한 시기를 지배하는 문학 예술의 규범 체계라고 일단 이해해 두자. 어떤 문학 작품을 두고 그것이 〈고전주의〉 작품이라든가 〈낭만주의〉 시라든가, 아니면 〈리얼리즘〉 소설이라는 말을 한다. 이런 갈래가 바로 문예 사조이다. 서구 문학사에서 문예 사조의 맏형은 고전주의이다. 그다음에 낭만주의가 나타났고 그 반동으로 리얼리즘이, 또 그에 대한 반발로 모더니즘이 생겨났다. 흔히 〈적의 적은 동지이다〉라는 말이 있듯이 고전주의와 리얼리즘은 서로 닮은 데가 많고 낭만주의와 모더니즘도 유사성이 많다.

고전주의 정신

17세기 중엽부터 18세기까지 유럽을 휩쓴 문학 사조를 〈신고전주의〉라고도 하고 그냥 〈고전주의〉라고도 한다. 앞서 살펴보았듯이 그리스 사회에서 헬레니즘 이전 시대를 〈고대 그리스〉라 불렀다. 그 가운데 가장 융성했던 시대 — 소크라테스, 플라톤, 아리스토텔레스가 살았던 시대 — 를 〈고전기〉라 일컫는다. 17세기에 이르러 작가들은 고대 그리스와 로마 시대의 고전 문학에서 문학적 전범을 찾으려고 했다. 그러므로 그 시기의 문학 전통이나 사조는 당연히 신고전주의가 되어야 한다. 옛날에는 신고전주의라고 불렀다. 그런데 요즈음은 고전주의라고도 불린다. 고대 그리스의 고전기는 하나의 공통된 문화나 문예 전통을 형성하지 못했기 때문이다. 여기서는 이런 관점에 동참하여 신고전주의를 고전주의라고 부르기로 하자.

중세의 막바지를 장식한 르네상스 문학은 종교의 들러리 역할을 했던 중세 문학과는 달리 인간성을 강조하고 인본주의 정신을 추구했지만 하나의 사조를 형성하지 못했다. 문학이 예술의 본격적인 하위 분야로서 당당히 홀로 서게 된 시기는 17세기였다. 중세가 끝나고 17세기 중엽에 이르러 문학은 드디어 종교의 사슬에서 벗어나 독자적인 존재 이유를 지니게 되었다. 이렇게 해서 최초의 사조라 할 수 있는 고전주의가 탄생하게 된 것이다.

고전주의 정신은 물론 르네상스 운동에서 출발했는데, 이탈리아에서 유럽 전역으로 옮아가는 과정에서 각 나라의 정서에 맞는 문학적 이상을 실현하게 된다. 그렇지만 〈고전〉이라는 공통된 어원을 공유하는 만큼 어느 정도 공통된 지향점을 유지하고 있다. 르네상스와 고전주의는 고대 그리스와 로마의 고전을 본받자는 운동이라는 데에서 유사점을 공유한다. 둘 다 법칙이나 규범을 높이 평가했다. 다만 르네상스 문학이 고대 그리스와 로마의 고전에서 자유로운 정신과 다방면의 지식을 흡수하려 했다면 고전주의는 질서 있고 조화로운 작품을 창작하기 위해서 고전의 규칙과 형식을 엄격하게 모방하려 했다. 르네상스 문학이 그리스 고전에서 인간 정신의 자유분방한 표현을 익혀 정서적으로나 지적으로 지나치게 호탕한 기질을 보였다면 고전주의에 이르러서 이성이 비합리적 열광의 위험을 누그러뜨리게 되었다. 르네상스 문학은 개성적이고 열정적인 개인을 존중하고 기교 면에서도 장식적인 것을 좋아한다. 반면 고전주의는 인간 자체에 더 많은 강조점을 두고 단순하고 소박한 것을 좋아한다. 결과적으로 고전주의는 르네상스의 계승인 동시에 한 걸음 더 나아가 그에 대한 비판이자 대안으로 새로운 문예 지평을 열었다.

고전주의의 탄생

유럽 전체를 흔들어 놓았던 르네상스가 14세기 후반부터 서서히 저물기 시작하고 중세는 황혼기에 접어들었다. 유럽 사회는 봉건 체제의 틀에서 벗어나고 있었다. 니콜라스 코페르니쿠스 Nicolaus Copernicus의 지동설, 〈그래도 지구는 돈다〉라는 말을 남긴 갈릴레오 갈릴레이Galileo Galilei, 〈진리는 망망대해와 같다. 우리는 고작 바닷가에서 조개를 줍고 기뻐하는 아이일 뿐이다〉라고 말하면서 과학적 진리를 탐구한 아이작 뉴턴Isaac Newton 등에 의해 과학 혁명의 시대를 맞이했다. 또한 〈나는 생각한다. 그러므로 나는 존재한다〉를 설파한 르네 데카르트René Descartes, 〈내일 지구의 종말이 온다 할지라도 나는 오늘 한 그루의 사과나무를 심겠다〉라고 선언한 스피노자, 묘비명에 〈아는 것이 힘이다〉라고 적힌 베이컨 같은 쟁쟁한 철학자들이 등장하여 유럽에서 근대 철학의 기초가 닦인 시대였다. 이처럼 과학과 철학의 발전으로 이성과 합리성, 현실적인 면이 더욱 강화되어 고전주의의 틀을 만드는 계기가 되었다.

고전주의 문학의 출발점은 아리스토텔레스의 예술관이다. 아리스토텔레스가 『시학』에서 〈시는 자연의 모방이다〉라고 말했듯이 고전주의자들은 문학이란 질서, 조화, 균형이라는 형식 속에서 영원한 자연의 보편성과 인간적 진실을 담아내려는 노력이라고 주장하면서 그의 예술론을 충실히 따르고자 했다. 여기서 고전주의자들이 말하는 보편성이란 상식에 어긋나는 개인의 돌발적인 행위나 절제되지 않은 말과 행동, 화려한 치장, 장황한 미사여구, 비현실적 상상력 따위가 배제되어야 한다는 뜻이다. 그리하여 문학은 모든 사람이 공통으로 관심을 가질 수 있는 〈보편적인 주제〉를 다루어야 했다. 한마디로 상식에 비추어 수긍할 수 있는 합리적인 것이 문학적 진실이었다.

고전주의는 문학뿐 아니라 미술에서도 열풍을 일으켰다. 그런데 문학과 달리 미술에서는 신고전주의를 〈신고전주의 미술〉로 부른다. 신고전주의 미술 역시 추구하는 바는 고전주의 문학과 동일하다. 글이 그림으로 표현된 것뿐이다. 신고전주의 미술은 이전 시대인 바로크, 로코코의 지나친 열정과 과도한 감정 개입에 반발해 생긴 미술 사조로 고대 그리스·로마 시대의 고전 미술 양식과 정신을 재현하려고 했다. 그러다 보니 형식, 위엄, 자기희생, 애국, 도덕심을 강조하고 엄격한 형식미와 이성, 질서, 균형감을 중시하게 되었다. 신고전주의 미술의 전범이라 할 만한 자크 루이 다비드Jacques Louis David의 「호라티우스 형제의 맹세Oath of the Horatii」를 감상해 보자.

문학이란 꾸준히 삶을 닦아 나가는 것

시는 〈인생의 모방〉이며 〈자연을 비추는 거울〉이라는 말은 고전주의 문학가들이 간직하고 있는 명제였다. 그들은 문학이란 개인적 감정의 토로나 상상력의 발현이 아니라 사람들이 보편적으로 가지고 있는 감정을 이성적 관점에서 적절하게 표현해 독자들에게 인간 본성에 대한 진실을 전달하는 것이라고 믿었다. 그래서 작가에게는 타고난 천재성도 필요하겠지만 그보다는 오랜 훈련과 학습을 통해 훌륭한 문학 작품이 나온다고 보았다. 문학을 한순간에 나타나는 천재성의 소산이 아니라 꾸준히 삶을 닦아 나가는 기술의 결과물로 보았던 것이다. 이런 절차탁마하는 정신은 〈옥불탁불성기 인불학부지도(玉不琢不成器 人不學不知道)〉라는 『명심보감』의 한 구절을 떠올리게 한다. 옥은 다듬지 않으면 그릇이 되지 못하고 사람은 아무리 재능이 뛰어나더라도 열심히 학문을 익히고 수양하지 않으면 도를 알지 못한다는 의미이다. 이 구절이야말로 바로 고전주의자들이 지향하는 학문의 자세일 것이다.

자크 루이 다비드,
「호라티우스 형제의 맹세」(1785년)

문학의 줄기를 잡는 노트

고전주의 작품, 그중에서도 고전주의 시는 현실에 맞지 않는 세계관을 드러내고 고리타분한 교훈만 늘어놓아 현대인들에게는 맞지 않을 수 있다는 우려가 든다. 그러나 〈온고이지신(溫故而知新)〉이라는 말도 있듯이 고전주의 시를 통해 당대의 세계관을 이해하고 나아가 현실과 미래를 위한 시금석으로 삼을 수 있지 않을까. 고전주의 문학 정신이 물씬 풍기는, 알렉산더 포프Alexander Pope와 이광수의 시를 한 편씩 읽어 보면서 고전주의에 대한 이야기를 마무리하겠다.

고요한 삶

알렉산더 포프

행복한 사람이다, 그 바라는 바 희망도
선조에게서 물려받은 좋은 땅에 국한하고
나면서부터 자신의 땅에서 숨 쉬고
만족하는 사람은.

소들은 젖을 주고 밭은 빵을 주며
양들은 옷을 마련해 준다.
나무들은 여름이면 그늘을 드리워 주고
겨울이면 땔감이 된다.

축복받은 사람이다. 아무 신경 쓰지 않고
시간도 날짜도 세월도 고요히 흘러
몸은 건강하고 마음은 평온하여
낮에는 한가하다.

밤에는 깊은 잠을 자고 학문과 휴식이 있고
즐거운 오락이 어우러지고
잡념 없이 전적으로 즐기는 일이란
고요히 묵상하는 것

이렇게 살련다. 남몰래 이름도 없이
애도하는 사람 없이 죽으리.
이 세상을 조용히 떠나, 잠든 곳을
알리는 묘비도 없이.

　이 시는 포프가 열두 살 때 쓴 것이다. 세상과 동떨어져 안빈낙
도하는 마음으로 평안을 느끼며 사는 소박한 삶을 예찬하고 있
다. 그는 18세기 영국 고전주의 문학 사조를 가장 잘 나타낸 시인
이다.

붓 한 자루

이광수

붓 한 자루
나와 일생을 같이하란다.

무거운 은혜
인생에서 얻은 갖가지 은혜,
언제나 갚으리
무엇 해서 갚으리 망연해도

쓰린 가슴을
부둠고 가는 나그네 무리
쉬어나 가게
내 하는 이야기를 듣고나 가게.

붓 한 자루야
우리는 이야기를 써볼까이나.

　문학을 교훈적 도구로 삼으려는 화자의 심정이 여실히 드러난
다. 그간 받아 온 가르침에 대한 보답으로 문학의 길을 가겠다고
하는 화자의 다짐이다. 〈인생에서 얻은 갖가지 은혜〉를 붓 한 자
루, 즉 문학을 통해 사회에 그 빚을 갚으려는 것이다.

낭만주의, 시란 강력한 감정의 자연스러운 분출: 윌리엄 워즈워스의 「무지개」

「어린이는 어른의 아버지.」

기술을 존중한 헬레니즘 시대를 거쳐 철학이 종교의 들러리로 전락한 천 년 동안 중세 시대의 사람들은 인본주의 정신을 바탕으로 현실적 가치관, 개성, 지혜를 존중했던 고대 그리스와 헬레니즘 시대의 사상을 얼마나 그리워했겠는가? 그 열망이 중세의 봉건주의를 황혼에 이르게 해 종지부를 찍고 르네상스를 도래하게 만든 것이었다. 고전주의 시대 작가들의 작품을 면면이 살펴보면 그동안 인간의 자유, 개성, 본성이 얼마나 억압되어 왔는지 알 수 있다.

하지만 그처럼 새롭게 여겨지던 사회와 문화가 정체되면 인간은 또 다른 욕망을 향해 끊임없이 이동한다. 고전주의에서 살펴보았듯이 르네상스 문학이 한계에 부딪히자 작가들은 새로운 문학 양식을 추구하지 않았던가. 예술가는 사회를 선도하는가, 아니면 사회를 반영하는가? 이런 질문이 나올 수 있다. 정확한 답은 없다. 예술가들은 동시대 사람들보다 상상력과 통찰력이 뛰어나 앞날을 예견하고 추리하는 능력이 남다른 것은 사실이다. 그와 더불어 작가들의 작품은 동시대의 사회와 문화를 반영한다. 르네상스 이후에 나타난 고전주의도 사회, 문화, 과학 등 사회 전반의 변혁에 따른 문화 현상이라 치면 음악, 미술, 건축, 문학에 나타난 고전주의 예술 양식도 당대 사회의 반영이라 말해야 옳을 것이다. 고전주의 문학가들은 고전주의 문학이야말로 문학의 전부이자 결정판인 것처럼 생각했다. 그렇지만 사회에 또다시 새로운 가치관이 등장하고 삶의 양식이 바뀜에 따라 고전주의 문학은 퇴조를 고하고 새로운 문학 사조인 〈낭만주의〉가 등장했다.

낭만주의란

낭만주의는 고전주의에 반발하여 18세기 말에 불길처럼 일어나 19세기 초반까지 지속된 문학 운동이다. 고전주의 하면 떠오르는 것이 〈이성〉과 〈합리성〉이다. 어떤 일이 있어도 감정을 누그러뜨리고 이성적으로 굴어야 했다. 그 당시 문학이라는 것도 고대 그리스·로마의 고전을 신주 모시듯 그대로 모방하는 것을 제일로 쳤다. 형식과 규범에 얽매여 감성과 상상력을 발휘해 시를 쓴다는 것은 생각도 못 했고, 그런 작가는 문제아 취급을 받을 것이 분명했다. 훌륭한 작가는 절차탁마해서 이성을 바탕으로 독자들에게 교훈을 주는 일련의 작업을 해야 했다. 그런데 낭만주의는 고전주의의 키워드인 이성과 합리성에 정면으로 도전한다. 낭만주의 문학가들은 무엇보다 인간의 〈감성〉, 〈감정〉, 〈상상력〉을 훨씬 중요하게 여겼다.

　낭만주의가 무엇인지 그 본질을 쉽게 설명해 보겠다. 영국의 시인 윌리엄 워즈워스William Wordsworth는 『서정 시집Lyrical Ballads』 이라는 책에서 〈훌륭한 시란 강력한 감정의 자연스러운 분출〉이 라고 정의를 내린 바 있다. 이 말은 영국 낭만주의의 선언 격으로 낭만주의의 핵심적인 태도를 보여 주고 있다. 나아가 그는 〈사람 들이 실제로 사용하는 언어를 선택하여 보통 사람들의 삶〉에서 얻은 소재를 시에서 다루자고 제안했다. 마찬가지로 영국에서 낭 만주의 시 운동을 주도한 존 키츠John Keats는 〈시라는 것은 나뭇 가지에 잎이 나오듯 자연스럽게 오지 않는다면 오지 않는 편이 낫다〉라고 말한 바 있다. 워즈워스나 키츠의 말은 시(문학)라는 것은 이성에서 비롯되는 것이 아니라 감정과 상상력에서 자발적 으로 우러나오는 것이라는 뜻이다. 그래서 워즈워스는 「무지개」 라는 시에서 〈어린이는 어른의 아버지〉라고 말했다. 보편적 진리 와 상식으로 무장한 고전주의 시인들에게는 〈어린이는 어른의 아버지〉라는 역설적 표현은 말도 안 되는 것이다. 호래자식이라 고 욕먹을 것이 뻔하다. 그렇게 생각은 할 수 있지만 글로 표현해 서는 안 된다. 이성과 보편적 진리에 어긋나기 때문이다. 하지만 낭만주의 시인들은 자신의 감정을 가슴속에만 담아 두지 않고 상 상력을 동원해 솔직하게 글로 드러냈다. 현대적인 관점에서 보면 낭만주의에 와서야 비로소 시다운 시가 등장했다고 할 수 있다. 현대에 고전주의 시는 완전히 쇠퇴해 버렸지만 낭만주의 시는 아 직까지 쓰이고 읽히고 있는 것만 보더라도 틀린 말은 아니다.

낭만주의의 태동

낭만주의의 시작과 끝은 대체로 프랑스 혁명부터 19세기 초반까지이다. 영국의 사학자인 에릭 홉스봄Eric Hobsbawm은 낭만주의 시대를 〈혁명의 시대〉라 불렀다. 그는 산업 자본주의의 승리는 이중 혁명, 즉 18세기 중엽 영국에서 발흥된 산업 혁명과 1789년에 일어난 프랑스 혁명으로 인해 가능했다고 지적한다. 산업 혁명은 자본주의 경제 체제의 발판을 마련해 산업의 승리를 가져왔고, 프랑스 혁명은 자유와 평등이라는 자본주의의 정치적 승리를 낳았다는 것이다. 프랑스 혁명은 절대 왕정의 구체제(앙시앵 레짐)를 일거에 타도하여 민주적 의회 정치, 사유제와 특권 폐지, 국민 국가 등을 특징으로 하는 근대 사회로의 길을 열었다. 특히 낭만주의는 프랑스 혁명의 직접적인 영향을 받았다. 유럽의 작가들은 프랑스 혁명으로 자유롭고 평등한 시민 사회를 꿈꾸었고, 희망에 찬 미래를 기대했다.

그리고 중산층 독자들이 대거 유입됨에 따라 문학은 과거 지배 엘리트층의 전유물에서 벗어나게 되었다. 이른바 중산층과 여성 독자들을 중심으로 하는 독서 대중이 성장하게 된 것이다. 작가들은 고전주의 시대처럼 지배 이데올로기에 부합하는 글을 써야 한다는 압박감에서 벗어나 독립적이고 개인적인 글을 쓰며 정신적 자유를 찾게 되었다.

프랑스 혁명 이후 19세기 전반의 유럽 사회는 여전히 봉건 귀족들이 지배하고 있었고, 정치적으로도 불안정한 시기였다. 새로운 세상에 대한 기대와 희망을 품고 출발한 프랑스 혁명은 루이

16세를 단두대에서 처형시킨 혁명가 막시밀리앙 로베스피에르 Maximilien Robespierre의 공포 정치로 이어졌고, 이후 나폴레옹이 등장해 다시 전쟁이 일어나면서 혁명 정신은 퇴조하기 시작했다. 한때 혁명을 열렬히 지지한 예술가들은 혁명이 가져다줄 미래 세계에 더는 희망을 품을 수 없었다. 결국 낭만주의 예술가들은 현 체제를 부정하고 현실에서 도피하게 된다. 그들이 눈을 돌린 곳은 자연 혹은 현실과 아주 동떨어진 과거(중세)였다. 그들은 그곳에서 삶의 의미를 찾게 되었다. 모어의 『유토피아』를 살펴보면서 낭만주의는 유토피아 사상과 유사하다고 말한 바 있다. 낭만주의 예술은 본질적으로 유토피아처럼 현실에 만족하지 못하고 꿈과 아름다움이 있는 미래나 전원적인 과거를 동경한다. 그렇다면 낭만주의 예술은 어떤 식으로 표출될까? 당연히 고전주의 예술과는 정반대의 입장에 서 있다. 첫째, 형식과 규범에 얽매이지 않고 무한한 자유와 상상력을 지닌다. 둘째, 인간의 감정을 억압하는 대신 오히려 존중하고 높인다. 셋째, 형식적이고 보편적이며 모방적인 것보다는 자율적이고 독창적인 것을 갈망한다. 넷째, 보편적 진리를 존중하는 대신 개인적인 아름다움을 추구한다.

그럼 낭만주의 미술에 대해 살펴보자. 굳이 미술 이야기를 꺼내는 것이 생뚱맞을 수 있지만 낭만주의라는 사조를 더 잘 이해하기 위한 저자의 눈물겨운 노력임을 알아주길 바란다. 지나친 사실성 강조와 형식, 절제, 균형을 중시하는 신고전주의 미술에 반발해 인간의 감정이나 주관을 강조하는 그림이 등장하게 되었다. 독일 낭만주의 미술의 선구자 카스파르 프리드리히 Caspar

David Friedrich는 〈예술가는 자기 앞에 보이는 것뿐 아니라 자신의 내부에 있는 것도 그릴 줄 알아야 한다〉라고 주장했다. 외부적인 사실성보다는 인간의 감정이 녹아 있는 그림을 그려야 한다는 뜻일 것이다. 다음은 프리드리히의 「안개 바다 위의 방랑자Wanderer above the Sea of Fog」라는 그림이다. 바위 위에 서서 자욱한 안개가 낀 바다를 응시하는 인간의 모습에서 슬픔, 고독감, 적막감 같은 것이 과연 느껴지는지 감상해 보자. 앞서 살펴본 신고전주의 작품인 다비드의 「호라티우스 형제의 맹세」와 비교해 보면 고전주의와 낭만주의를 이해하는 데 도움이 될 것이다.

고전주의 예술과 낭만주의 예술은 워낙 상반되어서 표로 정리해 보았다.

고전주의	낭만주의
보편적인 인간성에 주목	인간의 자아와 개성 중시
이성과 합리성 중시	상상력을 예술의 원동력으로 함
사회적 동물로서의 인간에 깊은 관심	인간의 개별적 특성에 큰 관심
진실 추구 / 현실 중시	아름다움 추구 / 공상(상상력) 중점
형식, 균형, 기교 중시	내용, 자유, 정서 존중
평범한 현실 세계를 그림	아름다운(신비스러운) 미래 묘사
보편성 추구	특수성(개별성) 추구
문학은 절차탁마하는 것	문학이란 개인적 감정에서 자발적으로 우러나오는 것

카스파르 프리드리히,
「안개 바다 위의 방랑자」(1818년경)

낭만주의적 태도는 소설보다는 시에 우세하게 나타난다. 영국의 계관 시인 워즈워스를 비롯해 〈어느 날 아침 깨어 보니 유명해졌더라〉라고 말한 조지 고든 바이런George Gordon Byron, 「종달새To a Skylark」라는 시에서 〈우리의 가장 달콤한 노래는 가장 슬픈 생각을 이야기하는 것〉이라고 읊은 퍼시 셸리Percy Shelley 그리고 〈들리는 음악은 아름답지만 들리지 않는 음악은 더욱 아름답다〉라고 역설적으로 노래한 존 키츠 등의 시인이 떠오른다. 유명한 낭만주의 시 두 편을 소개하겠다. 학창 시절에 배웠거나 읽은 기억을 더듬어 보자.

무지개

워즈워스

하늘의 무지개를 바라볼 때마다
내 가슴은 뛴다.
내 인생이 시작되었을 때도 그러했고
어른이 된 지금도 그러하다.
내가 늙은 이후에도 그러할 것이다.
그렇지 않다면 차라리 죽음이 나으리!
어린이는 어른의 아버지
바라건대 내 목숨의 하루하루가
자연의 경건함에 제각기 맺어지길 바라네.

이 시의 원제목은 〈내 가슴은 뛰노라My Heart Leaps Up〉인데 흔히 〈무지개〉로 널리 알려져 있다. 화자는 어린 시절에 무지개를 바라보면서 느낀 감동과 희열을 어른이 되어서 반추하며 자신의 감정을 밝히고 있다. 어린 시절에 가슴이 두근거리며 좋았고, 어른이 된 지금도 그러하고, 나이가 더 들어 늙어서도 계속 감동할 것이라고 말한다. 만약 감동이 사라지면 차라리 죽는 것이 나으리라고 말하기까지 한다. 어린이가 가지고 있는 곱고 순수한 감성과 호기심이 사라진다면 영혼 없는 삶과 다를 바 없다는 것이다.

어린 시절, 비 온 뒤 하늘에 걸린 무지개를 보고 얼마나 좋아하고 기뻐했던가? 굳이 셰익스피어가 〈무지개에 다른 색을 첨가하는 일은 무의미하다〉라고 읊은 것을 기억하지 못하더라도 무지개만큼 완벽하게 아름다운 것이 있을까? 그렇게 순수했던 아이가 어른이 되어 무지개를 바라볼 때 더 이상 감동과 환희는 없고 그저 물방울의 반사니 굴절이니 하는 자연 과학적 현상에만 관심이 쏠린다. 워즈워스는 이 점을 몹시 우려했다. 그는 성인들에게 어린이의 세계에서 찾아볼 수 있는 그런 생생한 상상력을 간직하도록 노력해야 한다고 조언한다. 그러면서 인간의 근원적 심성인 동심(童心)의 소중한 가치를 일깨워 주고 있다. 순수한 마음을 간직한 아이들에게 배울 것이 너무나 많은 세상이다. 무지개를 보고 감탄하던 동심의 세계를 어른이 되어서도 계속 간직한다면 이 세계는 그렇게 혼탁하지 않을 것이다. 특히 〈어린이는 어른의 아버지〉는 가장 핵심적인 구절로서 역설의 좋은 예이다. 행여 순수한 마음을 상실한 어른들이여! 무지개를 보고 감동하던 어린 시절의 순수한 동심을 다시 끄집어내길 부탁드린다. 그러한 마음으로 또 다른 낭만주의 시를 감상해 보자.

가지 않은 길[5]

로버트 프로스트Robert Lee Frost

노란 숲속에 길이 두 갈래로 갈라져 있었다.
안타깝게도 나는 두 길을 한꺼번에 갈 수 없는
한 사람의 나그네라 오랫동안 서서
한 길이 덤불 속으로 굽어지는 곳까지
눈 닿는 데까지 멀리 바라보고 있었다.

그러다가 똑같이 아름다운 다른 길을 택했다.
그럴 만한 이유가 있었다. 그 길은
풀이 우거지고 사람이 걸어간 자취가 적었기에
하지만 그 길을 걸었으므로
두 길은 비슷해질 테지만

그리고 그날 아침 두 길은 똑같이
발자국으로 더럽혀지지 않은 낙엽에 묻혀 있었다.
아, 나는 훗날을 위해 처음의 길은 남겨 두었다.
길은 계속 이어지는 것을 알기에
내가 다시 돌아올 것인지 알지 못했다.

오랜 세월이 흐른 후 어디선가 나는
한숨을 쉬며 이 이야기를 하고 있을 것이다.
숲속에 두 갈래 길이 있었고 나는
사람들이 덜 간 길을 택했노라고
그로 인해 내 모든 것이 달라졌다고.

　상대적으로 나이가 있는 독자들이라면 이 시를 기억할 것이다. 학창 시절 국어 교과서에 실려 열심히 외운 시이다. 이 시는 미국 케네디 대통령 취임식에서 축시로 낭송될 만큼 미국인들이 사랑하는 시이기도 하다. 〈숲속의 풍경〉이라는 외면적 측면을 통해 〈인생 행로〉라는 내면적 감정을 노래하고 있다.

　화자는 전원 풍경을 일상적이고 밝은 언어와 서정적 표현으로 묘사하면서도 자연과 인간의 관계는 매우 현실적으로 그려 낸다. 그것은 우리 삶의 궤적과 무관하지 않다. 노란 숲속에 두 갈래 길이 나 있는데 어느 하나를 선택해서 갈 수밖에 없는 것이 우리네 인생길이기 때문이다. 이성적 판단으로는 인생에서 가보지 못한 길을 동경하거나 아쉬워할 필요는 없다. 괜히 비현실적인 동경이니 꿈이니 하는 것을 드러내 봐야 현실과 멀어지기만 한다. 그러나 낭만적 관점에서 보면 인생에서 선택한 길이 좋든 나쁘든 가보지 못한 길에 대해 아쉬움과 동경을 품는 것은 당연한 일이다. 화자 역시 자신이 선택한 길이 잘못되었다고 비관하는 것이 아니라 가보지 못한 길에 대한 아쉬움과 여운을 드러낼 뿐이다.

　우리는 인생에서 똑같이 아름다워 보이는 두 갈래 길 가운데 하나를 선택해야 한다. 그 갈림길에서 화자는 사람의 발길이 덜 닿은 길을 택함으로써 능동적이고 주체적인 삶을 사는 사람이었음을 추측할 수 있다. 그렇지만 시의 마지막 행에 〈그로 인해 내 모든 것이 달라졌다〉고 여지를 남겨 놓음으로써 오히려 깊은 울림과 여운을 남겨 준다. 화자가 택한 인생 행로가 순탄했는지 불행했는지는 모를 일이지만, 그와 무관하게 감정을 지닌 인간이라면 자신이 선택하지 않은 미지의 길에 대한 아쉬움과 그리움을 느끼는 것은 당연하다. 그게 낭만주의의 본질이다.

문학의 줄기를 잡는 노트

이성과 합리성을 바탕으로 보편적인 인간성을 추구하고 법칙, 규율, 형식 등을 중요시 여겼던 고전주의 문학은 18세기 말 불길처럼 일어난 낭만주의 예술 운동에 자리를 내주었다. 1798년 워즈워스가 시란 〈강렬한 감정의 자연스러운 분출〉이라고 선언함으로써 낭만주의 운동의 효시가 되었다는 점을 떠올려 보자. 문학(시)이란 이성, 법칙, 규율에 갇혀 타인을 위해 노래하는 것이 아니라 감성과 상상력을 바탕으로 창작자 자신의 감정을 드러내는 것이라는 뜻이다. 이것이 낭만주의 문학의 본질이다.

바이런의 시 「우리 둘이 헤어지던 때」의 1연을 읽고 워즈워스의 말이 맞는지 확인해보자.

> 말없이 눈물 흘리고
> 가슴은 찢어지듯,
> 오랜 동안의 이별을 알리던 때,
> 그대 뺨은 파랗게 질려 싸늘했고,
> 그대 입맞춤 더욱 차더니
> 참으로 그때 지금의 이 슬픔은 예고되었다.

그런데 〈리얼리즘〉이 〈문학은 현실의 반영〉이라고 주장하며 나타나 낭만주의 시를 〈아름다운 거짓말〉로 몰아붙이며 리얼리즘이 낭만주의를 왜 〈아름다운 거짓말〉이라 불렀는지 다음 장을 읽어 보기로 하자.

6장

리얼리즘, 현실에 눈을 뜨다:
오노레 드 발자크의 『고리오 영감』

「자, 이제 파리와 나의 대결이다!」

고전주의와 낭만주의를 거쳐 이제 리얼리즘에 도착했다. 낭만주의가 고전주의에 대한 비판에서 생겨났다면 리얼리즘은 낭만주의에 대한 비판에서 생겨났다. 리얼리즘은 이성과 합리성과 상식을 주장하는 고전주의의 태도를 더 극단적인 모습으로 발전시킨 것이라고 봐도 무방하다. 리얼리즘은 낭만주의 문학의 〈비현실성〉에 대한 반발에서 출발했다. 감성을 바탕으로 상상력을 가미하여 현실에 존재하지 않는 먼 과거나 마음속의 또 다른 세계를 동경하고 그리워하는 것이 낭만주의 문학이다. 리얼리즘 작가들은 낭만주의 문학이 현실을 마주하며 사는 민중들의 삶을 도외시하고 겉으로만 미를 추구하는 〈아름다운 거짓말〉이라고 공격한다. 따라서 리얼리스트들은 문학을 통해 저 너머 세상의 뜬구름 같은 환상을 그리지 말고 현실의 상황을 직시하여 현재를 사는 사람들의 모습을 있는 그대로 객관적으로 재현해야 한다고 주장한다. 〈소설에서 이제 삶에 대하여 거짓말을 하지 마라. 남녀노소를 있는 그대로, 모두가 알 수 있는 범위 안에서 삶의 모습 그대로 묘사하도록 하라〉는 미국의 리얼리스트 윌리엄 딘 하우얼스 William Dean Howells의 주장은 리얼리즘 문학의 방향을 제시해 준다.

리얼리즘의 시원

플라톤의 이데아와 아리스토텔레스의 미메시스를 떠올려 보자. 플라톤은 시(문학)는 이데아의 왜곡된 모방이니 시인을 사회에서 추방하자고 주장했다. 단 국가에 유익한 내용은 괜찮다는 단서를 달았다. 아리스토텔레스는 미메시스란 현실의 본질을 재현하는 것으로 보았다. 그만큼 자연스러운 일이라 인간은 날 때부터 모방된 것에 대하여 쾌감을 느낀다. 그리고 미메시스는 그 자체로 하나의 유기적인 통일을 이루고 있는 사건을 필연적인 인과 관계의 테두리 안에서 재현한다. 그래서 인간은 예술 작품을 보면 즐거움과 카타르시스를 느낀다고 주장했다. 이렇게 리얼리즘은 아리스토텔레스의 미메시스를 시원으로 하고 내용 면에서는 플라톤의 도덕적 교훈을 물려받았다.

리얼리즘이란

리얼리스트들의 주장에 따르면 문학이란 하늘에 떠 있는 무지개를 보고 가슴이 설레고 인생에서 가지 않은 길에 대한 아쉬움을 토로하며 그리움에 사로잡혀 있을 것이 아니라 현실을 정확하게 재현하고 그중에서도 자본주의 세상에서 삶의 뒤안길로 밀려 소외되어 있는 민중들의 고달픈 삶의 모습을 있는 그대로 정확히 묘사해 알림으로써 사회적인 인식을 확대하고 사회가 더 나은 방향으로 나아갈 수 있도록 해야 하는 것이다. 다시 말해 당대의 현실과 사회 환경을 마치 카메라로 찍듯이 있는 그대로 성실하게 재현하는 것이 리얼리스트의 사명이다.

리얼리즘은 현실적인 것이 이상적인 것이 될 수 없다는 점에서 낭만주의와 세계관이 일치하지만 낭만주의가 추구하는 초월적인 세계를 거부한다. 그보다는 경험에 의한 현실을 피할 수 없는 현실로 인정하고 모순을 극복하여 새로운 가치를 추구하고자 한다. 따라서 현실의 본질은 모순이라는 것이 리얼리즘의 명제라고 한다면 이 모순의 극복이 리얼리즘의 기본 정신이라 하겠다. 리얼리즘 문학에서 작가는 사회 구조의 모순을 날카롭게 통찰하여 독자들에게 앞으로의 사회 발전에 긍정적인 방향을 제시해야 한다.

리얼리스트들은 낭만주의자들을 사회적으로 무책임하고 비겁한 존재라고 비판하기도 한다. 현실의 질곡이 이렇게 모순으로 가득 차 있는데 이를 도외시하고 자연의 아름다움이나 읊조리고 있으니 말이다. 이런 인식에서 김남주의 시를 읽어 보자.

가엾은 리얼리스트[6]

김남주

시골길이 처음이라는 내 친구는
흔해 빠진 아카시아 향기에도 넋을 잃고
촌뜨기 시인인 내 눈은
꽃그늘에 그늘진 농부의 주름살을 본다

바닷가가 처음이라는 내 친구는
낙조의 파도에 사로잡혀 몸 둘 바를 모르고
농부의 자식인 내 가슴은 제방 이쪽
가뭄에 오그라든 나락잎에서 애를 태운다

뿌리가 다르고 지향하는 바가 다른
가난한 시대의 가엾은 리얼리스트
나는 어쩔 수 없는 놈인가 구차한 삶을 떠나
밤별이 곱다고 노래할 수 없는 놈인가

여러분은 어느 쪽인가? 〈아카시아 향기에 넋을 잃고 낙조의 아름다움에 몸 둘 바를 모르는〉 사람은 낭만주의자이고 〈왜 나는 밤별이 곱다고 노래할 수 없는가〉라고 부르짖는 화자는 지독한 리얼리스트이다. 물론 인간의 정신을 이렇게 이분법적으로 가를 수는 없을 것이다. 지독한 리얼리스트일지라도 가슴 언저리에는 낭만적 감정이 자리하고 있을 것이며, 낭만주의자도 노동자들의 치열한 삶의 무게를 이해할 수 있을 것이다.

장구한 역사를 지닌 서사시와 희곡 그리고 소설의 아버지라 할 수 있는 로맨스에 비해 소설의 역사는 일천하다. 소설은 문학의 막내라 할 수 있다. 18세기 시민 사회의 성립과 개인주의의 확립으로 탄생한 문학 장르이기 때문이다. 낭만주의가 유행한 18세기 말에서 19세기 중엽까지는 근대 소설이 태동한 기간과 맞물린다. 낭만주의가 활기를 띠던 시기에 리얼리즘도 절정에 이르렀다. 어떻게 보면 낭만주의와 리얼리즘은 같은 시기에 서로 평행선을 달리며 각자의 문학 정신을 영위했다. 낭만주의는 시에서 절대적인 우위를 보이고, 리얼리즘의 고유한 영역은 소설이라 말할 수 있다. 물론 낭만주의 소설이나 리얼리즘에 입각한 시도 존재하지만, 대체로 낭만주의 하면 시이고 리얼리즘 하면 소설이다.

리얼리즘 문학의 특징

• 근대 시민 사회의 성립과 더불어 나타난 문학 장르인 소설과 궤를 같이 한다.

• 현실 사회를 엄밀히 반영한다.

• 소재를 당대의 현실에서 찾는다. 일상의 경험에 깊은 관심을 기울인다.

• 형식보다 내용을 중시하는바 도덕적·윤리적 이데올로기를 강조한다.

• 자본주의 사회의 모순과 병폐를 고발한다.

• 고전주의와 마찬가지로 공리적이고 실용적인 기능을 소중히 여긴다.

• 현실의 모순을 극복하고 긍정적인 대안을 제시한다.

자본주의를 공격하는 칼이 된 리얼리즘

근대 리얼리즘은 자본주의의 성장과 불가분의 관계를 맺고 있다. 자본주의의 성장 과정에서 부르주아 계급이 생겨나고 그들의 가치관인 개인주의가 발달하게 되었다. 이러한 자본주의의 가치관을 반영하는 문학 형식이 리얼리즘인 것이다. 자본주의와 같이 걸어온 리얼리즘은 결국 자신을 성장시킨 자본주의와 부르주아 사회를 공격하고 비판하는 운명에 맞닥뜨리게 된다. 특히 19세기 중후반으로 갈수록 리얼리즘은 자본주의 사회의 모순을 그려내며 자본주의와 첨예한 대립 관계를 형성했다. 그러면서 자본과 노동의 대결이라든지, 노동의 비인간화 같은 주제를 천착하기에 이른다. 나아가 자본주의를 변혁시켜 사회주의로 나아가야 한다는 극단적인 주장을 하기까지 한다. 자본주의의 성장과 함께 탄생한 리얼리즘이 자본주의에 칼을 겨누는 아이러니가 생기게 된 것이다. 리얼리즘은 그 변모에 따라 세 가지 유형으로 정리할 수 있다. 〈부르주아 리얼리즘〉, 〈비판적 리얼리즘〉, 〈사회주의 리얼리즘〉이다.

부르주아 리얼리즘 중산층의 일상과 경험을 있는 그대로 재현하거나 묘사하는 것을 중요한 목적으로 삼는다. 가장 보편적인 리얼리즘이다. 대표적인 작품으로는 영국의 위대한 리얼리스트인 찰스 디킨스의 『위대한 유산 *Great Expectations*』, 프랑스의 스탕달 Stendhal이 쓴 『적과 흑 *Le Rouge et le Noir*』이 있다. 스탕달은 이 작품에서 〈소설이란 큰길을 가면서 둘러메고 다니는 거울같은 것이다〉라고 말한다. 그 말처럼 삶의 모습을 거울에 비추어 있는 그대로 재현해 내려는 것이 바로 부르주아 리얼리즘이다.

비판적 리얼리즘 부르주아 리얼리즘이 전성기를 지나 쇠퇴할 시점에 나타났다. 그즈음 자본가들의 비인간성을 폭로하고 고발하는 리얼리스트들이 생겨나기 시작했다. 비판적 리얼리즘은 자본주의를 비판하고 부르주아 계급의 탐욕과 부패를 고발한다. 러시아의 레프 톨스토이Lev Nikolaevich Tolstoy와 표도르 도스토옙스키Fyodor Mikhailovich Dostoevsky의 작품이 여기에 속한다. 디킨스나 스탕달 같은 작가의 작품도 여기에 속하는 경우가 있다. 한국의 경우 조세희의 『난장이가 쏘아 올린 작은 공』 같은 작품이 있다. 비판적 리얼리즘은 부르주아 리얼리즘과 간극이 매우 좁아 어떤 작품을 두고 부르주아 리얼리즘이라고도 할 수 있고 비판적 리얼리즘이라고도 할 수 있음을 알아 두자. 미술에서도 비판적 리얼리즘의 화풍이 발견된다. 독일의 화가 케테 콜비츠Käthe Kollwitz의 작품 「밭 가는 사람들Die Pflüger」은 죽을힘을 다해 밭을 갈지만 그 땅에서 나온 수확물은 지주의 몫으로 돌아가고 마는 자본주의의 현실적 모순을 고발한 리얼리즘 작품이다.

사회주의 리얼리즘 자본주의를 타도하고 사회주의를 지향하는 극단적인 리얼리즘이다. 사회주의 리얼리즘은 20세기 초엽 러시아를 중심으로 성행했다. 1917년 러시아 혁명의 영향으로 당의 선전과 선동의 수단이 되어 계급 의식을 고취하는 내용을 담고 있다. 물론 사회주의 리얼리즘은 사회주의가 건설되기 이전부터 쓰여 왔다. 자본주의 사회에서는 사회주의를 지향하는 움직임으로 나타났고, 사회주의 건설 이후에는 정치적인 이데올로기에 의해 왜곡된 형태의 성격을 띠었다. 소련이 성립되기 전 러시아의 막심 고리키Maksim Gor'kii가 쓴『어머니Mother』가 최초의 사회주의 리얼리즘 작품으로 평가받고 있다. 그럼 리얼리즘의 유형에 관한 이야기는 여기서 그치고 〈리얼리즘의 승리〉라고 일컬어지는 프랑스의 위대한 리얼리스트 오노레 드 발자크Honoré de Balzac의『고리오 영감Le père Goriot』을 본격적으로 살펴보자.

소설의 숲속으로

『고리오 영감』의 시간적 배경은 1815년 부르봉가의 왕정복고 이후 1819년 11월 말부터 1820년 2월 21일까지의 기간이다. 이 소설은 고리오의 하숙집 생활로부터 시작해 그의 죽음으로 끝난다. 공간 배경은 프랑스 파리의 어느 허름한 하숙집이다. 보케르 부인이 운영하여 〈보케르 관〉이라 불리는 이 하숙집에는 예순아홉 살인 고리오 영감, 시골 귀족 출신의 가난한 법대생으로 화려한 출세를 꿈꾸며 파리에 입성한 스물두 살의 청년 외젠 드 라스티냐크, 감옥을 탈출한 뒤 위장해서 하숙집에 머물고 있는 반사회주의자인 40대의 보트랭 등 일곱 명이 살고 있다. 이곳이 고리오가 영락의 길을 걷게 되는 무대이다. 고리오는 혁명 전에 국수 공장의 노동자로 일하다가 혁명 기간에 식량 부족 사태가 벌어지자 암시장을 이용해 엄청난 돈을 벌게 되면서 부르주아 계급의

케테 콜비츠,
「밭 가는 사람들」(1906년)

반열에 올랐다. 그러다가 다시 하층 계급으로 추락해 이 허름한 하숙집에 눌러살고 있는 것이다.

고리오에게는 아나스타지와 델핀이라는 두 딸이 있다. 과거 연간 6만 프랑 이상을 벌어들이는 부자이지만 자신을 위해서는 1천 2백 프랑밖에 쓰지 않았던 고리오의 행복은 오로지 두 딸을 잘 키우는 데 있었다. 그들은 가장 뛰어난 교사를 통해 최고의 교육을 받았고, 승마를 했고, 마차를 소유했다. 아무리 돈이 많이 드는 것이라도 고리오는 딸들의 욕구를 마음껏 충족시켜 주었다. 그리하여 큰딸 아나스타지는 드 레스토 백작의 부인이 되었고, 작은딸 델핀은 알자스 출신인 뉘싱겐 남작의 부인이 되었다. 딸들을 광적일 정도로 사랑하는 고리오는 두 딸이 사회적으로 상류층에서 자리를 잡을 수 있도록 하는 데 전 재산을 바쳤다. 그렇지만 두 딸과 귀족 사위들은 고리오로부터 더는 빼먹을 것이 없게 되자 그를 허름한 하숙집에 내버려 둔다.

한편 남프랑스에서 상경한 유학생 라스티냐크는 아직 순수한 마음을 간직하고 있긴 하지만 화려한 삶에 대한 욕망이 넘쳐흐르는 청년으로 사교계에 진출할 꿈을 꾸고 있다. 그는 파리의 중심부에 살고 있는 사교계의 여왕인 사촌 누이 보세앙 부인을 찾아가 상류 사교계에 들어갈 기회를 노린다. 파리 사교계에 입성하기 위해서는 많은 돈이 들어간다는 것을 깨달은 그는 고향에 있는 어머니와 누이동생에게 돈을 송금받아 철저하게 준비한다.

그리고 탈옥수이자 반사회주의자인 보트랭은 라스티냐크에게 현실을 직시할 것을 가르친다. 그는 인간들의 관습에 맞서라는 등 반항의 교훈을 설파하며 인생 수업에 나선다. 라스티냐크는 보트랭이 한밑천 잡을 수 있는 불법적인 방법을 제시하자 넘어갈 뻔했지만 결국 보트랭은 경찰에 체포된다. 이후 전개는 다시 고리오를 중심으로 이루어진다. 라스티냐크는 고리오의 작은딸 델핀과 사랑에 빠지게 되는데 델핀의 남편 뉘싱겐 남작을 탐탁잖게 여기고 있던 고리오는 내심 델핀과 라스티냐크의 결합을 기대하며 연금 증서를 팔아 라스티냐크에게 화려한 독신자 아파트를 마련해 준다. 두 딸은 아버지에게 남아 있는 재산까지 다 긁어 가기 위해 아버지 앞에서 서로를 헐뜯고 증오에 찬 싸움을 벌이며 자신들의 어려운 사정을 호소한다. 이 참혹한 장면을 목격한 고리오는 뇌졸중을 일으켜 쓰러진다.

이런 와중에도 고리오 영감은 부성애라는 〈정념〉에서 벗어나지 못한 채 자신을 희생한다. 그는 마지막으로 수중에 남아 있던 물건들을 팔아 아나스타지가 무도회에 입고 갈 옷을 사준다. 그의 병은 더욱 심각한 단계에 이르러 사경을 헤매게 된다. 〈애들이 올 거야. 나는 그 애들을 알아. 착한 델핀, 내가 죽으면 얼마나 큰 슬픔을 그 애에게 주게 될지! 나지도 마찬가지야.〉 그는 하숙집의 쓸쓸한 방 안에 버려진 채 사경을 헤매면서도 두 딸이 무도회에서 즐겁게 지냈는지 걱정한다.

고리오가 죽음에 이르는 장면은 비참하지만 감동적이다. 임종이 다가오자 라스티냐크는 델핀에게 찾아가 고리오를 만나 줄 것을 요청한다. 그는 최소한의 인간성과 가족의 사랑을 보여 달라고 호소한다. 하지만 그녀는 〈아버지는 별로 안 아플 거야〉라고 말하며 몸에 열이 있다는 이유로 거절한다. 한편 아나스타지는 부정한 짓을 저질러 집 안에 갇히는 신세가 되어 버린다. 고리오의 임종을 옆에서 끝까지 지켜 주고 장례식을 치러 준 사람은 라스티냐크였다. 레스토 백작과 뉘싱겐 남작의 가문(家紋)으로 장식한 두 대의 빈 마차가 장례 행렬을 따라가는 가운데 영구 마차는 묘지로 떠난다. 이 쓸쓸한 장례 광경은 라스티냐크에게 커다란 충격을 준다. 고리오의 죽음으로 세상의 참혹함과 무자비함을 체험한 것이다. 그리하여 그는 어둠이 깔린 파리를 내려다보며 〈이제 파리와 나의 대결이다!〉라는 의미심장한 말을 남기는 것으로 소설은 끝난다.

지독한 리얼리즘

『고리오 영감』은 보케르 하숙집에 살고 있는 고리오, 라스티냐크, 보트랭 세 사람과 고리오의 두 딸을 중심으로 이야기가 전개된다. 이 작품을 읽는 방법은 두 가지이다. 먼저 고리오의 부성애에 시선을 두고 읽는 방법이 있고, 다른 하나는 라스티냐크가 파리라는 부패하고 위선적인 도시에 어떻게 빠져드는가에 초점을 맞추고 읽는 방법이 있다.

리얼리스트들은 인간을 이상화해서 마냥 아름답게 그리려고 하는 낭만주의자들의 입장을 배척한다. 그들은 인간의 모습을 객관적이고 냉철하게 그리고 싶어 한다. 낭만주의 작가들이 〈이랬으면 좋겠다〉고 하는 인간의 모습을 그린다면 리얼리즘은 현실의 모습을 있는 그대로 그리는 것이다. 삶의 모습을 거울에 비추면 아름답든 추하든 잘생겼든 못생겼든 간에 있는 그대로 재현된다. 그래서 사물이나 환경을 거울에 비추는 듯한 상황 묘사는 지루할 정도로 세밀하다. 리얼리즘 소설들은 대부분 도입부에 배경이나 환경에 대한 묘사가 길게 이어진다. 『고리오 영감』도 예외가 아니다. 이 작품에는 처음부터 보케르 하숙집이 있는 뇌브생트 주느비에브 길과 하숙집의 외양이 꼼꼼하게 묘사되어 있다. 비판론자들은 이 작품이 지나치게 설명을 나열해서 지루하다고 평하지만, 발자크가 보여 주는 사물에 대한 섬세한 묘사와 인물에 대한 깊이 있는 탐구는 근대 소설의 전범이라는 평가를 받는다. 발자크의 지독하리만큼 세밀한 하숙집에 대한 묘사를 읽어 보자.

하숙집 정면은 작은 뜰 쪽을 보고 있다. 이 집의 오른쪽 귀퉁이가 뇌브생트주느비에브 길과 직각으로 만나게 되어 있어, 건물 깊숙한 곳은 들여다볼 수 없다. 건물 정면을 따라, 집과 뜰 사이에 약 2미터 너비의, 부순 자갈로 채운 구덩이가 있다. 그리고 그 앞으로 난 오솔길은 모래가 덮여 있는데, 이 길 양쪽으로 청색과 흰색의 커다란 화분에 심은 제라늄, 협죽도, 석류나무들이 있다. 이 오솔길로 들어가는 샛문이 하나 있는데, 그 문 위에 붙은 간판에 〈보케 하숙〉이라 쓰여 있고 그 밑에 〈남녀 불문, 하숙하실 분 받음〉이라는 말이 덧붙어 있다. (……) 길이와 너비가 건물 정면과 같은 뜰은 길 쪽의 벽과 옆집 담을 이루는 벽으로 에워싸인 형국이다. 담벽을 따라 등나무가 마치 외투처럼 늘어져서 벽을 완전히 가리고 그림 같은 파리 풍경을 만드는 효과를 자아내어 행인들의 눈길을 끈다. (……) 지붕 밑 방들이 있는 4층 건물의 정면은 작은 건축용 돌로 지어져 노란색 칠이 되어 있다. (……) 건물 뒤로는 폭이 6미터쯤 되는 작은 뜰이 있는데 거기엔 돼지, 암탉, 토끼들이 사이좋게 모여 살고, 뜰 안 깊숙한 구석에 장작을 쌓아 놓는 헛간이 있다.[7]

하숙집의 내부도 구경해 보자.

이 하숙집의 운영 업무에 쓰이는 1층에는, 길 쪽으로 난 두 개의 창으로 해가 드는 첫 번째 방이 있는데, 출입문 겸용 창문을 통해 이 방으로 들어가게 되어 있다. 응접실에 해당하는 이 방은 나무와 색 타일로 된 좁은 계단을 사이에 두고 부엌과 떨어져 있는 식당과 통한다. 이 방에는 윤기 나는 부분과 윤기 없는 부분이 번갈아 있는 뻣뻣한 줄무늬 천으로 만든 안락의자와 보통 의자들이 놓여 있어 보기에 서글프기 이를 데 없다. (……) 이 첫 방에서는 무어라 이름 붙일 수 없는 냄새가 풍긴다. 그 냄새는 〈하숙집 냄새〉라고나 해야 할까. 그 방에서는 퀴퀴한 냄새, 곰팡이 냄새, 전 내가 난다. 그 냄새를 맡으면 한기가 들고, 코를 쿵쿵대면 축축한 기운이 느껴지며, 옷 속에도 은근히 스며든다. 저녁 먹고 치운 식당에서 나는 냄새, 부엌 냄새, 그릇 두는 방 냄새, 요양원 냄새다.[8]

발자크는 인물을 묘사하기에 앞서 그가 살고 있는 곳을 치밀하게 묘사한다. 인물과 그가 사는 공간은 서로 밀접하게 연관되어 있기 때문이다. 이런 세부적인 사실 묘사를 바탕으로 〈전형적인 인물〉을 창조하여 있는 그대로의 현실을 보여 주는 발자크야말로 전형적인 리얼리스트이다.

전형적 인물

〈문학의 전형성〉이란 리얼리즘 소설의 주인공이 그 자신이 처한 개인적인 운명보다 더 큰 사회적이고 집단적인 인간들의 운명을 대신하고 있는 것을 가리킨다. 독일의 철학자인 프리드리히 엥겔스Friedrich Engels는 〈리얼리즘이란 세부 묘사와 함께 전형적 상황에 놓인 전형적 인물을 정확하게 묘사하는 것〉이라고 정의한 바 있고, 헝가리 태생의 철학자인 죄르지 루카치György Lukács는 〈전형적인 주인공이란 특수한 시기에 변화의 모든 동력을 자기 안에 집중시키는 인물〉이라고 말했다.

다시 말해 전형적 인물은 특정한 계층이나 집단을 대표하는 보편성을 지닌 인물이다. 예컨대 『춘향전』에서 자기의 권력을 이용하여 춘향에게 수청을 강요하는 변학도는 부패한 관리의 전형적 인물이 되고, 『심청전』에서 심청은 당대 효녀라는 개념의 전형적 인물이 된다. 이렇게 리얼리즘 문학에서 가장 중요한 것은 전형적 인물을 창출해 내는 것이다. 전형적 인물은 사회 갈등의 대변자 역할을 충실히 수행할 뿐만 아니라 흥미를 유발한다. 고리오는 돈을 벌어 하층민에서 부르주아로 신분이 상승한 뒤 다시 가족을 귀족 계급에 편입시키려 하는 신분 상승 욕구에 빠진 부르주아 계급의 전형적 인물이다. 라스티냐크는 당대 부르주아 사회에서 사교계에 진출하겠다는 세속적인 출세 욕구를 지닌 인물의 전형이다.

19세기 프랑스 사회의 초상

『고리오 영감』에서 19세기 프랑스 파리의 모습은 보트랭이 적나라하게 설파하고 있듯이 부정적으로 그려진다. 프랑스 사회는 온갖 위선과 사기가 판을 치고 탐욕이 난무하는 곳이다. 대혁명의 여파로 귀족 체제가 무너지고 산업화에 따라 부르주아라는 중산 계급이 등장하여 자리를 잡으면서 부르주아 계급과 프롤레타리아 계급 간의 갈등이 심화되며 여기저기에서 붕괴의 조짐이 보이고 있었다. 발자크는 19세기 프랑스 사회의 초상을 보트랭의 입을 빌려 신랄하게 고발한다.

이 바닥에서 사람들이 어떻게 자기 길을 뚫어 나가는지 자넨 아는가? 반짝반짝하는 천재로 뜨든가, 그걸 못 하면 재주 좋게 타락의 길로 들어서는 거지. 마치 대포의 포탄처럼 이 수많은 군중 속에 강력히 파고들어 가거나 아니면 몹쓸 역병처럼 슬그머니 그 대열에 스며드는 것이지. 정직이란 아무 소용도 없다네. 사람들은 천재의 위력 앞에서 굽신거리지만 사실은 그 능력을 증오하고, 그 천재를 어떻게든 비방하려 하지. 왜냐하면 천재는 남과 나누지 않고 자기 것을 가져가니까. (……) 타락은 제멋대로 날뛰고, 재능은 희귀하다네. 그래서 부패야말로 사방에 넘쳐 나는 용렬함의 무기인 셈이지. 자네도 도처에서 그 무기의 뾰족한 끝을 느낄 걸세. (……) 하지만 정직한 사람이란 도대체 어떤 사람이라고 생각하나? 파리에서 정직한 사람이란, 입 다물고 나누기를 거부하는 사람일세. 도처에서 자기가 한 일에 대해 결코 보상받지 못한 채 힘든 일을 하는 저 가엾은 노예들, 내가 〈하느님의 둔재 집단〉이라고 부르는 사람들이 그들이지.[9]

나아가 보트랭은 파리에서 출세하려는 욕망에 사로잡힌 라스티냐크에게 냉소가 섞인 충고를 한다. 〈인생이란 부엌만큼 아름답지 않고 그와 마찬가지로 악취를 풍기는 것이네. 맛있는 음식을 먹고자 하면 손을 더럽혀야 하네. 다만 손을 깨끗이 씻는 법을 알면 되지〉라며 지극히 부정적이고 비관적인 세계관을 라스티냐크에게 심어 주려 한다. 그만큼 발자크는 보트랭의 입을 빌려 당대 자본주의 사회의 추악함을 뼈아프게 공격한다. 어쩌면 보트랭은 발자크의 페르소나인지도 모른다. 물론 탈옥수이자 반사회주의자인 보트랭은 자신의 사리사욕을 위해 라스티냐크를 부추겨 불법을 저지르게끔 유혹하지만 당대의 프랑스 사회를 바라보는 시선만은 냉철하다.

그렇다면 발자크는 19세기 프랑스 사회를 더 이상 희망이 없는 디스토피아로 그렸을까? 그건 아니다. 앞서 현실의 모순을 파악하고 극복하여 긍정적인 대안을 제공하는 것이 리얼리즘 문학의 정신이라고 했다. 위대한 리얼리스트로서 발자크의 진면목은 바로 라스티냐크라는 인물의 창조에 있다. 파리에 처음 올라와서 〈출세만이 미덕이야!〉라고 부르짖던 라스티냐크는 하숙집에서 고리오의 정체를 알고, 또 그의 지독한 부성애를 몸소 체험하고, 나아가 그의 장례식까지 치러 준 후 〈이제 파리와 나의 대결이다!〉라고 외치면서 삶에 대한 가치관의 변화를 시사한다. 탐욕과 허영이 난무하는 썩어 문드러진 사회와의 투쟁을 묘사한 이 대목은 분명 희망을 담보하는 리얼리즘 문학다운 결말이다.

배반당한 부성애

고리오는 이 소설에서 줄곧 과도한 부성애에 집착하다가 희생당하는 인물이다. 〈내가 그의 머리를 만져 봤더니 부성애를 나타내는 두개골 하나밖에 없던데. 그는 영원한 아버지가 될 거야〉라고 보케르의 하숙생이자 의대 수련생인 비앙숑이 비아냥거리는 데에서 짐작할 수 있듯이 그는 지나칠 정도로 두 딸에게 집착한다. 그리하여 과거에 벌어들인 많은 돈을 이용해 두 딸을 귀족에게 시집보내 신분 세탁을 해준다. 문제는 이후 두 딸과 사위들에게 버림을 받고 하숙집에서 홀로 쓸쓸히 죽어 간다는 것이다. 여기서 생각해 볼 점이 있다. 고리오는 왜 자신의 전 재산을 써가면서 딸들의 허영심과 낭비벽에 계속 일조해야 했는가? 그리고 이런 헌신에도 두 딸은 왜 아버지를 버렸는가? 심지어 임종 때와 장례식에도 나타나지 않은 까닭은 무엇인가? 두 딸에게 배신당한 고리오의 죽음을 두고 허무함을 느꼈을 것이다. 소설에서는 허망하고 쓸쓸한 그의 최후가 지독하리만큼 사실적으로 그려진다. 비평가들은 대체로 그를 순수한 마음으로 가족을 위해 헌신하는 부성애의 화신으로 평가한다.

고리오가 광적인 부성애를 보이게 된 이유 중 하나는 돈도 벌고 그럭저럭 행복하게 지내다가 아내가 세상을 뜨는 바람에 가족에 대한 애정이 부성애로 무분별하게 전이되었다는 것이다. 〈아내의 죽음으로 배반당한 그의 애정이 두 딸에게 옮겨 갔는데 처음에는 딸들이 그의 모든 감정을 충족시켜 주었다.〉 그리하여 고리오는 재혼도 하지 않고 오로지 딸들을 귀족 자녀처럼 풍족하고 화려하게 키운다. 그것만이 삶의 목적으로 두 딸의 교육에 엄청난 돈을 쏟아붓고 사치스럽게 키워 신분 상승을 하게 만든다. 물론 이런 집착에 가까운 헌신과 사랑은 비정상적인 것이다. 이렇게 자란 두 딸은 인간애라고는 눈 씻고 보아도 찾아볼 수 없을 만큼 불효막심하다. 하지만 발자크는 부모와 자식 간의 관계를 통해 가족의 도덕적 타락상을 제시한 것이 아니다. 고리오의 지나친 부성애와 두 딸의 불효에 초점을 맞추지 말고 그들이 이렇게 사는 이유를 당대 사회의 구조 속에서 바라봐야 한다.

산업 혁명 이후 근대 시민 사회의 성립으로 부르주아 계급, 소위 중산층이 등장하게 되었다. 그리하여 귀족의 전유물이었던 교육의 기회가 그들에게도 주어졌다. 부르주아 계급 사람들은 상업이나 제조업으로 큰돈을 벌었지만, 그들의 진정한 열망은 귀족 사회에 편입되는 것이었다. 만일 고리오가 경제적으로 윤택하지 않았더라면 평민인 두 딸은 귀족과 같은 교육을 받지 못했을 테고 귀족한테 시집도 가지 못했을 것이다. 그렇지만 가난한 살림살이에도 서로에 대한 애정은 잃지 않고 그냥저냥 행복하게 살았을 수도 있다. 문제는 돈이었다. 산업 혁명 이후 자본주의가 심화되어 가면서 인간관계에도 극단의 양상이 나타났다. 돈 문제로 가족 간에 주먹다짐이 일어나고 심한 경우에 가족 관계가 와해되기도 했다. 이 작품에서도 당대 자본주의 사회상의 극단적인 단면을 엿볼 수 있다. 〈아! 내가 부자라면, 내가 재산을 간직하고 있었더라면, 내가 재산을 애들에게 주지 않았더라면 그 애들은 여기 와서 키스로 내 두 뺨을 핥을 텐데! 나는 저택에 살면서 멋진 방에 하인들을 거느리고 내 마음대로 불을 피울 텐데〉라고 뒤늦게 후회한들 돈이 개입된 가족 관계는 이미 와해되었다. 이런 식의 가족 해체와 도덕적 타락은 오늘날에도 매체를 통해 흔히 보도되어 고리오 영감의 외롭고 쓸쓸한 죽음은 책을 덮고 난 이후에도 계속해서 우리의 가슴속에 머문다.

문제적 개인의 야망과 성찰

발자크의 리얼리즘은 본질적으로 세상의 이면을 들추어 보이는 것이다. 여기서 두 딸에 대한 고리오의 헌신적 사랑은 라스티냐크의 시선을 통해 묘사되고 있다. 그는 고리오의 부성애를 드러내 보이는 관찰자 역할을 한다. 자신의 실력이나 능력보다는 파리의 사교계라는 수단을 통해 출세하려고 하는 라스티냐크는 같은 하숙집에서 생활하며 고리오의 부성애를 이해하게 되고 세상이 돌아가는 원리를 터득하게 된다. 라스티냐크가 사교계에 발을 들여놓고 부유한 여성들과 관계를 맺어 가는 동안 고리오의 운명은 점점 비참해져 간다. 라스티냐크는 세속적 출세를 위해서라면 무슨 일이든 할 수 있다고 생각하는 부르주아 사회의 추종자이다. 그러면서도 그는 자본주의 사회에 이중적으로 반응한다. 마침내 사교계에 진출하는 데 성공한 라스티냐크는 그곳의 추잡하고 어두운 모습과 인간들의 탐욕과 이기심을 보고 환멸을 느끼게 된다.

라스티냐크는 고리오의 진실한 부성애에 감동하기도 한다. 그는 중요한 순간마다 돈보다는 양심을 선택한다. 이를테면 자본주의를 동경해 출세 욕구를 지니고 있지만, 한편으로는 파리의 타락과 돈에 대한 욕망에 부정적 시선을 보내기도 한다. 그는 부르주아 자본주의에 대해 비판적 태도를 견지하지만 전면적으로 부정하지는 않는다. 이런 인물을 〈문제적 개인〉이라 부른다. 라스티냐크는 〈타락한 사회에서 타락한 방식으로 진정한 가치를 추구한다〉고 말하는 프랑스의 철학자이자 평론가인 루시앙 골드만 Lucien Goldmann의 주장에 부합하는 인물이다. 문제적 개인은 자본주의의 내부와 외부에서 미결정 상태에 놓인 인물을 뜻한다. 비판적 리얼리즘에서는 역사의 진보에 적극적인 역할을 하지 못하는 〈문제적 인물〉 혹은 〈중도적 인물〉이 등장하고, 사회주의 리얼리즘에서는 현실 인식과 강한 실천력을 지니고 적극적인 역할을 하는 〈긍정적 인물〉 혹은 〈완결된 인물〉이 등장한다. 굳이 따지자면 『고리오 영감』은 비판적 리얼리즘에 해당되고 라스티냐크는 〈문제적 인물〉이다.

마지막 장면에서 그는 무덤을 쳐다보며 청춘의 눈물을 거기에 묻는다. 그리고 의미심장한 말을 남긴다.

혼자 남은 라스티냐크는 묘지의 높은 언덕 쪽으로 몇 걸음 걸어 올라가, 등불이 켜지기 시작하는 센강의 양쪽 기슭을 따라 구불구불 누워 있는 파리를 보았다. 그의 시선이 거의 탐욕스럽게 집착한 곳은 방돔 광장의 기둥과 앵발리드의 둥근 지붕 사이, 그가 뚫고 들어가고 싶어 했던 그 멋진 사교계 사람들이 살고 있는 곳이었다. 웅웅거리는 벌집 같은 이곳에 그는 미리 꿀을 빨아내기라도 할 듯한 시선을 던지며 이 거창한 말을 던졌다.

「자, 이제 파리와 나, 우리 둘의 대결이다!」[10]

라스티냐크가 고리오의 죽음을 통해 소위 돈 많은 여성에게 기대 출세해 보겠다는 어리석은 생각을 접고 누구에게도 의지하지 않고 자신만의 방식으로 홀로 설 것을 다짐하는 장면이다. 〈이제 파리와 나의 대결이다!〉 타락한 파리의 부르주아 사회에 뛰어들어 골드만이 말하는 타락한 사회에서 타락한 방식으로 진정한 가치를 추구하려는 긍정적인 메시지를 전달하고 있는 것이다.

문학의 줄기를 잡는 노트

발자크는 지독한 리얼리즘을 바탕으로 『고리오 영감』에서 고리오, 라스티냐크, 보트랭 그리고 아나스타지와 델핀이라는 인물들을 생동감 있고 생생하게 그리고 있다. 독자들은 세속적 욕망이 난무하는 부르주아 사회에서 두 딸의 신분 상승을 위해 맹목적으로 헌신하는 아버지의 처절한 모습을 안타깝게 지켜보고, 그런 틈바구니에서 귀족 여성들을 이용해 출세해 보겠다는 젊은이의 야망도 살펴보고, 부모의 전 재산을 뜯어먹은 뒤 아버지를 헌신짝처럼 버린 자식들의 비정함에 혀를 차고, 그들만의 리그인 귀족들의 흥청거리는 사교 모임과 무도회 같은 것도 들여다보게 된다. 이 모든 것이 프랑스 파리라고 하는 도시의 타락한 자화상이다. 발자크가 19세기 프랑스 사회의 〈서기(書記)〉를 자처한 이유를 충분히 짐작하고도 남는다. 가히 발자크는 〈소설계의 셰익스피어〉이고 『고리오 영감』은 프랑스 사회의 〈해부학 교과서〉라 불릴 만하다.

3부 문학은 삶에 대해 알고 있다

7장

속물이 되지 않기 위한 몸부림:
찰스 디킨스의『위대한 유산』

「나에게 자유와 돈이 생긴다면 핍을 신사로 만들겠습니다.」

문학의 큰 산맥인 리얼리즘을 넘었다. 이제 도버 해협을 건너 섬나라로 가보자. 서구 문학에서 19세기는 리얼리즘의 시대였다. 19세기 영국에는 셰익스피어에 버금가는 인기를 누린 천재 작가, 영국이 낳은 가장 위대한 소설가라는 찬사가 따라붙는 리얼리스트가 있었다. 바로 찰스 디킨스이다. 프랑스에 『고리오 영감』이 있다면 영국에는 디킨스의 『위대한 유산』이 있다. 디킨스는 발자크보다 20년을 더 살았고 『위대한 유산』은 『고리오 영감』보다 30년 뒤에 출간되었으니 그는 발자크의 새까만 후배 작가인 셈이다. 『위대한 유산』이 출간된 시기는 『고리오 영감』이 쓰인 시기보다 자본주의가 더욱더 심화되고, 부르주아 계층이 확실히 자리를 잡으며, 제국주의가 활기를 띠던 시기였다. 발자크가 19세기 프랑스 사회의 서기를 자처했다면 이런 혁명적 시대를 살아온 디킨스 역시 19세기의 진정한 〈연대기 기록자〉라 불러도 손색이 없을 것이다.

디킨스식 리얼리즘

리얼리즘 문학은 사회 구조의 모순을 날카롭게 통찰해 어떤 식으로든 앞으로의 사회 발전에 긍정적인 전망을 제공한다. 19세기 소설에서 특히 작가들이 관심을 기울인 문제는 〈계급〉과 〈인간관계〉였다. 이것은 산업 혁명 이후 근대 시민 사회를 통한 중산 계급의 출현과 불가분의 관계를 맺고 있다. 근대 소설이 형성된 18세기는 소수 귀족을 중심으로 하는 봉건 귀족 사회의 틀을 완전히 벗어나지 못한 시대였다. 그러다가 19세기에 접어들어 농업 경제 체제가 공업 경제 체제로 전환됨에 따라 경제력을 바탕으로 하는 중산 계층과 임금을 받고 육체노동을 하는 노동자 계급이라는 계급 질서가 형성되었다. 자본가 계급과 노동 계급 사이에는 갈등이 존재하게 되었다. 따라서 계급과 인간관계라는 문제가 디킨스를 포함한 19세기 작가들의 작품을 지배하고 있는 것은 당연한 일이다. 영국 문학사에서 본다면 디킨스야말로 빅토리아 시대의 계급 문제에 대해 가장 공정한 분석과 날카로운 판단을 내린 최초의 작가라 부를 만하다.

부르주아 리얼리즘에 속하는 디킨스식 리얼리즘의 특징은 당대 자본주의 사회의 산업 문명 자체를 비판하기보다는 산업화에서 야기된 인간성의 상실과 비인간화를 우려했다는 점이다. 디킨스는 사회 진보와 인간성의 본질, 다시 말해 개인의 친절이나 동정심, 인내심 같은 덕목에 의해 당대의 사회 모순이 해결될 수 있다고 믿었다. 그가 제시한 문학적 주제 역시 사라져 가는 인본주의 정신을 바탕으로 하는 참된 인간성의 회복이라 할 수 있다.

디킨스식 리얼리즘을 대표하는 작품으로『크리스마스 캐럴*A Christmas Carol*』이 있다. 이 작품은 천하의 구두쇠 스크루지라는 인물이 유령과의 만남을 통해 산업 자본주의가 가져온 물질주의적 이기심을 고발한다. 나아가 크리스마스의 아름다운 전통을 이어 나가는 가난하지만 행복한 노동자들의 가정을 통해 이기적인 중상류 계층 사람들을 일깨우려고 했다. 그의 비판 대상은 사회가 아니라 〈인간 본성〉과 〈도덕성〉인 셈이다.『위대한 유산』도 이와 다르지 않다. 이 소설에는『고리오 영감』에서 묘사되고 있는 파리의 타락상과 같은 자본주의 사회상에 대한 신랄한 비판도 없고 바람직한 사회상을 제시하지도 않는다. 디킨스는 자본주의 자체의 모순을 해결할 순 없지만 계급 간의 갈등과 모순이 존재하는 사회도 부르주아 계급 사람들이 각성해서 도덕성을 회복하여 하층 계급의 사람들을 이해하고 보듬어 주면 좋은 사회가 될 수 있다고 하는 소박한 비전을 제시한다. 따라서 그의 소설은 대체로 해피 엔딩이다. 수전노인 스크루지가 개과천선하여 사랑과 자비로 하층민들을 도와주는 행위야말로 디킨스식 리얼리즘의 특징이라 하겠다. 그럼 디킨스식 리얼리즘을 좀 더 면밀히 살펴볼 수 있게『위대한 유산』으로 여행을 떠나 보자.

소설의 숲속으로

『위대한 유산』은 주인공 핍이 일인칭 화자의 시점에서 과거를 회고하는 형식으로 전개된다. 총 3부로 구성되어 있는데 1부는 시골에서 가난하게 사는 어린 시절 이야기이고, 2부에는 은인의 후원을 받아 런던에 올라온 뒤 신사 교육을 받는 청년 시절의 생활이 그려지고, 3부에서는 유산을 물려준 은인을 만난 후 핍이 도덕적으로 성숙하는 과정이 펼쳐진다.

고아인 핍은 누나 가저리, 매형 조와 함께 살고 있는 일곱 살 소년으로 조의 대장간 일을 도와주며 외롭게 살아간다. 누나는 늘 그를 야단치고 핍박하지만, 조는 그를 따뜻하게 감싸 준다. 어느 크리스마스 전날, 핍은 늪지대의 교회 묘지 근처에서 발목에 쇠고랑을 차고 죄수복을 입은 남자와 마주친다. 그 남자는 먹을 음식과 쇠사슬을 자를 줄톱을 가져오라고 핍을 협박한다. 공포에 질린 핍은 집으로 돌아와 음식과 매형의 줄톱을 훔쳐 죄수에게 가져다준다. 다음 날 체포된 죄수는 떠나면서 핍에게 언젠가는 자기를 도와준 데 대해 보답하겠다는 약속을 한다.

핍은 조의 도제가 되어 열심히 대장간 일을 배운다. 핍이 사는 마을에는 젊은 시절 결혼을 약속했던 남자로부터 배신을 당한 후 〈새티스 하우스〉라는 저택에서 은둔 생활을 하고 있던 해비셤이라는 여인이 있었다. 그녀는 양녀인 에스텔라의 말동무가 되어 줄 소년을 찾고 있었는데 우연히도 핍이 선택된다. 핍은 이 저택에서 상류 계급의 경이로운 세계를 보게 되고 에스텔라의 아름다움에 매료된다. 그러나 에스텔라는 거칠고 모욕적인 행동을 하며 그를 멸시한다. 핍은 자신의 비천한 출신과 처지에 대해 수치스러움을 느끼게 된다. 그럼에도 핍의 마음 한구석에는 신사가 되어 에스텔라와 결혼하고 싶은 꿈이 생긴다. 그는 틈틈이 동네 야학에서 글을 배우려고 노력한다.

그로부터 세월이 흘러 대장장이의 도제로 일하던 핍에게 재거스라는 변호사가 찾아와 핍이 막대한 유산의 상속자가 되었다는 사실을 전해 준다. 단 핍이 런던에 가서 신사 교육을 받아야 한다는 조건이 붙어 있다. 핍은 지긋지긋하고 고된 대장간 일을 그만두고 자신 앞에 화려한 세계가 펼쳐지리라는 기대를 간직한 채 런던으로 향한다. 그리고 런던에서 해비셤의 친척인 허버트 포켓과 함께 지내며 변호사의 지시에 따라 상류 사회의 예법과 신사 신분에 어울리는 교육을 받게 된다. 그는 상속받은 돈으로 런던의 사교 클럽을 드나들며 사치와 낭비에 빠져드는 한편 방탕한 생활을 즐기고 속물근성을 지니게 된다. 그런 와중에 시골에서 올라온 매형 조조차도 달갑지 않게 맞이하고 냉랭하게 대한다.

스물세 살의 생일이 지나고 폭풍우가 몰아치던 어느 날 밤, 핍은 낯선 사람의 방문을 받게 된다. 놀랍게도 방문자는 핍이 먹을 것과 줄톱을 가져다준 그 죄수였다. 그는 붙잡혀 종신형을 선고받고 오스트레일리아에 유배되었던 매그위치라는 자이다. 매그위치는 핍을 도와준 후원자가 자신이라고 밝힌다. 오스트레일리아에서 큰 부자가 된 그는 핍을 신사로 만들겠다는 꿈을 간직한 채 험한 인생을 버티며 살아왔다. 이제 신사가 된 핍을 보기 위해 죽음을 무릅쓰고 런던에 돌아온 것이었다. 그러나 그는 불법으로 입국했고 쫓기는 몸이었다. 핍은 매그위치를 본 순간 혐오감으로 몸을 떨고, 그가 자신의 은인이라는 것을 알게 되자 모든 꿈이 일시에 무너지는 것을 느낀다. 그럼에도 어쩔 수 없이 재거스 사무실의 서기와 포켓의 도움을 받아 그의 은신을 도와준다. 하지만 매그위치는 체포되고 핍의 유산 상속은 물거품이 되어 버린다. 매그위치는 다시 투옥되어 재판에서 사형 선고를 받는다.

핍은 그의 곁에 있어야 할 사람은 자신이라고 생각한다. 이런 핍에게 매그위치는 고맙다는 말을 남기고 죽는다. 그 충격으로 핍은 크게 앓게 된다. 이후 건강을 회복한 그는 고향의 대장간으로 돌아와 조를 만나고 이집트로 떠난다. 11년 뒤 이집트에서 사업에 성공한 핍이 고향으로 돌아온다. 핍은 매형인 조에게 진심으로 사과하며 위안을 얻는다. 그리고 화재로 인해 폐허가 된 새티스 하우스에서 불행한 결혼 생활을 했던 에스텔라를 만난다. 핍이 에스텔라와 손을 잡고 새티스 하우스에서 걸어 나오며 이야기는 막을 내린다.

해가 지지 않는 나라

19세기 영국은 〈해가 지지 않는 나라〉라고 불릴 만큼 유럽사에서 맹위를 떨쳤다. 식민지가 워낙 많은지라 영국에 밤이 오더라도 식민지 중 한 곳에는 해가 떠 있다고 해서 이런 별칭이 붙었다. 영국에서 빅토리아 여왕이 즉위한 1837년부터 그가 사망한 1901년까지 64년간의 기간을 〈빅토리아 시대〉라고 부른다. 이 기간에 대영 제국의 식민지가 본격적으로 건설되어 영국은 거대한 자본을 바탕으로 〈세계의 공장〉이라고 일컬어질 만큼 세계에서 가장 부유한 선진 산업 자본주의 국가가 되었다. 이렇게 역사상 가장 화려한 전성기를 누렸지만 그 영광의 그늘에는 피식민지의 착취와 하층민의 희생이 뒤따랐다. 노동자들은 거대한 자본에 속박되어

과도한 노동과 비인간적인 처우에 시달렸다. 그러면서 부르주아 계급과 프롤레타리아 계급의 양극화 현상이 심화되어 계급 간의 갈등이 나타났고, 빈곤층이 늘면서 사회 문제로 대두되기에 이르렀다.

일찍이 자본주의의 맹아기에 모어가 비판한 〈인클로저 운동〉의 폐해는 디킨스 시대에 자본주의 시스템 자체의 모순으로 드러나게 된다. 한마디로 빅토리아 시대는 빛과 어둠이 공존한 시대였다. 이런 시대의 중심에 자리 잡고서 당대의 사회 문제를 그려낸 작가가 디킨스이다. 발자크가 19세기 프랑스 부르주아 사회를 충실히 그렸다면, 디킨스는 빅토리아 시대 부르주아 계급과 하층민의 삶을 객관적이고 생생하게 묘사했다. 특히 이 시기는 『고리오 영감』의 라스티냐크와 마찬가지로 영국에서도 〈돈〉이라는 수단에 의해 〈신분 상승〉을 하고자 하는 열망이 강한 때였다. 디킨스의 『위대한 유산』은 이런 산업 사회 속에서 〈신사〉가 되고자 하는 강렬한 신분 상승에 대한 기대와 바람직한 신사상에 관한 이야기이다.

신사란 무엇인가

『위대한 유산』을 온전히 이해하기 위해서는 영국만의 독특한 개념인 〈신사gentleman〉에 대해 알 필요가 있다. 영국을 〈신사의 나라〉라고 부르는데 신사라는 말이 어디서 유래되었고 무엇을 가리키는지 궁금하다. 어린 핍이 그토록 갈망했던 신사란 무엇인가?

신사의 기원은 중세 봉건 시대에서 찾아볼 수 있다. 영국에서 귀족 작위는 장자에게만 상속되고 차남과 귀족의 친인척들은 귀족 계층이 아닌 〈젠트리gentry〉 계층을 형성했다. 이들은 작위는 없지만 토지를 가진 지주로서 생활 방식은 귀족과 다를 바가 없었다. 이 젠트리 계층의 남성들은 백작, 자작, 남작과 같은 작위가 없었기 때문에 그냥 〈젠틀맨〉이라 불리게 되었다. 이들은 전원의 대저택에 살면서 일하지 않고도 먹고살 만한 수입이 있어 여유로운 생활을 하고 행동도 모범이 되어 주위 사람들로부터 존경을 받았다. 그러다가 봉건 시대가 저물고 중세에서 근세로 넘어갈 때 중산 계급이 성장함에 따라 귀족의 지위는 후퇴하고 부유한 상인 계층이 젠트리의 핵심으로 자리 잡게 되었다.

19세기에 접어들어 영국의 중산 계급은 과거의 귀족 계급에 맞서 스스로의 계급적 정체성을 높일 필요성을 느꼈다. 그 결과 빅토리아 시대 중산 계급의 이상적 인간상으로서 신사 개념이 등장한다. 신사라는 개념은 귀족 계급의 자질에 중산 계급의 덕목을 결합한 것이다. 상공업으로 돈을 번 부르주아 계급 사람들은 신분 상승을 하고 싶은데 귀족 계급으로는 상승할 수 없으니 그 아래 계급인 봉건 시대부터 있어 왔던 젠트리 계급까지는 올라가겠다는 욕망을 품게 되었다. 19세기는 중간 계층뿐만 아니라 하층 계급에서도 돈을 벌어 부유해지면 신사가 되는 것이 가능한 시대였다. 고리오 영감도 재산을 몽땅 딸들에게 주지 않고 교양 교육을 받았더라면 영국식으로 말해 신사의 반열에 올랐을 것이다. 신사라는 개념은 다른 나라에서는 사회적으로 활발히 진행되지 않았는데 유독 영국에서만 독창적 특성을 보여 주었다.

19세기에 돈을 많이 번 중산 계급이나 하층민들의 그다음 욕망은 무엇이었을까? 바로 명예와 신분 상승에 대한 욕구였다. 당시 영국의 중산층과 하층민들은 젠트리 계층의 젠틀맨이 되는 것이 평생의 소망이었다. 오늘날 〈영국 신사〉라는 말의 이미지는 이렇게 빅토리아 시대의 신사 개념에서 비롯된 것이다. 지금도 영국 신사라고 하면 계급적인 개념이 아니라 어딘가 귀족적인 분위기와 중산 계층다운 면모가 생각난다. 이른바 세련된 교양과 예의범절을 갖추고 높은 도덕성을 지녀 사람들부터 존경을 받는 사람을 신사라 부른다. 신사는 영국의 자본주의와 사회 발전에서 근간을 이루었으며 오늘날까지 그 역사가 면면히 이어져 내려오고 있다.

신사가 되고 싶은 욕망

빅토리아 시대에 이르러 〈신사 숭배〉라고 할 만큼 신사가 되는 것이 개인이 지향해야 할 목표가 되었다. 따라서 신사라는 말은 빅토리아 시대 사람들의 사고와 행동을 살피는 데 중요한 키워드가 된다. 어린아이나 어른이나 할 것 없이 이 시대의 남자들에게는 누구나 신사가 되고 싶은 욕구가 잠재되어 있었다. 한국 아이들이 〈난 SKY에 들어가 판검사나 의사가 될래요〉라고 하는 것이 작금의 현실이라면, 19세기 영국의 소년들은 〈어른이 되면 신사가 되고 싶어요〉라는 꿈을 품었던 것이다.

『위대한 유산』의 핍은 매형의 대장간에서 도제로 일하는 예민한 감수성을 지닌 순수한 마음의 소년이다. 그러다가 그의 마음 밑바닥에 잠재해 있던 신사에 대한 꿈을 들추어내게 만든 사건이 일어난다. 새티스 하우스에서 에스텔라를 만나고 그녀로부터 멸시와 경멸을 받게 된 것이다. 이 일로 핍은 사회 계층의 차이에 눈을 뜨고 자기 발전의 강력한 욕구를 느낀다. 과거에는 매형의 도제가 되면 정말로 행복하리라고 생각했지만 평생 무겁고 어두운 장막 속에 갇혀 무의미한 고통을 겪을 수밖에 없지 않겠느냐는 생각을 하게 된다. 핍은 친구인 비디에게 자신의 본심을 이야기한다. 〈비디, 난 신사가 되고 싶어. 나는 지금 현재가 조금도 행복하지 않아. 내가 하는 일도 지겹고 이렇게 살아가는 것도 지겨워. 도제 계약을 맺은 이후로 어느 것 하나 마음에 안 든다고.〉

『고리오 영감』에서 라스티냐크에게는 파리 사교계의 여왕인 사촌 누이와 가족이라는 후원자들이 있었지만 고아인 핍은 매형 집에 얹혀사는 신세이다. 그래서 마음속으로 신사가 되고 싶은 욕망을 품지만 현실에서는 그것을 실현할 수 없는 처지에 있었다. 그러다가 종신형 죄수 매그위치를 만나 신사가 되는 일련의 과정을 거치게 된다. 어릴 적 죄수에게 먹을 것을 가져다준 인연으로 거대한 유산을 받게 되어 가난한 대장장이의 도제에서 런던의 신사로 변모해 가는 것이다. 졸지에 〈흙 수저〉에서 〈금 수저〉로 신분이 수직 상승한다. 이러한 전개는 영국이 전성기를 구가했던 빅토리아 시대에 신분에 상관없이 부를 축적한 자본 계급이 다수 생겨난 것과 깊은 관계가 있다.

상당한 유산을 받게 된 핍은 런던으로 가서 신사 교육을 받는 과정에서 속물로 전락했다가 다시 진정한 신사로 거듭난다. 여기서 한 가지 문제가 드러난다. 핍이 신사가 되는 과정에서 돈이면 안 되는 것이 없다고 하는 사회적 부조리가 개입된다는 점이다. 부를 획득한 중산층이나 하층민 사람들의 간절한 소망인 신사가 되는 것 역시 돈이라는 수단을 통해서만 가능할 수 있다는 당대의 사회적 인식이 드러나는 것이다. 이 자본주의의 논리에 따르면 막대한 부를 상속받은 핍은 신사가 될 수 있고, 따뜻한 영혼을 지녔지만 돈이 없는 대장장이 조는 신사가 될 수 없다. 정말로 그럴까? 오로지 돈만 있으면 핍은 신사가 될 수 있을까? 그래서 디킨스는 돈이라는 수단으로 촌뜨기에서 영국 신사가 되는 과정에서 핍을 무절제한 낭비와 향락에 빠져 타락하는 속물로 만들었다. 순박하기만 했던 핍이 어릴 적 숯검정을 묻혀 가며 일했던 대장장이의 신분을 기억하기조차 싫어하고 고아인 자신을 아들이자 친구처럼 따뜻하게 대해 주었던 매형 조의 존재도 부끄러워하며 그를 멀리하게 된다. 『고리오 영감』에서 귀부인들을 유혹해 출세해 보겠다는 라스티냐크의 생각이 잘못된 것처럼 돈을 이용해 신사가 되려는 핍이 도덕적으로 타락의 길을 걷는 것은 당연한 일이다. 디킨스가 볼 때 돈에 의한 신사 만들기는 진정한 신사의 품격에 어울리지 않는 것이다.

왜 핍을 신사로 만들려고 했나

매그위치는 왜 유형지에서 힘들게 모은 재산으로 핍을 신사로 만들 계획을 세웠는가? 이에 대해 디킨스는 명확한 이유를 제시하지 않는다. 핍이 신사가 되는 데 중요한 요소는 매그위치가 식민지에서 벌어들인 막대한 돈이다. 이 돈이 없었더라면 핍은 런던에 발도 들이지 못했을 것이다. 런던에 잠입한 매그위치와 핍의 만남은 소설에서 중요한 전환점을 이루는 대목이다. 매그위치가 등장한 이후 핍은 그의 돈을 상속받지 못하게 되고 그의 죽음으로 진정한 신사상을 깨닫게 된다. 매그위치가 왜 핍을 신사로 만들려고 했는지 설명하는 대목이다.

　　그래, 핍, 사랑하는 내 꼬마야. 내가 너를 신사로 만든 거다! 내가 그 모든 일을 다 한 거다! 그때 난 맹세했다. 혹시 앞으로 내가 1기니라도 돈을 벌게 된다면 틀림없이 그 돈이 너한테 가게 할 거라고. 그 이후로도 나는 맹세했다. 혹시 앞으로 내가 투자를 해서 부자가 된다면 틀림없이 너를 부자로 만들 거라고. 나는 거칠게 살았다. 너를 평탄하게 살게 하려고. 나는 열심히 일했다. 네가 일 따위는 모르고 살게 하려고. 무슨 이익을 바라고 그랬느냐고, 애야? (……) 자, 너를 봐라, 애야. 여기 네 집을 봐라. 귀족이 살기에도 적합한 집이지. 귀족? 그래! 넌 귀족들하고 어울리면서 내기에서 돈 자랑을 하며 그들을 깨부수게 될 거다! (……) 애야, 여길 봐라. 내가 신사를 길러 내고 있다는 자각이 은밀한 보상이었단다. 그곳 식민지 개척자 놈들의 순종 말들이 길을 걸어가는 내게 흙먼지를 뒤집어씌우면서 달려갈 때, 내가 뭐라고 말했겠느냐? 나는 스스로에게 이렇게 말했다. 〈나는 너희 놈들은 절대로 될 수 없고 너희보다 훨씬 더

훌륭한 신사를 길러 내고 있다, 이놈들아!〉 그들 중 누군가가
다른 사람에게 〈저놈은 지금이야 왕운이 트였지만 몇 년 전까
지만 해도 죄수였던 놈이야〉라고 말하면 나는 스스로에게 이
렇게 말했다. 〈그래, 나는 신사도 아니고 일자무식이다. 하지만
나는 신사를 소유한 주인이다, 이놈들아. 너희 모두 가축과 땅
을 가지고 있지. 하지만 너희 중에 누가 잘 자란 런던 신사를
소유하고 있느냐?〉 나는 그런 식으로 쭉 살아왔다. 그렇게 마
음속으로 굳건히 다짐을 했다. 〈언젠간 분명히 내가 직접 가서
나의 꼬마를 볼 거다. 그리고 그 애의 집에서 내 존재를 알릴
거다.〉[11]

〈나에게 자유와 돈이 생긴다면 핍을 신사로 만들겠습니다〉라
는 매그위치의 피맺힌 다짐은 일단 성공한 것으로 보인다. 이런
신사 만들기 전략을 오직 핍이 이전에 자신을 도와준 데 대한 보
답으로만 넘길 수는 없을 것이다. 당시 영국의 식민지로서 중죄
인이나 종신형 죄수들이 유형살이를 했던 오스트레일리아에서
식민주의자들의 멸시 속에 절망적인 삶을 이어 가던 매그위치에
게 삶에 대한 희망이라고는 핍을 빅토리아 사회의 이상적 인간상
인 신사로 만드는 것뿐이었다. 머나먼 유형지로 끌려온 것도 억
울했을 테고, 식민지에서 큰돈을 벌었지만 죄수의 신분인지라 갖
은 고초를 겪으며 부르주아 자본주의 사회에 대한 일종의 적개심
이 싹텄는지도 모른다. 돈으로 신사를 만들 수 있는 더러운 세상
이라면 나 역시 최고의 신사를 만들어 부르주아 사회에 본때를

보여 주겠다는 의도였는지도 모를 일이다. 〈개같이 벌어 정승같이 산다〉라는 속담도 있듯이 어린 핍을 신사로 만들어 대리 만족을 느낄 수도 있었을 것이다. 이런 매그위치의 생각은 비단 그 혼자만의 야심이 아니라 당대에 존재한 그릇된 신사관으로 이해해야 한다.

디킨스가 제시하는 신사상

핍은 목숨을 걸고 자신을 찾아온 매그위치가 유산을 상속한 은인이라는 것을 알아차리고 공포와 혐오감에 휩싸여 그로부터 도망가고 싶은 충동을 느끼게 된다. 그럼에도 매그위치를 영국 땅에서 탈출시키려고 하다가 그가 체포되어 감방에 갇힌 후 자신에게 사랑을 베풀어 준 은인의 참모습을 보게 되고 그간 도덕적 타락에 빠져 잠시 잃어버렸던 인간의 고귀한 마음을 되찾아 죽어가는 매그위치를 끝까지 지키게 된다. 흡사 고리오 영감 곁을 끝까지 지킨 라스티냐크가 자기 인식에 도달해 자신의 잘못된 출세 욕구를 성찰하듯이 말이다. 그런데 『고리오 영감』에서는 라스티냐크의 자기 성찰 과정이 그려지지 않은 반면 『위대한 유산』에서는 핍이 도덕적 타락에서 빠져나와 주체적인 노력으로 진정한 신사가 되는 모습을 그리고 있다.

돈에 의해 속물이 되고 자신을 길러 준 조를 배신하며 매그위치에 대해 혐오감을 느꼈던 핍은 이 모든 것을 극복하고 자아 통합 과정을 거치며 스스로 자아 완성에 이르게 된다. 디킨스는 이런 핍의 모습을 통해 진정한 신사란 무엇인지를 제시함으로써 빅토리아 중산층의 올바른 신사상을 보여 준다. 그는 핍이 막대한 유산에 의지해 신사가 되겠다는 것에 비판적인 태도를 보인다. 돈에 기대 신사가 되겠다는 것은 처음부터 자신의 인생이 될 수 없는 껍데기에 불과하다는 것이다. 그리하여 참된 인간성이 배제된 채 물질이 만든 일그러진 신사상을 고발한다. 디킨스에 따르면 자수성가한 신사의 모습이야말로 빅토리아 사회의 중산 계급 사람들이 내세워야 하는 바람직한 가치관인 셈이다.

핍은 매그위치에게 〈사랑〉이라는 인간 본연의 감정을 드러내면서 진정한 신사로 거듭난다. 그리하여 막대한 유산을 잃고도 죽어 가는 매그위치를 보며 〈제가 어떤 식으로든 아저씨 옆에 있을 수 있다면 그 자리를 꼭 지키겠어요. 아, 하느님! 아저씨가 저에게 진실하신 것처럼 저 역시 아저씨에게 진실하겠어요!〉라고 절규한다. 다음은 사형 선고를 받고 감옥에 갇힌 매그위치를 지켜보며 신사의 겉모습을 벗고 참다운 신사로 다시 태어나고자 하는 핍의 의지를 엿볼 수 있는 대목이다.

그가 보인 순종과 체념의 태도는 인생살이에 지쳐 녹초가 된 사람의 태도였다. 나는 가끔 그의 태도나 그에게서 새어 나온 한두 마디 속삭이는 말에서, 자기가 지금보다 더 나은 환경에 처해 있었더라면 훨씬 더 나은 사람이 되지 않았을까 하고 곰곰이 생각하고 있다는 인상을 받았다. 그러나 그는 그런 취지의 말을 넌지시 던짐으로써 자기변명을 한다거나 아니면 이미 영원히 자리 잡은 자신의 과거를 왜곡한다거나 하는 일은 결코

하지 않았다. (……) 그때 그의 얼굴에는 미소가 스쳐 지나갔으며 신뢰로 가득 찬 표정으로 나를 쳐다보았다. 그건 마치 내가 그에게서 미약하나마 어떤 속죄의 기미를 알아보았다는 것과, 심지어 아직 꼬마였던 아주 오래전 옛날에도 내가 그랬다는 것을 확신하고 있다는 표정이었다. 나머지 다른 일들에 대해서도 그는 겸손하게 뉘우치는 모습을 보였으며, 그가 불평하는 걸 결코 보지 못했다.[12]

소설의 마지막 부분에서는 디킨스 특유의 리얼리즘이 두드러진다. 디킨스는 신사가 되겠다고 하는 당대의 가치관 자체를 비판하는 것은 아니다. 물론 돈이 뒷받침되어야만 신사가 될 수 있는 상황에서 그가 생각하는 진정한 신사란 교양과 재산을 갖추기도 했지만 눈앞의 물질적 이익에 연연하지 않고 노동 계급의 건강한 미덕을 존중할 줄 아는 용기 있는 사람을 뜻한다. 『크리스마스 캐럴』에서 스크루지가 세 명의 유령과 함께 과거, 현재, 미래를 여행하면서 혹독한 자기반성을 통해 하층민들을 따뜻하게 대하는 인간으로 거듭나는 것처럼 『위대한 유산』에서도 진정한 신사는 시련과 노력을 통해 어렵게 성취되는 것임을 밝히고 있다. 핍은 매그위치를 통해 자신이 계급에 대한 차별 의식을 지닌 속물이었음을, 가차 없이 외면했던 매형 조를 통해 인간에 대한 따뜻한 사랑을 배웠음을 깨닫는다. 비로소 자신이 거대한 유산이 아닌 〈위대한 유산〉을 물려받았다는 것을 깨닫게 된다. 이제 그가 해야 할 일은 〈당장 정겨운 대장간으로 달려가서 매형에게 속

마음을 모두 털어놓는 것, 참회하는 마음으로 용서를 청하는 것 그리고 처음에 막연하게 떠오르다가 어느새 또렷한 형상으로 정착한 두 번째 생각도 그곳에서 털어놓는 방법밖에 없었다〉.

디킨스는 『위대한 유산』에서 하층민 핍이 신사로 신분 상승을 하는 과정을 통해 리얼리즘의 명제에 입각하여 당대 사회의 신사라는 개념의 허구성을 공격했고, 리얼리즘의 기본 정신에 충실하게 긍정적 삶의 가능성을 제시했다. 핍은 파란만장한 과정을 겪으며 신사의 겉모습에 취해 도덕적 타락에 빠지기도 하지만 이 모든 것을 청산하고 새로운 유형의 신사가 되었다고 볼 수 있다. 디킨스는 신분 상승이라는 빅토리아 시대의 신화에 대해 부정하지도, 기존 체제의 신사 계급에 대해 비판하지도 않았다. 다만 당대에 만연한 물질의 힘을 빌려 신사가 되는 것에 반대하고 있다. 빅토리아 시대에는 돈만 있으면 누구든지 신분 상승이 가능했기 때문에 물질이 만들어 낸 신사는 도덕적 우월감에 빠져 속물화되기 쉬웠다. 이를 간파한 디킨스는 『위대한 유산』을 통해 진정한 신사란 비인간화되어 가는 사회에서 자신의 정체성을 찾고 자아 인식을 정립하여 정신적 성숙의 단계에 진입하는 인간이라고 말한다. 이렇게 진정한 신사의 위상을 제시해 물질주의에 빠진 당대 영국인들의 정신적 딜레마를 해결하려고 했던 것이다.

소설의 마지막 장면에서 에스텔라는 핍에게 〈고통은 어떤 교훈보다 강력하게 당신의 마음이 어땠는지 이해하도록 가르쳐 주었어요〉라고 말한다. 디킨스는 에스텔라의 입을 빌려 인간은 고통을 통해 — 핍의 경우 허영과 야망이 무너지는 좌절을 통해 — 삶에 대한 통찰을 얻고 진정한 자유를 획득한다는 — 핍의 경우 진정한 신사로 거듭난다는 — 진리를 전해 주는 것이다.

8장 **이성적 판단과 감정적 끌림의 싸움:**
요한 볼프강 폰 괴테의 『젊은 베르테르의
슬픔』

「당신을 위해 죽을 수 있는 행복을 누리고 싶습니다.」

『고리오 영감』에서 부패한 프랑스 귀족 사회와 한판 투쟁을 선언한 라스티냐크의 패기 어린 결심도 살펴봤고, 『위대한 유산』을 통해 어린 핍이 진정한 신사로 거듭나는 과정도 지켜봤다. 다시 도버 해협을 건너 독일의 〈젊은 베르테르〉에게로 가보자. 물론 시대적으로는 베르테르가 큰형이고, 라스티냐크는 작은형이고, 핍이 막내이다. 전 세계 독자들 — 특히 젊은 독자들 — 을 눈물짓게 만들고 가슴에 멍이 들게 한 베르테르와 로테의 슬픈 사랑 이야기, 너무나 유명한 이 러브 스토리는 단테, 셰익스피어와 함께 세계 3대 시성(詩聖)으로 불리는 요한 볼프강 폰 괴테Johann Wolfgang von Goethe의 『젊은 베르테르의 슬픔Die Leiden des jungen Werthers』이다. 이 작품은 한국에서도 필독서로 자리 잡아 오래도록 인기를 누리고 있다. 심지어 박목월이 쓴 「4월의 노래」라는 시의 첫 구절은 〈목련꽃 그늘 아래서 베르테르의 편질 읽노라〉라고 시작되는데 이 시를 노랫말로 해서 만들어진 가곡 덕분에 중장년층 가운데는 베르테르라는 이름을 모르는 사람이 거의 없을 정도이다. 어느 기업의 창업주는 『젊은 베르테르의 슬픔』을 읽고 너무나 큰 감동을 받은 나머지 등장인물인 로테의 이름을 본떠 기업의 이름을 지었다는 이야기도 있다. 자, 그러면 이루어질 수 없는 사랑의 연인인 베르테르와 로테를 만나러 가보자.

슈투름 운트 드랑

베르테르와 로테를 만나러 가기 전에 반드시 거쳐야 할 문이 있다. 바로 〈슈투름 운트 드랑Sturm und Drang〉이다. 슈투름 운트 드랑은 문자 그대로 번역하면 〈폭풍우와 돌진〉이라는 뜻이다. 한국에서는 〈몹시 빠르게 부는 바람과 무섭게 소용돌이치는 물결〉을 뜻하는 〈질풍노도〉로 알려져 있다. 어느 독문학자는 원뜻 그대로 〈폭풍우와 돌진 운동〉으로 해야 맞는다고 주장하기도 하지만 앞서 번역된 질풍노도도 틀린 말은 아닐 것이다. 그리고 한번 귀에 익으면 쉽사리 바꾸기 어려운 노릇이어서 여기서는 〈질풍노도 운동〉이라 해두겠다.

질풍노도 운동은 1765~1785년까지 — 혹은 1770~1780년까지 — 20여 년 동안 독일에서 젊은 작가들이 주도한 문학 운동이다. 이 작가들은 전통에 얽매이지 않고 개성과 감정을 앞세워 〈젊음의 반란〉을 일으킨 뒤 기존과는 다른 작품을 쓰기 시작했다. 당시 유럽의 지성계를 지배하고 있던 사상은 계몽주의였는데 질풍노도 운동의 작가들은 이성과 합리성을 고집하는 계몽주의에 반대해 이성의 해방을 추구하고 자연, 감정, 개성 등을 중요시하게 되었다.

이 운동을 이끈 작가가 괴테였다. 그의 소설『젊은 베르테르의 슬픔』에서 남의 약혼자인 로테를 짝사랑하다가 권총 자살로 비극적인 최후를 맞이하는 베르테르는 계몽주의 관점에서 보자면 턱없이 허무맹랑한 인물이다. 어떻게 감히 남의 여자를 넘볼 수 있으며, 또 자살이라는 말을 입에 담고 실행할 수 있을까? 따라서 이 작품은 계몽주의의 관점을 타파하여 질풍노도 운동의 대표작으로 우뚝 섰다. 베르테르 역시 〈신세대〉의 상징과도 같은 존재로 자리매김했다.

계몽주의란

계몽은 〈이성을 통해 무지한 인간을 가르쳐서 깨우치게 하는 것, 눈을 뜨게 하는 것〉이다. 계몽주의는 오랫동안 신학에 지배되어 온 인간에게 과학적이고 합리적인 깨달음을 전파해 민중의 무지를 타파하고 현실을 개혁하고자 하는 사상으로 프랑스, 영국, 독일을 중심으로 서유럽에서 17세기에 주창되어 18세기에 확산된 이성 중심의 철학 사상이다. 계몽주의의 키워드는 〈이성〉과 〈합리성〉이다. 계몽주의자들은 기독교적 관점에서 벗어나 인간 세계와 인간의 삶을 이성과 합리성에 의해 판단하게 되었다. 이들은 형이상학보다는 상식과 과학을, 권위주의보다는 개인의 자유를, 특권보다는 평등한 권리와 교육을 지향했다. 계몽주의 사상가로는 볼테르Voltaire, 샤를 드 몽테스키외Charles Louis de Secondat

Montesquieu, 장 자크 루소Jean Jacques Rousseau, 데이비드 흄David Hume, 칸트 등 쟁쟁한 철학자들이 포진해 있다. 계몽주의 사상은 르네상스와 함께 서구의 근대 문화를 발전시키는 데 결정적인 역할을 했고, 특히 프랑스 혁명의 사상적 기반이 되었으며, 미국의 독립에도 적잖은 영향을 끼쳤다.

절대주의에 저항한 계몽주의

역사는 정체되지 않고 도도하게 흘러 발전하기 마련이다. 한 시대를 풍미한 사상도 세월이 흐르면 정체되어 권위 의식이 배어들게 마련이고, 때로는 인간의 자유로운 사상적 발전을 억압하게 된다. 그것에 저항하는 새로운 사상과 문화가 나타나는 것은 역사의 순리이다. 계몽주의가 탄생한 계기도 마찬가지였다. 중세 봉건 사회가 해체되고 시민 혁명에 따라 근대 시민 사회가 형성되면서 서구 사회는 새로운 사상을 필요로 하게 되었다.

서구의 18세기는 정치적으로 절대주의 시대였다. 당시는 중세 봉건 사회가 해체되고 근대 시민 사회가 형성되는 과도기였다. 절대주의가 탄생한 이유는 국가 통일에 방해가 되는 봉건 잔재 세력을 몰아내고 종교 전쟁으로 인해 혼란스러운 사회를 추스르기 위해 이전보다 강력한 왕권이 필요했기 때문이다. 절대주의란 말 그대로 중앙의 왕이 아무런 제약을 받지 않고 절대 권력을 행사하는 전제 정치 체제이다. 이런 왕을 절대 군주라 한다. 절대주의 체제는 중앙 집권적 통일 국가의 모습을 하고 있다는 점에서 앞선 지방 분권의 중세 봉건주의와 구별되고, 신분제로 계층 질서가 유지된다는 점에서 이후에 나타나는 근대 국민 국가와 구별된다.

절대주의의 탄생과 몰락

중세 봉건 사회의 붕괴로 봉건 지배층과 장원제가 몰락하고 시민 계층이 성장하게 된다.

→ 이 과정에서 왕은 봉건 지배층과 시민 계층 사이의 조정자 역할을 하게 되어 두 계층은 자연적으로 왕권에 협력할 수밖에 없는 상황이 조성된다. 시민 계층은 아직 세력이 제대로 형성되지 못해 왕권의 견제가 쉽지 않았다.

→ 시민 계층이 절대적 세력으로 등장함에 따라 절대 왕정은 붕괴를 맞이하게 된다. 프랑스의 경우 절대주의 왕정에 대한 시민 계급의 봉기가 1789년 프랑스 대혁명이다.

→ 서유럽에서 절대주의의 대표적 군주는 〈짐이 곧 국가다〉라고 설파한 태양왕 루이 14세이다.

절대주의 왕정에서는 당연히 사회 제도로서 불합리와 불평등이 판을 쳤고, 사상과 언론의 통제도 극에 달했다. 일찍이 국가적이고 종교적인 속박에서 벗어나려고 문예 부흥과 종교 개혁이라는 사회 운동을 통해 인문주의 운동을 벌인 역사가 있는 서구에서는 절대주의에 의해 다시 구속과 억압이 가해지자 변화와 개혁을 부르짖는 운동이 벌어졌다. 그것이 바로 계몽주의였다. 계몽주의는 중세의 잔재인 절대주의에 기초한 불합리한 권위와 구체제의 모순된 이데올로기를 타도 대상으로 삼았다. 계몽주의자들은 민중 위에 군림하는 절대 왕정을 타도하여 자유롭고 평등한 근대 시민 사회를 건설하고자 했다. 그러려면 무지몽매한 중세의 분위기에 젖어 있는 민중을 깨우쳐 민주 시민 사회를 만드는 것이 급선무였다. 이성과 합리성을 키워드로 하는 계몽주의는 고대 그리스의 문학 정신을 본받고자 하는 고전주의와 닮은 구석이 많다. 철학 사상인 계몽주의가 문학을 포함한 예술로 치환된 것이 고전주의라 이해하면 되겠다. 계몽주의와 고전주의 가운데 어느 것이 먼저 일어났는지 따지는 것은 의미가 없다. 시기가 중첩되기도 하고 서구 국가마다 차이가 있기 때문이다. 서로서로 상호 보완하며 영향을 주고받았다고 생각하면 좋을 것이다.

다시 질풍노도 운동으로

계몽주의에 관해 길게 늘어놓은 이유는 그것이 질풍노도 운동을 낳았기 때문이다. 앞서 질풍노도 운동은 계몽주의의 경직성에 반대해 이성의 해방을 추구하고자 독일 청년들이 주도한 운동이라고 말했다. 계몽주의는 삶의 전 영역에서 이성과 합리성을 절대 규범으로 내세우며 자연히 문학을 포함한 예술에도 합리적 규칙을 엄격히 적용하여 이런 규칙을 따를 때만 훌륭한 작품이 된다고 주장했다. 시민 계급 출신의 청년들은 이성을 바탕으로 하는 규범에 얽매이는 것을 싫어했고, 개인의 주관적 감정이 예술 창작의 원동력이라고 보았다.

그렇다고 질풍노도 운동이 계몽주의를 전면적으로 비판하고 반이성주의를 들고나온 것은 아니었다. 18세기에 계몽주의는 인간의 자유와 해방을 부르짖었는데, 감성의 중요성을 망각하고 지나치게 지성 쪽으로 기울게 되었다. 그 반작용으로 질풍노도 운동은 지성과 감성의 조화를 추구하는 과정에서 특히 감성을 열정적으로 옹호하게 된 것이다. 나중에 설명하겠지만 베르테르에게 이미 약혼자를 둔 로테를 사랑하는 마음이 생긴 것도 이성과 도덕의 기준으로는 비난받아 마땅하지만 감정에 충실한 혈기 왕성한 젊은이의 입장에서 볼 때는 마냥 비난할 수만은 없는 것이다.

이렇게 독일 청년들이 주도한 질풍노도 운동은 독일 문학사에 그야말로 한바탕 폭풍우처럼 불어와 인간의 감정이 계몽주의의 이성을 압도한 문학 혁명 시대를 탄생하게 했다. 질풍노도 운동을 시발점으로 해서 독일 문학은 영국, 프랑스 문학과 어깨를 견주는 수준으로 성장했다. 그리하여 세계 문학의 변방에서 중심부로 들어오는 계기가 되었다.

따지고 보면 질풍노도 운동은 낭만적인 태도와 무관하지 않다. 이성과 합리성에 반발해 인간의 감성을 부르짖고 인간성 해방을 추구하는 것이야말로 낭만주의의 속성이다. 그렇지만 질풍노도 운동이 계몽주의를 완전히 등진 것은 아니었기 때문에 아직은 낭만주의가 도래할 분위기가 조성되지 못했다. 훗날 낭만주의의 탄생에 밑거름 역할을 했다고 알아 두자. 폭풍우가 지나가면 다시 평온해지는 법, 운동을 이끈 청년들이 나이가 들어감에 따라 질풍노도 운동도 쇠퇴하기에 이르렀다. 결국 독일에서는 이성보다 감성을 부르짖던 질풍노도 운동이 막을 내리고 다시 이성을 주장하고 나선 고전주의 시대가 도래했다. 여든이 넘게 산 괴테는 청년 시절 『젊은 베르테르의 슬픔』이라는 작품을 통해 질풍노도 운동을 이끈 작가로 출발해서 독일 고전주의를 대표하는 작가로 자리매김했다.

감상주의란

질풍노도 운동에 동참한 작가들이 과도한 이성과 합리주의를 극복하기 위해 채택한 문학 경향이 바로 〈감상주의〉이다. 감상주의는 계몽 사상에 반발해 인간의 내면을 해방하려는 의도에서 생겨난 심적 경향 또는 문예 사조이다. 독일에서는 질풍노도 운동에 동참한 작가들이 즐겨 사용했던 문학 경향이라고 이해하자. 흔히 이성보다는 감정에 치우칠 때 〈감상적이다〉, 〈감정에 충실하다〉라고 말한다.

『젊은 베르테르의 슬픔』에서 괴테는 이성과 합리성보다는 감정과 욕망 같은 본능에 주목해 베르테르를 사랑의 감정이 살아 숨 쉬는 인물로 만들었다. 하지만 계몽주의에 대한 저항으로 탄생되었다고 해서 그것과 완전히 결별한 것은 아니었다. 질풍노도 운동은 이성보다는 감성을 중요하게 생각하되 한편으로는 이성적 사유도 무시하지 않았다. 그런 관점에서 『젊은 베르테르의 슬픔』은 감성과 이성이 교묘히 결합된 작품으로 봐도 좋을 듯하다. 자, 이제 질풍노도 운동의 대표작이자 감상주의를 바탕으로 한 연애 문학의 바이블, 이성을 바탕으로 한 당대 사회의 비판서인 『젊은 베르테르의 슬픔』 속으로 들어가 보자.

소설의 숲속으로

『젊은 베르테르의 슬픔』은 베르테르가 친구 빌헬름에게 보낸 편지로 이루어진 서간체 소설이다. 베르테르는 1771년 5월 4일부터 이듬해 12월 하순까지 빌헬름에게 보낸 82통의 편지에서 로테에 대한 자신의 심경을 고백하고 있다. 그리고 작품 후반부에는 익명의 편집자가 베르테르의 편지와 여타의 정보를 엮어 독자에게 사건을 재구성해 들려준다. 이 소설에는 편지를 받는 사람인 빌헬름의 답장은 없고 오직 편지를 보내는 사람인 베르테르의 입장만 제시되어 있다. 따라서 베르테르의 편지는 독자에게 직접 말을 걸고 감정을 토로하는 효과를 지니게 된다. 독자들이 빌헬름의 편지를 받고 있다는 착각이 들 정도이다.

1부는 법무 관계의 일에 종사하고 있는 베르테르가 일도 하고 우울증도 치료할 겸 도시를 떠나 시골 마을에 오면서부터 시작된다. 그는 감수성이 풍부하고 정열적이고 몽상적인 성격을 지닌 잘생긴 청년이다. 어느 날 그는 무도회에 참석하기 위해 마차를 타고 가다가 로테라는 아름다운 여인과 동석하게 된다. 로테는 어머니가 죽고 난 뒤 어린 동생들을 손수 뒷바라지하고 있는 온화하고 순수하고 이지적인 마음을 지닌 아름다운 여인이다. 베르테르는 로테에게 약혼자가 있다는 말을 듣고도 첫눈에 반하게 되고 로테도 그에게 호감을 품게 된다. 이후 베르테르는 하루가 멀다 하고 로테의 집을 방문한다. 그는 그녀가 알베르트라는 약혼자와 곧 결혼할 것임을 알게 된다. 알베르트는 매사에 신중하고 분별력 있는 훌륭한 인물로 로테를 진정으로 아끼고 사랑한다.

시간이 흐를수록 베르테르는 로테에 대한 뜨거운 마음을 억누를 길이 없고 사랑은 더욱 깊어만 간다. 〈앞으로 내게 보내는 편지에는 가급적 모래를 쓰지 말아 주세요. 오늘 편지를 받고 성급히 입술을 갖다 대었더니 모래가 씹히더군요〉라고 베르테르는 로테에게 사랑을 갈구한다. 예전에는 압지가 없어서 잉크로 쓴 것이 번지거나 묻어나지 않도록 종이 위에 모래를 뿌리곤 했기 때문이다. 베르테르는 로테에게 매달리면 매달릴수록 그녀의 사랑을 얻는 것이 불가능하다는 걸 깨닫고 절망으로 빠져든다. 두 사람 사이에 이미 알베르트가 있어서 애초부터 둘의 사랑은 결실을 맺을 수 없는 운명이었다. 사랑의 열병에 빠진 베르테르는 로테의 곁을 떠나기로 결심하고 어느 날 아침 이별의 인사도 없이 마을에서 사라진다.

2부는 1771년 10월 24일 자 편지부터 시작된다. 베르테르는 빌헬름이 추천해 준 공사(公使)를 찾아가 그의 일을 도와주는 하급 공무원으로 일한다. 하지만 관료의 전형인 공사는 성격도 그렇고 일하는 태도도 베르테르와 맞지 않아 사사건건 충돌하며 어려운 나날을 보낸다. 그러다가 베르테르는 로테가 알베르트와 곧 결혼한다는 편지를 받는다.

그즈음 베르테르가 C 백작의 초대를 받아 그의 집을 방문하는데, 공교롭게도 그날은 백작의 집에서 귀족들의 모임이 있는 날이었다. 그곳에서 귀족들은 평민 출신 시민 계급인 말단 공무원 베르테르가 있는 것을 보고 불만을 드러낸다. 그가 감히 이 자리에 낄 수 없다는 듯이 내놓고 멸시하기까지 한다. 베르테르는 속물적인 귀족 사회의 모습을 또렷이 목도하고 심한 모욕감을 느낀다. 로테의 결혼 소식과 귀족들로부터 받은 모욕감이 뒤섞여 자신을 압박하자 베르테르는 사직서를 내고 고향으로 돌아가 순례를 하면서 로테를 잊으려 애쓴다.

그러나 도저히 잊지 못하고 다시 로테 곁으로 돌아오고 만다. 베르테르는 알베르트에게 질투를 느끼고, 둘 사이에 끼어들게 되면서 알베르트와 불편한 관계가 된다. 하지만 두 사람의 행복한 모습을 보고 도덕의 한계를 뛰어넘을 수 없음을 알게 되자 다시 한번 깊은 죄책감에 빠지게 된다. 우울증이 깊어지고 정신 착란 상태에 이르면서 그는 자살을 결심한다. 12월 21일, 베르테르는 작별 인사를 하러 로테를 찾아간다. 그 자리에서 감정을 억제하지 못하고 사랑을 고백하지만 이제 자기는 남의 아내이므로 그만 단념해 달라는 로테의 말을 듣고 절망에 빠진다. 서먹한 분위기를 해소하기 위해 로테는 베르테르에게 그가 번역해 놓은 오시안Ossian의 시를 읽어 달라고 부탁한다. 둘은 시를 읽다가 포옹하며 뜨거운 키스를 나눈다. 로테는 정신을 차리고 〈이것이 마지막이에요. 베르테르! 이젠 만나지 않겠어요〉라는 말을 남긴다. 다음 날 밤 베르테르는 로테에게 당신을 위해 죽음을 택하겠노라는 마지막 편지를 쓴다. 그리고 알베르트에게서 빌려 온 권총으로 스스로 목숨을 끊는다. 그는 장화를 신고 푸른 연미복에 노란 조끼를 갖추어 입은 채 유언대로 보리수나무 아래에 묻히게 된다.

피 끓는 청춘

이 소설은 기존의 이성에 입각해 민중을 계몽하려는 고리타분한 교훈담이 아니라 가슴속에 억눌려 있던 감정을 폭발적으로 해방시켜 인간의 본성인 감정을 솔직하게 묘사한 작품이다. 물론 이성보다는 감정에 충실한 연애 소설이지만 질풍노도 운동의 기본 정신이 잘 깃들어 있다. 질풍노도 운동은 계몽주의가 과도하게 이성 쪽으로 치우친 것에 반발해 감성을 강조함으로써 추의 균형을 맞추고자 노력한 측면이 강하다. 베르테르는 사랑해서는 안 될 여인을 온 힘이 소진될 때까지 사랑하지만 이성을 깡그리 무시하고 오로지 로테만을 바라보는 것은 아니다. 그는 이성적인 판단에서 독일 귀족 사회와 속물성을 비판하고, 또 알베르트와 자살 논쟁을 벌이기도 한다. 먼저 로테를 향한 베르테르의 〈감정〉을 살펴보고, 다음으로 당대 귀족 사회를 바라보는 그의 냉철한 〈이성〉에 대해 알아보도록 하자.

이 소설을 읽으면서 〈로테가 얼마나 아름답기에 베르테르가 한눈에 반하는가〉라는 의문을 품게 될 것이다. 정작 작가는 로테의 외적 아름다움에 대해서는 그다지 언급하지 않는다. 다음은 베르테르가 본 로테의 첫인상이다.

아가씨는 보통 키였고 팔과 가슴에 분홍색의 리본이 달린 수수한 흰색 옷을 입고 있었는데, 흑빵을 손에 들고서 자신을 둘러싼 아이들에게 각자의 나이와 입맛에 알맞게 한 조각씩 잘라 주었네. 아이들 한 명 한 명에게 무척 다정하게 빵을 건네주었는데, 아이들은 빵이 잘라지기도 전에 앙증맞은 손을 높이 쳐들고서 천진난만하게 〈고맙습니다!〉라고 외쳤다네. (……) 나는 그녀에게 의례적으로 뭐라 말하였지만, 내 영혼은 그 모습과 목소리와 몸놀림에 사로잡혀 있었네. (……) 내 영혼은 그 생동하는 입술과 생기 넘치는 풋풋한 뺨에 완전히 사로잡혀 있었으며, 그녀가 하는 말의 장엄한 의미에 완전히 심취해서 말의 표현은 전혀 귀에 들려오지도 않았다네.[13]

어딜 봐도 로테의 미적 아름다움에 대한 언급은 없다. 베르테르는 그녀의 순수함과 바람직한 인간상에 한눈에 반하게 된다. 그녀는 두 해 전에 어머니를 여의고 여섯 명이나 되는 어린 동생들을 키우고 있었는데, 그들에게 빵을 나눠 주는 로테의 헌신적이고 정겨운 모습을 보고 베르테르는 자애로운 모성의 이미지를 발견한 것이다. 이렇듯 베르테르는 자연 그대로의 소박함과 무구함을 지닌 로테의 인간상에 매료되어 미혼의 몸으로 엄마 역할을 하는 그녀를 〈성스러운 존재〉라고 토로하기까지 한다. 로테는 베르테르에게 순진무구함과 자애로운 모성애뿐 아니라 성녀의 숭고함까지 간직한 완벽에 가까운 여인이었다.

그들은 결코 이루어질 수 없는 운명이었다. 로테를 향한 애절한 마음이 끓어오르면 오를수록 베르테르는 그녀를 멀리해야 한다는 강박증에 시달린다. 감성과 이성이 마음속에서 끊임없이 충돌하고 갈등을 벌이게 된다. 이성적으로는 그녀를 마음속에서 지워야 하지만 피 끓는 청춘의 감정이 이성을 압도해 버리니 그로서도 감당할 수 없는 단계에 이른 것이다.

계몽주의 사상에서 인간의 내면은 이성과 합리주의로 다스려야 할 대상이다. 하지만 이성으로 감성을 억누르면 누를수록 내면의 갈등은 응축되기만 한다. 그러다가 결국 폭발하면서 에너지가 소진된 베르테르는 우울증의 상태에 빠져들고 만다. 그는 〈죽음에 이르는 병〉에 이르러 자살이라는 극단적 선택을 하게 된다. 마지막으로 베르테르는 로테에게 이런 말을 남긴다. 〈당신을 위해 죽을 수 있는 행복을 누리고 싶었습니다. 로테, 당신을 위해 이 한 몸 희생하고 싶었습니다! 당신의 삶에 평온과 행복을 되찾아 줄 수만 있다면 나는 기꺼이 의연하게 죽을 수 있습니다. 아! 사랑하는 사람을 위해 피를 흘리고 목숨을 바쳐 몇 배나 더 새로운 생명의 불길이 타오르게 하는 것은 극소수의 고결한 사람에게나 주어지는 기회일 테지요.〉

단순한 질문을 해보겠다. 베르테르는 로테에게 약혼자가 있다는 말을 듣고서도 왜 계속 짝사랑을 하게 되었을까? 그리고 결혼한 이후에도 왜 로테에게 그렇게 매달려야만 했을까? 물론 결혼 전이라면 마음에 드는 여자에게 전력을 다할 수도 있다. 사랑은 쟁취하는 것이라고 하지 않던가. 하지만 결혼까지 하고도 다른 여자 곁을 미친 듯이 맴돌면 좀 추하지 않을까?『젊은 베르테르의 슬픔』을 그저 연애 소설로만 치부한다면 베르테르의 행위는 통속적일 수 있다. 그보다는 사랑에 좌절한 청년의 〈행위〉와 〈슬픔〉을 통해 시민 계급에 속한 당대 청년들의 기성 사회에 대한 불만과 저항을 거칠게 표출했다고 이해하면 어떨까? 의식 면에서는 근대 시민 사회로 이행되고 있지만 아직 신분 제도가 존재하는 이중적인 시대에 고루한 인습과 억압적인 제도에서 뛰쳐나오고 싶은 청년들의 절규가 보여 주는 단면은 아닐까? 작가 괴테가 베르테르를 이루어질 수 없는 사랑으로 몰아가고, 또 그의 자살로 결론지은 것은 물론 통속적인 멜로드라마를 쓰기 위함은 아닐 것이다. 베르테르의 자살에 방점을 찍어서는 곤란하다. 괴테가 베르테르를 자살로 몰고 간 데에는 숨은 의도가 있기 때문이다. 자살에 의도라니, 이 위험할 수 있는 설정을 두고 논쟁이 벌어진 것은 당연하다. 그럼 작품 안에서 이 위험한 설정을 더 들여다보도록 하자.

자살을 둘러싼 논쟁

베르테르는 알베르트와 자살에 관해 뚜렷한 견해차를 보이며 길게 논쟁을 벌인다. 이 논쟁에서 베르테르는 감성을, 알베르트는 이성을 주장하니 〈감성 대 이성〉 논쟁으로 봐도 무방할 것이다. 어느 날 두 사람은 자살 문제를 놓고 충돌하는데 이때 알베르트는 계몽주의의 신봉자임이, 베르테르는 질풍노도 운동의 상징적 인물임이 드러난다.

「자네는 매사를 지나치게 과장한다네. 지금 여기서 우리가 말하는 자살을 위대한 행위와 비교하는 것만큼은 확실히 잘못되었네. 자살은 나약함으로밖에는 볼 수 없기 때문일세. 고통스러운 삶을 꿋꿋하게 견디어 내기보다는 목숨을 끊는 편이 물론 더 쉽다네.」

「자네는 그것을 나약함이라고 말하는가? 이보게, 제발 겉모습에 현혹되지 말게.」(……)

「인간의 본성에는 한계가 있네. 인간은 원래 기쁨이나 슬픔이나 아픔을 어느 정도까지는 참아 낼 수 있지만, 도에 넘치는 경우에는 즉시 파멸에 이른다네. 그러니까 여기서 문제는 누군가가 강인하느냐 나약하느냐가 아니라, 도덕적인 것이든 육체적인 것이든 자신에게 주어진 고통의 정도를 과연 참아 낼 수 있느냐는 것일세. (……) 스스로 목숨을 끊은 사람을 비겁하다고 말하는 것도 마찬가지로 황당한 일이라고 생각하네.」(……)

「어쩌다 몸이 심한 공격을 받아서, 기운도 소진하고 기능도 제대로 발휘할 수 없는 경우가 있네. 요행히 병을 잘 이겨 내어서 상태가 급변하고 정상적인 생활 궤도를 되찾을 가능성이 없는 경우를 죽을병이라 부른다는 것을 아마 자네도 인정할 걸세.

그렇다면 이보게, 이것을 우리의 정신에 한번 적용해 보세. 주변의 영향에 크게 좌우되고 무슨 생각이든 쉽게 떨쳐 내지 못하면서 편협한 삶을 영위하다가, 마침내 자신의 감정을 다스리지 못하고 마음의 평정을 상실하여 파멸에 이른 사람이 있네.」(……)

「정열이 사납게 날뛰고 인간성의 한계가 사람을 짓누르면, 설사 약간의 이성을 지니고 있다 할지라도 거의, 아니 전혀 도움이 되지 않는다네.」[14]

베르테르는 자살 행위를 속박에서 벗어나는 자기 구원의 수단으로 여기는 반면 알베르트는 나약함이나 병적인 행동의 결과라고 일축한다. 자살이 의지박약에 불과하다는 알베르트의 주장에 대해 베르테르는 정신 건강이라는 것도 육체의 질병처럼 죽을병에 걸려 절박한 상황으로 치달을 수 있다고 반박한다. 그렇게 되면 이성적 판단이 멈춰서 자살의 충동에 이른다는 것이다. 물론 베르테르는 자살을 미화할 의도는 없어 보인다. 그저 교양의 가면을 쓴 채 위선과 오만에 차서 자살 충동을 의지가 부족한 것으로 치부해 버리는 당대 지배 계급의 태도에 분노한 것이다. 당시 지배 계급은 원하는 것을 다 가지고 만족한 삶을 살았으니 의지박약이라는 절망적인 상황을 경험해 보지 못했는지도 모른다. 하지만 계몽주의와 고리타분한 이성에 반대해 감정이 들불처럼 일어난 시민 계급의 젊은이들에게는 이상이 높을수록 좌절과 절망이 더 크게 나타났을 수도 있다. 베르테르의 견해는 정신 건강도 육체 건강 못지않게 중요한 것이니 사회는 자살 충동에 관심을 기울여 그 원인이 되는 절망적 상황을 인식해야 한다는 뜻으로 확장해 볼 수 있다. 결과적으로 베르테르는 결과와 형식에 얽매인 알베르트에게 실망하고 그와 다소간 소원해지며, 나아가 그가 로테와 잘 어울리지 않는다는 생각에 안타까워한다.

다시 이성으로

앞서 『젊은 베르테르의 슬픔』은 이성을 배제하고 감정만 앞세우는 통속적인 연애 소설이 아니라고 말한 바 있다. 베르테르는 이성을 상실한 듯 정신없이 로테에게 빠져들지만 그 와중에도 당대 지배 계급의 위선을 이성적 판단으로 거칠게 공격한다. 로테에게 빠진 삶은 철저히 감성 쪽으로 기울어져 있고, 지배 계층을 공격하는 대목에서는 이성 쪽으로 기울어져 있다. 그는 감성과 이성 사이, 정상과 비정상 사이에서 시소를 탄다. 이런 삶의 행태가 당시 지배 계층의 속물과 성직자들에게는 비정상적으로 비쳤을 것이고, 질풍노도의 젊은이들에게는 수긍되었을 것이다.

이성적 판단은 베르테르가 당대 독일의 지배 계층인 귀족 사회를 비판할 때 두드러진다. C 백작의 집에서 귀족들로부터 모욕과 멸시를 당한 베르테르는 궁정 관료 사회를 〈노예선〉에 빗대면서 대등하고 평등한 교류를 가로막는 신분 차별의 질곡을 비판한다.

백작과 더불어 마침 그 자리에 합세한 B. 대령과도 이야기를 나누는 사이에 연회 시간이 다가왔고, 나는 맹세코 아무 생각도 하지 않았다네. (……) 그때 대단한 귀부인 S.가 남편 나리하고 잘 부화한 새끼 거위 따님을 대동하고 나타났네. 새끼 거위 따님께서는 밋밋한 가슴을 꼭 졸라매는 예쁜 옷을 입고 있었는데, 그들은 지나가면서 대대로 물려받은 명문 귀족의 눈과 콧구멍을 내보였네. 나는 그런 귀족 무리가 참으로 혐오스러웠기 때문에 그곳을 물러나려고 하였네. 오로지 백작이 그 역겨운 잡담에서 벗어나기만을 기다리는데, 마침 B. 양이 홀에 들어섰다네. (……) 그러다 결국 백작이 나한테 다가오더니 나를 창문이 있는 한쪽 구석으로 데려갔네.

「자네도 우리의 별난 관습에 대해 잘 알 걸세.」

백작은 말하였네.

「여기 모인 사람들이 자네가 이 자리에 있는 것을 못마땅하게 여기는 눈치일세. 나는 결코……..」[15]

나아가 베르테르는 〈격식에만 연연하면서 몇 년이 걸려도 좋으니 어떻게든 상석을 차지하려고 고군분투하는 인간들이 있으니 이 얼마나 한심한 일인가! 그들에게는 그것 말고도 할 일이 태산같이 쌓여 있는데 말일세. 이런 사소한 일에 매달리느라 정작 중요한 일은 내팽개치기 일쑤일세〉라고 빌헬름에게 하소연한다. 발자크가 프랑스 상류 사회의 타락한 풍경을 세밀하게 묘사했듯이 괴테 역시 베르테르의 입을 빌려 요지경 속과 같은 궁정 귀족 사회의 모습을 들추어내고 있는 것이다. 이렇게 괴테는 베르테르의 감성과 이성을 적절히 이용해 당대의 삶에 나타난 인간 소외를 비판적으로 드러내면서 사회에 대한 비판 정신을 이끌고 있다.

나폴레옹의 불만

『젊은 베르테르의 슬픔』의 열혈 애독자 가운데 의외의 인물이 있다. 바로 나폴레옹이다. 그는 이집트 원정 때 마차에 장서를 싣고 뒤따르게 했는데 거기에 이 소설을 포함시켰다. 무려 일곱 번이나 읽었다는 이야기가 있다. 나폴레옹이 독일을 점령한 후 제일 먼저 만난 사람도 자신이 그렇게나 좋아하는 소설을 쓴 괴테였다. 이 짧은 만남에서 나폴레옹은 〈여기도 참사람이 있군요. 오늘 진정한 영웅을 만났소〉라고 말하며 괴테를 자신에 버금가는 훌륭한 인물이라고 극찬했다. 그러고는 다음과 같은 질문을 던졌다. 〈선생은 그것을 왜 그렇게 처리했지요? 그건 자연스럽지 않은데요.〉

괴테는 〈그것〉이 무엇인지 끝내 말하지 않았기 때문에 훗날 괴테 연구가들은 나폴레옹이 어느 대목을 지칭했는지 답을 찾아 헤매야 했다. 하지만 연구가에 따라 주장하는 부분이 다르고 딱 부러지게 〈이것이다〉라고 주장할 만한 근거를 내놓지 못했다. 그래서 여러 학자가 연구한 것을 토대로 이야기해 보겠다. 대략 다섯 군데 대목으로 추측하고 있다.

첫째, 로테가 알베르트와 상의 없이 베르테르에게 권총을 보내는 장면을 지적한 것일 수 있다. 로테는 분명 베르테르가 자살할 것을 알고 있었을 텐데 심부름을 온 하인에게 어떤 예감이나 두려움을 내색하지 않고 순순히 권총을 내준 장면이 자연스럽지 못하다는 것이다.

둘째, 나폴레옹은 베르테르의 수동적 성격에 불만을 표한 것일 수 있다. 로테가 알베르트와 약혼을 했다지만 정식으로 결혼한 상태는 아니었는데 그녀의 사랑을 쟁취하기 위해 끝까지 적극적으로 노력을 기울이지 않은 점이 자연스럽지 못하다고 말했을 수도 있다.

세 번째로 베르테르가 자살하는 장면에서 오류를 지적했을 수 있다. 베르테르는 권총을 오른쪽 눈 위에 가져다 대고 머리를 쏜

외젠 에르네스트 일마쉐Eugène Ernest Hillemacher의
「에어프루트에서 나폴레옹과 함께한 괴테의 인터뷰Geothe's Interview with Napoléon At Erfurt」(1900년)

것으로 되어 있다. 권총의 총구를 관자놀이에 갖다 댈 수는 있어도 검지로 권총 방아쇠를 잡고 오른쪽 눈 위 이마에 직각으로 누르듯 갖다 댈 수는 없다. 헤밍웨이가 엽총으로 목을 쏘아 자살했다고 하는데 일부에서 어떻게 긴 엽총의 방아쇠를 손가락으로 당겨 자신의 목을 쏠 수 있느냐고 반박하는 것과 같은 이치이다.

네 번째로 베르테르가 빌헬름에게 보내는 편지로 이어지다가 소설의 말미에 편집자가 개입해 베르테르의 고뇌에 찬 독백이 훼손되는 느낌을 주는데 나폴레옹 역시 이 부분을 지적한 것일 수 있다. 베르테르가 자신의 고뇌를 들려주다가 느닷없이 편집자가 나타나 모든 것을 알고 있다는 듯 지나치게 세밀하게 서술한 부분이 부자연스럽다는 것이다.

다섯 번째로 베르테르가 백작의 집에서 수모를 받는 부분에 관한 것일 수 있다. 나폴레옹은 순수한 사랑 이야기를 담고 있는 작품에 귀족들로부터 창피와 수모를 당하는 장면이 등장하는 것은 어울리지 않는다고 생각했을 수 있다.

『젊은 베르테르의 슬픔』을 일곱 번이나 읽은 독서광인 나폴레옹이 이 가운데 무엇을 지적했든 독자들도 비슷한 의문을 품을 법하다. 하지만 괴테가 나폴레옹의 지적에 따라 어느 한 부분이라도 고쳐 썼다면 『젊은 베르테르의 슬픔』이라는 제목에서 〈슬픔〉이라는 표현은 삭제되고 이 작품의 위대성은 지금만 못했을 것이다.

문학의 줄기를 잡는 노트

유럽 사회를 질풍노도처럼 강타한 『젊은 베르테르의 슬픔』은 시민 계급 독자들의 심금을 울렸다. 그리하여 푸른 연미복과 노란 조끼 차림에 가죽 장화를 신고 회색의 둥근 펠트 모자를 쓰는 〈베르테르식 복장〉이 청년들 사이에 대유행했다. 게다가 이런 복장으로 자살하겠다는 충동마저 불러일으켰고, 실제로 베르테르를 모방한 자살이 유행처럼 번지게 되어 커다란 사회 문제로 떠오르기도 했다. 성직자들은 이 작품이 불경스럽고 자살을 조장한다고 해서 판매 금지를 요구하기까지 했으며, 실제로 독일의 여러 지역에서 금서가 되기도 했다. 미국의 사회학자인 데이비드 필립스David Philips는 자신이 존경하거나 선망의 대상으로 삼고 있던 인물이 자살할 경우 그 인물과 자신을 동일시해서 모방 자살을 시도하는 현상을 〈베르테르 효과〉라고 하는 심리적 현상으로 명명하기도 했다.

베르테르의 고뇌는 로테를 얻지 못하는 개인의 고통에 머물지 않고 당시의 상황 속에서 시민 계층 출신의 젊은이가 겪는 시대적 아픔으로 공감대를 뻗어 나간다. 그리하여 이 작품은 이루어질 수 없는 사랑과 자살로 끝나는 단순한 연애 이야기를 뛰어넘어 시민 계층의 현실 욕구를 담아내며 당대의 권위에 대한 도전과 반항이자 〈자유와 이상을 향한 갈구〉라는 미래의 메시지를 품고 시대를 초월하여 사랑받게 되었다.

9장 　　　 **사랑과 결혼, 승진에 대한**
　　　　　 야망이 없는 무감각한 상태의 인간:
　　　　　 알베르 카뮈의 『이방인』

「그것은 태양 때문이었다고.」

알제리 태생의 프랑스 작가 알베르 카뮈Albert Camus가 1942년에 발표한 소설 『이방인L'Étranger』의 첫 문장은 이렇게 시작한다. 〈오늘 엄마가 죽었다. 아니, 어쩌면 어제.〉 그리고 소설은 〈모든 것이 완성되도록, 내가 덜 외롭게 느끼도록, 남은 소원은 다만 내가 사형 집행을 받는 날 많은 구경꾼이 와서 증오의 함성으로 나를 맞아 주었으면 하는 것뿐이다〉라는 말로 끝을 맺는다. 시작도 충격적이고 도발적인데 끝은 도무지 이해할 수 없어서 아리송하기까지 하다. 자기 엄마가 오늘 죽었는지 어제 죽었는지도 모르고 자기 사형 집행일에 많은 구경꾼이 와주기를 바란다? 이게 무슨 황당한 소리인가? 카뮈는 이 작품으로 엄청난 칭송을 받으며 프랑스 문단의 총아로 떠오른다. 게다가 2006년 『아메리칸 북 리뷰』가 선정한 〈소설 최고의 첫 문장 백선〉에서 28위, 〈소설 최고의 마지막 문장 100〉에서 38위에 선정된 걸로 봐도 굉장한 무엇이 함축되어 있다는 느낌을 받는다. 하지만 이 문장만 봐서는 여기에 어떤 심오하고 깊은 의미가 도사리고 있는지 모호하게 느껴질 뿐이다. 소설 전체를 봐도 무감각한 이방인 뫼르소의 행동은 보편적인 도덕률로 이해하기 어렵다. 이 소설만큼 독자들의 독해를 흐리게 하는 소설도 없다.

『이방인』이 독자의 뇌리에 깊은 인상을 남기는 이유 가운데 하나는 주인공 뫼르소의 부조리한 태도이다. 뫼르소는 아랍인을 우발적으로 살해한 뒤 법정에서 살인 동기가 뭐냐고 묻는 재판관의 질문에 〈그것은 태양 때문이었습니다〉라고 무덤덤하게 대답한다. 살인죄로 사형에 처해질지도 모르는 상황에서 무슨 얼토당토않은 소리인가? 뜨거운 태양 때문에 살인을 저질렀다고? 그럼 태양도 공범인가? 판사의 바짓가랑이라도 잡고 우발적 범행이라고 하소연해야 하지 않았을까? 하기야 그런 식으로 소설이 전개되었다면 지금까지 고전으로 남아 있지도 않았을 것이다. 이렇게 도무지 이해할 수 없는 뫼르소의 말과 행동은 『이방인』이라는 소설이 지닌 문학적 특성으로 들여다봐야 한다. 그 필터는 바로 〈실존주의〉이다. 뫼르소의 행동은 정신 나간 개인의 일탈이 아니라 시대의 아픔과 부조리를 반영하는 실존적 측면으로 바라볼 때 고개를 끄덕이게 된다.

『이방인』은 리얼리즘 계열 소설은 아니지만 죽음을 향해 달려가는 뫼르소는 특정 사회 부류나 계층과 무관한 독창적인 성격의 개성적 인물이 아니라 카뮈가 생각하는 당대 부조리한 사회를 살아가는 고독한 현대인을 상정한 인물이라고 일단 말해 두자. 이제 뫼르소의 행위는 개인의 일탈에서 오는 것이 아니라 그가 속한 사회와의 깊은 상관관계에서 비롯되고 있음을 눈치챌 수 있다. 당대의 부조리한 상황에 저항하는 ― 심지어 뫼르소처럼 죽으면서까지 사회 제도에 항거하는 ― 문학이 실존주의 문학이다. 『이방인』이라는 작품을 이해하고 뫼르소의 속마음을 헤아려 보기 위해서는 〈실존주의〉와 〈부조리〉라는 개념을 먼저 파악하는 것이 중요하다. 두 개념을 모르면 『이방인』에 대한 이해는 그저 이방인의 이해로만 그칠 것이다. 그럼 실존주의와 부조리를 차례대로 살펴보자.

실존주의란

〈실존〉의 한자어 〈実存〉은 〈실질적으로 존재함〉이라는 뜻이고 영어 〈existence〉는 〈밖에 서 있는 현실적인 존재〉를 의미한다. 사르트르Jean Paul Sartre가 말한 〈실존은 본질에 앞선다〉라는 저 유명한 명제를 떠올려 보자. 〈본질〉의 한자어 〈本質〉은 〈본디부터 가지고 있는 사물 자체의 성질이나 모습〉이라는 뜻이다. 영어 〈essence〉는 라틴어의 〈essentia〉에 기원을 두며 프랑스어의 〈-이다/-있다〉라는 동사인 〈esse〉와 관련을 맺고 있다.

그렇다면 실존은 무엇이며, 또 본질은 무엇인가? 쉽게 생각해 보자. 이 세상의 모든 것은 두 가지 방식으로 존재한다. 하나는 본질로서 존재하는 것이고, 다른 하나는 실존하는 것이다.

본질과 실존을 구분하는 보편적인 예를 들어 보겠다. 교실에

의자가 하나 있다고 해보자. 교실에 놓이기 전에 그 의자를 제작한 사람은 머릿속으로 만드는 목적과 재료와 크기를 미리 구상한 뒤 의자를 만들었을 것이다. 이 경우 의자가 실제로 존재하기 전에 의자의 본질이 먼저 존재했다. 그러므로 본질이 실존에 앞선다고 말할 수 있다. 의자의 본질은 〈앉는 것〉으로 이해할 수 있다. 그런데 다리 하나가 부러져 〈앉는 목적〉이 상실되면 그 의자는 본질을 상실하는 것이다. 다른 예를 들어 보자. 공장에서 자동차를 제작할 때 기능과 용도라는 본질에 따라 승용차나 트럭, 버스를 제작할 것이다. 무수한 제작 과정을 거쳐 자동차라는 실제로 존재하는 물건(실존)을 생산한다. 이렇게 자동차 역시 실존보다는 본질을 먼저 염두에 두어야 한다.

실존은 본질에 앞선다

그렇다면 인간은 어떠한가? 의자의 본질은 〈앉는 것〉이고 자동차의 본질은 〈타는 것〉이라면 인간의 본질은 무엇인가? 있기는 한가? 동물들과 달리 〈말하는 존재〉, 아니면 〈사고하는 존재〉인가? 말하지 못하거나 사고하지 못하면 인간이 아니란 말인가? 사르트르에 따르면 인간이란 의자나 자동차와는 달리 아무런 이유나 목적 없이 세상에 던져진 존재일 뿐이다. 미리 정해진 규범이나 본질 따위는 없으며 어떠한 본질로서 규정될 수도 없다.

인간의 본질은 이 땅에 나타난 후 〈어떤 목적으로, 어떤 방식으로 살아 나가느냐〉에 따라 결정된다. 인간은 사물과 달리 본질이 규정되지 않은 채 세상에 던져진 만큼 자유로울 수 있는 존재이다. 실존주의는 기본적으로 신학, 과학, 사회학 등 이론이 인간을 규정하는 데 완강히 저항한다. 〈왜 타자가 자신을 규정하려 드느냐〉 하는 것이다. 그보다는 실제로 존재하는 체험적인 개인의 상황 자체가 가장 중요한 문제가 된다. 실존주의에 따르면 인간은 자신의 미래를 스스로 선택하면서 본질을 만들어 가는 존재이다.

그런 관점에서 사르트르는 인간의 경우 사물과는 다르게 〈실존이 본질에 앞선다〉라는 명제를 설파한 것이다. 이 명제는 지금 여기에 있는 그대로의 모습을 함의하는 말로 오직 인간에 대해서만 쓸 수 있다. 인간은 본질이 규정되지 않은 채 세상에 던져진 존재라는 전제에 실존주의를 확실히 이해할 수 있는 키워드가 있다. 인간이 던져진 세상은 어떤 세상인가? 실존주의자들은 그러한 세상이 부조리하고 불합리한 세상이라고 진단한다.

부조리에 대하여

그럼 부조리란 무엇인가? 부조리는 실존주의와 어떤 관계를 맺고 있는가? 부조리는 〈도리에 어긋나거나 이치에 맞지 않음〉이라는 의미를 지니고 있다. 실존주의 철학에서는 인생의 참된 의의를 발견할 수 없는 절망적인 상황을 가리킨다. 이성적이고 주관적인 의지로 삶의 참된 의미를 찾으려 해도 세상과 인간의 삶은 근원적으로 불합리하고 부조리하기 때문에 암울한 미래만이 우리를 기다릴 뿐이다. 따라서 인간은 불안과 고뇌를 느끼며 무의미하게 허무적인 삶을 살아 나갈 뿐이라는 것이다. 이렇듯 부조리한 삶의 조건이 실존주의 문학의 중요한 토대가 되며 허무, 불안, 고뇌 같은 것이 실존주의 문학의 공통적인 요소가 된다. 이쯤 되면 뫼르소의 행위를 약간이나마 이해할 수 있지 않을까.

실존주의 특징

• 인간은 세상에 내던져진 존재로서 먼저 실존한 후에 자기 자신의 모습을 만들어 간다.

• 자유롭게 선택하고 결과에 책임을 지는 개인의 주체적인 삶을 중시한다.

• 실제로 존재하는 체험적인 개인의 상황 자체가 가장 중요한 문제가 된다.

• 인간은 부조리한 세계 속에 실존한다.

• 이 때문에 개인은 허무, 불안, 두려움, 죽음의 상념 속에서 허덕인다.

실존주의 문학

이제 실존주의 문학으로 들어가 보자. 실존주의 문학은 실존주의 철학을 토대로 이 세상에 존재하는 현상을 부조리한 것으로 파악하고 본질보다는 실존에 무게를 두는 문예 사조이다. 20세기 전반에 일어난 러시아 볼셰비키 혁명, 세계 경제 위기, 전체주의(나치즘, 스탈리니즘, 파시즘) 정권의 발현, 스페인 내전, 양차세계 대전, 미국과 소련으로 양분된 냉전 이데올로기 등 서구의 상황과 사건들은 이성과 자유의 승리를 믿어 온 낙관주의 사상에 치명타를 가하게 되었다. 기존의 가치 체계에 심한 균열이 일어나 낙관주의는 붕괴하기에 이르렀다. 이러한 배경 속에서 사르트르, 카뮈, 앙드레 말로Andre Malraux 등 일군의 작가들은 사회 현실을 냉철하게 인식하여 삶의 의미를 실존주의 철학을 빌려 새롭게 조망하는 경향을 띠게 되었다. 이들은 전쟁과 과학 기술의 발달 속에서 비인간화되어 가는 부조리한 상황에 놓인 인간의 현실을 고발하게 된다. 실존주의 작가들은 인간의 실존은 사회, 신학, 과학 등이 규정하는 것이 아니라 자기가 만들어 가고 성취해 나가는 것이라고 정의한다. 그리고 남이 자기를 규정하는 것을 거부하고 자유 의지를 발휘해 스스로 행동해 나가야 한다고 주장한다.

소설의 숲속으로

본격적으로 뫼르소 이야기를 해보자. 프랑스 식민지 치하의 북아프리카 알제리의 알제에 살고 있는 평범한 직장인인 뫼르소는 어머니의 부고를 받고 양로원으로 간다. 그곳에서 그는 소설이 끝날 때까지 이해할 수 없는 행동을 하게 된다. 그는 어머니 시신을 확인해 보라는 영안실 수위의 요청을 거절하고 시신 주변에서 담배를 피우며 커피를 마신다. 또 장례를 치른 직후에 해수욕을 하다가 여자 친구인 마리를 만나 그날 저녁 극장에서 코미디 영화를 같이 보고 잠자리를 함께한다. 여기까지 보면 그저 불효자식으로 이해될 수 있지만 실존주의를 기반으로 한 카뮈의 고도로 의도된 설정이라 말할 수 있다. 한편 뫼르소는 같은 층에 사는 레몽을 만나고 그와 친구가 된다.

며칠 후 레몽은 뫼르소와 마리를 해변에 있는 자기 친구의 별장으로 초대한다. 거기서 뫼르소는 레몽과 그의 옛 정부(情婦)의 오빠가 낀 아랍인 패거리의 분쟁에 휘말려 해변에서 레몽이 가지고 있던 권총으로 패거리 중 한 명을 죽이게 된다. 재판에 회부된 뫼르소는 국선 변호사로부터 중대한 사건으로 취급되지 않을 것이라는 이야기를 듣지만, 법정에서 사건의 전개는 이상한 방향으로 흘러간다. 11개월 동안 심문과 예심이 이어지면서 뫼르소가 어머니의 장례식에서 울지 않았고, 어머니 시신을 보는 것을 거부했고, 시신 주변에서 담배를 피웠고, 장례가 끝난 직후 애인과 코미디 영화를 보고 잠자리를 같이했다는 것이 알려진다.

뫼르소는 이방인처럼 법정에 우두커니 서서 살해 동기가 뭐냐는 재판관의 물음에 그저 태양 빛에 눈이 부셔서 그랬노라고 무덤덤하게 덧붙인다. 검사는 모든 정황을 판단해 뫼르소가 사전에 범죄를 계획했다는 결론을 낸다. 결국 뫼르소는 계획된 살인자로 몰려 사형 선고를 받게 된다. 그리고 앞서 언급했듯이 〈내가 사형 집행을 받는 날 많은 구경꾼이 와서 증오의 함성으로 나를 맞아주었으면 하는 것뿐이다〉라는 말을 남긴다.

실존주의 관점으로 본 『이방인』

실존주의 관점에서 이 소설을 들여다보자. 우선 평범한 회사원인 뫼르소는 자본주의 사회에서 기계적으로 살아가는 샐러리맨의 전형이다. 그는 삶에 대한 유미의한 감정이 결여된 채 자신이 속한 사회에서 이방인으로 살아간다. 사랑과 결혼에 대한 낭만적 감정도 없고 승진에 대한 야망도 없는 무감각한 상태로 하루하루를 보낼 뿐이다. 그는 부조리한 세상에 던져진 부조리한 인간이다. 어머니의 장례식에서나 그 이후 일련의 행위는 부조리한 세상에 던져진 채 방향타를 잃은 인간의 실존적 행위이다. 이는 〈나인 투 파이브nine to five〉로 일컬어지는 기계적이고 획일적인 메커니즘에 종속된 서글픈 인간의 모습이 아닐까? 카뮈는 혼란스럽고 모호한 삶의 상황과 조건을 〈부조리〉라는 용어로 표현한다.

카뮈의 부조리는 『시시포스의 신화Le Mythe de Sisyphe』에서 더욱 두드러지게 나타난다. 그는 그리스 신화 속의 인물 시시포스를 통해 부조리에 저항하는 삶의 방식을 보여 주려 한다. 제우스를 속인 죄로 시시포스는 무거운 바위를 산 정상으로 밀어 올리는 형벌을 받는다. 그 바위는 꼭대기에 올려놓는 순간 굴러떨어져 시시포스는 바위를 영원히 굴려 올리게 된다. 희망과 절망이 영원히 교차하는 시시포스의 행위는 인간 삶의 은유이다. 시시포스는 부조리에 내던져진 인간의 전형이다. 카뮈는 부조리에 저항하는 시시포스의 삶을 인간의 슬픈 운명으로 치환하고 있다.

부조리의 극치, 뫼르소의 재판

카뮈가 말하고자 하는 부조리는 뫼르소의 재판 과정에서 절정을 이룬다. 아랍인이 뽑아 든 단도에 강렬한 햇빛이 반사되자 눈이 부셔서 우발적으로 아랍인을 살해한 사건을 두고 재판 과정에서 뫼르소는 의도적 살인으로 몰린다. 이 과정에서 부조리와 실존주의를 다루는 카뮈의 천부적 재능이 유감없이 드러난다.

여기서 사르트르가 말한 〈실존은 본질에 앞선다〉라는 명제를 다시 한번 상기해 보자. 검사는 뫼르소가 살인을 저질러서 범죄자가 된 게 아니라 범죄자이기에 살인을 저질렀다는 논리를 내세운다. 뫼르소는 어머니의 시신을 보고 싶어 하지 않았고, 시신 옆에서 슬퍼하지도 않았고, 장례식 다음 날 해수욕을 갔고, 거기서 여자를 만나 영화를 보고 잠자리를 같이했고, 건달 레몽과 친구 사이였다. 이런 행위로 미루어 볼 때 이미 언제든 살인을 저지를 수 있는 인물이라는 것이다.

이렇게 재판은 굳어진 사회 통념을 기반으로 진행된다. 재판정의 논리대로라면 사르트르의 명제를 전복시켜 〈본질이 실존에 앞선다〉라고 해야 할 것이다. 국가나 사회의 권력 집단, 도덕, 종교와 같은 상부 구조가 자유로운 존재인 인간을 획일적인 규범 안에 가두어 인간의 본질을 틀 안에서 규정하려고 한다.

검사와 내 변호사 간의 공방이 벌어지면서 나에 관해 실로 많은 얘기가 오갔는데, 어쩌면 그러면서 그들은 내가 저지른 범죄보다는 나 자체에 대해 더 많이 말한 셈이었다. 게다가, 그 둘의 변론이 진정 그토록 다른 것이었는가? (……) 어떤 식으로 보자면 그들은 나를 제쳐 놓고 내 사건을 다루고 있는 듯했다. 모든 것은 나의 개입이 배제된 채 진행되었다. 내 운명이 내 의견의 반영 없이 처분되고 있었다. 나는 모든 이의 말을 중단하고 이렇게 말하고 싶었다. 〈하지만, 기소된 사람은 대관절 누구인 거지요? 기소된다는 건 중요한 일입니다. 따라서 나도 얼마간 할 말이 있다고요.〉 그러나 곰곰이 생각한 후, 나는 아무 말도 하지 않았다. (……) 재판장이 약간 기침을 하고 나서 매우 낮은 음성으로 내게 덧붙일 말이 있는지 질문했다. 나는 자리에서 일어섰다. 그리고, 뭔가 말하고 싶었기 때문에, 약간은 두서없이 내게는 아랍인을 죽이려던 의도가 없었다고 말했다. 재판장은 그것은 일종의 단언일 뿐이며, 여태까지 내게 어떤 납득할 만한 자기방어 논리가 있는지 잘 파악할 수 없었던 이상, 변호사가 변론을 시작하기 앞서 범행을 저지르게 된 동기를 스스로 분명히 밝혀 주었으면 좋겠다고 답변했다. 나는 나 자신이 우스꽝스럽게 보인다는 사실을 십분 느끼면서, 빠르고 좀 조리 없는 말투로 그건 태양 때문에 일어난 일이었다고 말했다. 법정 안에 웃음이 터져 나왔다.[16]

뫼르소는 당대의 사회 구조가 요구하는 메커니즘을 거부했기 때문에 사회에서 추방당하는 이방인이 되고 만다. 여기서 카뮈가 말하고자 하는 요지는 재판정에서 〈실존은 본질에 앞선다〉라는 실존주의가 고려되지 않고 〈본질이 실존에 앞선다〉라는 것을 전제해 버리는 부조리한 현실이다. 뫼르소가 살인을 저지르기 전의 삶, 다시 말해 어머니의 장례식과 그 직후의 행위를 본질이라 한다면 살인 사건을 일으킨 것은 실존이라 말할 수 있다. 인간의 본질은 정해져 있는 것이 아니라 실재하는 것 자체인데, 뫼르소가 저지른 살인 때문에 뫼르소는 이미 범죄자라는 본질을 가지고 있었다고 판단한다는 말이다.

문학의 줄기를 잡는 노트

실존주의는 인간의 주체적인 존재성을 강조한다. 아무리 착해 보이는 사람도 범행을 저지르면 범법자가 되고, 아무리 험상궂게 생긴 사람도 불법을 저지르지 않고 착하게 살면 선량한 시민이 될 수 있다. 인간의 본질은 미리 정해진 것이 아니라 실존적 행위로 증명하는 것이다. 그런데 검사의 논리는 뫼르소가 본질적으로 악한 사람이라 살인도 의도적이고 계획적으로 저지를 수밖에 없었다는 것이다. 이에 대해 〈우리 사회에서 자기 어머니의 장례식 때 울지 않은 사람은 누구나 사형 선고를 받을 위험이 있다〉라고 말하는 카뮈의 역설은 부조리한 인간의 내면을 드러내는 그의 실존주의 문학 정신을 대변한다. 뫼르소는 이렇게 외치고 싶었을 것이다. 〈재판장님, 인간의 경우 본질은 실존에 절대 앞설 수가 없습니다〉라고.

10장

상품 가치 없는 인간:
프란츠 카프카의 『변신』

「어쩌다 나는 이렇게 고달픈 직업을 택했단 말인가.」

체코 프라하 태생의 소설가인 프란츠 카프카Franz Kafka의 중편 소설 『변신Die Verwandlung』은 카뮈의 『이방인』만큼이나 충격적이고 한번 읽어서 이해하기가 만만치 않은 내용이다. 아니, 『이방인』보다 더 난해한 소설이라 말해도 될 것 같다. 〈그레고르는 어느 날 아침 불안한 꿈에서 깨어났을 때 자신이 침대에서 흉측한 벌레로 변해 버린 것을 발견했다〉로 시작되는 소설은 시종일관 그레고르가 벌레로 변한 뒤 겪는 이야기만 하다가 충격적인 결말을 맞는다.

소설의 숲속으로

직물 회사 세일즈맨인 그레고르 잠자는 어느 날 불안한 꿈에서 깨어났을 때 자신의 몸이 흉측한 벌레로 변해 버린 것을 발견한다. 그런데 말은 제대로 할 수 없어도 사고와 인식력은 여전히 인간적인 상태로 남아 있다. 그는 사업에 실패한 아버지 대신 외판원 생활을 하면서 이 집의 생계를 책임지고 있는 실질적인 가장이다.

그레고르는 가족과의 의사소통이 단절된 채 자신의 방에 갇혀 먹이를 받아먹으며 비참하고 희망 없는 나날을 보내게 된다. 이런 와중에도 그는 가족의 생계를 걱정한다. 이제 수입이 없으니 가정 살림은 궁핍해지고 경제력을 잃은 그는 가족들로부터 차가운 시선을 받게 된다. 그 전까지 아버지, 어머니, 여동생은 그레고르가 벌어 온 돈을 당연한 것으로 받아들이고 그에 의존해서 살아갔다. 그러나 그레고르의 걱정과는 달리 가족들은 각자의 생활 수단을 찾게 된다. 그의 아버지는 은행 안내원으로 취직하고, 어머니는 삯바느질을 하며, 음악원에 다니기를 바랐던 동생은 가게 점원으로 일하게 된다. 그리고 집에는 하숙생들을 들인다.

그레고르가 〈가족〉이라는 구성원에 속할 수 없게 되자 가족들은 점차 아무런 쓸모도 없고 오히려 방해만 되는 그를 귀찮게 여기게 된다. 급기야 화가 난 아버지가 그레고르에게 사과를 던지는 일이 일어나고, 그레고르는 사과가 등에 박힌 채 곪아서 결국 죽음에 이른다. 가족들은 그레고르의 시체를 집에 버려둔 채 기차를 타고 기분 좋게 소풍을 가며 미래를 계획하는 것으로 소설은 끝난다.

아들이자 오빠가 벌레로 변해 죽었는데 가족들은 희희낙락하며 소풍을 가다니! 한마디로 황당할 뿐이다. 이런 이야기에 어떤 문학적 함의가 숨어 있다고 생각할 수 있을까? 고전이고 문학적으로 가치가 있는 작품이라고 하니 그러려니 하면서 그저 아무 생각 없이 받아들여야 하나? 뭔 말인지 몰라도 읽었으니 되었다고 스스로 만족해야 하나? 이런 독자들을 위해 이 소설의 문학적 메시지가 무엇인지 알아보려고 한다. 『변신』은 『이방인』과 마찬가지로 실존주의 문학이다. 따라서 이 소설에 대한 이해는 실존주의에 대한 이해를 바탕으로 한다.

실존주의 문학의 맨 앞자리

앞서 『이방인』에 대해 살펴보면서 실존주의를 이해했고, 뫼르소의 기이한 행동도 실존적 관점에서 공감했다. 여전히 아리송한 독자를 위해 다시 정리해 보자. 인간은 나무나 자동차처럼 미리 정해진 본질을 가지고 태어나는 게 아니라 세상에 내던져진 존재로서 먼저 실존한 후에 자기 자신의 모습을 만들어 간다는 게 실존주의의 핵심이다. 실존주의에서는 실제로 존재하는 인간의 체험적 상황 자체가 가장 중요한 문제가 된다. 그런데 인간이 내던져진 세상은 부조리로 가득 찬 세계이다. 이 때문에 인간은 허무, 불안, 두려움, 죽음과 같은 상념 속에서 허덕일 수밖에 없는 존재이다. 인간의 삶은 근원적으로 불합리하고 부조리하기 때문에 암울한 미래만이 기다릴 뿐이다. 그래서 실존주의 문학에서 주인공은 부조리한 세상에 대해 반항의 행태를 취한다. 『변신』에서도 이런 실존적 관점이 포착된다.

서구 사상사에서 실존주의가 자리를 잡은 것은 제1차 세계 대전 이후이다. 실존주의 문학은 제2차 세계 대전 이후에나 본격적인 문예 운동으로 일어났다. 카프카가 1924년에 죽었으니 그가 죽고도 한참 뒤에 융성한 것이다. 『변신』이 1916년에 발간되었으므로 카프카는 시기적으로 실존주의의 중심에 선 작가는 아니다. 그런데 왜 카프카를 실존주의 작가라 부르는가? 바로 실존주의 문학의 주역들인 사르트르와 카뮈가 카프카를 실존주의 문학의 선구자로 모셔 왔기 때문이다. 그들은 카프카야말로 현대 사회의 〈부조리〉와 〈불안한 인간의 모습〉을 날카롭게 그려 내고 있다고 판단해 실존주의 문학의 선구자로 평가했다. 특히 카뮈는 〈카프카 문학이야말로 바로 실존주의이다〉라고 말하기까지 했다. 이렇게 카프카 문학은 그가 죽고 나서 30년이 지난 뒤에 재발견되어 인정을 받고 카프카 붐이 일게 되었다. 이제 실존주의 문학의 맨 앞자리에는 카프카가 자리 잡고 있다고 이해하면 된다.

『변신』에서 그레고르는 상업 자본의 이익에 복무하는 노동자로 우리 사회에서 돈 버는 기계로 전락한 서글픈 가장의 모습을 보인다. 시작부터 부조리한 상황이 연출된다. 벌레로 변한 그레고르가 자신을 인간으로 인식하는 아이러니한 상황이다. 이후로는 존재 이유를 상실한 인간의 불안한 내면세계가 그레고르의 독백 형식으로 전개된다. 벌레로 변한 직후에 그는 다음과 같이 토로한다.

어쩌다가 이런 고달픈 직업을 택했단 말인가! 날이면 날마다 여행이나 다녀야 하다니. 사무실에서 근무하는 것보다 업무상 스트레스가 훨씬 더 심하다. 게다가 여행하다 보면 골치 아픈 일들이 한두 가지가 아니야. 기차를 제대로 갈아타려고 신경 써야 하는 일, 불규칙하고 형편없는 식사, 상대가 늘 바뀌는 탓에 결코 지속될 수도 없고 진실해질 수도 없는 만남 따위들. 이 모든 것을 왜 악마가 잡아가지 않는지 모르겠다! (……) 그동안 부모를 생각해서 꾹 참아 왔지만 그렇지 않았더라면 진작 사표를 던지고, 사장 앞으로 걸어 나가 가슴에 묻어 두었던 생각을 그에게 다 털어놓았을지도 몰라. (……) 언젠가 내가 돈을 제법 모아 부모님이 그에게 진 빚을 다 갚게 되면 — 아직 한 5, 6년 걸리겠지 — 꼭 그렇게 하고 말 거야. 그러면 일생일대의 전기가 마련되겠지. 다섯 시면 기차가 떠나니까 지금 당장은 물론 일어나는 일이 급선무야.[17]

하루하루를 쳇바퀴 돌듯 살아가다 어느 순간 자신의 모습을 돌아보자 인간성이 상실된 섬뜩한 벌레로 변해 버려 가정에서 버림받는 모습은 바로 기계의 부속품으로 살아가다가 도태되어 버리는 현대인의 서글픈 자화상이 아니던가. 더는 돈벌이를 하지 못하게 되는 순간 그 존재는 더러운 벌레 취급을 당하며 가차 없이 버려지고 마는 것이 현대 자본주의의 속성이다.

윌리 로먼과 그레고르 잠자

그레고르의 처지는 흡사 미국의 극작가 아서 밀러Arthur Asher Miller의 『세일즈맨의 죽음Death of a Salesman』에 등장하는 윌리 로먼과 비슷하다. 『세일즈맨의 죽음』은 인간의 기본적인 존엄성마저 짓밟아 버리는 자본주의 문명의 모순을 고발한 사회극이다. 윌리는 30년 이상 자부심을 가지고 성실하게 회사를 위해 일한 세일 즈맨이지만 나이가 들면서 실적이 부진하자 무자비하게 해고당 한다. 결국 윌리는 가족에게 보험금을 남겨 주기 위해 자살을 선 택한다. 자신의 목숨을 돈과 맞바꾼 극단적인 선택을 한 것이다. 예전에는 연말만 되면 이 작품이 어김없이 연극 무대에서 공연되 곤 했다. 마지막 장면에서 윌리의 아내 린다가 남편의 장례식 날 무덤 앞에서 〈여보, 오늘 마지막 집세를 냈는데 집이 텅 비었네 요〉라고 울부짖던 모습은 아직까지 가슴속에 깊은 여운으로 남 아 있다.

죽음과 보험금을 맞바꾼 어느 세일즈맨의 비극적 선택이 자본 주의 사회를 공격하기 위한 상투적인 플롯임에도 불구하고 우리 의 가슴을 저미게 하는 이유는 그의 말로가 현대 사회에서 허덕 이는 우리의 삶과 결코 무관하지 않으리라는 예감 때문이다. 집 값의 마지막 할부금이 다 끝나서 자기 집이 되었는데 정작 문패 에 적힌 집주인은 죽었고 그 집에 살 사람이 없다고 하는 아이러 니한 상황은 참으로 많은 것을 생각하게 한다. 그레고르와 윌리 는 둘 다 세일즈맨이다. 소설과 희곡이라는 차이만 있지 벌레로 변신한 그레고르와 자살을 선택한 윌리는 다르지 않다.

그레고르의 실존적 상황

다시 그레고르에게 돌아가자. 그는 5년 동안 한 번도 결근한 적이 없는 직원이다. 그의 어머니가 말하듯 〈머릿속에 회사 외에 는 아무것도 없는〉 성실한 영업 사원이다. 판촉에 성공하기만 하면 커미션으로 상당한 현금을 손에 쥘 수 있다. 그가 집에 돌아와 식탁에 돈을 올려놓으면 식구들은 놀라고 행복해한다. 가족들은 그레고르가 벌어다 준 돈을 감사하게 받지만 그들 사이에 따뜻한 정 같은 것은 오가지 않는다.

시간에 맞추어 타야 하는 통근 열차, 물건을 팔기 위한 끊임없는 여행, 외판원이라는 직업상의 이유로 인한 형식적인 인간관계 등 기계적이고 획일적인 삶의 방식은 그레고르에게 고통스러운 것이었다. 사실 벌레로 변신한 이후에도 그는 연신 시계를 보면서 열차 시간표를 확인하고, 정해진 시간에 회사에 도착하지 않자 그의 집을 방문한 지배인에게 방문 안쪽에서 〈곧 출근하겠습니다〉라고 고통스럽게 말한다. 지배인은 그레고르의 영업 실적에 대해 불만족을 표시하고, 영업이 안 되는 철은 있을 수 없다고 닦달한다.

이렇게 처절하리만큼 매달리는 그레고르의 모습과 지배인의 냉혹한 태도에서 자본과 노동의 교환 가치를 읽어 낼 수 있다. 그레고르는 가족의 생계를 책임지고 있는 터라 말없이 참고 지내 왔다. 현실적으로 자신의 직업을 포기할 수 없었다. 이런 이유로 그레고르와 같은 노동자들은 노동의 교환 가치가 점차 줄어들어 노동 소외와 인간 소외를 느끼게 된다.

그는 출근하지 못하면 직장을 잃을까 봐, 사장이 묵은 빚 독촉으로 부모를 괴롭힐까 봐 걱정할 뿐 가족을 저버릴 생각은 추호도 없다. 그레고르가 벌레가 된 직후에 더 이상 출근할 수 없다는 사실을 가장 먼저 고민한다는 것은 의미심장하다. 자기 처지에 대한 고민이 앞설 것 같은데 그는 가족을 위해 돈을 벌지 못하게 된 현실에 노심초사한다. 하기야 없는 살림에 동생을 음악원에 보내겠다고 결심까지 하지 않았던가.

하지만 동생은 〈저런 괴물을 두고서 오빠의 이름을 부르지 않을 거예요. 우리가 저것에서 벗어나야 한다는 거예요〉라고 말하며 저것을 오빠라고 믿어 왔다는 것 자체가 불행이라고 외친다. 이제 동생은 그레고르를 인간인 〈오빠〉에서 비인간인 〈저것〉으로 전락시켜 버린다. 그레고르는 오빠도 인간도 아닌 저것, 즉 괴물로 전락해 없어져야 하는 존재로 추락해 버린다. 가정의 생계를 떠맡아 고통스럽게 일만 하다가 경제적 효용 가치가 없어지자 가족들로부터 냉대와 외면을 받게 된 것이다. 이는 자본주의 사회 체제에서 임금 노동자들이 처한 상황과 일치한다. 그레고르는 〈사용 가치〉보다는 〈교환 가치〉가 지배하는 현대 사회에서 자본주의의 부속품이 되어 버린 인간의 실존적 모습이기도 한 것이다.

인간은 거대한 조직 사회에서 개인의 능력이 조직의 이익에 얼마나 기여하느냐에 따라 효용 가치가 평가된다. 더 이상 효용 가치가 없을 때는 윌리 로먼처럼 하루아침에 버려진다. 기계의 부속품처럼 말이다. 그레고르 역시 가족과 사회로부터 버림받게 된다. 이런 상황은 현대인이 처한 실존적인 삶의 위기와 다름없다. 인간의 조건은 근원적으로 부조리하며, 인간은 이런 부조리한 세상에 던져진 고립된 존재이다. 그레고르가 답답한 방에 갇혀 가족과 사회로부터 분리된 채 고립된 삶을 이어 가는 모습 자체가 현대인이 처한 실존적 상황에 대한 메타포(은유)이다. 벌레가 된 그레고르는 동생이 연주하는 바이올린의 아름다운 선율을 슬픈 눈빛으로 듣고 〈이렇게 음악에 감동을 받는데도 내가 동물이란 말인가?〉라고 절실하게 묻는다. 이 물음은 자신이 여전히 인간임을 확인하는 동시에 실존적 상황에서 구원을 바라는 일종의 절규라 할 수 있다.

사용 가치와 교환 가치

노동에 의한 생산물이 상품화되어 교환 가치로서 거래되듯이 인간의 노동 또한 상품으로 교환되는 것은 자본주의 사회에서 필연적인 조건이다. 윌리와 그레고르 역시 자신의 노동을 상품화한 뒤 교환 가치를 극대화해 돈이라는 임금과 교환한다. 따라서 노동이라는 상품이 좋다면 좋은 값으로 팔릴 것이며, 질이 떨어지면 싸게 팔리다가 결국에 가서는 해고를 당하게 될 것이다. 이때 노동 생산물 판매에 따른 잉여 가치는 자본가들이 가져가고 노동자들은 그 이익을 향유하지 못한다.

사용 가치와 교환 가치라는 용어는 독일의 경제학자인 카를 마르크스Karl Heinrich Marx가 『자본론Das Kapital』에서 자본주의를 설명하며 한 말이다. 사용 가치란 어떤 물질이 본질적으로 지닌 인간에게 유용한 가치를 말하고, 교환 가치는 그 물질에 인간의 노동이 부가되어 타인에게 유용하도록 상품화된 가치를 말한다. 달리 말해 사용 가치는 인간의 욕구를 충족시키는 재화나 용역의 유용성을 말하는 것이고, 교환 가치는 상품을 생산해 다른 것으로 맞바꿀 때의 가치이다. 예를 들어 보자. 어느 농부가 1년에 쌀

열 가마니를 생산해 세 가마니는 남겨 놓고 나머지 일곱 가마니는 시장에 내다 팔았다고 가정해 보자. 이 경우 쌀은 사용 가치와 교환 가치를 지니고 있다. 가족의 식량으로 남겨 둔 세 가마니는 사용 가치에 해당되며, 시장에 내다 판 일곱 가마니는 상품이 되었기 때문에 교환 가치에 해당된다.

마르크스는 자본주의 체제에서 모든 상품은 시장에서 교환되는 것을 목적으로 생산되며, 따라서 가치의 핵심은 사용 가치가 아니라 교환 가치에서 나온다고 말한다. 교환 가치의 가장 대표적인 것이 화폐이다. 자본주의 체제에서 모든 존재의 가치는 돈으로 측정되고 평가된다. 쌀 일곱 가마니도 시장에서 돈으로 교환되어야 그 돈으로 다른 상품을 살 수 있다. 교환 가치는 상품 생산에 들이는 노동 가치가 등가로 교환되는 것이 원칙이다. 그러나 쌀값은 올해 다르고 내년에도 다를 것이다. 쌀을 생산하는 노동 가치는 똑같지만 교환 가치는 다를 수 있다는 말이다. 이렇게 교환 가치는 등가를 이루지 않는 경우가 흔하게 발생한다. 자본주의 사회에서 상품은 교환되어야 하며, 팔리지 않는 상품은 교환 가치가 없다. 배추의 과잉 재배로 배춧값이 폭락해 교환 가치가 없어지면 농부는 배추밭을 갈아엎게 된다.

여기서 마르크스는 사물뿐만 아니라 사람의 가치도 상품처럼 돈으로 환산된다는 것을 지적한다. 가령 연봉이 얼마인가에 따라 그 사람의 역량이 평가된다. 연봉이 사람의 가격이 되는 것이다. 이처럼 인간의 노동이 물건처럼 상품화되는 현상을 〈물화 Reification〉라고 한다.

물화란 무엇인가

물화는 〈사물로 변화함〉이라는 뜻이다. 이 용어는 루카치가 『역사와 계급 의식Geschichte und Klassenbewußtsein』이라는 책에서 자본주의 사회에서 인간의 노동은 물건처럼 상품화된다는 개념으로 사용함으로써 널리 퍼지게 되었다. 그는 이 책에서 〈노동력의 소유자인 노동자는 저 자신을 상품으로 생각할 수밖에 없다. 노동력이 자신의 유일한 재산이라는 것이 바로 노동자의 특수한 위치인 것이다〉라고 말한다. 노동자의 몸뚱이 자체가 상품이 된다는 말이다. 새벽 인력 시장에 가본 적이 있는가? 50대 중반의 K가 기업에서 갑자기 해고되어 먹고살 길이 막막해지자 일용직이라도 할 생각으로 한파가 몰아치는 겨울 새벽 인력 시장에 갔다고 생각해 보자. 도착해 보니 이미 십수 명의 노동자가 화톳불 주위에 둘러서서 추위를 녹이고 있고, 조금 있으니 사람들이 더 몰려든다. 이윽고 건설 현장 담당자가 와서 신체 조건이나 경력을 따져 사람들을 하나둘 데리고 간다. 그런데 아무리 기다려도 K를 원하는 구매자는 없다. 체구도 왜소하고 육체노동 경험도 전무한 그를 사갈 구매자가 없는 것이다. K는 자기 몸뚱이를 팔려고 시장에 나왔지만 상품 가치가 없다. 이렇게 물화 현상이 나타나면 사용 가치보다는 교환 가치가 우위에 서게 된다. 루카치는 자본주의 사회에서 노동력의 소유자인 K와 같은 노동자는 스스로 상품화되고, 또 사회 체제로부터 배제와 고립을 당해 자기 소외를 겪는다고 보았다.

그레고르는 왜 벌레로 변신했을까

『변신』에 등장하는 벌레는 소설 제목에 걸맞게 자세히 묘사되어 있다. 그레고르 잠자는 〈딱딱한 각질로 된 등을 대고 누워 있는 것을 알아차렸다. 고개를 조금만 쳐들어도 갈색의 불룩불룩한 마디마디로 나누어진 배를 볼 수 있었다. 그 배 위에는 금방이라도 떨어질 것처럼 담요의 한 모퉁이가 가까스로 걸려 있었다〉. 그런데 카프카는 벌레가 어떤 종류인지, 모양이 어떻다든지 하는 말은 하지 않는다. 하녀가 〈말똥구리〉라고 부르기도 하지만 그것도 불완전한 이름이다. 국내 번역서에서도 〈해충〉, 〈갑충〉, 〈벌레〉, 〈독충〉 등 다양한 명칭으로 불린다. 일단 꺼림칙한 바퀴벌레 같은 곤충인 것만은 분명하다. 독자들은 벌레의 모양과 이름을 자유롭게 상상하게 된다. 작가는 이것을 노렸는지 모른다. 실제로 카프카는 초판 표지에 절대 벌레 그림을 그리지 말라고 편집자에게 당부했다고 한다. 그래서 초판본 표지에는 벌레는 보이지 않고 한 남자가 머리를 감싸며 문 앞에 서 있을 뿐이다. 앞서 이야기했지만 그레고르는 몸만 벌레로 변신했을 뿐 기존의 사고와 인식은 그대로 남아 있어 죽을 때까지 아들이자 오빠로서 존재를 유지한다. 따라서 벌레가 된 그레고르가 더 친숙해 보이고 더 인간적으로 느껴지기까지 한다.

그렇다면 그레고르는 왜 벌레로 변신했을까? 실존주의 문학의 특징이 인간이 부조리한 세상에 던져져 부조리한 삶을 살아가는 것이라면 그런 비극적 존재를 묘사하면 되지 왜 인간이 아닌 벌레인가? 그레고르가 벌레로 변신한 이유를 작품 어디에서도 찾

1916년 독일어판 『변신』의 책 표지

아볼 수 없다. 그러므로 독자는 그 이유와 의미를 스스로 찾아내야 한다. 작품 제목이 암시하듯이 변신의 이유도 다양하게 변모될 수 있다.

그레고르는 외판원으로서 고달픈 생활을 했다. 가족의 생계를 위해 자신의 노동을 상품으로 파는 교환 가치에 매몰된 채 강요된 삶을 살아왔다. 따라서 그레고르가 벌레로 변신한 이유는 자신을 억누르고 있는 고된 삶과 노동의 소외에서 벗어나고 싶은 무의식적 욕망의 표출일 거라는 추측이 가능하다. 오히려 벌레의 모습이 그레고르가 되고자 하는 모습이 아닐까. 역설적으로 말하면 아버지, 어머니, 동생, 지배인은 비인간적이고, 벌레로 변신한 그레고르가 인간적인 모습으로 비치기까지 한다. 억압적인 자본주의의 가치로부터 자유를 추구하려고 몸부림치는 그레고르의 열망이 벌레라는 현실로 나타나 비로소 실존적 존재가 된 것이다. 하지만 사회가 정해 놓은 획일적인 틀에서 벗어난 존재는 그 사회로부터 고립되고 소외되어 죽을 수밖에 없는 운명이다. 『이방인』의 뫼르소가 살인을 저질러 사형에 처해지듯 그레고르는 벌레가 되어 조용히 숨을 거둘 수밖에 없는 운명인 것이다.

실존주의 소설의 주인공들은 부조리한 세상에 항거하거나 반항을 하게 된다. 뫼르소의 살인도 그렇고 그레고르가 벌레로 변신한 것도 부조리하고 억압적인 현실 세계에 대한 항거의 표시가 되기 때문에 실존적 상황이 되는 것이다. 예를 들어 보자. 착하고 공부도 잘하는 고등학생이 있다고 치자. 그의 부모는 아이를 명문대 의대에 보낼 욕심에 가득 차 있다. 그는 사방이 벽으로 둘러싸여 자유라곤 손톱만치도 없는 고달픈 공간에서 과외 선생이 기획한 프로그램에 따라 로봇처럼 움직인다. 부모가 쳐놓은 장막이 그 아이에게는 부조리한 현실이다. 그런데 공부만 하던 아이가 돌연 가출을 하고 자신이 그렇게나 좋아하는 만화를 그린다. 이런 경우 그 아이를 실존적 인간이라고 부를 수 있다. 이제껏 그의 부모는 최상의 상품을 만들어 내고자 하는 자본가였고, 그 아이는 높은 교환 가치를 추구하고자 하는 생산물에 불과했기 때문이다.

그 아이의 가출과 그레고르의 변신은 등가를 이룬다. 독자는 벌레를 있는 그대로의 벌레로 봐서는 안 되고 실존적 인간이 되고자 하는 열망의 메타포로 이해해야 할 것이다. 그가 속한 사회나 가족 혹은 타자에 의해 규정되고 정의되는 부조리한 삶으로부터 탈출해 자신만의 실존적 삶을 추구하려는 그레고르와 뫼르소 그리고 그 아이. 결론적으로 뫼르소는 처형되고 벌레가 된 그레고르는 다시 인간이 되지 못한 채 죽는다. 그렇다면 그 아이는 어떻게 되었을까? 실존적 관점으로 추측해 보시길.

카프카는 벌레로 변신한 그레고르를 통해 자본주의 사회에서 물화되어 소외되어 가는 인간에 대한 의미심장한 메타포를 던진다. 『변신』은 그저 쳇바퀴처럼 굴러가며 타성에 젖어 만족도 성취감도 없는 세일즈맨의 비루한 종말을 그리고 있다. 그레고르가 벌레로 변신한 이유는 자본주의 체제의 억압적인 일상성에서 벗어나고 싶은 무의식적 욕망도 될 수 있겠고, 부조리한 상황에서 인간이라는 존재 자체의 불안을 드러내기 위함일 수도 있다. 어찌 되었든 간에 카프카는 『변신』에서 인간 존재의 불안을 극단적으로 묘사한다. 현대 자본주의 사회에서 인간이란 존재는 사회적·집단적 관계 속에서 규정되며, 그 사회와 조직에서 효용 가치가 없어지면 종말을 맞는다는 문제의식을 드러낸 것이다.

그렇다면 인간은 사회 속에서 죽을 때까지 노예처럼 억압된 삶을 살아야 하는가? 그렇지 않다. 하지만 실존적 인간은 비극적인 종말을 맞게 된다. 그럼 이 부조리한 현실에서 어찌해야 한단 말인가? 모두가 실존적 인간이 되어 사회와 등을 지고 비극적 종말을 맞으라는 말은 아닐 것이다. 인간의 가치가 물질로 환원되고, 물질적 가치가 결여된 인간은 존재 가치가 없다고 하는 자본주의 사회의 부조리한 상황 자체를 비판하는 것이다. 따라서 『변신』은 표면적으로 인간 존재의 불안을 극단적으로 묘사하고 있지만, 본질적 메시지는 〈진정한 인간 존재의 모습을 찾는 노정〉이라 말할 수 있다. 그러려면 인간 삶의 조건이 되는 사회가 발전적으로 변화해야 함은 물론이다.

11장

인간에게는 어떤 상황도 이겨 낼 수 있는 힘이 있다: 어니스트 헤밍웨이의 『노인과 바다』

「인간은 패배하기 위해 태어난 것이 아니야.
인간은 파괴될 수는 있지만 패배하지는 않아.」

미국 문학에서 가장 대중적이고 문학적이고 미국적인 작가가 누구냐고 물으면 단연코 어니스트 헤밍웨이Ernest Miller Hemingway가 생각난다. 그리고 미국 문학에서 가장 미국적이면서 대중적인 작품을 꼽으라면 그의 마지막 작품인 『노인과 바다The Old Man and the Sea』가 떠오른다. 헤밍웨이는 『노인과 바다』 출간 이듬해인 1953년에 퓰리처상을 받았고, 그 이듬해에 이 작품으로 노벨 문학상까지 거머쥐었다. 이런 업적은 차치하고도 그가 미국인이 가장 사랑하는 작가인 이유는 미국인의 기질을 잘 대변하고 있기 때문일 것이다. 미국인 하면 사냥과 낚시를 즐기는 호방한 대륙의 기질이 떠오르는데 헤밍웨이야말로 투우를 좋아했고 사냥광에다 낚시광이었다. 그만큼 이력이 다양한 작가도 드물 것이다. 그는 양차 세계 대전과 스페인 내전에 참전했고, 네 번 결혼을 했으며, 어머니와 평생 불화했다. 그리고 전쟁 때 입은 사고 후유증, 트라우마, 우울증에 시달려 오다 『노인과 바다』를 남기고 자살로 생을 마감했다. 파란만장하게 살면서도 용기를 잃지 않았던 삶의 태도가 『노인과 바다』에 문학적으로 녹아 있는 것이다.

이렇게 헤밍웨이는 20세기 미국 문학의 영원한 전설로 평가된다. 그의 『노인과 바다』는 고전의 반열에 올라 한국에서도 꾸준히 읽히는 대표적인 스테디셀러인데 아마 가장 많은 골수팬을 확보하고 있는 작품이 아닐까 싶다.

영원한 고전

『노인과 바다』는 특히 한국에서 큰 사랑을 받아 왔다. 여러 출판사에서 번역되고 꾸준히 읽혀 온 것이다. 물론 문학성과 대중성을 동시에 겸비하고 있는 이유도 있겠지만 다른 이유를 하나 들겠다. 『노인과 바다』는 1970~1980년대까지 국내 대학의 영문학과에서 가장 많이 읽혀 온 작품이다. 그 이유는 가르치는 사람들에게서 찾을 수 있다. 영문학 1세대 학자들이 특수한 시대 상황 속에 주로 미국에서 공부를 하며 영문학보다는 미국 문학을 더 파고들었기 때문이다. 초창기에 국내의 영문학 교육은 미국 문학 중심으로 편향되었다. 이때 대학 영문과에서 『노인과 바다』를 홍보한 효과도 클 것으로 짐작된다. 당시에 영문과를 졸업하지 않았더라도 1960~1980년대에 젊은 시절을 보낸 독자들은 헤밍웨이의 『노인과 바다』를 필독서로 읽었을 것이다.

『노인과 바다』는 1958년과 1990년에 각각 영화로 만들어져 수많은 올드팬을 확보하기도 했다. 사실 고전을 제대로 영화화한다는 것은 쉽지 않은 일이다. 독자들은 오랫동안 고전 작품이 묘사하는 지리적·공간적 배경이라든지 등장인물들의 난해한 심리 묘사를 기억하고 또 나름대로 상상력을 발휘하여 가슴과 머리에 그 이미지를 담아 둔다. 그런 작품을 영화화하면 독자가 간직해 둔 문학적 정서와 딱 맞아떨어지지 않는 경우가 허다하다. 그렇지만 1990년에 개봉한 영화 「노인과 바다」에서 배우 앤서니 퀸 Anthony Quinn은 그런 독자가 보기에도 산티아고 역할을 완벽하게 소화해 냈다. 산티아고가 낚시 갈고리에 물린 청새치와 사투를 벌이는 장면, 특히 손에 꽉 움켜쥔 팽팽한 낚싯줄이 풀리면서 그의 손바닥에서 피가 뚝뚝 떨어지는 장면은 가히 두고두고 기억에 남는 명장면이다.

잃어버린 세대

작가 헤밍웨이에 대한 이야기부터 해보자. 미국 문학사에서 그는 〈잃어버린 세대〉라는 작가군에 속한 작가, 아니 잃어버린 세대의 대표적인 작가로 평가받고 있다. 잃어버린 세대의 영어식 표기는 〈로스트 제너레이션Lost Generation〉인데 〈잃어버린 세대〉, 〈길 잃은 세대〉 혹은 〈상실의 세대〉로 번역된다. 여기서는 잃어버린 세대로 해두겠다. 잃어버린 세대는 제1차 세계 대전 이후 어디에도 정착하지 못하고 떠돌던 일군의 작가와 예술인을 가리킨다. 전쟁을 체험한 뒤 절망과 허무감을 느낀 젊은 작가들이 인생의 의미나 목표를 잃고 방황했다는 의미에서 붙여진 이름이다.

미국의 소설가이자 극작가인 거트루드 스타인Gertrude Stein은

1920년대 파리에서 〈스타인 살롱Stein salon〉이라는 예술가 모임을 만들었다. 이 살롱은 잃어버린 세대의 안식처 겸 사랑방 구실을 하게 되었다. 파블로 피카소Pablo Picasso와 앙리 마티스Henri Matisse 같은 화가들은 물론이고 헤밍웨이를 비롯해 프랜시스 스콧 피츠 제럴드Francis Scott Key Fitzgerald, 에즈라 파운드Ezra Loomis Pound, 윌 리엄 포크너William Cuthbert Faulkner 등 젊은 작가들로 북적이기 시 작했다. 스타인은 제1차 세계 대전 이후 물신 숭배에 빠진 미국 사회에 환멸을 느낀 나머지 유럽을 떠돌다 파리로 몰려온 젊은 미국 작가들에게 남다른 애정을 보였다고 한다. 이들은 모더니즘 이라는 새로운 문학 사조와 미술 작품을 놓고 열띤 토론을 벌였 다. 가장 열성적으로 참가한 예술가 중 한 사람이 헤밍웨이였다. 스타인 살롱은 가히 모더니즘의 산실이었으며, 스타인은 모더니 스트의 대모로서 젊은 작가들을 이끌었다. 여기서 〈모더니즘〉이 라는 용어를 접하게 되는데 모더니즘 문학에 대해서는 『젊은 예 술가의 초상』 편에서 이야기하기로 하겠다.

　어느 날 스타인은 자동차를 고치려고 정비소에 갔다. 젊은 자 동차 수리공이 쉬운 작업인데도 끝내지 못하고 쩔쩔매는 상황에 서 스타인이 불만을 터뜨리자 사장이 저들은 〈잃어버린 세대 g´en´eration perdue〉라서 그렇다고 말했다는 것이다. 프랑스어 〈perdue〉는 〈잃어버린〉, 〈길을 잃은〉이라는 뜻이다. 사장으로부 터 이 말을 들은 스타인은 신선한 충격을 받았으리라. 자동차 수 리소에서 현대 젊은이들의 모습을 날카롭게 정의한 용어를 얻게 될 줄이야 상상이나 했겠는가.

스타인은 살롱으로 돌아와 이 에피소드를 전하며 〈그게 바로 너희들이지. 너희 젊은이들은 모두 잃어버린 세대야〉라는 유명한 말을 남겼다. 이 말은 헤밍웨이가 『태양은 다시 떠오른다*The Sun Also Rises*』라는 장편 소설의 서문에 인용하면서 알려지고 유명세를 타게 되었다. 이렇게 탄생한 〈잃어버린 세대〉는 한 세대 전체를 아우르는 용어로 자리 잡았다. 잃어버린 세대의 작가들은 제1차 세계 대전의 여파로 절망과 허무주의에 빠져 기존의 전통이나 가치에 회의와 환멸을 느끼고 이전 세대의 낡은 개념과 단절된 새로운 문학 세계를 추구하려 했다.

물론 헤밍웨이가 잃어버린 세대의 대표 작가라고 해서 그의 작품이 전부 잃어버린 세대가 지닌 좌절을 그렸다고 착각해서는 안 된다. 그의 작품에서 잃어버린 세대는 길을 잃고 방황하지만 결코 패배자는 아니다. 되레 잃어버린 세대의 역설을 담아내고 있다고 보면 된다. 그는 어떠한 상황에서도 강인한 의욕을 가지고 패배할 줄 모르는 인간상을 창조해 삶에 대한 올바른 방향을 제시한다는 문학적 사명을 지녔다. 헤밍웨이의 『태양은 다시 떠오른다』에 이런 대목이 있다.

나는 그것이 얼마나 중요한지에 대해서는 관심이 없었다. 내가 알고 싶었던 것은 그 안에서 어떻게 살아 나가느냐 하는 것이었다. 그 속에서 살아 나가는 법을 찾아냈다면, 그것이 얼마나 중요한지를 알게 될 것이다.

소설의 숲속으로

산티아고는 멕시코 만류에서 돛단배를 타고 고기잡이를 하는 늙은 어부이다. 그는 84일간 고기를 잡지 못했다. 친구이자 동료인 마놀린이라는 소년이 노인 곁에 있었다. 앞서 40일간 마놀린과 함께 고기잡이를 했는데 한 마리도 잡지 못하자 마놀린의 부모는 그를 물고기가 많이 잡히는 다른 배로 옮기게 한다. 소년을 떠나보낸 뒤에도 산티아고는 계속 빈 배로 돌아온다.

85일째 되는 날에도 어김없이 그는 밀가루 포대로 덕지덕지 기운, 영원한 패배의 깃발처럼 보이는 돛을 들고 배에 오른다. 드디어 거대한 청새치가 낚시 갈고리에 걸려든다. 산티아고는 놈과 사투를 벌인다. 청새치의 엄청난 힘에 끌려가다가 낚싯줄을 당기고 또다시 끌려가면서 꼬박 이틀이 지난다. 드디어 힘이 빠진 청새치를 배 옆까지 끌어온 산티아고는 놈의 심장에 작살을 찔러 넣는다. 잡은 청새치의 덩치가 너무 커서 배 위에 올리지 못하고 배 옆에 밧줄로 묶어서 조류와 순풍을 타고 하바나 항구로 돌아온다. 그러다가 피 냄새를 맡고 찾아온 불청객 상어 떼의 공격을 받게 된다. 산티아고는 청새치를 지키기 위해 다시 한번 상어들과 혈전을 벌인다. 첫 번째로 나타난 청상아리가 청새치의 껍질과 살을 잡아 찢자 산티아고는 상어의 머리 부분에 있는 힘을 다해 작살을 찔러 넣어 놈을 해치운다. 하지만 굶주린 상어 떼는 피 냄새를 맡고 계속해서 달려든다. 산티아고는 죽을힘을 다해 싸워보지만 청새치를 점점 놈들에게 뜯기고 만다. 결국 살과 머리는 다 뜯기고 앙상한 뼈만 매단 채 항구에 도착한다. 그는 돛대를 어깨에 메고 힘겹게 언덕을 올라 자신의 오두막에 도착한다. 그러고는 잠시 마놀린과 대화를 나누고 그가 가져다준 커피를 마시고 난 뒤 잠이 든다. 소년이 잠든 노인을 바라보는 것으로 소설은 끝난다.

왜 말하지 않는가

『노인과 바다』를 읽다 보면 점차 고개를 갸웃거리게 된다. 더 나아가서는 〈이렇게 써도 소설이 될 수 있나〉 하는 궁금증이 샘솟는다. 소설 구성의 3요소에는 〈인물〉, 〈사건〉, 〈배경〉이 있다. 인물은 작품에 등장하여 사건을 이끌어 가는 주체를 가리키고, 사건은 등장인물들 사이에서 일어나는 갈등을 말하며, 배경은 말 그대로 사건이 일어나는 시간이나 장소를 일컫는다. 그런데 『노인과 바다』는 이 세 가지 요소를 충실하게 반영한 것 같지 않다. 일반적인 소설이라면 첫 페이지에 인물에 대한 묘사가 나오고, 이어서 시간 배경과 공간 배경에 대한 묘사가 길게 이어진다. 톨스토이가 쓴 『전쟁과 평화War and Peace』의 도입부에는 엄청나게 많은 등장인물에 대한 묘사가 나오고, 일본의 야마오카 소하치(山岡莊八)가 쓴 역사 소설 『도쿠가와 이에야스』는 총 32권 가운데 무려 한 권을 할애해 등장인물을 묘사한다. 이 한 권을 극복하지 못하면 소설을 끝까지 읽을 수 없다.

물론 『노인과 바다』는 분량이 그리 길지 않은 중편 소설이다. 그렇지만 이 소설에는 산티아고에 대한 인물 묘사가 거의 없다. 그저 어부로 혼자 살고 있다는 사실밖에 알 수 없다. 과거에 어떤 삶의 이력이 있고 어떻게 해서 이 조그만 어촌에 오게 되었는지 알려 주지 않는다. 그리고 소설의 배경에 대해서도 상세히 설명해 주지 않는다. 예컨대 19세기 영국의 소설가 토머스 하디Thomas Hardy가 쓴 『귀향The Return of the Native』이라는 소설에서는 첫 줄부터 4~5쪽에 이르기까지 배경이 되는 〈에그돈 히스〉라는 전원의 풍경을 마치 한 편의 서사시처럼 장엄하게 묘사하고 있다. 그런데 『노인과 바다』에는 고작 멕시코만의 하바나 항구라는 언급만 있을 뿐 항구에 대한 묘사라고는 없다. 사건이라는 것도 기껏해야 산티아고가 85일 만에 청새치 한 마리를 잡았지만 결국 상어한테 뜯어 먹히고 말았다는 것뿐이다. 이 과정도 오로지 산티아고의 독백으로 드러난다.

소설이 짧은 관계로 그것까지는 이해한다 치더라도 산티아고의 감정에 대해서도 아무런 언급이 없다. 혈투 끝에 잡은 청새치를 상어 떼에 다 뜯어 먹히고 뼈만 가지고 항구로 돌아온 산티아고는 마놀린에게 〈난 놈들한테 졌단다. 놈들한테 정말 지고 말았어〉라고 말할 뿐 바다에서 일어난 일에 대해서는 시치미를 떼고 잘 뿐이다. 독자는 답답함을 느끼게 된다. 상어와의 혈투에서 패배한 산티아고의 심정이 오죽했을까? 그렇지만 작가는 그의 감정에 대해서는 단 한마디도 묘사하지 않는다.

빙산 이론과 하드보일드 문체

앞서 헤밍웨이는 잃어버린 세대로서 삶의 허무를 극복하고 어떠한 상황에서도 패배할 줄 모르는 인간상을 창조했다고 말한 바 있다. 바로 산티아고에게서 그런 강인한 모습을 엿볼 수 있다. 수십 일 동안 물고기가 잡히지 않는 암담한 상황에서도 묵묵히 배를 띄우는 노인의 모습에서 방황하는 현대인이 가야 할 삶의 방향을 찾아볼 수 있다. 나중에 자세히 다룰 테지만 산티아고는 니체가 말하는 〈초인〉에 버금가는 사람일 것이다. 헤밍웨이는 이런 위대한 인물과 그의 스토이시즘을 보여 주면서 긴 묘사가 오히려 주인공의 위대성을 해칠 우려가 있다고 생각하지 않았을까? 다이아몬드는 그 자체로 귀중해서 그 찬란함에 부연 설명이 필요치 않다. 오히려 불필요한 사족만 될 뿐이다. 『노인과 바다』의 짤막한 묘사 역시 촌철살인과 같다. 상당 부분을 생략하고 압축했을 때 되레 독자에게 거대하고 장엄한 울림을 줄 수 있다.

이렇게 화려한 수식어와 현란한 묘사 없이도 거대한 문학적 울림을 주는 이유는 헤밍웨이의 글에 특유의 문학적 장치가 들어 있기 때문이다. 바로 〈빙산 이론iceberg theory〉과 〈하드보일드hard-boiled〉 문체이다. 『노인과 바다』를 문학적으로 온전히 이해하려면 빙산 이론과 하드보일드 문체에 대한 이해가 선행되어야 한다.

먼저 빙산 이론에 대해 알아보자. 빙산은 알다시피 대부분 물속에 잠겨 있고 물 위에 떠 있는 부분은 극히 일부이다. 이러한 빙산의 구조에 착안한 빙산 이론은 미니멀리즘* 수법을 효과적

---

* minimalism. 〈단순함이 미덕이다〉를 주창하며 1960년대에 나타난 문화·예술 운동. 정보의 홍수와 복잡함에서 탈출하고자 하는 현대인의 욕구 반영으로 장식적 요소를 배제하고 단순함과 간결함을 추구함. 검색창만 단순하게 보여 주고 나머지는 모두 백색으로 처리한 구글 사이트나 반복된 음정만을 사용하는 싸이의 「강남 스타일」 같은 노래가 미니멀리즘의 예가 됨.

으로 사용하는 이론이다. 헤밍웨이는 산문집 『오후의 죽음*Death in the Afternoon*』에서 빙산 이론을 수면 아래 잠겨 있는 빙산에 빗대어 설명한다.

만일 산문 작가가 자신이 쓰고 있는 것에 대해 충분히 알고 있다면 그는 자신이 알고 있는 것들을 생략할지 모른다. 작가가 충분히 진실하게 글을 쓰고 있다면 독자들은 작가가 명확히 진술했을 때와 마찬가지로 강렬한 느낌을 받을 것이다. 빙산이 위엄 있게 움직이는 것은 그것의 8분의 1만이 수면 위에 떠 있기 때문이다.

빙산 이론은 작품에서 작가가 의미하는 바를 표층으로 드러내지 않는 소설 미학이다. 작품의 진정한 의미는 표층 아래에 있는 심층, 즉 물 밑에 가라앉은 빙산에 들어 있다는 것이다. 이렇게 물속에 감춰진 8분의 7을 표현하기 위해 빙산 이론이 탄생했다. 따라서 독자는 수면에 떠 있는 빙산뿐 아니라 물속에 잠겨 있는 빙산의 모습도 헤아려 봐야 한다. 『노인과 바다』에서 헤밍웨이는 빙산 이론을 도입해 자세하고 직접적인 묘사를 하지 않고 간결한 문체로 자신이 의도하는 바를 암시한다.

이때의 간결한 문체를 하드보일드 문체라고 한다. 하드보일드는 달걀 따위를 〈단단하게 삶은〉 혹은 〈감정을 잘 드러내지 않는〉이라는 의미로 〈반숙한〉이나 〈감상적인〉을 뜻하는 〈소프트보일드soft-boiled〉와 대비된다. 하드보일드 문체는 감정을 철저하게 배제하고, 내면의 심리 묘사를 하지 않고, 형용사나 부사 같은 수식어를 피하며, 되도록 간결하게 표현하는 일종의 차가운 글쓰기 형식이다. 보이는 현상만을 철저히 객관적으로 묘사할 뿐이다. 그래서 하드보일드 문체를 〈비정한 문체〉라고 부르기도 한다. 이런 표현 방식은 인물의 내면 의식을 함축해서 전달하는 효과를 낸다. 작가가 알고 있고 독자도 알고 있을 것으로 추측되는 부분을 죄다 생략해 독자로 하여금 다양한 해석과 감정을 드러내게 만드는 방식이다.

빙산 이론과 하드보일드 문체의 적용

『노인과 바다』에 나타난 빙산 이론과 그 표현 방식인 하드보일드 문체에 대해 살펴보자. 산티아고와 마놀린은 예사로운 관계가 아니다. 소설 도입부에 소년이 노인을 찾아와 길게 대화를 나누고, 잠들어 있는 노인의 어깨 위에 낡은 담요를 걸쳐 주고, 맥주와 저녁 식사를 가져와 노인을 챙겨 주는 대목이 길게 묘사된다. 그리고 말미에는 소년이 오두막에서 자고 있는 노인을 바라보며 소설이 끝난다. 독자는 그들의 관계가 물고기를 함께 잡는 동료나 친구 이상이라는 것을 짐작할 수 있다.

돛단배에서 청새치와 사투를 벌이는 과정에서 산티아고는 마놀린을 떠올리며 독백을 한다. 그는 〈그 애가 있으면 좋으련만〉이라는 말을 아홉 번이나 반복한다. 마놀린이 산티아고에게 아들 같은 존재이며 그동안 고기잡이에서 얼마나 중요한 협력자였는지를 알 수 있는 대목이다. 이러한 인식은 또 다른 장면에서도 포착된다.

노인은 바다나 자기 자신을 상대로 말하지 않고 누군가에게 말을 하는 것이 정말로 유쾌한 일이라고 생각했다. 「네가 보고 싶었다.」그가 말했다.[18]

마놀린에 대한 그리움을 묘사하는 데는 긴 표현이 필요 없다. 〈네가 보고 싶었다〉는 한마디면 충분하다. 짧게 압축된 이 독백에는 인간의 연대 의식과 상호 의존에 대한 산티아고의 소망과 그리움이 잘 함축되어 있다. 빙산 원리가 사용된 좋은 예이다.

산티아고는 작은 항구 안으로 들어와 배를 자갈밭 위로 끌어 올리고 돛대를 떼어 어깨에 걸머지고 나서 다섯 번이나 주저앉으며 힘겹게 오르막을 올라 집에 도착한다. 헤밍웨이는 죽을힘을 다해 청새치를 잡았건만 상어 떼에 다 뜯어 먹히고 앙상한 뼈만 배 옆에 달고 돌아온 산티아고에 대해 아무 말도 하지 않는다. 이를테면 상어 떼에 대한 분노도, 청새치에 대한 미련도, 산티아고의 불운에 대해서도 이렇다 할 설명이 없다. 다음과 같이 비정하게 묘사할 뿐이다.

그는 다시 걸어 올라가기 시작했고 꼭대기 부분에서 넘어져 돛대를 어깨에 두른 채 잠시 엎드려 있었다. 그는 일어나려 애썼다. 하지만 너무 힘이 들었다. 그는 돛대를 어깨에 멘 채 거기 앉아서 도로를 내려다보았다. 도로 한쪽 끝에서 차가 달려

가고 있었다. 노인은 그것을 바라보다가 이어 길을 멍하니 내려다보았다.

마침내 그는 돛대를 내려놓고 일어섰다. 그리고 돛대를 집어들어 어깨에 메고 길을 걸어 올라갔다. 그는 오두막에 도착하기까지 다섯 번을 앉아서 쉬어야 했다.

오두막 안에 들어간 그는 돛대를 벽에다 기대 세웠다. 어둠 속에서 물병을 찾아내 한 모금 마셨다. 그러고는 침대에 누웠다. 그는 먼저 담요를 어깨에 둘렀고 다음에 등과 다리를 덮었다. 그는 신문지 위에서 양팔을 곧게 뻗고 손바닥은 위로 한 채 엎드려 잠을 잤다.[19]

사투를 벌인 끝에 간신히 잡은 청새치를 상어에게 다 뜯어 먹힌 산티아고의 심정은 어땠을까? 헤밍웨이는 상황이 어떻게 돌아가는지 모른다는 듯이 감정을 전혀 섞지 않고 냉정하리만큼 객관적으로 묘사할 뿐이다. 작가는 산티아고에게 아무 일도 일어나지 않았던 것처럼 천연덕스럽게 시치미를 뗀다. 그러면서 하드보일드 문체의 정수를 보여 준다. 냉혹하고 비정한 현실을 감상에 빠지지 않고 전달하기 위해 형용사와 부사의 사용을 자제하는 것이다. 산티아고가 피곤하다든지, 분노를 참지 못한다든지, 상어 떼에 저주를 퍼붓는다든지 이러쿵저러쿵 길게 묘사하지 않더라도 독자들은 고단한 삶에 지친 늙은 어부 산티아고의 심정을 절감할 것이다.

스토이시즘의 대변자

헤밍웨이의 문학적 기법을 살펴보았으니 이제는 내용으로 들어가 보자. 『노인과 바다』에서 사건은 두 부분으로 나뉜다. 하나는 청새치를 잡으려고 사투를 벌이는 과정이고, 다른 하나는 청새치를 잡은 후 상어 떼와 혈투를 벌이는 과정이다. 이 작품은 두 번의 사투를 통해 인간의 스토이시즘을 극한까지 밀고 간다. 산티아고는 헤밍웨이가 잃어버린 세대의 좌절을 극복하기 위해 창조한 강인한 인간상이자 스토이시즘의 대표적 인물이다.

여기서 스토이시즘이라는 용어에 대해 알아보자. 스토이시즘이란 고대 그리스와 로마에서 철학의 한 학파를 이룬 스토아 철학이 내세우는 철학 사상을 가리킨다. 스토아 철학은 엄격한 극기와 금욕을 바탕으로 한 생활 태도, 감정에 치우치지 않고 쾌락과 고통에 동요되지 않는 의연한 정신 상태를 추구한다. 현대에 들어서는 아무리 어려운 상황이 닥치더라도 좌절하지 않고 인내하며 자신감을 유지하는 태도를 가리킨다. 그래서 스토이시즘을 극기주의라고 부르기도 한다.

산티아고는 스토이시즘의 이상적인 인간형이다. 84일 동안 물고기 한 마리 잡지 못했지만 그러한 불운을 받아들이고 희망을 버리지 않는 극기주의자이기 때문이다. 그는 목 뒤에 깊은 주름이 패 있고 몸은 야위었다. 열대 바다에 반사된 태양이 그에게 피부암을 가져다주어 갈색 반점이 두 뺨에 나 있고 양손에는 밧줄로 무거운 물고기를 다루다가 생긴 깊은 상처가 나 있다. 그와 관련된 모든 것이 늙거나 낡았지만 두 눈만은 바다와 같은 파란 색

깔을 띠고 여전히 기운차며 패배를 모르는 듯하다.

바다에서 청새치와 혈투를 벌이느라 극도의 피로감이 몰려올 때 노인은 독백으로 자신에게 용기를 불어넣는다.

「영감, 당신이나 겁 없고 자신만만하게 행동하는 게 좋겠어.」[20]

「고통은 인간에게 아무것도 아니야.」[21]

「난 버틸 수 있어.」[22]

마침내 사흘째 되던 날, 산티아고는 힘이 빠진 청새치를 배 옆으로 끌어당겨 작살로 그놈의 심장을 찌른 다음 배에 붙잡아 맨다. 사투는 끝났다. 노인은 한 번의 혈투로 84일 동안 빈 배로 돌아오면서 느낀 패배감을 모조리 씻고 더욱이 평생에 걸쳐 가장 도전적인 작업에서 승리한다.

청새치를 잡은 후 상어 떼와 사투를 벌이는 장면에서 고통을 참고 이겨 내는 산티아고의 극기주의는 절정에 달한다. 첫 번째 상어와 혈투를 벌이다가 작살이 부러지자 이제는 몽둥이를 가지고 사투를 벌이게 된다.

몸은 뻣뻣했고 상처들과 뭉친 근육은 밤이 되어 추워지면서 더욱 아팠다. 앞으로 다시는 싸우는 일이 없었으면 좋겠어, 하고 그는 생각했다. 정말로 다시는 싸우는 일이 없었으면.

자정이 되어 그는 다시 싸웠고 이번에는 그 싸움이 아무 소용없다는 것을 알았다. (……)

그는 상어들의 대가리를 몽둥이로 내리쳤고 아가리가 살코기를 씹는 소리, 배 밑으로 들어간 상어가 배를 흔드는 소리를 들었다. 그는 듣고 느끼는 대로 필사적으로 몽둥이를 내리쳤다. 그러다 무언가가 몽둥이를 꽉 무는 것이 느껴졌고 몽둥이는 사라졌다.

그는 키에서 키 손잡이를 꺼내 그것을 양손으로 잡고서 상어들을 치고 또 쳤다. 하지만 상어들은 이제 이물로 몰려들어 한 놈씩 번갈아 혹은 한꺼번에 달려들어 고기의 살점을 뜯어 갔다. 놈들이 또다시 공격하려고 방향을 틀었을 때 그 뜯겨 나간 살점들이 물속에서 희미하게 빛났다.

마침내 상어 한 마리가 물고기의 머리 부분을 공격했다. 노인은 이제 싸움이 끝났다는 것을 알았다. 상어의 아가리는 잘 뜯어지지 않는 머리의 단단한 부분을 파고들었다. 노인은 키 손잡이로 상어의 대가리를 세 번 내리쳤다. 그는 키 손잡이가 부러지는 소리를 들었고, 부러져서 뾰족해진 부분으로 상어의 대가리를 계속 찔러 댔다. 마침내 상어는 물고기를 놓아주고 뒤로 물러났다. 그것이 마지막 상어였다. 이제 더 뜯어 먹을 것이 없었다.[23]

문학의 줄기를 잡는 노트

상어 떼와 사투를 벌이는 과정에서 산티아고가 내뱉은 말이 있다. 이 독백은 극기주의의 절대성을 은유한다.

인간은 패배하기 위해 태어난 것이 아니야. 인간은 파괴될 수는 있지만 패배하지는 않아.[24]

결과적으로 산티아고는 패배했고, 자신의 오두막으로 돌아온 뒤 마놀린에게도 〈난 놈들한테 졌단다〉라고 말하며 패배를 인정하는 모습을 보인다. 그러나 여기서 승리와 패배는 그리 중요하지 않다. 역설적으로 패배를 인정함으로써 그는 진정한 승리자가 되었는지도 모를 일이다. 헤밍웨이는 온갖 역경과 불운에도 굴하지 않는 산티아고의 극기주의 자체에 방점을 찍었다.

이렇게 헤밍웨이는 빙산 이론과 하드보일드 문체를 이용해 산문 서사시 수준의 미학적 작품을 만들었다. 그리고 늙은 산티아고를 통해 극기주의 정신을 구현함으로써 잃어버린 세대에게 삶의 희망을 제공했다고 볼 수 있다. 이 작품의 골수팬인 나에게는 산티아고의 처절한 독백이 가슴속 울림으로 남아 있다. 〈당겨라, 손아. 견뎌라, 다리야. 마지막으로 나를 위해. 머리야, 마지막으로 나를 위해.〉

순수한 사랑을 버리고 안락한 현실을 선택할 수밖에 없을 때: 에밀리 브론테의 『폭풍의 언덕』

「내가 곧 히스클리프야. 그는 언제나, 언제나 내 마음속에 있어.」

세계 문학에서 최고의 러브 스토리는 어떤 작품일까? 청춘
남녀의 비극적 사랑을 다룬 셰익스피어의 『로미오와 줄리엣』
이 먼저 떠오를 것이다. 작품은 물론이고 영화로도 유명하다.
특히 1968년 영화에서 줄리엣 역을 한 올리비아 핫세Olivia
Hussey를 잊지 못하는 팬들이 많을 것이다. 당시 영화「로미오
와 줄리엣」의 사운드트랙인「A Time for Us」역시 위대한 전
설로 남아 있다. 그리고 20세기 미국 문학의 금자탑인 프랜시
스 스콧 피츠제럴드의 『위대한 개츠비The Great Gatsby』도 생각
난다. 하지만 영국인들은 생각이 다를지도 모른다. 영국의
『가디언The Guardian』지가 〈최고의 러브 스토리〉를 묻는 인터넷
설문을 한 적이 있는데 이때 영국의 작가 에밀리 브론테Emily
Bronte의 『폭풍의 언덕Wuthering Heights』이 1위를 차지했다. 이어
영국의 작가 제인 오스틴Jane Austen이 쓴 『오만과 편견Pride and
Prejudice』이 2위를, 『로미오와 줄리엣』이 3위를, 에밀리의 언니

인 샬럿 브론테Charlotte Bronte의 『제인 에어Jane Eyre』가 4위를, 미국 소설가 마거릿 미첼Margaret Mitchell의 『바람과 함께 사라지다Gone with the Wind』가 5위를 차지했다. 그 외에도 로테를 향한 베르테르의 열병과도 같은 지독한 사랑을 그린 『젊은 베르테르의 슬픔』도 기억날 것이고, 딤스데일 목사와 헤스터라는 기혼 여성 사이 금단의 사랑을 그린 미국의 작가 나다니엘 호손Nathaniel Hawthorne의 『주홍 글씨The Scarlet Letter』라든지, 올리버와 제니가 맨해튼 센트럴 파크에서 눈싸움을 하는 아름다운 장면이 눈과 가슴에 남아 있는 에릭 시걸Erich Segal의 『러브 스토리Love Story』도 있다.

사랑, 그중에서도 비극적 사랑은 소설에서 결코 빼놓을 수 없는 주요한 주제이다. 이제 세기의 로맨스를 다룬 러브 스토리를 함께 읽어 볼까 한다. 최고의 러브 스토리로 선정된 『폭풍의 언덕』을 살펴보기로 하겠다. 캐서린 언쇼와 히스클리프의 실현될 수 없지만 포기할 수 없는 폭풍과도 같은 사랑과 처절한 복수가 펼쳐지는 영국 요크셔의 황량한 들판으로 가보자.

진흙 속에 파묻힐 뻔한 러브 스토리

『폭풍의 언덕』은 브론테 자매의 둘째인 에밀리가 1847년에 발표한 소설이다. 브론테 자매는 1840~1850년대까지 작가로 활동한 영국 요크셔 출신의 세 자매인 샬럿, 에밀리, 앤 브론테를 가리킨다. 그들의 소설은 당시 문학계에서 커다란 반향을 일으켰으며 지금까지도 영문학의 고전으로 자리 잡고 있다. 세 자매의

장녀인 샬럿 브론테는『제인 에어』를, 막내 앤 브론테Anne Bronte
는『애그니스 그레이Agnes Grey』라는 소설을 대표작으로 남겼다.
안타깝게도 이 세 자매는 모두 요절했다. 샬럿은 서른아홉 살에,
에밀리는 서른 살에, 앤은 스물아홉 살에 세상을 떠났다.

　『폭풍의 언덕』은 1847년에 에밀리의 필명인 〈엘리스 벨〉이라
는 이름으로 처음 발표되었다가 에밀리가 죽은 후인 1850년 언
니 샬럿이 작가의 본명으로 개정판을 내면서 〈에밀리 브론테〉라
는 이름이 세상에 알려졌다. 작중 배경은 영국의 요크셔주이며
브론테의 먼 친척 집안에서 오래전에 일어난 일을 각색하여 썼다
고 전해진다. 에밀리가 본명으로 초판본을 발간하지 않은 이유는
당시 빅토리아 시대의 사회적 관습과 리얼리즘이 절정에 달해 있
는 문학적 분위기 속에서 현실로 받아들이기 어려운 광기 어리고
기이한 사랑 이야기를 여성의 이름으로 출간하기가 쉽지 않았기
때문이다. 시대 분위기에 맞지 않아서인지는 몰라도 살아생전 호
평을 받고 베스트셀러가 된 언니 샬럿 브론테의『제인 에어』와는
달리『폭풍의 언덕』은 대중에게 외면을 당하고 비평가들한테도
호평을 받지 못했다. 시골구석에서 단조롭게 살아가며 연애 경험
이라곤 없던 여성이 어떻게 히스클리프라는 복잡한 성격의 악마
같은 인물을 창조해 냈으며 얽히고설킨 사랑 이야기를 쓸 수 있
었는지 의심하는 시선도 있었다고 한다. 이런 와중에 1850년 개
정판 서문에 언니 샬럿마저 〈어설픈 작업장에서 간단한 연장으
로 하찮은 재료를 다듬어 만든 것〉이라고 썼을 정도로 이 작품은
오랫동안 세간의 비난을 받아 독자나 비평가의 관심 밖에 머물러

있어야 했다.

그러다가 『인간의 굴레*Of Human Bondage*』와 『달과 6펜스*The Moon and Sixpence*』로 유명한 영국의 작가 서머싯 몸William Somerset Maugham이 『폭풍의 언덕』을 불멸의 걸작이라고 호평했다. 그리고 이런 걸작이 진흙 속에 묻혀 있다는 건 일종의 죄악이라고까지 말했다. 몸의 호평 덕분에 『폭풍의 언덕』은 진흙 속에서 세상에 다시 나와 진주처럼 반짝거리는 명작이 되었다. 오늘날에는 셰익스피어의 『리어왕*King Lear*』, 미국의 소설가 허먼 멜빌Herman Melville의 『백경 *Moby Dick*』과 더불어 영어로 쓰인 3대 비극으로 꼽히기까지 한다. 앞서 로테를 너무나 열렬히 사랑한 나머지 스스로 목숨을 끊은 베르테르의 비극적 결말을 살펴보았다. 베르테르와 로테의 사랑은 베르테르의 일방적 사랑 — 유부녀에 대한 짝사랑 — 이라는 측면이 있는데 히스클리프와 캐서린의 사랑도 이와 별반 다르지 않다. 히스클리프와 베르테르는 둘 다 결혼한 캐서린과 로테 주변을 끊임없이 맴돈다. 베르테르는 이루어질 수 없는 사랑 때문에 내면의 고뇌가 깊어져 이성과 감정 사이를 오가다가 결국 자살을 선택하지만 히스클리프는 무시무시한 복수극을 펼치며 죽어서까지 캐서린에 대한 사랑을 쟁취한다는 점이 다르다.

소설의 숲속으로

1801년 록우드라는 신사가 〈티티새가 지나는 농원〉이라는 뜻의 〈드러시크로스 그레인지〉 저택을 빌리고 이 농원의 주인인 히스클리프를 만나기 위해 〈폭풍의 언덕〉이라는 저택으로 인사차 찾아간다. 그날 눈보라가 몰아치는 바람에 록우드는 저택 2층의 외딴 방에서 하룻밤을 묵게 된다. 그 방에서 그는 캐서린 언쇼, 캐서린 히스클리프, 캐서린 린턴이라는 이름이 휘갈겨져 있는 선반을 우연히 보게 된다. 그리고 어린 캐서린이 여백에 일지를 적어 놓은 책을 읽게 된다. 그러다가 잠깐 잠이 들었는데 캐서린 언쇼의 유령이 꿈속에 나온다. 다음 날 그는 집으로 돌아와 늙은 하녀 넬리 딘으로부터 폭풍의 언덕에서 있었던 일을 전해 듣게 된다. 그는 그녀에게 들은 이야기를 다시 독자들에게 들려준다. 록우드가 넬리에게서 들은 이야기를 독자들에게 들려주는 시점은 1801년이고, 사건의 시작은 30여 년 전으로 거슬러 올라간다.

끊임없이 불어오는 바람을 맞고 서 있는 폭풍의 언덕이라는 저택의 주인 언쇼는 리버풀에 갔다가 길에서 굶어 죽어 가고 있던 고아를 데리고 와 그에게 히스클리프라는 이름을 지어 주고 양자처럼 키운다. 언쇼에게는 아들 힌들리와 딸 캐서린이 있다. 힌들리는 처음부터 히스클리프를 적대시하고 냉대하지만 캐서린은 그를 소꿉친구로 받아들여 친하게 지낸다. 세월이 흘러 힌들리는 대학에 들어가기 위해 폭풍의 언덕을 떠나 도시로 가게 되고 캐서린은 히스클리프와 사랑에 빠지게 된다. 아버지 언쇼가 죽자 힌들리는 아내 프랜시스를 데리고 폭풍의 언덕으로 돌아와 히스클리프를 종처럼 부리며 학대한다. 이에 반발한 캐서린은 히스클리프와 곧잘 주변의 황량한 언덕을 쏘다니며 사랑을 나누고 깊은 일체감을 형성하게 된다.

어느 날 캐서린과 히스클리프는 습지를 돌아다니다가 우연히 린턴 집안의 드러시크로스 저택을 들여다보게 된다. 그러다가 캐서린이 그 집의 개에게 물려 그곳에서 당분간 지내게 되고 히스클리프는 쫓겨난다. 그사이 캐서린은 그 집의 아들 에드거 린턴과 사귀면서 폭풍의 언덕과 대조적인 풍요롭고 세련된 드러시크로스의 삶에 이끌린다. 다시 폭풍의 언덕으로 돌아온 캐서린은 말괄량이에서 숙녀로 몰라보게 변하고, 에드거는 캐서린을 사랑하게 된다. 캐서린 역시 그의 우아한 모습과 매너 있는 태도에 매료되고, 그 때문에 히스클리프를 무심하게 대한다.

캐서린은 히스클리프를 사랑하지만 젠트리 계급 출신에다 모든 것을 갖춘 에드거의 구혼 앞에서 흔들리게 된다. 히스클리프와의 사랑은 영원한 바위 같고 에드거와의 사랑은 변하기 쉬운 식물과도 같지만, 당대의 여성이 처한 경제적 상황을 놓고 볼 때 에드거를 선택할 수밖에 없는 현실에 처하게 된 것이다. 이런 본인의 심경을 하녀 넬리에게 밝히는 과정에서 히스클리프가 엿듣고 충격을 받아 폭풍의 언덕에서 사라져 종적을 감춰 버린다. 캐서린은 밤새도록 그를 찾다가 비를 맞고 열병에 걸려 겨우 완치된 뒤 에드거와 결혼해서 폭풍의 언덕을 떠나 드러시크로스로 가서 신혼 생활을 한다.

얼마간 세월이 흘러 히스클리프가 부유한 신사의 모습으로 폭풍의 언덕에 홀연히 나타나고 캐서린은 그를 반갑게 맞이한다. 이때부터 히스클리프는 자신을 학대한 힌들리와 캐서린을 빼앗은 에드거에 대해 복수를 해나간다. 그는 아내를 잃고 아들 헤어턴과 살고 있던 힌들리의 요청으로 폭풍의 언덕에 머물면서 노름으로 힌들리의 재산을 빼앗고 그를 술주정뱅이로 만들어 파멸의 길로 몰아넣는다. 힌들리가 죽고 히스클리프는 폭풍의 언덕의 주인이 되어 헤어턴을 하인으로 부린다. 그리고 린턴 가문의 재산을 노려 교묘히 에드거의 동생 이사벨라에게 접근해 결혼한 뒤 아내를 무자비하게 학대한다.

히스클리프는 에드거가 없는 틈을 타 드러시크로스 저택으로 찾아가 캐서린에게 격정적인 사랑을 토로한다. 캐서린은 두 집안의 비극이 자기 때문이라고 자책하다가 열병에 걸린다. 히스클리프는 캐서린에게 영원한 사랑을 고백하지만 캐서린은 딸아이를 낳고 죽는다. 에드거는 죽은 아내를 그리워하며 딸 이름을 아내와 같은 캐서린(캐시)이라 짓고 혼자서 캐시를 키우며 살아간다. 캐서린의 죽음을 전해 들은 히스클리프는 자신의 한 맺힌 사랑에 대해 절규하며 오열한다. 그녀의 죽음 앞에서도 히스클리프는 그녀에 대한 사랑을 좀체 포기하지 않는다. 한편 이사벨라는 남편의 학대를 견디다 못해 집을 나가 아들 린턴을 낳은 후 얼마 있다가 세상을 떠난다. 이사벨라가 죽자 오빠 에드거가 린턴을 드러시크로스로 데려오다가 히스클리프에게 들켜 빼앗기게 된다.

수년이 흘러 에드거의 사랑을 받으며 자라고 있던 딸 캐시는 폭풍의 언덕에 절대 가지 말라는 아버지의 말에 의문을 품게 된다. 캐시는 외출했다가 히스클리프를 만나게 되고 그의 권유로 폭풍의 언덕에 가게 된다. 그곳에서 그녀는 히스클리프의 계략에 말려들어 린턴과 강제로 결혼하게 된다. 에드거가 죽으면 드러시크로스를 캐시가 상속받게 되고, 다시 린턴에게 귀속될 거라는 계산이었다. 그러다가 에드거가 세상을 떠나고 병약한 린턴마저 죽자 폭풍의 언덕과 드러시크로스는 둘 다 히스클리프의 손에 넘어가게 된다. 이로써 히스클리프의 복수는 성공을 거둔다.

화자인 록우드가 폭풍의 언덕을 방문한 시점이 바로 이 무렵이다. 폭풍의 언덕에는 히스클리프와 며느리 캐시, 힌들리의 아들 헤어턴 세 명만이 남게 된 상황이었다. 록우드는 드러시크로스를 잠시 떠났다가 집 문제를 해결하기 위해 다시 찾아와 넬리를 만나고 그간의 사정을 전해 듣는다. 넬리는 히스클리프가 전 재산을 헤어턴 언쇼에게 물려주었다고 말한다. 그리고 복수의 불길이 사그라진 히스클리프는 마침내 폭풍우가 내리치던 어느 날 저녁에 죽었다는 것이다. 그는 캐서린에 대한 그리움을 견디지 못하고 정신 착란 증세를 보이다가 캐서린의 환영을 좇으며 죽는다. 이제 폭풍의 언덕에 남은 사람은 힌들리의 아들 헤어턴과 캐서린의 딸 캐시뿐이다. 억압과 학대에서 벗어난 두 사람 사이에 사랑이 싹튼다. 그들은 이듬해 결혼해서 폭풍의 언덕을 떠나 드러시크로스로 옮길 것이라고 넬리는 말한다.

히스클리프의 길고 긴 복수가 끝나고 이제 폭풍의 언덕에는 평화와 사랑이 찾아왔다. 폭풍의 언덕 근방에 히스클리프의 유령이 떠돌아다닌다는 소문이 퍼지지만 넬리는 확인된 바가 없다고 말한다. 이렇게 3대에 걸쳐 폭풍의 언덕에서 벌어진 사랑과 복수의 드라마는 막을 내린다. 록우드는 에드거, 캐서린, 히스클리프가 나란히 잠들어 있는 교회 묘지를 찾아 〈그 고요한 땅속에 고이 잠든 사람들이 어떻게 잠을 설치며 떠돌아다닌다고 상상할 수 있겠는가〉라고 중얼거리며 소설은 끝난다.

제목에 대한 논란

이 격정 어린 사랑과 복수극이 펼쳐지는 무대는 영국 요크셔의 거친 폭풍이 휘몰아치는 언덕 위 저택이다. 요크셔 하워스는 작가 에밀리의 고향이기도 하다. 황야와 거센 바람을 사랑한 에밀리를 추억하며 언니 샬럿은 『폭풍의 언덕』 개정판의 서문에 〈이 책의 저자는 황야에서 태어나 황야의 젖을 먹고 자랐다. (……) 그녀에게 고향 황야의 언덕은 하나의 광경이라기보다는 훨씬 중요한 의미를 지닌 존재였다. 그곳에 사는 들새나 그곳에서 자라나는 히스와 마찬가지로 그녀는 그곳에서 살아갔고 그로 인해 생명을 얻었다〉라고 적었다. 거친 황야의 풍경은 자연과 함께 살아가는 사람들의 이야기를 생생하게 붙들어 둔다. 독자들은 책을 읽는 내내 폭풍의 언덕에서 불어오는 바람 소리가 귓가에 맴도는 가운데 그들의 삶과 사랑, 욕망과 일체화되는 경험을 하게 된다.

이렇게 볼 때 〈폭풍의 언덕〉이라는 제목은 참으로 적절하게 보이지만 이를 두고도 여러 주장이 오간다. 사실 외국 작품의 제목을 어떻게 번역할지에 대해서는 종종 논란이 일어난다. 앞서 읽은 『위대한 유산』의 제목이 〈거대한 유산〉 혹은 〈막대한 유산〉이 되어야 한다는 주장이 있는 것처럼 〈폭풍의 언덕〉이라는 제목도 시빗거리가 된다. 『폭풍의 언덕』의 영어 제목은 〈워더링 하이츠 Wuthering Heights〉이다. 여기서 워더링 하이츠는 소설 제목이기도 하거니와 언쇼 씨가 살았고 나중에 히스클리프가 살았던 저택 이름이다. 〈워더링〉은 작품에도 설명되어 있듯이 폭풍과 비바람이 몰아칠 때 고지대에서 들려오는 윙윙거리는 소리를 가리키는 이 고장의 방언이다. 〈하이츠〉는 높은 곳, 언덕을 가리킨다. 그래서 워더링을 단순히 〈폭풍의〉라고 번역할 수 없다고 지적하면서 작품 제목을 그대로 〈워더링 하이츠〉로 번역해야 한다는 주장도 있다. 하지만 워더링 하이츠는 늘 비바람이 몰아치고 겨울이면 북풍과 눈보라가 몰아치는 고지대에 있는 만큼 〈폭풍의 언덕〉이라는 제목은 황량하고 을씨년스러운 분위기를 직관적으로 드러내고 있다. 따라서 워더링 하이츠를 폭풍의 언덕으로 번역해도 무리는 없는 듯하다.

폭풍의 언덕은 두 가지 의미를 내포하고 있다. 히스클리프와 캐서린이 살았던 저택 이름이기도 하고, 그들이 폭풍과도 같은 사랑을 나누며 함께 뛰놀던 언덕으로도 이해할 수 있다. 록우드가 처음 폭풍의 언덕을 방문했을 때 이곳의 분위기가 잘 묘사되어 있다.

폭풍의 언덕(워더링 하이츠)은 히스클리프 씨가 살고 있는 저택의 이름이다. 〈워더링〉이라는 것은 이 고장 특유의 형용사로 비바람이 부는 날씨에 이런 집에 몰아치는 대기의 격동을 가리키는 말이다. 이렇게 높은 곳에 있으니 언제나 깨끗하고 상쾌한 바람이 통과하리라는 것은 분명하다. 절벽 위로 불어오는 북풍의 위력으로 저택 끝에 있는 전나무 몇 그루가 심하게 기울어져 있었고, 앙상한 관목 무더기가 마치 태양에 구걸이라

도 하듯 모두 팔을 한쪽으로 뻗고 있었다. 다행히도 선견지명
이 있는 건축가가 건물을 튼튼하게 지었다. 좁은 창이 벽 깊숙
이 박혀 있었고, 모서리마다 큰 돌을 돌출시켜 바람을 막고 있
었다.

등장인물과 서술 구조

『폭풍의 언덕』은 등장인물들이 복잡하게 얽히고설켜 상호 간
의 관계를 이해하기가 쉽지 않다. 게다가 영어의 〈cousin〉은 우
리말로 사촌, 고종사촌, 이종사촌, 외사촌에 다 해당되는 말이기
때문에 번역할 때 신중해야 한다. 두 집안 가계도를 중심으로 등
장인물 간의 관계를 알아보자.

언쇼 집안과 린턴 집안의 가계도

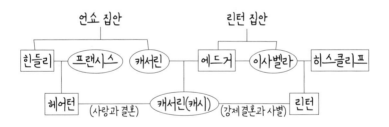

캐시를 중심으로
이사벨라 고모
히스클리프 고모부
한들리 외삼촌
린턴 고종사촌
헤어턴 외사촌

──는 〈결혼〉을 가리킴

서양에서는 여성이 결혼을 하면 남편 성을 따르기 때문에 혼란스러울 수 있다. 그리고 에드거와 캐서린의 딸 이름도 캐서린이니 헷갈릴 만하다. 가령 캐서린 언쇼는 결혼 전 이름이고 결혼해서는 캐서린 린턴이 된다. 그리고 그녀의 외동딸 캐서린 린턴이 히스클리프의 며느리가 되면서 캐서린 히스클리프가 되었다가 남편 린턴 히스클리프가 죽은 뒤 헤어턴 언쇼와 결혼함으로써 캐서린 언쇼가 되었다. 결국 어머니와 같은 이름이 된 셈이다.

독자들은 히스클리프와 캐서린의 폭풍 같은 사랑 이야기를 록우드와 넬리라는 두 서술자의 입을 통해 듣게 된다. 특히 록우드가 넬리로부터 들은 이야기를 다시 독자들에게 들려주는 구성을 택하고 있다. 그런데 록우드가 자신의 목소리로 직접 이야기를 하는 부분은 전체의 10분의 1에 불과하다. 나머지는 넬리의 말을 옮긴 것이거나 넬리가 다른 사람들의 말을 여러 단계를 거쳐서 ― 조셉이 말한 것을 이사벨라가 옮기고, 다시 이사벨라가 넬리에게 옮기고, 그것을 다시 록우드에게 옮기는 식으로 ― 록우드에게 전달하는 형식이다.

두 서술자는 히스클리프와 캐서린과는 달리 이성과 상식을 지닌 정상적인 인물들이다. 히스클리프와 캐서린을 둘러싼 사랑과 복수는 비현실적이고 초현실적으로 보이지만, 두 서술자를 이용한 서술 구조 때문에 독자들은 구체적이고 현실적인 이야기라고 믿게 된다. 두 명의 서술자는 사회적이고 도덕적인 차원과는 동떨어진 초현실적이고 현실 도피적인 로맨스에 가까운 이야기를 현실적인 틀 속에 집어넣어 들려줌으로써 독자들로 하여금 현실의 이야기라고 믿게 만드는 역할을 수행하고 있다. 작가가 직접 귀신 이야기를 하면 믿지 않을 수도 있지만 소설 속의 신뢰감 있고 객관적인 서술자가 누군가로부터 귀신을 직접 보았다는 이야기를 듣고 그 이야기를 다시 진지하게 들려주면 독자들이 믿게 되는 것과 같은 이치이다.

낭만주의 소설인가, 리얼리즘 소설인가

영문학에서는 중세 이후 낭만주의까지의 소설을 〈로맨스〉라 부르고, 리얼리즘 이후의 소설을 〈노블〉이라 구별하고 있다. 로맨스는 현실 세계를 벗어난 꿈의 세계, 전설, 모험 등 공상적이고 기이한 내용을, 노블이라고 하는 장편 소설은 현실적인 내용을 담고 있다. 그렇다면 『폭풍의 언덕』은 로맨스일까, 소설일까? 폭풍우가 몰아치는 환상적 분위기, 유령의 출현, 현실적으로 받아들이기 어려운 사랑 이야기는 로맨스에 가깝고, 히스클리프가 폭풍의 언덕으로 돌아와 두 집안의 재산을 모두 빼앗는 장면은 철저하게 당대의 현실적인 상속 제도를 토대로 하고 있다. 따라서 소설은 소설인데 로맨스가 가미된 소설이라고 해두자.

『고리오 영감』과 『위대한 유산』을 통해서 19세기 소설과 리얼리즘에 대해 충분히 이해했으리라고 생각된다. 서구에서 근대 소설은 근대 시민 사회의 성장과 자본주의의 탄생과 불가분의 관계를 맺고 있다. 그러므로 로맨스에 이어 나타난 근대 소설은 리얼리즘 문학 정신에서 비롯된 것이다. 그럼 다시 대답해 보자. 리얼리즘이란 무엇인가? 현실의 본질이 모순이라는 것이 리얼리즘의 명제라고 한다면 이 모순의 극복이 리얼리즘의 기본 정신이라고 말했다. 따라서 리얼리즘은 사회의 모습을 있는 그대로 재현해 사회적인 인식을 확대시키고 사회가 더 나은 방향으로 나아가도록 하는 문학 정신이다. 그렇다 보니 리얼리즘 소설은 자본주의 체제에서 질곡에 허덕이는 민중의 고달픈 모습을 묘사하고 부르주아지와 프롤레타리아 간의 갈등을 주요 주제로 삼는다.

특히 19세기는 〈리얼리즘의 승리〉라 할 만큼 리얼리즘 문학이 초강세를 이룬 시기였다. 『폭풍의 언덕』이 발간된 시점은 영국에서 가히 디킨스의 시대였다. 디킨스가 어떤 작가인가? 프랑스의 발자크와 더불어 리얼리즘에서 일가를 이룬 작가가 아니던가? 『폭풍의 언덕』은 디킨스의 위세가 하늘을 찌를 정도로 대단하던 시기에 출간되었는데 당대의 시대정신과는 맞지 않는 작품이었다. 당시 리얼리즘 작가들은 작품의 도덕성과 작가의 책임감을 강조했기 때문에 『폭풍의 언덕』이 담고 있는 기이하고도 폭발적인 에너지를 수용하기에는 무리가 있었을 것이다. 빅토리아 시대 작가들이 나름대로 역사의식을 지니고 자본주의의 성장과 함께 산업화와 도시화 문제, 노동 계급의 삶 등에서 긍정적이거나 부정적인 결과들을 형상화하려고 노력하고 있을 때였기 때문이다.

『폭풍의 언덕』을 〈경탄할 작품〉이라 부르면서도 영국 소설의 〈위대한 전통〉에는 속하지 못하는 〈일종의 변종〉이라고 평가한 프랭크 리비스Frank Leavis의 발언은 눈여겨볼 만하다. 훌륭한 작품이긴 하나 영국 소설의 위대한 전통에는 포함될 수 없다는 평가는 당대 리얼리즘의 전통과는 무관한 소설이라는 점을 우회적으로 표현한 것이 아닌가 하는 생각이 든다. 아마 리비스는 빅토리아 시대의 위대한 소설은 당대의 사회·문화·역사적 상황과 결부되어 논해져야 한다고 생각했던 것 같다. 그런데 『폭풍의 언덕』은 시대적인 틀에 맞지 않으니 〈변종〉이랄 수밖에 없는 것이다. 나아가 당시에는 〈불유쾌〉하고 〈악마적〉이라는 악평을 받았다. 특히 히스클리프가 방출하는 악마적 에너지가 당대의 문학 정신에서 용납될 상황이 아니었다. 따라서 『폭풍의 언덕』은 고딕 소설에나 나올 법한 공포스럽고 환상적인 분위기와 음산한 주인공들이 빚어내는 비극적인 반항과 사랑 등을 내세우며 앞선 세대의 낭만주의 전통을 이어받은 소설이라고 평가되기도 한다.

이 작품에 설화나 로맨스의 모티프가 강하게 작용하고 있고 19세기 초반 낭만주의의 특성이라고 할 고딕 요소나 초자연적 요소가 깔려 있긴 하다. 그렇다고 완전한 낭만주의 전통을 이어받은 소설이라고 보기에는 무리가 있다. 이 소설은 리얼리티를 확보하기 위해 일인칭 서술자 록우드가 관찰자의 시각으로 독자들에게 외면적 환경과 인간의 내면 의식을 사실적으로 보여 준다. 특히 히스클리프의 복수 과정에서 서술되는 19세기 초반 영국의 재산 상속법이나 변호사의 관행도 이 소설의 리얼리티를 엿볼 수 있게 하는 요소이다.

이 작품을 두고 낭만주의니 리얼리즘이니 하는 것은 문학 비평가들이나 머리를 맞대고 논쟁할 일이다. 『폭풍의 언덕』은 낭만주의 속성과 빅토리아 시대 리얼리즘의 전통을 가미한 소설이라고 정리해 두자. 인간 내면의 감정을 보여 주면서 리얼리티를 토대

로 한 현실 세계와 리얼리티를 초월한 초자연적 세계가 공존하고
있기 때문이다.

사회 소설

이 작품이 리얼리즘이 대세를 떨치고 있던 빅토리아 시대에 출
간된 점을 감안하면 리비스가 아무리 〈일종의 변종〉이라 평가해
도 작가가 살던 당대 현실의 모습이 반영되지 않았을 리가 없다.
빅토리아 시대 작가라면 부르주아지와 프롤레타리아 간의 갈등
을 기본 모순을 전제하고, 그 모순을 어떤 식으로든 작품에 반영
하지 않을 수 없었을 것이다. 그게 시대정신이니까. 이 작품에도
히스클리프와 캐서린의 낭만적 사랑 이야기 이면에는 그런 시대
의 현실적 재현이 밑바탕에 깔려 있다.

이 작품에 돈이나 재산에 관한 문제 등 산업 사회의 현실적 문
제들이 직접적으로 드러나 있지 않은데도 리얼리즘에 바탕을 둔
〈사회 소설〉이라고 평가하는 데는 이유가 있다. 히스클리프와 캐
서린의 사랑을 둘러싼 문제가 소설을 관통하고는 있지만 그 과정
에서 히스클리프의 소외라든지 경제적 문제가 자연스럽게 맞물
려 있기 때문이다. 이 소설이 쓰인 것은 1840년대이고, 출간은
1847년이고, 작품의 시대 배경은 1771~1803년까지 33년간이
다. 이 기간에 히스클리프가 언쇼가와 린턴가의 저택과 재산을
소유해 가는 과정이 어떤 리얼리즘 소설보다 더 사실적으로 그려
져 있다. 리얼리즘 소설이 그려 내는 산업 사회의 혼란상이 반드
시 파업이라든지 기계를 파괴하는 등의 극단적 행위로 나타날 필

요는 없다. 『폭풍의 언덕』은 디킨스의 『어려운 시절*Hard Times*』처럼 산업 사회를 직접적으로 형상화하고 있지는 않지만 히스클리프와 캐서린의 〈사회 경험〉을 중심으로 당대의 사회 현실을 개인화하고 있다는 것을 잊어서는 안 된다. 이런 면에서 볼 때 이 작품은 사회 현실과 유리된 로맨스가 아니다.

그러면 『폭풍의 언덕』이 〈사회 소설〉이라 불릴 만한 대목을 찾아보자. 먼저 살펴볼 것은 이 작품에 지배적으로 깔려 있는 빅토리아 시대의 계급 의식이다. 캐서린의 아버지 언쇼는 부유한 자작농 출신이고, 에드거 린턴은 그보다 한 계급 높은 젠트리 계급 출신의 신사이다. 그리고 히스클리프는 신분을 알 수 없는 고아로 폭풍의 언덕에서 학대를 받으며 하인으로 살고 있다. 이 도식을 대입해 보면 히스클리프는 프롤레타리아 계급의 전형으로 보이기도 한다. 그는 어린 시절 힌들리 밑에서 하인이나 다름없는 생활을 하고, 젠트리 계급 출신의 린턴에게 캐서린을 빼앗겼다. 여기에서 오는 절망과 분노가 계급적인 증오로 발전했다고 이해할 수 있다. 이런 관점에서 보면 히스클리프가 나중에 돈을 벌고 신사가 되어 폭풍의 언덕을 장악한 후 드러시크로스와 벌이는 한판 승부는 토지 자본과 산업 자본의 갈등이라고 확대 해석되기까지 한다.

캐서린은 왜 히스클리프를 버렸나

『폭풍의 언덕』을 읽다 보면 굉장히 현실적으로 느껴진다. 캐서린은 왜 히스클리프를 버렸을까? 그토록 죽고 못 살았으면서 왜 히스클리프와 이사벨라처럼 야반도주하지 않았을까? 캐서린은 드러시크로스 저택에 얼마간 머물면서 다정하고 신사적인 젠트리 계급 출신의 에드거를 만난다. 이때부터 히스클리프와 소원하게 된다. 이 대목이 캐서린과 히스클리프의 연대감이 깨지고 전환점을 이루는 지점이다. 캐서린이 드러시크로스의 문명 세계를 접하고 그 세계에 이끌리게 되면서 갈등이 시작된다.

린턴에 대한 나의 사랑은 숲속의 나뭇잎 같아. 겨울이 나무의 모습을 바꾸어 놓듯 시간이 내 사랑을 변하게 하리라는 걸 난 잘 알고 있어. 그렇지만 히스클리프에 대한 내 사랑은 땅속에 파묻힌 변치 않는 바윗돌과 같은 거야. 눈에 보이는 기쁨을 주는 것은 아니지만, 반드시 필요한 거니까. 넬리, 내가 곧 히스클리프야. 그는 언제나, 언제나 내 마음 속에 있어. 그는 기쁨을 주려고 있는 게 아냐. 내가 나 자신에게도 늘 기쁨을 주지 않는 것과 같은 거지. 그는 나 자신으로 있는 거야.

캐서린은 히스클리프를 사랑하지만 현실적으로 그를 택할 수 없는 입장에 놓여 있다. 현실에서 편안하고 안락한 부를 누리기 위해서는 에드거를 선택할 수밖에 없는 것이다. 드러시크로스를 접하게 되면서 캐서린은 히스클리프에 대한 순수한 열정을 잃어버리고 현실 세계를 수용하게 된다. 그래서 넬리에게 〈지금 히스클리프와 결혼하면 난 천해질 거야. 그러니까 내가 그를 얼마나 사랑하는지 그가 알아서는 안 돼. 넬리, 내가 그를 사랑하는 건

(……) 그가 나보다 더 나 자신이기 때문이야. 우리의 영혼이 무엇으로 만들어졌든 그의 영혼과 나의 영혼은 같은 것이야. 린턴의 영혼이 우리의 영혼과 다른 것은 달빛이 번개와 다르고, 서리가 불꽃과 다른 것과 같은 이치야〉라고 말하면서 현실적으로 린턴에게 마음이 기운다. 계속해서 그녀는 넬리에게 〈나랑 히스클리프가 결혼하면 둘 다 거지꼴이 되겠지만, 내가 린턴이랑 결혼하면 히스클리프가 잘되도록 도와줄 수 있고, 오빠 손이 닿지 않는 곳에서 살게 해줄 수도 있어〉라고 말한다. 바로 이 시점에 증오와 배반으로 얽힌 거대한 폭풍과도 같은 비극의 드라마가 잉태된다.

그렇다면 히스클리프를 버리고 에드거를 선택한 캐서린의 입장을 어떻게 설명할 수 있을까? 여기서는 비평의 목소리에 귀를 기울여 봐야 한다. 페미니즘 비평가들은 캐서린이 겪는 갈등을 18세기 말 여성이 겪는 억압과 갈등이라는 맥락에서 이해해야 한다고 설명한다. 당시 상속법에 따르면, 언쇼 씨가 죽고 나서 폭풍의 언덕과 동산은 모두 아들 힌들리에게 상속되며 딸인 캐서린은 아무것도 상속받지 못한다. 캐서린은 에드거를 선택하는 것이 영혼 깊숙한 곳에서부터 잘못된 것임을 알고 있다. 에드거에 대한 사랑은 〈숲속의 나뭇잎〉 같고, 히스클리프에 대한 사랑은 〈변치 않는 바윗돌〉 같다고 말하지 않았던가. 그럼에도 그녀는 히스클리프 없이 행복할 수 없다는 내면의 진실을 부정하고 에드거와 결혼하기로 결심한다. 이 결정은 당대의 가부장제하에서 여성이 겪는 경제적 상황의 불가피한 산물로 이해될 수 있다. 물론 작가는 히스클리프를 버리고 에드거를 선택한 캐서린의 입장을 비판하거나 두둔하지 않는다. 에밀리는 당대의 여성이 처한 경제적 가치관에 대한 현실성을 그대로 반영하고 있을 뿐이다. 그러므로 〈캐서린은 히스클리프를 배반한 것일까?〉라는 질문에는 독자마다 생각이 다를 수 있다. 이런 결정에서 볼 때 『폭풍의 언덕』은 경제적이고 사회적인 당대의 현실과 불가분의 관계를 맺고 있는 소설이라 하겠다.

히스클리프의 지독한 사랑

의지의 화신이자 비극의 주인공인 히스클리프는 언쇼가 리버풀에서 처음 폭풍의 언덕에 데려왔을 때 검은 머리카락에 피부가 거무튀튀하고 캐서린보다 성숙한 집시처럼 생긴 아이였다. 그는 성장하면서 수려한 용모를 지니게 되고, 특히 폭풍의 언덕에서 사라졌다가 다시 나타났을 때는 신사의 모습을 지니고 있다. 하지만 신사다운 외모 뒤에는 거친 행동과 불같은 영혼이 숨어 있었다. 길들여지지 않는 야성과 원시적 열정이 깊이 숨어 있었던 것이다. 한마디로 그는 범상한 인간들의 스케일을 뛰어넘어 복수에 굶주리고 애증 속에서 허우적거리는 초인적인 면모를 지녔다. 일반적인 사람이라면 그토록 사랑하는 대상이 죽으면 옛사랑의 그리움이 가슴속에 남아 있을지언정 일상의 세계로 돌아오기 마련이다. 그런데 캐서린이 죽고 난 뒤 히스클리프는 죽은 그녀와 재결합하기 위해 몸부림친다. 캐서린이 죽었다는 소식을 들었을 때도 〈언제나 나와 함께 있어 주오. 어떤 형체로든 상관없어. 나를 미친 사람으로 만들어도 좋아! 내 곁을 떠나지만 않는다면! 당신을 볼 수 없는 이 심연에 나를 내버려 두지 마오! (……) 내 목숨 없이는 살 수 없어! 내 영혼 없이도 살 순 없단 말이오!〉라고 절규한다. 더욱이 눈 오는 날 밤, 그는 캐서린이 묻혀 있는 묘지로 가서 그녀를 다시 품을 목적으로 무덤을 파헤쳐 관 뚜껑을 뜯어내고서 〈누가 저 삽으로 우리 둘을 같이 묻어 주면 좋겠는데!〉라고 오열한다.

캐서린이 죽은 후 히스클리프는 숨을 쉬는 것도, 심장이 뛰는 것도 자신에게 일깨워야 할 정도로 고통스럽게 살아간다. 그만큼 캐서린이 없는 삶은 영혼이 없는 무의미한 삶이다. 그는 죽음만이 그들을 합일시킬 수 있다고 믿으며 서서히 죽음을 준비한다.

이 상태로는 더 못 견디겠어! 나 자신한테 숨을 쉬라고 일러야 하고, 내 심장한테 뛰라고 알려줘야 할 판이야! 용수철을 뒤로 팽팽하게 구부려 놓은 것 같아. 나는 단 한 가지 생각에서 비롯된 것이 아니라면 아무리 사소한 행동이라도 억지로 해야 하고, 그것과 연결된 것이 아니라면 산 것이든 죽은 것이든 마지못해 봐야 해. (……). 나에겐 단 한 가지 소망밖에 없어. 내 존재와 내 능력 전부가 그 소망을 이루길 염원해. 내 존재와 능력은 그토록 오랫동안, 그토록 확고하게 그걸 원해 왔으니까. 내 소망이 내 존재를 삼켜 버렸기 때문에 그것이 이루어질 거라고 확신해, 그것도 곧. 난 소망이 이루어지리라는 기대감에 휩싸여 있어.

히스클리프는 악마인가

오로지 복수만 꿈꿔 온 히스클리프는 분명 정상이 아니다. 캐서린에 대한 그의 집착도 사랑이라고 말하기 어려울 것이다. 이 대목에서 질문을 던져 보겠다. 그렇다면 히스클리프를 어떻게 봐야 하는가? 죽어서도 상대를 못 잊는 지고지순한 사랑의 화신인가, 아니면 광기 어린 집착의 화신인가? 리얼리즘 문학의 관점으로 작품을 들여다보면 답을 찾아낼 수 있다. 리얼리즘 문학에서 작가는 어떤 식으로든 작품에 개입해 이런저런 해결책을 제시하거나 암시한다. 작가 에밀리는 등장인물 넬리의 눈을 빌려 복수심과 증오에 불타는 히스클리프를 어느 정도 정리해 보여 준다. 넬리는 히스클리프가 어렸을 적에 힌들리의 분탕질에 시달리면서 한 번도 불평하지 않아 그가 앙심을 품지 않는 아이라고 생각했었지만 그만 깜빡 속아 넘어간 거라고 록우드에게 말한다. 언젠가 히스클리프가 〈아무리 오래 걸린다 해도 힌들리에게 반드시 복수해 줄 거야. 설마 힌들리가 내가 복수하기 전에 죽어 버리지는 않겠지〉라고 말해서 넬리가 〈악한 자는 하느님이 벌을 주실 거야. 우리는 용서하는 법을 배워야 해〉라고 말하는 대목도 있다. 넬리는 처음부터 히스클리프를 좋게 보지 않았다. 무엇보다 캐서린을 아가씨로 모시는 하녀이므로 캐서린을 사랑하게 된 히스클리프를 좋게 볼 리가 없었을 것이다. 그녀의 눈에 비친 히스클리프의 모습은 〈흡혈귀〉라든지 〈험악한 인상〉이니 〈악마 같은 이마〉니 〈잔인한 냉소가 흐르는 입술〉처럼 부정적인 이미지가 강했다. 그녀는 캐시의 죽음에 오열하는 히스클리프를 두고 〈인간

이 아니라 칼과 창으로 찔러야 죽는 야수)라고 표현하기까지
했다.

그러다가 작품의 막바지에 록우드가 폭풍의 언덕을 떠났다가
돌아오기까지 몇 달 동안 복수의 화신으로 여겼던 히스클리프가
죽어 가는 과정에서 넬리의 서술은 이전과는 사뭇 달라진다. 히
스클리프는 내면의 고통에 시달리며 복수를 해야만 했고, 캐서린
이 죽은 이후에는 복수의 허무함을 깨달아 그로 인해 다시 고통
당하는 형벌을 받게 된다. 넬리가 전하는 이야기를 들어 보자.

여전히 기괴해 보였어요. 기괴했어요. 어두운 이마 밑으로
즐거운 표정을 짓는 듯 했고, 낯빛은 여전히 핏기 없이 싸늘한
데, 이따금 이를 드러내며 미소 비슷한 것을 지었고, 온몸을 떠
는데 한기가 들거나 아파서 그러는 게 아니라 팽팽히 당겨진
줄이 떨리는 같아 보였어요. 아니, 떤다기보다 강렬한 전율을
느끼는 듯했습니다. (……) 움푹하게 꺼진 시커먼 눈! 그 미소
그리고 송장 같은 창백한 낯빛! 제 눈에는 히스클리프 씨가 아
니라 요괴 같아 보였어요.

그는 결코 초현실적인 악마가 아니라 사랑의 열병에서 헤어나
지 못해 엄청난 고통에 시달리는 범상한 인간임을 이해할 수 있
는 대목이다. 이루어질 수 없는 사랑에 괴로워하다가 자살로 생
을 마감한 베르테르의 입장에 공감이 간다면, 냉혹한 히스클리프
역시 사랑이라는 열병의 희생자로 이해할 수 있겠다. 히스클리프

의 광기 어리고 집착적인 그런 사랑의 본성이 우리의 내면 깊숙한 곳 어딘가에 숨어 있을지 모른다. 다만 이성과 인습, 제도라는 그물에 얽매여 현실적으로 그렇게 하지 못하는 것일 뿐이다. 그래서 이성과 인습과 제도에서 뛰쳐나와 야성적이고 원시적인 사랑을 갈구한 히스클리프에게 동정이 가는 것일까?

문학의 줄기를 잡는 노트

『폭풍의 언덕』이 그저 캐서린과 히스클리프의 낭만적 사랑만을 그렸다면 뻔한 로맨스로 치부되어 문학적 성취를 거두지 못했을 것이다. 그들의 사랑과 갈등에 사회·문화적 맥락이 깃들어 있기에 훌륭한 고전으로 당당히 서 있는 것이다. 한마디로 이 작품은 폭풍 같은 사랑 이야기에 당대 사회의 현실 문제를 훌륭하게 재현해 놓았다는 데 문학적 성취가 있다.

독자들은 낭만적인 분위기에서 벌어지는 캐서린과 히스클리프의 사랑에 매료된다. 이들의 사랑은 현실을 뛰어넘어 실현될 수 없지만 포기할 수도 없다. 그 과정에서 계급 간의 갈등이나 경제 문제 같은 현실의 문제가 펼쳐지면서 사실적이고 냉엄한 통찰력을 보여 준다. 이렇게 사랑의 이야기를 펼치는 동시에 문학이 하는 일을 제시하는 『폭풍의 언덕』은 새로운 차원의 고전이라 말할 수 있다.

13장   **삶을 내 의지대로 만들어 갈 수 있을까:**
토머스 하디의『테스』

「에인절, 저를 사랑한다고 어서 말해 주세요.
이제 그 사람을 죽여 버렸으니까요!」

남녀 간의 사랑에서 비극의 끝은 어디일까? 어떤 결말을 비극다운 비극이라 부를 수 있을까? 앞서 젊은 베르테르의 죽음도 살펴보았고, 히스클리프의 피맺힌 절규도 들어 보았다. 그런데 그들의 사랑에 공감하고 이해는 할 수 있을지언정 그들의 행위에 슬퍼할 까닭은 별로 없어 보인다. 베르테르나 히스클리프나 스스로 비극적인 사랑을 선택했기 때문이다. 다시 말해 그들은 주체적으로 최선을 다해 사랑했다. 여한이나 아쉬움이 없다는 말이다. 그럼 테스는 어떤가? 왜 독자들은 테스의 애절한 사랑에 애달파하고 그녀의 죽음에 슬퍼하는가? 〈그녀가 어떤 죄를 범했다 하더라도 그것은 그녀 자신이 원해서 범한 죄가 아니고 잘못해서 그런 것도 아니다. 그럼에도 어째서 그처럼 벌을 받지 않으면 안 되는가?〉라고 작가인 하디 자신도 묻고 있듯이 그녀의 결말은 스스로 원한 것도 선택한 것도 아니어서 더욱이 비극적이다. 하디는 왜 아름답기 그지 없고 순진무구한 테스의 운명을 이토록 모질게 비극의 막장까지 몰고 갔는가? 테스가 무슨 죄를 지었기에 그녀의 운명이 이렇게 꼬일 수밖에 없었을까? 수많은 러브 스토리의 주인공 중에서 테스만큼 가련하고 애절한 인물이 또 있을까? 비록 살인을 저질렀음에도 테스에게 돌을 던질 수 있는 사람이 과연 몇이나 될까?

한 여인의 비극적 운명을 그린 토머스 하디의 『테스*Tess of the D'Urbervilles*』는 1891년에 발간되자마자 도덕과 윤리에 관한 찬반 시비에 휘말렸다. 그렇지만 지금까지도 19세기 영국 소설 가운데 가장 널리 읽히는 작품이며, 국내에서도 일제 강점기부터 〈세계 명작〉의 반열에 올라 여전히 널리 읽히고 있다. 물론 현대적 관점에서 보면 지나치게 순수하고 순진해서 늘 당하기만 하는 수동적인 테스의 모습에 동의하기 어려울 수도 있다. 하디는 왜 이렇게 테스의 운명을 처절할 정도로 갈기갈기 찢어 놓았을까? 한편으로 테스는 자신의 운명에 거역할 수 없었을까? 테스의 비극적 운명은 이미 결정되어 있는 것인가, 아니면 테스가 스스로 결정할 수 있는 것인가? 이런 의문을 중심으로 작품을 살펴보려고 한다.

소설의 숲속으로

테스는 영국 남서부 도셋 지방의 시골 마을에 사는 아름답고 순수한 열여덟 살의 여성이다. 그녀의 아버지 잭 더비필드는 마차에 짐을 싣고 배달하는 가난한 행상이자 차지농*이다. 술주정뱅이인 그는 줄줄이 딸린 식구들을 제대로 건사하지 못하고 궁색한 살림을 꾸려 간다. 어느 날 더비필드는 술에 취해 집으로 돌아오다가 길에서 만난 목사로부터 자신이 몰락하여 사라진 명문가인 더버빌의 후손이라는 사실을 우연히 듣게 된다. 그의 집에서 좀 떨어진 곳에 더버빌 가문의 후손이 살고 있다. 사실 그 집은 북쪽에서 큰돈을 벌고 남부 지방으로 내려와 퇴락한 귀족 가문의 족보를 도용해 신분 세탁을 하고 귀족 행세를 하는 가문이다.

어느 날 테스는 어린 동생과 함께 술에 취한 아버지를 대신해 한밤중에 마차로 벌통을 싣고 배달하다가 우편 마차와 충돌해 집안의 재산 1호인 말이 죽게 된다. 그리하여 테스의 부모는 인근에 사는 더버빌 가문의 후손 집에 테스를 보내 친척의 덕을 보고자 한다. 이 집의 바람둥이 아들 알렉 더버빌은 뛰어난 미모를 지닌 테스를 보고 한눈에 반해 그녀를 고용한 뒤 계속해서 추근거린다. 그러다가 테스가 마을 축제에 갔다 돌아오는 길에 술 취한 사람들의 싸움에 휘말려 있는데 알렉이 나타나 그녀를 말에 태우고 숲으로 데리고 들어가 겁탈한다.

테스는 알렉의 만류를 뿌리치고 집으로 돌아와 아이를 출산하지만 목사의 거절로 세례를 주지 못한다. 그녀는 아기의 이름을 〈슬픔〉이라는 뜻의 〈소로Sorrow〉라고 지어 주고 직접 세례를 준다. 그리고 들에 나가 농사일을 해주며 억척스럽게 살아간다. 아기는 세례를 받은 뒤 병에 걸려 죽게 되고 그녀는 비탄에 빠진다.

고향으로 돌아온 지 3년째 되던 해, 테스는 아무도 자신을 모

* 토지 소유자에게 일정한 보상을 하고 땅을 빌려서 하던 농업 경영.

르는 먼 곳으로 떠나 그곳에서 젖 짜는 일꾼으로 일하게 된다. 그리고 목사의 아들로 당대의 계급 구조와 전통적인 교리에 회의를 느껴 대학 진학을 포기하고 농부가 되기 위해 그곳에서 낙농업을 배우고 있던 스물여섯 살의 청년 에인절 클레어를 만나 사랑에 빠진다. 에인절은 테스를 깊이 사랑하게 되어 열렬히 구애한다. 테스는 〈아, 클레어 씨, 전 당신의 아내가 될 수 없어요. 전 그럴 자격이 없어요! 이 세상에서 누구보다도 당신의 아내가 되는 게 소원이에요. 그렇지만 결혼할 순 없어요!〉라는 말을 남기며 그의 청을 뿌리친다. 하지만 그 진실한 사랑에 차츰 마음의 문을 열고 그와 결혼을 약속한다. 그럼에도 테스는 과거에 대한 죄의식의 중압감에 시달리게 된다. 그 사실을 에인절에게 고백하려 하지만 그는 들으려 하지 않고, 테스 역시 그의 사랑을 놓치고 싶지 않아 고백을 차일피일 미룬다.

그러던 어느 날 테스는 자신의 과거를 고백하는 편지를 써서 에인절의 방문 밑으로 밀어 넣는데 편지가 그만 카펫 밑으로 들어가는 바람에 에인절은 읽어 보지 못한다. 드디어 소박한 결혼식을 마치고 첫날밤에 에인절이 먼저 자신의 과거를 고백하자 이어서 테스도 알렉과의 관계를 털어놓는다. 그러자 에인절은 그녀가 순결한 처녀가 아닌 것을 알고 순식간에 태도가 돌변한다.

에인절은 당분간 떨어져 살자고 말한 뒤 테스 곁을 떠나 브라질로 떠난다. 테스는 부모가 사는 집으로 돌아와 육체노동을 하며 집안의 생계를 책임진다. 그녀는 다른 농장에서 이루 말할 수 없을 만큼 고통스럽게 일하다가 전도사로 변신한 알렉을 우연히 다시 만난다. 테스를 본 순간 알렉은 설교도 포기하고 그녀에게 계속 유혹의 손길을 보낸다. 테스는 이미 결혼한 몸이니 더 이상 찾아오지 말라며 알렉의 구애를 거절한다. 이런 상황에서 테스는 〈제발 돌아와서 저를 괴롭히는 유혹에서 구해 주세요!〉라고 호소하는 애절한 편지를 에인절에게 보내지만 편지는 그에게 전달되지 못한다. 알렉은 추수철에 격심한 노동에 시달리는 테스를 찾아와 에인절은 돌아오지 않을 것이라고 말하며 그녀를 괴롭힌다. 테스는 가죽 장갑으로 알렉의 얼굴을 후려쳐 코피가 터지게 만든다. 그러나 아버지가 죽고 가족이 집에서 쫓겨나 오갈 데 없는 신세가 되자 테스는 자신의 가족을 돌봐 주겠다는 알렉의 제안을 받아들일 수밖에 없는 운명에 처한다.

한편 에인절은 브라질에서 중병을 앓고 난 뒤 테스에 대한 생각과 행동을 뉘우치고 영국으로 돌아온다. 그리고 테스가 쓴 편지를 읽고 그녀를 찾아 나선다. 에인절은 테스가 바닷가 휴양지에 있다는 사실을 알아낸다. 테스는 〈알렉 더버빌 부인〉이라는 이름으로 호텔에 투숙해 있다. 그곳까지 찾아간 에인절은 〈제발, 제발 돌아가 주세요. 가셔서 다시는 저를 찾아오지 말아 주세요〉라는 테스의 피맺힌 절규를 뒤로하고 허망하게 발길을 돌린다. 그런데 테스가 곧 뒤따라온다. 같은 시각 호텔 주인은 천장에서 핏자국이 번지는 것을 본다. 주인이 사람을 불러 테스가 투숙하고 있던 방의 문을 열어 보니 알렉이 죽어 있었다. 에인절과 재회한 테스가 절망하여 그를 칼로 찌른 것이다. 에인절은 테스로부터 이 사실을 듣고 끝까지 그녀를 지켜 주겠노라고 결심한다.

테스와 에인절은 시골의 빈집을 전전하며 도피 생활을 한다. 그러다가 경찰의 눈을 피해 야심한 시각에 원시 시대의 유적지인 스톤헨지에 도착한다. 테스는 에인절에게 동생을 돌봐 줄 것을 부탁한 후 스톤헨지의 돌 위에서 잠이 든다. 동이 틀 무렵 경찰이 그들을 점점 포위해 들어온다. 에인절은 경찰들을 향해 〈잠이 깰 때까지 저 여인을 그대로 두십시오〉라고 낮은 목소리로 애원한다. 이윽고 테스가 잠에서 깨 에인절에게 〈그동안 제겐 너무나 과분한 행복이었어요〉라고 말하고, 경찰들에게 〈자, 저를 묶으세요〉라고 차분하고 당당하게 말한다.

시간이 흘러 어느 날 아침, 에인절과 테스의 동생은 감옥의 탑에 사형 집행을 알리는 검은 깃발이 올라가는 것을 지켜본다. 〈말 없이 바라보고 있던 그들 두 사람은 마침내 기도하듯 땅에 무릎을 꿇고 오랫동안 꼼짝하지 않았다. 검은 깃발은 여전히 말없이 산들바람에 나부끼고 있었다. 이윽고 그들은 기운을 되찾아 일어서더니 다시 손을 잡고 걷기 시작했다〉를 끝으로 이야기는 막을 내린다.

결정되어 있는가, 결정할 수 있는가?

이런 질문을 던져 보겠다. 우리의 삶은 우리의 의지와는 무관하게 미리 결정되어 있는가, 아니면 우리가 주체적으로 결정할 수 있는가? 삶이 미리 결정되어 있다고 하면 〈결정론〉의 관점이고, 주체적으로 결정할 수 있다면 〈자유 의지론〉의 관점이다. 결정론과 자유 의지론은 자유에 관한 철학 이론으로 예전부터 치열한 논쟁거리였으며, 최근에는 뇌 과학과 심리학의 발달로 더욱 활발히 논의되고 있다. 결정론자들의 주장에 따르면 인간은 자신이 결정해서 태어난 것이 아니다. 인간의 운명을 포함하여 우주 속에 존재하는 모든 일이 자연법칙과 인과 관계에 의해 미리 결정되어 있다고 보는 것이다. 결정론은 애초에 세계의 모든 것이 결정되어 있고 인간에게 자유 선택의 여지는 없다고 주장한다. 반면 자유 의지론은 인간이란 자신의 생각과 의지를 스스로 인식할 수 있는 자아를 지닌 존재라고 주장하면서 우리는 우리의 운명을 얼마든지 주체적으로 결정할 수 있다고 본다. 인간에게는 같은 상황에서도 각자 다양한 방식으로 다르게 행동할 수 있는 자유가 있다는 뜻이다.

여기에서 테스가 비극적인 운명을 맞게 된 이유를 찾아볼 수 있다. 인간의 모든 행위는 스스로 통제할 수 없는 내재적이고 외부적인 힘에 의하여 결정된다는 결정론의 입장은 〈자연주의 문학〉으로 발전했다. 자연주의 작가들은 등장인물의 고유한 성격이나 태도는 이성적 판단이나 의지에 의해 바꿀 수 있는 것이 아니라 유전이나 외부적 환경에 의해 이미 결정되어 있다고 본다. 그러므로 이들은 현실에서 처한 상황을 충실하게 받아들이며 자연의 힘이 이끄는 대로 살아가는 존재일 뿐이다.

자연주의 문학이란

앞서 발자크의 『고리오 영감』과 디킨스의 『위대한 유산』을 통해 리얼리즘 문학에 대해 살펴보았다. 리얼리즘 문학은 당대 사회 구조의 문제점을 있는 그대로 날카롭게 재현하되 결국에 가서는 미래의 사회 발전에 긍정적인 비전을 제공한다. 『고리오 영감』에서 라스티냐크는 사교계에 들어가 귀부인의 도움으로 출세해 보겠다는 그릇된 욕망을 품지만 결국에는 고리오 영감의 삶을 통해 점차 도덕적 성찰을 회복해 혼자 힘으로 자신의 삶을 개척하리라고 다짐한다. 『위대한 유산』의 핍 역시 돈에 의해 속물이 되어 자신을 길러 주고 도와준 사람들을 배신하고 혐오하다가 모든 것을 극복하고 주체적인 노력으로 진정한 신사가 된다. 이런 의미에서 리얼리즘 소설은 해피 엔딩의 구조를 지닌다.

이런 리얼리즘 소설 가운데 『테스』처럼 주인공의 삶이 지독한 비극으로 끝나는 경우가 있다. 이런 경우를 〈자연주의 문학〉이라 부른다. 여기서 자연주의란 자연의 아름다움을 읊조리는 그런 문학 사조가 아니다. 흡사 낭만주의와 같은 것으로 생각해서는 안 된다. 자연주의 문학은 낭만주의 문학과 전혀 관계가 없다. 오히려 리얼리즘 문학에 숟가락 하나를 얹어 놓은 것이라고 생각하면 된다. 19세기 전반의 리얼리즘 문학은 산업 혁명이 야기한 당대의 사회 구조, 특히 하층 계급과 경쟁 사회를 냉철하게 묘사하면서도 인간성의 회복을 작가의 사명으로 삼고 나름대로 희망적인 비전을 제시하려고 애썼다. 그러나 19세기 말 자본주의와 물질주의가 심화되면서 계층 간의 갈등, 빈부 격차, 물질적 탐욕에 따른 약육강식의 사회 풍조 속에서 인간을 냉혹한 환경에 던져진 나약한 존재로 인식하는 운명론적 경향이 나타나기 시작했다. 이런 시대 상황 속에서 하디와 같은 작가들은 리얼리즘 문학 방식에 자신의 비관적이고 염세적인 인생관을 녹여 냈다. 자연주의 문학은 비극적 결말로 이끈다고 해서 〈비극적 리얼리즘〉이라고도 불린다.

자연주의 문학은 가장 냉랭하고 매정한 문학 사조이다. 가을날 호젓한 방죽 길에 줄지어 피어 있는 코스모스, 숲속에서 지저귀는 새소리, 들판에 흐드러지게 피어 물결을 이룬 들꽃들이 상징하는 자연의 아름다움과 관계있는 것이 아니다. 그보다는 내재적인 힘과 외부 환경의 강력한 힘에 조종당하는 인간의 암담하고 어두운 삶의 모습을 냉혹할 만큼 객관적으로 묘사한다. 자연주의 소설에 등장하는 인물은 마치 동물이 자연환경의 산물인 것처럼 사회 환경의 산물로 묘사된다.

그렇다면 자연주의 소설은 무엇 때문에 주인공의 삶과 결말을 지독스럽게도 비극적으로 만드는가? 결정론의 영향을 받아 인간의 모든 행위는 스스로 통제할 수 없는 내재적이고 외부적인 힘에 의하여 결정된다는 것이 자연주의의 기본 입장이기 때문이다. 여기서 내재적 힘은 〈유전〉과 〈성격〉을 가리키고, 외부적 힘은 〈환경〉과 〈사회〉를 말한다. 하디는 내부에 존재하는 힘을 〈내재적 의지Immanent Will〉라고 부른다. 내재적 의지는 우주의 힘이 인간의 생활을 지배한다는 믿음이다. 하디의 작품에 등장하는 인물들은 냉혹한 우주의 힘인 내재적 의지에서 벗어날 수 없다. 그들은 거미줄에 걸린 미약한 존재들이다. 내재적 의지는 거미줄에 걸린 모든 것을 맨 위에서 통제하고 조종하는 절대적인 생물학적 조건이다. 발버둥을 칠수록 거미줄 속으로 더욱 말려들어 갈 뿐이다. 인간은 아무리 노력하고 극복하려 해도 운명을 통제할 수 없다는 것이다.

자연주의 문학의 특성

다윈주의 자연주의 문학은 〈자연 선택〉을 통한 종의 진화에 대한 이론을 제시한 찰스 다윈Charles Robert Darwin의 『종의 기원On the Origin of Species by Means of Natural Selection』이라는 책에 영향을 받았다. 다윈은 『종의 기원』에서 자연 선택에 대해 이렇게 설파한다. 〈아무리 사소한 것일지라도 유리한 점을 가진 개체는 살아남아 자손을 남길 가능성이 높다. 한편 해로운 변이는 엄격하게 제거될 것이다. 나는 이렇게 이로운 변이는 보존되고 해로운 변이는 배제되는 일을 가리켜 《자연 선택》이라고 부른다.〉

자연주의 문학의 아버지라 불리는 프랑스의 작가 에밀 졸라Émile Zola를 비롯한 자연주의 작가들은 다윈의 진화론에 입각해서 인간의 삶을 과학적으로 묘사하려고 했다. 그들은 다윈주의자들이 다루는 유전이나 생존과 같은 주제를 인간 사회에 적용시켜 탐구하고자 했다. 그리하여 작품에서 누가 어떻게 살아남고, 어떻게 죽어 가는가에 대한 생존의 측면에서 인간의 삶을 다루게 된다.

유전 자연주의 작가들은 인간의 성격이나 태도를 유전과 결부시킨다. 이들은 과학자처럼 인간의 본성과 유전의 연관 관계를 밝히고자 한다. 따라서 소설에 등장하는 인물의 특정한 성격과 개성을 이전 세대에서 이어받은 것으로 파악한다.

하디가 테스를 가리켜 〈조상으로부터 물려받은 조심성이 부족한 듯한 성격만 없다면 흠잡을 데 없는 여자〉라고 말하고 있듯이 테스를 비극으로 몰고 간 원인 중 하나는 유전적 요소이다. 책 제목에서도 테스의 조상이 더버빌 가문임을 밝히고 있는 만큼 그녀는 더버빌 가문과 숙명적인 관계를 맺고 있다. 그 과거 귀족 가문으로부터 자존심, 공격성, 폭력성을 이어받았다. 그녀가 탈곡기 옆에서 일하다가 에인절을 비난하는 알렉의 뺨을 장갑으로 후려치는 장면이 있는데, 여기서 작가는 테스의 이런 기질이 더버빌 가문의 피에서 유전된 것처럼 묘사하고 있다. 〈그 동작은 마치 갑옷을 입었던 그녀의 옛 조상들이 훈련을 쌓은 무술의 재현이라고 할 수 있었다.〉 테스가 알렉을 죽인 것도 조상 대대로 테스의 성격에 무의식적으로 자리를 잡고 있던 죄의 원형이 발현되었기 때문이라는 것이다. 이런 관점에서 보면 테스는 조상 대대로 물려받은 유전 형질을 피해 갈 수 없으며, 그로 인해 비극적 삶을 살 수밖에 없는 것이다.

성격 테스는 이런 숙명적 삶에서 빠져나오려고 투쟁하는 인물이다. 그런데 자연주의 문학 이론에 따르면 자신의 운명을 거스르려 할수록 운명의 함정에 더욱 깊이 빠져들게 된다. 테스가 비극적 운명을 맞게 된 데에는 성격적인 요인도 일말의 책임이 있다. 테스는 외부의 힘에 굴복하고 수동적인 삶을 이어 간다. 특히 알렉이나 에인절과의 관계에서 수동적이고 무저항적인 성격을 보여 준다. 소설의 도입부에 그녀가 5월 무도회 때 에인절과 춤을 춰보지 못한 것을 아쉬워하는 대목이 있다. 하디는 이를 두고 테스의 〈서글서글한 눈에는 그가 자기를 선택해 주지 않았다는 원망의 빛이 극히 희미하게나마 나타나 있었다〉라고 적고 있다. 그리고 테스는 두 가지 죄의식에 사로잡혀 있는데, 하나는 아버지 대신 꿀통을 마차에 싣고 배달하다가 죽은 말에 대한 죄의식이고, 다른 하나는 알렉에게 순결을 빼앗긴 데에서 오는 죄의식이다. 말을 죽인 데 대한 죄의식이 없었더라면 알렉의 농장으로 가지 않았을지도 모를 일이고, 순결을 잃은 데 대한 죄의식을 품지 않았더라면 에인절에게 고백하지 않아도 되었을 것이다.

자연 하디의 소설에서 자연은 단순히 배경을 뛰어넘어 사건 전개에 중요한 역할을 하는 작중 인물로 여겨지기도 한다. 테스가 에인절을 만난 농장에 대한 묘사는 한없이 아름답다. 〈붉은색과 암갈색을 띤 암소의 기름진 빛깔은 저녁 햇빛을 빨아들이고, 흰 젖소가 반사한 햇빛은 먼 언덕에 선 테스의 눈을 부시게 했다.〉 하디는 테스와 에인절이 사랑을 나누게 될 농장의 풍경을 낭만적으로 묘사하면서 작가가 그리고자 하는 이상적인 자연 상태의 공간을 염두에 두었다. 소 떼가 뛰노는 푸른 평원과 맑은 공기 속에서 테스는 알렉과의 불행한 과거를 잊어버리고 새로운 삶에 대한 희망으로 가득 차게 된다.

반면 테스가 에인절을 떠나보내고 나서 가게 되는 농장은 이전의 아름답고 인간적인 낙농장과는 달리 암울한 불모지대와 같다.

〈주위에 펼쳐진 거친 땅만 보더라도 이곳에서 해야 할 일이 얼마나 고된가를 분명히 짐작할 수 있을 것 같았다.〉이곳의 암울하고 황량한 묘사는 테스의 어두운 미래를 점쳐 볼 수 있게 하는 대목이다. 테스는 이곳에서 다시 알렉을 만나고 그의 마수에 걸려들게 된다.

테스가 에인절을 만난 낙농장의 풍경은 그들이 행복하게 사랑을 나누는 모습과 어우러지지만, 그 외에 자연은 대부분 그녀에게 무관심하거나 가혹하다. 테스가 알렉에게 겁탈을 당하는 장면에서 안개와 어둠을 통해 비극을 방조하고 있는 숲은 비극적 운명의 대행자로 작용한다. 이 장면을 하디는 이렇게 묘사한다. 〈테스의 몸을 고이 지켜 줄 천사는 어디에 있으며 테스가 순진하게 믿고 있는 하느님은 어디에 있느냐고 묻는 사람이 있을지도 모르겠다. 아마도 비꼬기 좋아하는 티시베 사람의 신처럼 테스를 지켜 줄 신은 이야기에 열중하고 있었거나 무슨 일에 열중하고 있었거나 여행 중이었거나 그것도 아니라면 잠에서 아직 깨어나지 않았는지도 모른다.〉

사회 자연주의 작가들은 사회 환경을 탐구한다. 인간은 내재적 힘뿐 아니라 외부의 환경, 즉 사회 환경에 지배를 받기 때문이다. 하디는 불가항력적인 우주나 자연만이 인간의 운명을 지배하는 것이 아니라 인간이 만든 도덕적 가치나 사회 제도 역시 사람들을 비극적 운명으로 이끈다고 생각했다. 예를 들자면 테스의 집안은 토지 차용 계약이 3대까지로 되어 있어서 3대손인 아버지가 죽자 나머지 가족은 집에서 쫓겨나는 신세가 된다. 가족이 쫓겨나지 않았더라면 테스가 이렇게까지 비극적인 운명을 맞지는 않았을 것이다.

인습의 굴레에 갇혀 있는 에인절의 이중적 가치관도 테스를 비극으로 몰고 간 요소라 할 수 있다. 그나마 진보적으로 사고하는 것처럼 보이던 그는 테스의 고백을 듣고 갑자기 돌변한다. 테스는 〈제가 당신을 용서해 드린 것처럼 용서해 주세요! 에인절, 저는 당신을 용서해 드렸는데……〉라고 에인절에게 애원하지만 그는 〈어떤 사내나 다 그렇겠지만…… 사회적 지위나 재산, 학식이 있는 아내를 얻겠다는 야심을 버린다면 발그레한 뺨을 얻을 수 있듯 틀림없이 순결한 시골 처녀를 얻을 수 있으리라고 믿었소〉라는 냉혹한 말을 하게 된다. 테스를 순결의 화신으로 여겼는데 그게 아니라서 그녀를 용서할 수 없다는 것이다. 에인절은 종교 문제에는 비교적 합리적으로 대처하지만 여성의 순결 문제에 대해서만큼은 편협한 가치관을 드러낸다.

빈곤 빈곤은 자연주의 문학에서 주요한 주제이다. 자연주의 작가들이 빈곤에 관심을 기울이는 이유는 빈곤이 가져다주는 극단적인 환경 때문이다. 이런 작가들은 빈곤이라는 극단적인 환경에 처해 있을 때 등장인물들이 어떻게 행동하는지를 묘사한다.

테스는 경제력이 없는 술주정뱅이 아버지, 더버빌가에 테스를 보내 이득을 챙기려 하는 어머니 그리고 여섯 명이나 되는 동생들이 있는 가난한 집안의 가장 아닌 가장으로 생존을 위해 몸부림친다. 그녀가 알렉에게 겁탈을 당한 것도 집안이 가난해서였다. 특히 에인절과 별거 후 억척스럽게 살다가 아버지가 죽고 가족이 집에서 쫓겨나 오갈 데 없는 신세가 되고 먹을 것이 없어 씨감자까지 먹어야 하는 극단의 상황에 이르자 알렉이 뻗치는 유혹의 손길을 저버리지 못한다. 빈곤은 그녀에게 불가피한 상황이자 운명적 요인으로 작용하고 있다.

우연 우연성은 자연주의 소설에서 플롯을 구성하는 특징이자 인간의 운명을 결정하는 요인으로 작용한다. 등장인물들은 자신의 의도나 결심과는 무관하게 우연한 사건에 의해 운명이 결정되곤 한다. 독자가 볼 때는 우연한 사건인 것처럼 보이지만 자연주의 문학에서는 우주의 맹목적인 힘에 의해 미리 운명 지어진 것으로 본다. 이처럼 등장인물들은 스스로의 의지가 아니라 자연이 지배하는 우연에 의해 움직여지는 나약한 존재로 묘사된다.

『테스』는 하디의 작품 중에서도 우연이 가장 크게 작용하는 작품이다. 전혀 예기치 못한 사건이 일어나 테스의 삶에 비극적인 영향을 끼치게 된다. 인간의 의지와는 관계없이 일어나는 〈맹목적인 우연〉이 작용하여 그녀의 운명에 커다란 변화를 불러오는 것이다. 그중에서 가장 결정적인 우연을 들자면 테스가 자신의 과거를 고백하는 편지를 방문 밑으로 밀어 넣지만 그만 카펫 밑으로 들어가 에인절이 읽어 보지 못하는 대목이다. 이로 인해 테스의 비극은 절정으로 치닫게 된다. 하디는 인간을 포함한 동식물은 우연에 의해 태어나며, 그 생명체가 태어나는 데 필연적인 이유가 있는 것이 아니라고 보았다. 한 생명이 태어나는 것은 우연한 일이며, 이후의 삶도 우연에 의해 지배받는다는 것이 하디의 생각이다.

『테스』를 둘러싼 논란

『테스』는 출간되자마자 독자들의 입방아에 올랐으며 비평가들의 시비에 휘말렸다. 순결을 잃고 살인까지 저지른 여성 주인공을 옹호하는 입장에서 소설을 썼기 때문에 혐오스럽고 사악한 작품으로 평가되기도 했다. 당시의 도덕적 기준으로 보자면 혼외정사나 불륜 같은 사랑 이야기를 다룰 때 작가는 당사자들이 잘못을 뉘우치고 적당한 대가를 치르도록 만들든지, 그럼에도 뉘우치지 않는다면 완전한 파멸의 구렁텅이 속으로 몰아넣어 〈도덕적 기준〉에 부합시켜야 했다. 그런데 테스는 정식으로 결혼도 하지 않고 사생아를 낳았으며, 또 그런 과거가 있으면서도 다른 남자와 결혼하고 살인까지 저지르게 되었으니 결과적으로 사형을 당하는 것은 당시의 도덕적 기준에서 볼 때 충분한 대가를 치른 것이었다. 그런데 하디가 이런 테스를 두고 오히려 〈순결한 여인〉이라고 규정하고, 그녀의 비극을 본인의 잘못이 아닌 부당한 운명이니 사회적 책임 때문이니 운운하면서 감싸고도니 당시의 독자들로서는 받아들이기가 쉽지 않았을 것이다.

하디는『테스』를 집필할 때부터 이런 비난을 예견했을 것이다. 비난의 화살이 쏟아질 것이 분명한데도 부도덕한 테스를 왜 〈순결한 여인〉으로 그렸을까? 작가는 물론이고 독자들도 테스가 순결을 잃은 것은 강제로 겁탈을 당했기 때문이지 그녀가 의도한 것은 분명 아니라고 생각한다. 이런 상황에서 테스는 평생 죄의식에 갇혀 살아야 하는가? 하디는 그건 아니라고 생각한 듯하다. 겁탈을 당한 이후 테스의 삶을 따라가 보면 왜 하디가 그녀를 〈순결한 여인〉이라 불렀는지 알 수 있다.

테스는 알렉이나 에인절과는 달리 사회 체제가 만들어 낸 억압적인 관습과 편견을 완강하게 극복하고자 하는 인물이다. 비록 알렉한테 겁탈을 당해 미혼모가 되지만 누구보다도 순결한 영혼의 소유자이다. 애절한 사랑은 물론이고 그녀의 역경을 딛고 일어서는 의지와 강인한 생명력은 독자들에게 감동을 줄 수밖에 없다. 그리고 테스는 알렉을 신분 상승의 기회로 이용하지 않는다. 그저 알렉의 현란한 유혹에 순간 넘어간 것뿐이다. 여기서 테스가 어떤 인물인지 보여 주는 장면이 등장한다. 그녀는 진심으로 사랑하지 않기 때문에 알렉의 곁을 떠나야 한다고 생각한다.

테스는 순결을 잃은 것에 대한 죄의식에 사로잡혀 있었지만, 그 죄의식을 극복하고 새롭게 태어난다. 그녀가 직접 아이에게 세례를 주는 장면은 감동적이기까지 하다. 〈소로. 성부, 성자, 성신의 이름으로 그대에게 세례를 주노라. (……) 우리는 이 아기를 받아…… 그 이마에 십자가의 표시를 그리노라.〉 목사가 아닌 사람이 세례를 주는 것은 기독교 정신에 어긋나는 행위이다. 세례는 목사만이 할 수 있다. 하지만 인간이 고통받고 있을 때 구원의 손길을 내밀어야 할 종교가 형식과 인습에 갇혀 제 역할을 하지 못한다면 진정한 복무가 아닌 것이다.

테스가 소로에게 직접 세례를 준 것은 당대의 기독교 정신에 대한 도전이기도 하고, 그만큼 사회적으로 의식화된 인물이 새로운 삶을 추구하고자 하는 자의식의 표출이라고도 볼 수 있다. 이후부터 테스는 사회의 관습에 얽매이지 않고 자연과 더불어 독자적인 삶을 영위해 가고자 한다. 〈지난 한 해 동안에 스쳐 지나간 나날들을 곰곰이 생각해 보았다. 트란트리지의 캄캄한 체이스 숲 속에서 있었던 불행한 파멸의 밤이며, 아기가 태어나던 날과 숨을 거두던 날을 되새겨 보았다. 그러던 어느 날 오후, 테스는 지나간 날들보다 더욱 중요한 날이 남아 있으리라는 생각이 갑자기 들었다.〉 이제 테스는 단순한 시골 아가씨에서 사회의식을 지닌 여성으로 탈바꿈한다. 그리하여 낙농장에서 젖 짜는 일꾼으로, 농장에서는 중노동에 시달리며 고통스러운 현실을 헤쳐 나가는 자기 삶의 개척자로 자리한다. 이런 모습에서 〈가정의 천사〉라는 빅토리아 시대의 여성상과 대치되는 새로운 여성상을 발견하게 된다.

가정의 천사는 빅토리아 시대의 자기희생적이고 가정적이며 이상적인 현모양처의 여성상을 가리킨다. 우리나라의 신사임당 같은 상이랄까. 당시에는 이런 이상적인 어머니이자 헌신적인 아내가 아늑하고 단란한 가정에서 중심적인 역할을 하며 종교적이고 도덕적인 미덕의 원천이 되었다. 테스도 에인절과 아무 탈 없이 결혼 생활을 했으면 가정의 천사가 되었을까? 호손의 『주홍글씨』에서 간음을 한 형벌로 가슴에 A 자를 달고 세일럼 거리를 당당하게 걸어가던 주인공 헤스터 프린처럼 테스 역시 가정의 천사가 아니라 자기 삶의 주도자로서 꿋꿋하게 삶을 개척한다. 하디는 테스를 통해 새로운 여성상을 보여 주며 당대의 성 이데올로기가 지닌 문제점을 비판하고 있는 것이다.

농촌의 붕괴를 다룬 소설

지금까지는 줄곧 테스의 비극을 중심으로 이야기했다. 『테스』가 자연주의 소설이라 테스의 운명이 내재적 의지와 외부적 힘에 의해 이미 그렇게 예정되었다고 앞서 말했다. 그렇다면 테스를 둘러싼 외부적 힘이라고 할 수 있는 사회 환경에 대해 이야기해 보자. 『테스』가 드러내고자 하는 주된 사회 배경이 〈영국 농민층의 파괴〉라고 한다면 테스가 처음에는 알렉에게 순결을 빼앗기고 그다음에는 에인절에게 버림받은 것은 당시 영국 농민층의 역사적 운명을 반영한 것이라고도 볼 수 있다. 알렉이 진짜 더버빌이 아니고 벼락부자로서 귀족을 사칭하고 있다는 사실과 자유농민의 몰락은 테스의 운명과 불가분의 관계를 맺고 있다. 하디는 농촌 경제의 중추적 역할을 하는 중간 계층의 몰락을 누구보다 안타깝게 여긴 작가이다. 그는 이 작품에서 산업화로 인한 자연과 농촌의 파괴와 농촌 공동체의 상실로 인한 인간적 위기를 개탄하고 있었다.

이 소설의 무대가 되는 도셋 지방은 영국에서 상대적으로 낙후된 지역이다. 이 지역은 소규모 생산 양식을 고수하면서 농촌 공동체의 면모를 나름대로 유지하고 있다. 예컨대 테스의 아버지와 같은 소규모 차지농, 목수, 양치기, 대장장이, 제화공 등이 농촌 공동체에서 중심적인 역할을 한다. 한마디로 자본이 유입되기 전 농촌 공동체의 구성원들은 부자는 아니지만 각자가 제 역할을 하면서 그럭저럭 삶을 영위해 나간 것이다. 그러다가 『유토피아』 편에서 살펴보았듯이 인클로저 운동의 여파로 소규모 생산 양식이 서서히 흔들리기 시작하고 19세기 중반에 이르러 소멸의 길을 걷기 시작하면서 소규모 차지농과 대장장이 같은 장인 계층 역시 쇠퇴의 길을 걷게 된다. 이들은 농업 노동자로 내몰리거나 도시로 이주해 공장 노동자, 이도 저도 아니면 빈민으로 전락해 떠돌이가 되어야 했다. 결과적으로 이러한 사회 변화는 농촌 사회의 삶을 파괴시켰으며, 가장 피해를 본 계층이 농민 계층이었다.

『테스』는 가부장적 농촌 공동체가 근대적 자본주의 영농 방식으로 이행되는 시대 상황을 배경으로 하고 있다. 대규모 영농 방식이 도입되자 차지농, 상인, 장인으로 구성된 농촌의 중간 계층이 와해되어 농촌 공동체가 사라지게 된다. 테스의 아버지는 집과 터에 대한 종신 차용권을 지닌 종신 차지농으로 농사는 짓지 않고 행상으로 생계를 유지하는 중간 계층에 해당된다. 그런데 테스의 아버지가 죽자 가족은 집에서 쫓겨나고 만다. 그 이유는 하디의 입을 빌리면 〈집과 토지의 임대차 계약 기간이 3대로 명시되어 있었는데, 그 3대째가 바로 테스의 아버지 더비필드였던 것이다〉. 테스의 아버지가 죽으면서 자동으로 계약이 만료된 것이다. 그들의 유일한 생계 수단인 말이 죽고, 종신 차지농인 아버지까지 죽는 바람에 테스의 가족은 토지와 가옥을 박탈당하고 오갈 데 없는 신세가 된다.

이렇게 몰락해 가는 농촌의 중간 계층에 속해 있다는 사실은 테스의 비극에서 중요한 의미를 지닌다. 그녀가 겪어야 하는 경제적 압박에 여성으로서 겪어야 하는 성적인 압력이 더해져 운명적으로 치닫게 된다. 만일 아버지가 죽고 나서도 농촌 공동체 속에서 종신 차용권을 갱신할 수 있었더라면 테스는 그 집에 그대로 살았을 것이다. 그렇다면 농업 노동자로 내몰리지 않았을 테고, 더버빌가에 일하러 가서 알렉에게 유린을 당하지 않았을 것이다.

하디는 산업 자본주의의 도래로 농촌 공동체가 파괴되고 테스의 가족과 같은 계층이 삶의 공동체로부터 추방당해 농업 노동자로 내몰리는 것을 누구보다도 안타까워한 작가였다. 그는 산업화 과정에서 졸지에 부자가 된 알렉의 집안과 같은 자본가들이 시골의 전통적인 명문가의 족보를 도용해 버젓이 귀족 행세를 하는 비윤리적인 행태를 참을 수 없었다. 그리하여 『테스』에서 영국 농민층의 파괴를 그리며, 테스가 알렉과 에인절에게 희생당하는 것이 당대 영국 농민층의 역사적 운명과 불가분의 관계를 지니고 있다는 점을 드러내고자 했다. 이런 점에서 『테스』는 당대의 산업 사회가 농촌 경제에 끼친 핵심적 변화들을 뛰어나게 재현한 리얼리즘 소설로도 평가할 수 있다. 리얼리즘의 관점에서 보면 『테스』의 핵심 주제는 개인의 비극보다는 영국 농촌 사회의 붕괴일 수 있다. 그리고 영국 농촌 사회의 붕괴는 테스를 비극적인 운명으로 몰고 가게 하는 요인인 외부적 힘, 즉 사회 환경에 해당된다.

알렉과 에인절은 어떤 사람인가

알렉은 테스를 겁탈해 비극으로 몰고 가는 악한이고, 에인절은 테스의 과거를 용서하지 못하다가 뒤늦게 자신의 행위를 뉘우치고 다시 그녀를 받아 준 선한 인물인가? 찬찬히 뜯어보면 하디는 알렉을 악이라고, 에인절을 선이라고 이분법적으로 구분하지 않았다. 테스와 알렉, 테스와 에인절의 관계도 멜로드라마의 도식적인 남녀 관계로 전개하는 대신 앞서 말한 농촌 공동체의 변화와 성 이데올로기라는 맥락에서 이끌고 있다.

『테스』를 아무리 읽어 보아도 작가가 테스를 부도덕한 여인이라고 비난하는 부분은 찾을 수 없다. 이상하리만치 테스는 불쌍하고 가련한 운명의 희생자라는 생각만 든다. 열심히 살려고 아무리 노력해도 뭔가에 씌었는지 꼭 무슨 일이 일어나고, 그 일은 그녀에게 비극적인 영향을 미치게 된다. 하디가 테스를 이런 식으로 묘사한 이유는 시골에서 흔히 볼 수 있는 마을 총각들과 처녀들 사이의 염문, 결혼, 파탄 등 멜로드라마에 그치지 않고 당대 남성 중심의 성 이데올로기를 비판하기 위함이다.

알렉이라는 인물은 산업 자본주의 사회의 최대 수혜자이다. 그는 잉글랜드 북부 지방에서 장사로 돈을 모아 남부로 이주한 뒤 가짜 귀족 행세를 하는 졸부 집안의 자손이다. 자연주의 관점에서 보자면 부도덕하고 야만스러운 피를 물려받은 셈이다. 그렇다 보니 물질의 힘과 가부장적 사고에 젖어 테스를 처음부터 자신의 육체적 욕망을 충족시키기 위한 대상으로만 간주한다. 알렉이 테스를 유혹하기 위해 딸기를 따서 꼭지를 잡은 채 그녀의 입에 갖다

대는 장면이 있다. 처음에는 〈싫어요. 제 손으로 먹겠어요〉라고 말하지만 결국 테스는 〈입을 벌려 그것을 받아먹었다〉. 여기서 테스는 알렉의 강요를 뿌리치지 못한다. 『폭풍의 언덕』에서 호불호가 분명한 말괄량이 캐서린이라면 알렉에게 봉변을 가했을지도 모를 일이다. 알렉의 집에 일하러 온 처지이기도 하고, 당대의 사회적인 인습으로 인해 알렉의 강요와 유혹을 분명하게 거절하는 것은 테스의 성격으로 미루어 보아 쉬운 일이 아니었을 것이다.

그리고 진보적인 청년으로 묘사되는 에인절은 천사로 다가와 모든 허물을 용서해 줄 것 같았지만 결혼식 날 밤에 테스가 과거를 고백하자 돌연 용서하지 못하는 이중적 태도를 드러낸다. 에인절은 도시 문명의 경제적이고 사회적인 관습에서 탈피하여 자연과 더불어 살고자 하는 인물로 비치지만, 결국 자신이 속한 계층의 한계를 벗어나지 못하는 인물이다.

하디는 알렉을 통해 산업화 과정에서 돈은 벌었지만 그에 걸맞은 인간성 추구에는 실패한 당대의 물질주의에 대한 비판을 보여 주고, 당대와 같은 과도기적 삶의 현실에서 계층에 대한 편견을 떨쳐 버리고 새로운 도덕관을 형성하는 것이 얼마나 어려운 일인가는 에인절을 통해 보여 준다. 테스는 알렉으로부터 육체적으로 유린당하고 에인절로부터 정신적으로 괴롭힘을 당한다. 알렉은 테스를 성적 대상물로만 취급하고 에인절은 그녀를 아르테미스에 비유하며 지나치게 이상화해 기독교적 가치관에 가두어 버린다. 당시의 기독교적 가치관에 따르면 여성은 〈순결해야 하며 남성의 도덕적 안내자〉가 되어야 한다는 것이다. 신사 신분으로 누릴 수 있는 이득을 전부 포기했으므로 당연히 그 대가로 순결한 농촌 처녀를 신부로 얻어야 한다고 당당히 말하는 에인절의 태도는 순수하지 못한 데다가 위선적이기까지 하다. 에인절과 같이 선진적 사상과 진보적 태도를 지닌 젊은이조차도 자신과 관련된 여성에 대해서는 철저히 남성 중심의 성 이데올로기에 머물러 있음을 보여 준다.

테스는 왜 알렉을 죽였을까

테스가 알렉을 죽인 이유는 물론 자신을 겁탈한 자를 징벌하기 위한 것이기도 하고, 에인절과 사랑을 완성하기 위한 것이기도 하다. 테스는 에인절과 함께 도피 생활을 하면서 결연한 의지로 살인에 대한 책임을 지겠다고 말한다. 스톤헨지에서 경찰에게 〈자, 저를 묶으세요〉라고 당당히 말하는 대목에서도 그녀의 의지를 읽을 수 있다. 이는 아르테미스니 천사니 하면서 온갖 찬사를 마다하지 않던 에인절이 그녀가 순결을 잃었다는 말을 듣고 돌변해 버린 데 대한 항거인 동시에 그간 사로잡혀 있던 죄의식을 떨쳐 버리기 위한 적극적인 행위는 아닐까? 하디의 입장에서는 순결을 빼앗은 남성을 죽이는 행위는 남성 중심의 성 이데올로기에서 벗어나고자 하는 상징적 행위로도 볼 수 있다. 테스가 알렉을 죽이고 에인절의 품으로 돌아와 오열하는 대목은 이 소설에서 가장 가슴 아픈 부분이면서 테스의 비극적 운명을 잘 정리해 주는 대목이다.

하지만, 당신을 위해서 그리고 나 자신을 위해서도 그랬어야 했어요. 오래전, 내가 장갑으로 그 사람의 입을 쳤던 그 순간부터 나는 순진했던 어린 시절 그 사람이 내게 쳐놓았던 덫과 날 통해 당신에게 못되게 굴었던 것에 대해 언젠가는 이런 일을 할지도 모른다는 두려움이 있었어요. 그 사람은 우리 사이에 끼어들어서 우릴 망쳐 놓았지만, 이제 더 이상 그럴 수 없을 거예요. (……) 왜 떠나셨나요? 제가 그렇게 당신을 사랑했는데 왜 그러셨어요? 당신이 왜 그러셨는지 전 도저히 이해가 가지 않아요. 그러나 당신을 비난하는 건 아니에요. 다만, 에인절, 이제 그 사람도 죽였으니 당신에게 저지른 제 죄를 용서해 주실래요? (……) 당신이 날 사랑하지 않는다는 걸 제가 얼마나 못 견뎌 하는지 당신은 모르세요! 이제 말씀해 주세요, 사랑하는 남편이여. 그를 죽였으니, 이제, 날 사랑한다고 말해 주세요![25]

문학의 줄기를 잡는 노트

『테스』는 시골 지방의 남녀 연애사를 중심으로 이야기가 전개되지만 그 안에는 직간접적으로 영국 산업화와 농촌 공동체의 변화가 사실적으로 묘사되어 있다. 이 작품은 자연주의의 특성을 이용하여 테스의 비극을 결정론적으로 다룸으로써 문학의 예술성을 한층 끌어올린다.

하디가 이렇게 남녀의 사랑 이야기를 비극적으로 다룬 이유는 19세기 말의 시대 풍조와 깊은 관계가 있다. 당시는 빅토리아 시대의 번영과 희망의 분위기가 정점에 도달한 뒤 서서히 쇠퇴의 길을 걷던 시기였다. 산업화의 부정적 영향이 불거져 나오기 시작했다는 뜻이다. 『테스』는 이러한 19세기 말의 특징적인 시대정신을 수준 높게 재현했다고 할 수 있다.

하디는 테스라는 순결한 여성을 등장시켜 산업화에 따른 영국의 전통적인 농촌 공동체의 변화가 몰고 온 농민층의 파괴라는 주제를 유감없이 보여 준다. 알렉이 테스를 유혹하고 숲에서 겁탈한 것은 개인적으로 보면 당시 영국 사회의 지배 계층이 노동계층을 이용하고 착취하는 과정으로 해석할 수 있으며, 사회적으로 보면 산업화가 농촌을 파괴하고 유린하는 과정을 상징적으로 내포하고 있다고 말할 수 있다.

14장 돈에 집착하는 현실주의자와
낭만을 좇는 갑부:
프랜시스 스콧 피츠제럴드의
『위대한 개츠비』

「결국 개츠비가 옳았다.」

지금까지 세 편의 러브 스토리를 살펴보았다. 『젊은 베르테르의 슬픔』에서 베르테르와 로테, 『폭풍의 언덕』에서 히스클리프와 캐서린 그리고 『테스』에서 테스와 에인절은 모두 맺어지지 못한 채 비극으로 끝났다. 이제 미국으로 건너가 비극적인 러브 스토리를 한 편 더 꺼내 볼까 한다. 바로 개츠비와 데이지의 이루어질 수 없는 사랑을 그린 피츠제럴드의 『위대한 개츠비』이다. 데이지를 향한 개츠비의 사랑은 캐서린을 향한 히스클리프의 사랑만큼이나 지독하고 희생적이다. 어떻게 보면 이 인물들의 헌신적 사랑에는 닮은 구석이 많다. 언쇼 가문에서 학대받고 자란 히스클리프는 캐서린을 좋아하지만 가난하다는 이유로 버림받고 가출한 후 돈을 많이 벌어 다시 폭풍의 언덕에 오지만 캐서린은 이미 다른 남자와 결혼한 뒤이다. 농사꾼의 아들 개츠비 역시 가난한 군인 신분으로 데이지를 사랑하지만 무일푼이라는 이유로 외면당하고 도시로 가서 부자가 되어 돌아오지만 데이지는 돈 많은 남자의 아내가 되어 있다. 히스클리프는 자신을 이렇게 만든 언쇼가와 린턴가에 복수를 하는 반면 개츠비는 자신의 부를 이용해 화려한 파티를 열며 데이지를 차지하려고 몸부림치는 것이 다를 뿐이다.

캐서린의 무덤을 파헤쳐 관을 붙들고 울부짖는 히스클리프와 자동차로 사람을 치어 죽인 데이지의 죄를 대신 뒤집어쓰는 개츠비, 〈지독한 사랑〉이라는 기준으로 볼 때 독자들은 히스클리프와 개츠비 중 누구에게 표를 던지겠는가? 물론 둘의 사랑은 분명 비현실적이다. 현실 너머 이상을 꿈꾸는 것이 낭만주의라 했다. 현실 세계에서는 실현될 수 없는 낭만적이고 이상적인 그들의 사랑에 독자들이 감동하는 이유는 사회의 인습이나 제도에 얽매여 그런 사랑을 꿈꿀 수는 있어도 실현하기가 어렵기 때문일지 모른다. 대리 만족이라 할까? 인간은 항상 현실 너머 이상을 꿈꾸는데 현실의 제약 때문에 그것을 유보할 뿐이다. 따라서 그들의 사랑이 아무리 비도덕적이고 비윤리적이라 해도 독자는 그들의 사랑에 수긍하고 때에 따라서는 박수갈채를 보내기도 하는 것이다.

『위대한 개츠비』는 포크너, 헤밍웨이와 더불어 〈20세기 미국 소설의 삼총사〉로 불리는 피츠제럴드가 1925년에 출간한 소설이다. 이 작품은 미국의 출판사 랜덤하우스가 〈20세기 영문 소설 백선〉 중에 2위로 선정할 만큼 〈현대 고전〉의 반열에 올랐다. 더욱이 무려 다섯 번이나 영화로 만들어져 작품의 인기를 높이는 데 톡톡히 한몫했다. 특히 1974년에 개봉한 영화에서 개츠비 역을 맡은 로버트 레드퍼드Robert Redford는 우수어리고 신비로운 인상을 강렬하게 심어 주었고, 2013년에 개봉한 영화에서는 화려한 파티의 빛나는 조명 아래에 서 있는 리어나도 디캐프리오Leonardo DiCaprio의 눈빛에서 개츠비의 암울한 그림자를 엿볼 수 있다.

위대한 작품이 종종 그렇듯이 『위대한 개츠비』도 출간 당시 비평가들의 평가는 대체로 호의적이었지만 대중으로부터 이렇다 할 인기를 끌지 못했다. 초판이 발행되고 5년이 지나고 나서야 2쇄를 찍었는데 판매가 신통치 않아 작가가 죽을 때까지 책 대부분이 창고에 쌓여 먼지만 뒤집어쓰고 있었다고 한다. 그러다가 1940년 피츠제럴드가 죽은 후 그에 대한 전기가 나오면서 작품에 대한 재평가가 이루어져 관심을 불러일으켰다. 정작 이 소설의 인기에 결정적 역할을 한 것은 따로 있었다. 제2차 세계 대전 당시 미국 정부는 『위대한 개츠비』를 15만 부 이상 사들여 전 세계 미군들에게 진중 문고로 공급했다. 전쟁 막사에서 이 작품을 읽은 군인들은 사랑의 순애보에 공감하고 개츠비에게 동병상련을 느끼며 전쟁의 고단함을 씻을 수 있었다.

소설의 숲속으로

이야기는 닉 캐러웨이라는 인물의 일인칭 관찰자 시점으로 전개되며 시간적 배경은 1922년 초여름이다. 뉴욕시 롱아일랜드의 가상 공간인 〈웨스트 에그〉와 〈이스트 에그〉를 공간적 배경으로 한다. 닉은 데이지의 남편인 톰 뷰캐넌의 친구이고 데이지의 친척 오빠이며 개츠비의 이웃이다. 그는 이들을 연결해 주는 매개자 역할을 하는 동시에 이들이 벌이는 〈사건〉의 목격자가 되어 독자들에게 이야기를 전해 준다.

닉은 예일 대학을 졸업하고 제1차 세계 대전에 참전한 후 주식 채권에 관한 기술을 배우기 위해 고향을 떠나 뉴욕 동부의 웨스트 에그라는 곳에 집을 빌려 살게 된다. 그는 웨스트 에그보다 부유한 지역인 이스트 에그에 살고 있는 예일대 동창인 톰과 그의 아내인 데이지 그리고 톰의 친구이자 전 골프 선수인 조던 베이커를 만난다. 톰은 자동차 수리소 주인 조지 윌슨의 아내 머틀과 부적절한 관계를 맺고 뉴욕의 아파트에서 밀회를 즐기곤 한다.

그러다가 닉은 이웃에 사는 개츠비와 친구가 된다. 개츠비는 매일 밤 호화로운 파티를 여는 엄청난 부자이다. 매주 토요일 수백 명의 사람이 개츠비의 집에 불나방처럼 몰려든다. 하지만 파티에 참석한 사람 중에 개츠비의 과거를 정확히 아는 사람은 아무도 없다. 나중에 개츠비는 닉에게 자신이 옛 애인이었던 데이지를 만나기 위해 이런 파티를 연다고 고백한다. 오래지 않아 닉의 주선으로 개츠비는 데이지와 재회하게 된다.

닉은 톰의 집에서 만난 베이커로부터 개츠비와 데이지의 관계에 대해 듣게 된다. 개츠비는 가난한 농부의 아들로 태어났다. 그는 군인이 되어 어느 파티장에서 데이지를 보고 한눈에 반한다. 하지만 둘은 신분과 빈부의 격차로 맺어지지 못한다. 개츠비가 전쟁에 참전하면서 연락이 끊기고 데이지는 부유한 톰과 결혼하게 된다. 결혼 후 톰은 바람을 피우지만 데이지는 사치스러운 삶을 유지하기 위해 모른 체하며 살아간다.

닉은 개츠비의 본명이 〈개츠〉라는 사실과 그의 과거사를 알게 된다. 전쟁에서 돌아온 개츠비는 금주령이 제정되자 주류 밀매로 막대한 돈을 번다. 그는 환심을 사서 데이지를 되찾기 위해 웨스트 에그의 거대한 저택에서 연일 화려한 파티를 연다. 그리고 화려함과 파티를 좋아하는 데이지가 언젠가는 자신의 품으로 돌아오리라는 꿈을 꾼다.

그러나 데이지가 어떤 인물인가? 돈을 위해서라면 사랑도 헌신짝처럼 버리는 그런 위인이 아닌가. 재회의 순간에도 그녀는 개츠비가 보여 주는 값비싸고 화려한 영국제 셔츠들을 보면서 〈와이셔츠가 너무너무 아름다워요. 슬퍼요. 이렇게, 이렇게 아름다운 셔츠를 본 적이 없어요〉라고 흐느낀다. 화려하고 사치스러운 삶이 그녀의 전부이다. 톰이 그녀에게 35만 달러짜리 진주 목걸이를 선물하고 호화롭기 그지없는 결혼식을 올리지 않았던가.

어느 날 데이지와 닉이 있는 자리에서 톰과 개츠비가 한바탕 말다툼을 벌인다. 개츠비는 톰에게 〈당신의 아내는 당신을 사랑하지 않습니다. 그녀는 나를 사랑합니다〉라고 말한다. 계속해서 개츠비는 〈데이지가 당신과 결혼한 것은 가난한 나를 기다리는 데 지쳤기 때문입니다. 데이지는 나 이외에 누구도 진심으로 사랑한 적이 없습니다〉라고 말하며 데이지가 지난 5년간의 결혼 생활을 잊고 자신에게 돌아와 주길 바라는 마음을 내비친다. 그러자 톰은 개츠비의 뒷조사를 하고는 그가 주류 밀수업자였다고 폭로한다. 이때 데이지는 〈나는 한때 톰을 사랑했어요. 그러나 당신도 사랑했어요〉라며 모호한 태도를 보인다. 데이지와 개츠비가 어색한 사이라는 걸 알아차린 톰은 개츠비에게 데이지와 같은 차를 타고 집으로 돌아가도 좋다고, 그래도 둘 사이에는 아무 일도 없을 거라고 말하며 개츠비를 비웃는다.

한편 자동차 수리공 윌슨은 아내 머틀이 불륜을 저지르고 있다는 것을 알아내고 그녀와 말다툼을 한다. 그 와중에 머틀이 어둠 속에서 뛰쳐나오다가 개츠비와 데이지가 타고 있던 차에 치여 죽고 만다. 운전은 데이지가 하고 있었다. 톰은 조던, 닉과 함께 뒤따라오다가 교통사고가 나서 애인 머틀이 차에 치여 죽었다는 것을 알게 된다. 톰은 개츠비에 대한 적개심에 가득 차서 윌슨에게 머틀이 개츠비의 차에 치였다고 말하고 개츠비의 집을 알려 준다. 그러고는 데이지와 함께 여행을 떠날 준비를 한다. 윌슨은 개츠비가 자기 아내의 정부라고 의심하고 있던 차에 톰의 이야기를 듣고 개츠비의 집으로 향한다.

그 시각 개츠비는 자신의 집 수영장에서 튜브를 타고 둥둥 떠다니고 있었다. 그는 데이지가 더 이상 자신을 사랑하지 않는다는 생각으로 우울했지만 그래도 데이지의 전화를 기다리고 있었다. 그때 윌슨이 다가와서 총을 쏴 개츠비를 죽이고 자기도 자살한다. 그렇게 인맥이 넓고 호화로운 파티를 열던 개츠비가 죽자 그의 장례식에 참석한 사람은 개츠비의 아버지 개츠와 집사 몇 명, 닉이 전부였다. 장례식을 마치고 동부의 삶에 환멸을 느낀 닉은 뉴욕을 떠나 중서부로 돌아간다.

고전의 조건

『젊은 베르테르의 슬픔』, 『폭풍의 언덕』, 『테스』를 떠올려 보자. 세 작품은 젊은 남녀 간의 비극적 사랑을 그린 연애 소설이다. 이 소설들이 당대의 통속 소설에 그치지 않고 오늘날까지 고전으로 남아 독자들에게 감동을 주는 이유는 무엇일까? 물론 시대를 뛰어넘는 문학의 보편성이 내재되어 있기도 하지만, 그 연애 이야기의 요소요소에 사회적이고 역사적인 함의를 담은 내용이 깔려 있기 때문이다. 예컨대 『젊은 베르테르의 슬픔』에는 당대의 사회 현상인 질풍노도와 계몽주의라는 문학 정신이 반영되어 있고, 『폭풍의 언덕』에는 당대의 계급 문제라든지 경제 문제가 재현되어 있으며, 『테스』에도 〈영국 농민층의 파괴〉라는 당대의 사회 문제가 등장한다.

다시 질문을 해보자. 소설은 재미가 먼저인가, 작가의 세계관을 드러내는 문학적 메시지가 먼저인가? 답하기가 쉽지 않다. 소설은 허구의 작품인 관계로 재미가 있어야 하고, 또 현실을 반영한다는 측면에서 사회성과 역사성이 있어야 한다고 주장하면 어떨까? 책방에 가보면 독자들의 얄팍한 감성을 자극하는 연애 소설이 쌓여 있다. 대부분은 쾌락과 재미만 추구하지 작가의 세계관을 드러내는 경우는 극히 드물다. 그런 소설들은 얼마 안 가 서가에서 자연적으로 사라지고 또 다른 연애 소설이 그 자리를 채운다. 그러나 그런 소설 중에서 살아남는 책은 고전의 범주에 속하게 된다. 앞선 세 작품에서 보듯이 연애를 다루고는 있지만 사회성과 역사성을 담보해 훌륭한 예술적 성취를 이루어 냈기 때문이다.

『위대한 개츠비』는 내용 면에서 통속 소설에 지나지 않는다. 앞서 언급된 세 소설과 비교해도 평범한 연애 이야기에 불과하다. 그런데 이 통속 소설을 통속 소설에 그치지 않게 하는 것이 있다. 바로 작품의 사회성과 예술성이다.『위대한 개츠비』를 진정 위대하게 만든 것은 데이지를 향한 개츠비의 순수하고 이상적인 사랑만이 아니다. 이 작품은 제1차 세계 대전 직후 소위 〈재즈 시대〉라 일컬어지는 미국의 1920년대 사회상을 생생하게 재현하고 있다. 〈1920년대 미국을 모르면 개츠비를 논하지 말라〉는 말이 있을 만큼 당대 미국의 삶을 제대로 이해하려면 『위대한 개츠비』를 반드시 읽어야 하는 것이다.『위대한 개츠비』 하면 재즈 시대와 아메리칸드림이 떠오를 수밖에 없기 때문이다. 이 두 가지 키워드를 중심으로 이야기를 해볼까 한다. 또한『위대한 개츠비』를 읽다 보면 떠오르는 궁금증이 있다. 제목에서 개츠비가 위대하다고 했는데, 아무리 생각해도 위대한 구석이 없는데, 개츠비는 정말로 위대한가? 그렇다면 그 이유는 무엇인가? 이 문제에 대해서도 이야기를 해보자.

재즈 시대

미국에서 재즈 시대는 제1차 세계 대전이 끝난 다음 해인 1919년부터 대공황이 시작된 1929년까지를 말하는데 대체로 1920년대를 가리킨다. 재즈는 미국 동남부의 뉴올리언스 지방에 기반을 둔 음악 장르로 전후에 많은 재즈 뮤지션들이 북부로 이동하면서 이 장르가 미국 전역에 유행하게 되었다. 1차 대전의 종전으로 그간 억눌렸던 젊은이들이 자유분방한 재즈 음악을 들으며 광란의 춤을 추면서 쾌락적 욕구를 해소했으며, 여성들은 전통적인 긴 치마를 벗어 던지고 짧은 스커트를 입으며 머리를 짧게 자르기 시작했다.

미국에서 1920년대는 〈광란의 20년대〉라 불릴 만큼 번영과 환락이 극에 달한 시대였다. 그간 억눌렸던 쾌락의 욕구를 풀겠다는 듯 자유분방한 재즈와 더불어 〈찰스턴Charleston〉이라는 사교춤이 유행했다. 경제적으로 파산을 맞이한 유럽과는 달리 미국의 재즈 시대는 피츠제럴드도 말하고 있듯이 〈미국의 역사에서 가장 화려하게 흥청거리던〉 시대였다. 이 시대의 키워드는 〈돈〉과 〈쾌락〉이고 캐치프레이즈는 〈소비가 미덕〉이다. 주가는 뛰었고, 대량 생산 체제로 공산품이 쏟아져 나왔다. 재즈 음악은 감각적 쾌락의 상징이었고, 『위대한 개츠비』에 등장하는 자동차는 부의 상징이었다. 이렇게 재즈 시대는 정신보다는 물질을 추구하려는 경향이 극에 달해 향락주의가 빚은 타락의 시대였다. 『위대한 개츠비』의 화자인 닉 역시 〈내가 아는 사람은 전부 채권 사업에 종사하고 있었다. 그러나 한 사람 더 이 사업에 뛰어들어도 별문제는 없을 것 같았다〉라고 생각하며 채권 사업을 배우기 위해 동부로 온다. 이곳에서 닉이 목격한 개츠비의 사치스러운 파티며 물질의 노예가 된 톰과 데이지의 도덕적 타락과 무질서야말로 재즈 시대가 낳은 시대의 산물이다.

플래퍼

재즈 시대는 여성들의 사회적 지위가 높아지기 시작한 성 혁명의 시대이기도 했다. 이 시대에는 선거권 획득이라는 정치적 여권 신장뿐 아니라 사고와 생활 면에서도 획기적인 변화가 일어나면서 여성들도 적극적으로 사회 활동을 하기 시작했다. 1920년대 재즈 시대의 자유분방하고 젊은 여성들을 〈플래퍼Flapper〉라 부른다. 남성 사회의 굴레와 사회적 억압에서 벗어나 유행의 첨단을 걷던 여성을 말한다. 우리말로는 〈말괄량이 아가씨〉 정도로 보면 무방할 것이다. 이들은 전통적인 여성들과는 사뭇 달랐다. 남자처럼 머리를 짧게 깎고, 긴 치마 대신 짧은 스커트를 입고, 얼굴을 하얗게 화장하고, 입술을 붉게 칠하고, 머리를 완전히 감싸는 종 모양의 클로슈 모자 같은 것을 쓰고 다녔다. 또한 이들은 담배를 물고 색소폰 소리에 몸을 흔들어 대며 직접 운전을 했다. 당시에는 플래퍼에 대해 〈시대를 선도하는 적극적이고 자유분방한 여자〉라는 긍정적 의미보다는 〈좀 노는 여자〉를 뜻하는 부정적 의미가 더 강했다. 우리나라의 〈신여성〉과 마찬가지인 셈이다. 『위대한 개츠비』에서 데이지와 조던 베이커가 플래퍼를 상징하는 인물이다.

빛이 있으면 그늘이 있기 마련이다. 재즈 시대의 젊은이들은 전통문화에 대한 저항으로 재즈 음악에 심취하며 육체적 쾌락을 즐겼다. 그러다 보니 정신과 절제는 당연히 뒷전으로 밀려나 정신의 빈곤 현상이 나타났다. 물질의 풍요 속에 정신이 빈곤한 시대가 도래한 것이다. 그래서 헤밍웨이를 중심으로 〈잃어버린 세대〉라는 작가 집단이 생겨나기도 했다. 앞서 『노인과 바다』 편에서 이야기했지만 이 시대의 젊은 작가들은 전후 사회에 환멸을 느껴 절망과 허무감을 문학에 반영했다. 그중에서도 피츠제럴드는 1920년대 젊은이들의 삶을 가장 잘 그린 작가로 평가받고 있다.

아메리칸드림

『위대한 개츠비』를 위대하게 만든 또 하나의 키워드는 이 소설에 녹아 있는 아메리칸드림이다. 1620년 영국의 종교 탄압을 피하여 102명의 청교도인 〈필그림 파더스Pilgrim Fathers〉가 〈메이플라워호〉를 타고 영국을 떠나 대서양을 건너 신대륙에 도착한 것이 아메리칸드림의 기원이다. 아메리칸드림에는 두 가지 의미가 있다. 개인적인 의미로는 〈기회의 땅 미국에서 온갖 어려움을 이겨 내고 크게 성공하는 일〉을 가리키며, 사회적 의미로는 〈미국적인 이상 사회를 이룩하려는 꿈, 즉 자유·평등·민주주의의 이상향으로서의 미국〉을 가리킨다. 종교 박해를 피하고 일자리를 구하기 위해 왔던 미국은 처음부터 자유와 기회의 땅으로 인식되었다. 이것이 아메리칸드림으로 형상화되었으며, 미국에서는 계급·종교·인종·민족의 제한 없이 근면과 자유로운 선택을 통해 삶의 목표를 추구하고 실현할 수 있다는 소망이 되었다.

아메리칸드림이라는 문구는 미국의 사학자인 제임스 트러슬로 애덤스James Truslow Adams가 1931년에 발표한 『미국의 서사시 *The Epic of America*』라는 책에서 처음 사용되었다. 이 책에서 애덤스는 〈모든 사람이 풍족하고 값진 삶을 살고, 각자의 능력과 성취한 바에 따라 기회가 제공되는 땅에 대한 꿈〉이 바로 아메리칸드림이라고 말했다. 이 아메리칸드림을 대중화시킨 이는 〈최초의 미국인〉이라는 평가를 받는 벤저민 프랭클린Benjamin Franklin이다. 그는 『자서전The Autobiography of Benjamin Franklin』이라는 책에서 절제, 침묵, 질서, 결의, 절약, 근면, 성실, 정의, 중용, 청결, 평온, 순결, 겸손이라는 열세 가지 덕목을 미국인들이 추구해야 할 아메리칸드림의 성취 조건으로 제시한다. 이러한 덕목을 바탕으로 성공한 사람을 〈셀프메이드 맨self-made man〉이라 부른다. 한마디로 물려받은 재산 한 푼 없이 오직 성실, 근면, 노력으로 가난의 역경을 이겨 내고 재산을 모아 집안을 일으킨 사람이다. 프랭클린은 아메리칸드림을 말할 때 사회적 의미보다는 개인적 성공에 무게를 두었다. 이를 시작으로 아메리칸드림은 도덕적으로 무장하고 성실, 근면한 개인이라면 누구든지 물질적 성공을 성취할 수 있다는 쪽으로 나아가게 되었다.

그런데 세월이 흐르면서 근면과 성실에 의해 물질적 성공 신화를 일구어 내는 아메리칸드림의 근본 정신은 수단과 방법을 가리지 않고 돈을 벌어 물질적 성공만을 거두는 것으로 세속화되고 변질되었다. 아메리칸드림의 붕괴가 시작된 것이다. 19세기 말부터 빛을 잃기 시작한 아메리칸드림은 제2차 세계 대전 이후 그 정신이 처참하게 무너지고 만다. 성실과 근면, 정직하면 누구나 성공할 수 있다는 믿음은 공허한 메아리에 불과하게 되었다. 개츠비의 장례식에서 그의 아버지가 어릴 적 개츠비가 적어 놓은 생활 일과표를 닉에게 보여 주는 장면이 있다. 어릴 적만 해도 개츠비는 프랭클린식 삶의 방식을 따르려고 했다는 아메리칸드림의 정신을 잘 보여 주는 장면이다. 어린 개츠비는 책 뒤표지 안쪽 면지에 〈1906년 9월 12일〉이라는 날짜와 함께 이런 계획표를 적어 놓는다.

기상 ······································ 오전 6:00

아령 들기, 벽 타기 ······················ 오전 6:15~6:30

전기학, 기타 공부 ······················· 오전 7:15~8:15

일 ····································· 오전 8:30~오후 4:30

야구, 운동 ···························· 오후 4:30~5:00

웅변과 자세 연습, 실전훈련 ············· 오후 5:00~6:00

발명을 위한 공부 ······················ 오후 7:00~9:00

일반적인 결심

새프터스나 □(읽을 수 없는 장소 이름)에서 시간 낭비하지
않기

담배를 피우거나 씹지 않기

이틀에 한 번 목욕하기

매주 교양 서적이나 잡지 한 권 읽기

매주 5달러(줄을 그어 지움) 3달러씩 저금하기

부모님께 더 잘하기[26]

어린 개츠비의 성공에 대한 인식은 프랭클린식의 건강한 정신에 기초하고 있다. 하지만 그는 성장하면서 오직 물질적 성공만이 — 그것도 수단과 방법을 가리지 않는 성공만이 — 최고의 가치라고 생각하게 되면서 아메리칸드림과 거리가 멀어지게 된다. 그가 살았던 재즈 시대에는 아메리칸드림이 더 이상 유효하지 않았고, 어떻든 간에 물질적 성공만 하면 되었다. 가난하다는 이유로 데이지에게 버림받은 개츠비 역시 물질적 성공만 거두면 데이지를 되찾을 수 있다는 환상에 빠져 있었다. 그래서 그는 조직폭력배 밑에 들어가 금주법 시대에 술을 밀매하여 돈을 벌고 부자가 되어 데이지 앞에 나타난다. 그의 절대적 소망은 가난 때문에 빼앗기고 만 첫사랑 데이지를 되찾아 오는 것이다. 그는 5년 전의 과거를 그대로 재현하고자 한다. 닉이 개츠비에게 과거란 되돌릴 수 없는 것이라고 말하자 개츠비는 〈과거를 되돌릴 수 없다고요? 아니, 되돌릴 수 있어요!〉라고 말하며 현재와 과거, 사랑과 욕망을 혼동하는 왜곡된 환상에 빠지게 된다. 연일 호화로운 파티를 열며 데이지가 자신에게 돌아오기를 기다리는 개츠비의 꿈은 점점 환상 속으로 멀어져 간다. 그가 한때 사랑했던 데이지는 이제 지고지순한 첫사랑이 아니라 천박한 속물로 전락했기 때문이다.

개츠비에 대한 상반된 평가
여기서 개츠비에 대한 두 가지 상반된 평가가 가능하다. 하나는 소설의 서두에서 닉이 개츠비를 두고 〈고양된 감수성〉을 가지고 있고 〈희망을 향한 비상한 재능〉이 있으며 〈낭만적 감응력〉이 있다고 평가하면서 〈결국 개츠비가 옳았다〉라고 말하는 데에서 추측할 수 있다. 닉의 말을 정리해 보면 개츠비는 재즈 시대의 혼란한 사회에서 인간의 순수하고 낭만적인 꿈을 구현하고자 하는데 그 꿈은 과거 미국인의 순수한 정신을 상징하는 것이다. 개츠비가 밑바닥에서부터 악착같이 돈을 모은 것은 물질 자체를 신봉하는 톰과는 달리 오로지 데이지의 마음을 얻기 위한 것이었다. 개츠비는 자신의 꿈을 이루기 위해 부정한 방법을 사용하지만 데이지를 향한 순수한 열정과 희망은 미국의 초기 이주민들이 품었던 아메리칸드림과 동일하다고 볼 수 있다. 앞서 아메리칸드림의 사회적 의미가 〈자유, 평등, 민주주의를 바탕으로 미국적인 이상 사회를 이룩하려는 꿈〉이라고 말한 바 있다. 이 이상 사회를 이룩하려는 꿈은 낭만적이다. 개츠비가 데이지의 마음을 다시 얻고자 하는 것 역시 낭만적 이상주의의 모습이어서 그는 미국의 꿈을 상징하는 이상적인 인물이라 평가할 수도 있을 것이다.

두 번째로 개츠비를 아메리칸드림의 정신을 훼손한 자, 다시 말해 수단과 방법을 가리지 않고 돈을 모은 물질주의에만 빠진 인물로 평가할 수 있다. 개츠비의 꿈은 프랭클린식 아메리칸드림과는 본질적으로 다르다. 가난에서 벗어나 물질적 풍요를 이루었다는 점에서는 같을 수도 있지만 프랭클린이 말하는 〈도덕적 책임감〉보다는 개인적 목적을 우선시하기 때문이다. 개츠비가 자신의 꿈을 실현하기 위해 부정한 수단을 통해 부를 축적하고 물질주의와 결탁해 데이지를 차지하려고 애쓰면서 아메리칸드림의 기본 정신은 점차 변질되어 갈 수밖에 없다. 그리고 톰과 데이지로 대표되는 물질주의가 팽배하고 타락한 사회에서 개츠비의 낭만적 이상주의는 애초부터 실현이 불가능해 보인다. 개츠비의 이상주의는 톰과 데이지의 물질주의와 한판을 벌여 패배하고 만다. 물질적 향락만을 좇는 데이지를 이상적 목표로 삼아 물질적 수단으로 그녀를 획득하려는 개츠비의 꿈은 좌절되고 그는 파멸할 수밖에 없는 것이다. 결국 물질주의의 화신인 톰의 거짓말로 인해 죽음을 맞이하는 것은 개츠비가 추구하려는 낭만적 이상주의의 몰락이요, 자유와 평등, 개인주의의 추구를 상징하는 아메리칸드림의 붕괴이다. 작가 피츠제럴드는 개츠비의 꿈과 좌절을 통해 미국인의 이상을 담은 아메리칸드림이 물질과 결탁하고 그에 포섭되어 순응함으로써 이제 종말을 고했다고 보는 것이다.

개츠비는 정말로 위대한가?

자, 이제 개츠비의 〈위대함〉에 대해 이야기해 보자. 『위대한 개츠비』를 읽다 보면 이 소설의 제목에 들어 있는 〈great〉라는 수식어가 신경 쓰인다. 개츠비는 정말로 위대한 인물인가? 〈great〉는 우리말로 〈위대한〉이라는 뜻도 있지만 〈대단한〉, 〈엄청난〉이라는 뜻도 있다. 그래서 앞서 말한 대로 『위대한 유산』의 제목도 〈엄청난 유산〉이 되어야 맞는다고 이야기하는 사람도 있다.

『위대한 개츠비』 어디에도 개츠비가 위대하다는 말은 없다. 이 작품을 번역한 김석희 같은 이는 〈great〉라는 단어가 아이러니를 표현한 것으로 〈위대한〉이 아니라 〈대단한〉, 다시 말해 〈그놈 참

대단한 녀석이야〉라고 말할 때와 같은 뉘앙스를 담고 있다고 말한다. 김석희의 주장에도 일리가 있다. 빈농의 아들로 태어나 가난 때문에 사랑하는 여인에게 버림받은 후 〈그래, 출세해서 꼭 그녀를 되찾고 말리라〉는 야망으로 악착같이 돈을 모아 부자가 되어 그녀 앞에 나타나지만 톰으로 상징되는 상류 사회의 이기주의에 의해 어이없는 죽음으로 생을 마감한 낭만주의자 개츠비! 참 대단한 녀석 아닌가.

김석희의 주장을 뒷받침할 근거가 있기는 하다. 피츠제럴드는 애초 이 작품의 제목에 〈위대한〉이라는 단어를 생각한 적이 없다고 한다. 출간 당시 편집자가 제목을 〈위대한 개츠비〉로 지어 버려 마음에 들지 않아 고쳐 보려 했지만 이미 인쇄에 들어가 어쩔 수 없었다는 것이다.

그래도 개츠비를 〈대단한 녀석〉으로 평가 절하하기에는 왠지 찝찝하고 개운치 않다. 닉은 개츠비를 가리켜 〈평생 네다섯 번밖에 볼 수 없는 미소를 보여 준 사람〉, 〈그 인간들은 다 합쳐 놔도 개츠비 씨가 더 가치 있는 사람〉, 〈결국 개츠비가 옳았다〉라고 표현한다. 개츠비가 범죄 조직과 손잡고 재산을 모은 졸부로 드러난 뒤에도 그에 대한 닉의 믿음은 사라지지 않는다. 개츠비에 대한 닉의 애정과 믿음이 〈위대한〉으로 연결될까? 아무튼 닉의 찬사는 별도로 하고서라도 이미 결혼한 데이지에게 순수한 정열을 바치는 개츠비에게 〈대단한〉보다는 〈위대한〉이라는 수식어가 더 어울린다는 생각이 든다. 그렇게 본다면 〈위대한 개츠비〉로 제목을 정한 것은 편집자의 탁월한 선택이라 말할 수 있겠다.

개츠비가 왜 위대한지 추가로 몇 가지 언급해 보겠다. 우선 사랑 앞에서 진실하고자 했던 남자의 낭만적 감수성을 지적할 수 있다. 개츠비는 자신이 노력하면 과거까지도 되돌릴 수 있다고 믿는 낭만주의자이자 이상주의자이다. 이 작품을 읽는 당대의 독자뿐 아니라 오늘날의 독자들도 누구나 저 너머의 비현실적 상황을 그리워하는 낭만주의적 감정을 지니고 있다. 다만 사회의 인습과 제도에 얽매여 그렇게 하지 못할 뿐이다. 헛된 꿈을 좇는 낭만주의자 개츠비는 각박하고 바쁜 삶을 살아가는 우리에게 낭만적 감수성을 일깨운다. 그리고 톰과 데이지는 완전한 속물로 그려지지만 개츠비는 물질에 집착하는 태도를 보이지 않는다. 연일 화려한 저택에서 사치스러운 파티를 열지만 정작 개츠비는 파티 자체에는 관심이 없다. 파티는 오직 데이지의 마음을 얻기 위한 〈수단〉에 불과한 것이다. 데이지의 마음을 얻기 위해서라면 개츠비는 무엇이라도 할 수 있다. 데이지의 죄까지 뒤집어쓰지 않았던가. 돈에 집착하는 현실주의자보다는 이상을 추구하는 낭만주의자의 모습에 독자들은 기꺼이 공감 어린 애정을 보낸다. 마침내 작품의 후반부에 이르러 닉은 개츠비에게 외친다. 닉의 외침은 독자가 느끼는 감정과 별반 다르지 않을 것이다.

「그들은 썩어 빠진 족속이에요.」 나는 잔디밭 너머로 소리쳤다. 「당신 한 사람이 그 빌어먹을 족속을 다 합친 것보다 나아요.」

그 말을 해서 나는 지금도 기쁘다. 나는 처음부터 끝까지 그

를 인정하지 않았기 때문에, 그게 그에게 해준 유일한 칭찬이
었다. 그는 처음에는 점잖게 고개를 끄덕이더니, 나중에는 그
뜻을 이해한 듯 얼굴 가득 밝은 미소가 번졌다. 우리가 그에 대
한 비밀을 줄곧 간직해 왔다는 듯이.[27]

개츠비가 〈위대한 사람〉인지 〈대단한 녀석〉인지 판단하는 것
은 독자들 각자의 몫이다. 딱히 정답은 없다. 읽는 사람의 감수성
과 상상력에 따라 얼마든지 달라질 수 있으니까. 그것이 문학의
힘이자 묘미가 아닌가.

문학의 줄기를 잡는 노트

신분과 빈부의 차이가 나는 청춘 남녀의 사랑 이야기는 동서고금을 막론하고 행복한 결말로 이어질 수 없는 것이 정석인 것 같다. 다만 사랑에 대한 동서양의 시각은 다르다. 동양 윤리와 도덕의 관점에서 보면 결혼한 여자를 원하는 개츠비는 분명 〈정신 나간 놈〉이라는 소리를 듣기 십상이다. 서구의 관점에서 보면 애정이 남녀 간에 가장 중요한 조건이므로 서로 사랑하지 않으면 과감히 헤어지는 것이 용인된다. 개츠비가 보기에 데이지는 톰을 사랑하지 않고 자신을 사랑하니 당연히 자기에게 와야 한다고 주장하게 되는 것이다. 윤리적 관점에 따라 개츠비를 아이까지 딸린 유부녀에게 추파를 던지는 타락한 인간으로 볼 게 아니라 데이지가 자신을 사랑한다고 믿기 때문에 — 물론 개츠비의 환상일 수도 있다 — 그 사랑을 되찾겠다고 하는 〈사랑의 쟁취〉라는 개념으로 바라볼 필요도 있지 않을까 생각된다. 이렇게 생각해야만 개츠비가 끝내 위대할 수 있다.

『위대한 개츠비』는 처음부터 끝까지 〈개츠비의, 개츠비에 의한, 개츠비를 위한〉 소설이다. 이룩하지 못한 옛 애인과의 사랑을 회복하고자 몸부림치는 한 남자의 비극적 궤적은 그 자체로 흥미진진하거니와 재즈 시대라든지 아메리칸드림과 같은 미국 자체의 역사가 배경으로 스며 있어 『위대한 개츠비』의 문학성을 더욱 위대하게 만들고 있다.

15장

모든 구속으로부터 벗어나 자유로운 영혼의 길을 나서다: 제임스 조이스의 『젊은 예술가의 초상』

「아일랜드는 제 새끼를 잡아먹는 늙은 암퇘지라고.」

달도 차면 기우는 법, 19세기가 끝나 갈 무렵부터 리얼리즘 시대는 서서히 황혼에 접어들었다. 낭만주의가 고전주의를 밀어내고 감정의 해방을 부르짖었고, 다시 리얼리즘은 현실 세계를 도외시한 낭만주의를 물리쳤다. 그리고 20세기에 접어들어 리얼리즘의 재현 미학만으로는 현대 인간의 복잡한 정신세계를 묘사할 수 없어 모더니즘이라는 새로운 문예 사조가 등장하게 되었다. 모더니즘 계열의 소설은 지금까지 살펴본 소설들과는 판이하다. 구조적으로 복잡하고 내용적으로 난해한 소설이라는 사실을 미리 염두에 두길 바란다. 잠깐 한눈팔면 내용을 이해하거나 맥락을 파악하는 데 어려움을 겪을 수 있으니 끝까지 집중해 주기를 부탁드린다. 문학, 특히 소설의 양대 산맥 하면 리얼리즘과 모더니즘이다. 리얼리즘이라는 산맥을 거뜬히 넘었으니, 모더니즘도 쉽게 넘으리라 짐작된다.

20세기 모더니즘 문학의 최고봉이자 영미 문학에서 가장 위대한 작가 중의 한 사람인 아일랜드 태생의 소설가 제임스 조이스James Augustine Joyce의 『젊은 예술가의 초상*A Portrait of the Artist as a Young Man*』에 대해 이야기를 나눠 볼까 한다. 이 작품을 읽어 본 독자들이라면 〈읽어 내기가 힘들다〉, 〈작가의 메시지가 없다〉, 〈도대체 뭔 소리를 하는지 모르겠다〉 등 부정적인 반응이 많을 것으로 생각된다. 〈이 소설이 모더니즘 소설이기 때문에 그렇다〉고 답변할 수밖에 없다. 따라서 모더니즘에 대한 이야기부터 먼저 하고 『젊은 예술가의 초상』에 모더니즘 미학이 어떻게 구현되어 있는가를 살펴보기로 하자.

사실 〈조이스 문학〉 하면 난해한 걸로 소문이 나 있다. 미국의 출판사 랜덤하우스가 조이스의 『율리시스*Ulysses*』를 20세기에 영어로 쓰인 가장 위대한 소설로 선정하기도 했는데, 지구상에 출간된 모든 소설 중에서 아마도 가장 난해한 책일 것이다. 영문학을 전공하는 학자들이 전 생애를 바쳐 이 소설을 연구해도 잘 모르겠다는 대답만 할 뿐이다. 시쳇말로 연구자들을 엿 먹이려고 『율리시스』를 썼다고 하는 이야기가 나올 정도이니 말이다. 국내에서 조이스 전문가로 꼽히는 김종건 교수는 조이스의 『피네간의 경야*Finnegans Wake*』라는 소설의 개역판을 내면서 〈책 한쪽 읽는 데 사전을 백 번 넘게 들췄어요. 전체 628쪽이니까, 굉장한 작업이었죠. 이렇게 고생하느라고 다 늙어 버렸네. 허허〉라고 말했다 한다.

소설이란 그저 더운 여름철 그늘나무 밑에서나 추운 겨울

날 따뜻한 난로 앞에서 읽어야 하므로 쉽게 읽히고 재미도 있고 나아가 작가의 문학적 메시지도 어느 정도 들어 있는 책이어야 한다고 생각하기 쉽다. 그런데 『젊은 예술가의 초상』은 이 기준에 들어맞는 것이 하나도 없다. 솔직히 말해서 조이스의 작품들은 독자들이 좋아서 읽기보다는 비평가들의 찬사에 떠밀려 읽어 보는 그런 종류의 책일지도 모른다. 그만큼 『젊은 예술가의 초상』은 비평가들이 위대하게 만든 소설이다. 문학을 전공하고 문학 공부를 하지 않은 이상 『젊은 예술가의 초상』을 읽고 모더니즘 예술의 정수를 맛보았다고 말하기는 어려울 것이다. 그래서 이 작품을 두고 비평가들이 왜 그렇게 침이 마르도록 찬사를 하는지 이야기를 해볼까 한다.

모더니즘이란

모더니즘은 19세기 말엽부터 20세기 전반에 걸쳐 서구 예술에서 일어난 전위적이고 실험적인 예술 운동을 가리키는 표현이다. 앞서 리얼리즘 문학은 자연이나 삶의 모습을 있는 그대로 객관적으로 재현하는 데 그 목적이 있다고 했다. 예컨대 하층민들이나 부르주아 계급 사람들의 생활 환경과 그들이 살아가는 모습을 마치 거울에 비추듯 있는 그대로 묘사함으로써 독자들에게 사회 현실을 인식시키고 바람직한 사회상을 제시하는 것이 리얼리즘의 목적이다. 블라디미르 레닌Vladimir Il'ich Lenin이 톨스토이를 가리켜 〈러시아 혁명의 거울〉이라고 불렀고, 발자크는 〈19세기 프랑스의 서기〉를 자처했다는 말은 리얼리즘의 측면에서 볼 때 의미심장한 지적이다. 리얼리즘 문학은 사회적이고 역사적인 현실의 맥락에 기반하고 있다는 뜻일 것이다.

그런데 20세기가 시작되면서 디킨스와 하디의 세대로 일컬어지는 19세기와는 근본적으로 다른 새로운 문화와 정신이 도래했다. 세계는 훨씬 복잡해지고, 인간의 삶은 공동체 중심에서 개인화되기 시작했다. 특히 양차 세계 대전으로 인한 무질서와 혼돈이 가치관의 상실을 가져왔다. 이제 삶의 실재는 절대적인 것이 아니라 상대적인 것, 객관적인 것이 아니라 주관적인 것이 되어버렸다. 따라서 이러한 인간의 복잡다단한 삶의 모습은 리얼리즘이라고 하는 제한된 그릇 안에 담을 수 없다는 주장이 생겨나게 되었다. 그것으로는 현대의 변화무쌍한 삶의 실재를 포착하지 못한다는 것이다. 삶의 모습을 거울에 비추면 겉모습은 재현할 수 있지만 인간들이 무슨 생각을 하며 어떤 의식을 지녔는지는 파악할 수 없다. 이제 거울로도 부족해서 엑스레이와 같이 현대인의 의식을 들여다볼 수 있는 새로운 문학 사조가 필요하게 되었다.

두 사조의 근본적 차이를 살펴보자면 리얼리즘은 자연과 실재를 객관적이고 확고 불변한 것으로 파악하지만 모더니즘은 주관적이고 상대적인 것으로 파악한다. 따라서 모더니스트들은 삶의 현실을 모방하고 재현하는 것은 불가능하다고 생각하고 외부 현상보다는 인간의 주관적인 내면세계로 관심을 돌리게 된 것이다. 그들은 사회 문제에는 등을 돌리고 개인의 내면 문제, 이를테면 〈인간이란 무엇인가?〉, 〈나는 누구인가?〉, 인간의 〈소외〉와 〈고립〉, 예술가의 〈내적 성장〉 등의 주제에 관심을 기울였다. 이런 문제에 천착하다 보니 기존 리얼리즘의 전통적인 글쓰기 방식으로는 한계에 부딪혀 〈의식의 흐름stream of consciousness〉과 〈에피파니epiphany〉 같은 새로운 글쓰기 방식을 도입하게 되었다.

모더니즘 문학의 특징

• 전통과의 단절을 시도한다.

모더니즘은 기성 전통이나 인습과의 단절을 꾀한다. 19세기 부르주아 사회의 가치관을 비판하고 세계를 바라보는 리얼리즘의 기본 원칙에 반기를 든다. 따라서 비정치적이고 비역사적이라는 비판을 받는다.

• 내면세계를 탐구한다.

리얼리즘은 당대 사회의 객관적 묘사를 통해 사회 현실을 반영하지만 모더니즘은 인간 의식의 주관적인 내면세계를 탐구한다. 영국의 모더니스트 버지니아 울프Virginia Woolf는 리얼리티를 가리켜 〈객관성에 기초한 일관성 있는 생각과 행동이 아니라 수시로 바뀌는 개인의 마음과 생각〉이라고 정의한 바 있다.

• 현대인이 처한 소외, 고독 등 비극적 상황에 관심을 보인다.

현대인이 느끼는 공허함과 불모성, 허무주의 등을 다룬다. 예컨대 토머스 엘리엇Thomas Stearns Eliot의 『황무지The Waste Land』는 현대인의 정신적 황폐함을 상징적으로 표현한 시이다. 그리고 〈한 잔의 술을 마시고 / 우리는 버지니아 울프의 생애와 / 목마를 타고 떠난 숙녀의 옷자락을 이야기한다〉로 시작되는 박인환의 「목마와 숙녀」 역시 허무주의를 대표하는 시로 현실에 대한 시적 화자의 절망적 태도가 잘 드러나 있다.

• 문학의 자기 목적성을 강조한다.

모더니즘은 자기 목적성을 강조한다. 예술을 도구나 수단으로 보고 그 역할을 강조하는 리얼리즘이 윤리와 도덕성을 함양하고 독자를 계몽하고자 하는 뚜렷한 목적성을 지닌다면 모더니즘은 예술을 도구나 수단으로 여기는 것에 반대한다. 엘리엇은 〈시를 간주할 때 무엇보다 시로 간주해야지 시 이외의 다른 것으로 간주해서는 안 된다〉라고 말했다. 문학의 목적은 문학 자체에 따라 평가를 받아야지 다른 기준으로 문학을 평가해서는 안 된다는 말이다. 19세기 말 예술 지상주의 역시 문학이 문학 외의 목적으로 이용되는 것에 반대했다. 문학은 문학 자체를 위해 존재하는 것이지 ── 〈예술을 위한 예술〉 ── 다른 것을 위해 존재해서는 안 된다는 것이다. 그것이 바로 문학의 자기 목적성이다.

• 난해하다.

〈나는 누구인가?〉, 〈삶의 의미는 무엇인가?〉, 〈예술이란 무엇인가?〉 등 추상적인 개인의 의식과 내적 경험을 다루고 심리 분석을 하다 보니 당연히 복잡해질 수밖에 없다. 그리하여 일반 독자층을 도외시하고 엘리트주의에 빠져 고급 독자만을 겨냥한다는 비난을 받는다.

• 비연대기적 서술 방식을 택한다.

리얼리즘 소설이 주인공이 태어나서 성장하는 과정을 연대기적으로 서술

한다면 모더니즘 소설은 주인공의 내면 의식을 탐구하는 관계로 플롯의 진행도 현재와 과거가 뒤섞이는 비연대기적 서술 방식을 택한다. 시간은 개인의 의식에서 끊임없이 흐르는 유동적인 것으로, 과거와 현재와 미래는 서로 밀접한 관련을 맺고 있다는 새로운 시간관이 탄생했다.

소설의 숲속으로

『젊은 예술가의 초상』은 감수성이 예민한 주인공 스티븐 디덜러스의 유아기부터 청년기까지의 성장을 그린 자전적 성장 소설이자 교양 소설이다. 스티븐이 다양한 경험과 심리 갈등을 겪으며 예술가로 성장해 간다는 내용이다. 이 작품은 다섯 개의 장으로 구성되어 있는데 1장은 유년기, 2장은 소년기, 3장과 4장은 청소년기 그리고 5장은 청년기의 삶을 각각 그리고 있다. 공간 배경은 아일랜드의 수도인 더블린이며, 시간 배경은 1882~1903년까지이다.

1장

예수회 소속의 초등학교에 다니던 스티븐의 유년기를 다룬다. 스티븐은 공부는 잘하지만 육체적으로 허약하고 성격도 내성적이어서 급우들과 잘 어울리지 못한다. 그는 시적 감수성과 자아에 대한 탐구가 남달라서 권위에 도전하는 반항아의 모습으로 성장한다. 어느 크리스마스 파티 때 정치 논쟁이 벌어진다. 가족들은 식탁 앞에 모여 당시 아일랜드의 정치적 독립과 종교적 대립 문제로 한바탕 논쟁을 벌이게 된다. 아일랜드의 민족 지도자인 찰스 스튜어트 파넬Charles Stewart Parnell을 옹호하고 가톨릭을 비난하는 측과 파넬을 비난하고 가톨릭을 옹호하는 측 사이에 격렬한 논쟁이 벌어진다. 어린 스티븐은 커다란 충격을 받고 조국에 대한 애증의 갈등을 겪게 된다.

어느 날 학감인 돌란 신부가 교실에 들어와 스티븐이 라틴어 작문을 하지 않고 있는 것을 보고 야단을 친다. 그리고 스티븐이 자전거에 부딪혀 안경이 깨졌는데 돌란 신부는 수업을 받지 않기 위해 고의로 안경을 깬 것으로 생각해 스티븐에게 심한 매질을 한다. 스티븐은 교장을 찾아가 돌란 신부의 부당한 행위를 고발한다. 교실로 돌아온 그는 학급 친구들로부터 환호를 받는다. 이렇게 스티븐은 부당한 권위와 체벌에 저항함으로써 소극적인 유년기의 세계에서 작은 해방을 맛보게 된다.

2장

사춘기에 접어든 스티븐의 내적 갈등을 묘사하고 있다. 아버지의 파산으로 스티븐은 학업을 중단하고 독서에 몰두하며 낭만적인 몽상의 세계로 도피한다. 그는 집에서 독서로 시간을 보내다가 몽테크리스토 백작의 이야기를 탐독하며 주인공인 추방자와 자신을 동일시하게 된다. 얼마 후 스티븐은 예수회 계통의 학교에 다니게 된다.

한편 아버지와 선생들은 충직한 가톨릭 신자로서 신부가 될 것을 촉구하나 그는 받아들이지 않는다. 그리고 자신의 이상을 이해해 주지 못하는 가족, 독선적인 사제, 저속하고 우둔한 친구들

사이에서 고립된다. 그렇게 방황하던 스티븐은 타오르는 욕정으로 사창가를 헤매다가 첫 경험을 하게 된다. 그 경험은 그에게 육감적인 위안과 일종의 승리감을 선사한다. 〈그녀의 품에 안긴 채 그는 갑자기 힘이 솟는 것을 느꼈고 겁이 나지 않았으며 자신감마저 생겼다.〉 그러면서도 그는 육체적 욕망에 지배된 것에 대해 심한 죄책감을 느낀다.

3장

스티븐이 사흘간의 피정에 참여하면서 무시무시한 지옥에 대한 아놀 신부의 설교를 듣고 자신의 죄를 고백하는 내용을 담고 있다. 죄지은 자가 받게 되는 형벌에 관한 설교를 듣고 스티븐은 두려움을 느낀다. 예수회 신부가 아이들에게 하는 설교는 사랑보다는 공포와 고문을, 생명보다는 죽음을 강조하는 듯한 아이러니로 묘사되어 있다. 〈혹시 그런 일이 있을까 해서 말해 둡니다만, 만약 이 자리에 하느님의 거룩하신 은혜를 저버리고 비참한 죄악에 빠지는 말 못 할 불행을 겪은 학생이 있다면 나는 그 학생이 영적인 삶에 있어서 이번 피정 기간을 전환점으로 삼으라고 열렬히 믿고 또 기도하는 바입니다.〉

스티븐은 자신의 죄를 회개하고 신부를 찾아가 〈고백했고 하느님께선 그를 용서해 주셨다〉. 이제 그는 아리스토텔레스와 토마스 아퀴나스의 철학과 신학 공부를 열심히 하겠다고 다짐한다. 그리고 예수회 신부로부터 성직자의 길을 열어 주겠노라는 제의를 받는다.

4장

스티븐의 삶에서 중요한 변화가 일어나며 작품의 절정을 이루는 장이다. 스티븐은 교장으로부터 성직자가 되라는 권유를 받지만 거절한다. 어느 날 그는 개울가에서 한 소녀의 아름다운 모습을 바라보다가 새로운 삶의 비전을 인식한다. 이때 자신의 소명은 성직자가 아니라 예술가임을 깨닫는다. 그는 사회와 종교로부터 탈출해 예술가의 길을 걷는 것이 자신의 운명이라는 것을 알게 된다.

이어 스티븐은 더블린의 바닷가로 달려가 전설적인 명장 다이달로스Daedalos의 이름을 들으며 마치 날개를 타고 하늘로 끌려 올라가는 듯한 기분을 느낀다. 바닷가에서 친구들은 그를 조롱하며 〈스테파노스 디댈러스〉라고 부른다. 〈스테파노스〉는 〈화환으로 왕관을 만들어 쓴 자〉라는 뜻으로 스티븐은 자신의 이름이 신비로운 의미를 지닌 것처럼 느끼게 된다. 그리고 이를 자신이 나아가야 할 예술가로서의 소명으로 여기게 된다.

5장

스티븐의 대학 시절을 묘사한다. 그는 가족, 조국, 종교에서 벗어나 자유로운 예술가의 길을 가겠다고 결심한다. 스티븐에게 가족, 조국, 종교는 그를 가두어 놓고 있는 올가미일 뿐이다. 대학에서 친구 데이빈은 스티븐에게 조국과 민족을 사랑하는 아일랜드인이 되라고 충고하면서 〈우리에게는 나라가 제일 중요해. 아일랜드가 가장 중요하단 말이야, 스티비. 나라가 있고 난 후에야

네가 시인도 될 수 있고 신비론자도 될 수 있는 거야〉라고 스티븐을 설득하려 하지만 그는 〈아일랜드는 제 새끼를 잡아먹는 늙은 암퇘지〉라고 냉혹하게 말한다. 마침내 스티븐은 〈마비의 도시〉 더블린을 벗어나 예술적 망명의 길을 떠날 결의를 다진다.

에피파니란

조이스 문학을 위대하게 만든 것은 무엇보다 그의 독창적인 실험성이라고 할 수 있다. 그는 리얼리즘이 추구하는 글의 내용보다 글 쓰는 형식, 즉 언어에 큰 관심을 보인 작가였다. 『젊은 예술가의 초상』을 비롯한 조이스 문학에서 빼놓을 수 없는 글쓰기 형식에 관한 중요한 두 가지 이론이 에피파니와 의식의 흐름이다. 먼저 에피파니라는 용어부터 이해해 보자.

동방 박사를 기억하는가? 동방 박사는 아기 예수를 찾아 동쪽에서 온 현자들을 뜻한다. 「마태복음」 2장 1~12절에 동방 박사에 관한 이야기가 있다. 하늘에 큰 별 하나가 나타나 빛나는 것을 보고 세 명의 동방 박사가 세 가지 선물(황금, 유향, 몰약)을 가지고 길을 나서 별이 인도하는 대로 가보니 예수가 탄생한 베들레헴이어서 아기 예수를 보고 경배했다고 한다. 그들이 아기 예수를 직면한 바로 그 순간을 에피파니라 부른다. 세 명의 동방 박사가 예수를 찾아온 일이 곧 〈신의 출현〉을 상징하는 대사건이 된 것이다. 우리말로 〈현현(顯現)〉이라 부른다. 교회에서는 동방 박사들이 아기 예수를 보러 온 것을 기념하는 날(1월 6일)을 에피파니라고도 하며 우리말로는 〈주현절(주님이 나타난 날)〉 혹은

⟨공현절(공식적으로 나타난 날)⟩이라 부른다.

이 위대한 에피파니를 문학에 도입한 이가 조이스이다. 조이스는 『젊은 예술가의 초상』의 초고에 해당하는 『스티븐 히어로 Stephen Hero』에서 에피파니를 ⟨갑작스러운 정신적 현시⟩라고 정의하고 있으며, 이것은 ⟨한순간의 가장 우아하고 속절없는 것이기 때문에 문학가는 세심하게 주의를 기울여 그것을 기록해야 한다⟩고 적고 있다. 한마디로 우연한 현실에서 평범한 사건이나 경험을 통해 갑작스럽게 진리를 깨닫는 순간을 의미한다. 그런 순간을 신의 출현으로 비유해 에피파니라고 부르는 것이다.

예를 들어 보자. 고대 그리스의 수학자이자 물리학자인 아르키메데스Archimedes가 순금으로 만든 왕관이 진짜인지 가짜인지 알아내라는 왕의 지시를 받고 고민에 빠져 있던 차에 머리도 식힐 겸 목욕탕의 욕조 안에 들어가 물이 넘쳐 나는 것을 보고 벌거벗은 채 밖으로 뛰어나와 ⟨유레카⟩를 외쳐 댔다는 유명한 일화가 있다. 바로 ⟨아르키메데스의 원리⟩가 탄생한 순간이다. 여기서 그는 일종의 에피파니를 경험한 것이 된다. 누구나 평범한 날에 우연한 사건을 통해 정신적인 깨달음을 얻게 되는 순간을 경험해 본 적이 있을 것이다. 그러한 순간을 계기로 담배도 술도 끊고 새사람(?)이 되기도 한다.

조이스는 거의 모든 작품에서 에피파니를 중요한 극적 장치로 활용한다. 『젊은 예술가의 초상』에서 조이스가 사용한 에피파니를 살펴보자. 4장을 보면 스티븐이 개울가에서 한 소녀를 만나는데 이 장면은 소설 전체에서도 에피파니를 상징하는 가장 유명한 구절로 언급된다.

한 소녀가 그의 앞쪽 개울 한가운데 혼자 가만히 서서 바다를 응시하고 있었다. 그녀는 마치 마법에 의해 이상하고 아름다운 바닷새의 모습으로 둔갑한 존재처럼 보였다. 그녀의 길고 가느다란 맨다리는 학의 다리처럼 섬세했고 살갗에 기호라도 새긴 듯 에메랄드빛 해초가 휘감긴 곳 말고는 깨끗했다. (……) 짙은 회청색 치마는 대담하게 허리까지 걷어 올려서 뒤쪽에서 꼭 동여매여 있었다. 그녀의 가슴은 마치 새의 가슴처럼 부드럽고 조그맣고, 검은 깃털의 비둘기 가슴처럼 조그맣고 부드러웠다. 그러나 그녀의 긴 금발머리는 소녀다웠다. 소녀다운 그녀의 얼굴에서, 인간의 아름다움이 가지는 경이로움이 느껴졌다.[28]

치마를 과감하게 걷어 올린 소녀의 모습을 보는 순간은 스티븐에게 자기 삶의 방향을 결정하게 하는 중요한 순간인 에피파니가 된다. 그리고 청년기에 접어든 스티븐은 대학의 도서관 계단에서 하늘로 비상하는 새들을 보고 다시 한번 새로운 세계로 비상하려는 에피파니를 인식하게 된다.

저게 무슨 새지? 그는 물푸레나무 지팡이에 지친 듯 기대어 도서관 계단에 앉아 새들을 보았다. 새들은 몰즈워스 거리 어떤 집의 툭 튀어나온 견각(肩角) 주변을 빙빙 돌며 날았다. 3월

하순의 저녁 공기 속에 새들의 비행이 더 선명해 보였고, 새들의 떨리는 검은 몸뚱이가 축 늘어진, 뿌옇게 흐린 푸른 천 같은 하늘을 배경으로 뚜렷하게 두드러졌다. (……) 그들도 늘 가고 오면서 인간의 집 처마 밑에 임시로 집을 짓고 또 그들이 지은 집을 떠나 방랑하곤 하니까. (……) 그는 빙빙 돌며 나는 새들과 흐릿한 하늘의 공간에서 그가 찾던 전조가 마치 작은 탑에서 나오는 새처럼 그의 마음속에서 조용히 그리고 빠르게 솟아나는 것을 느꼈다.[29]

스티븐이 자신도 저 새들처럼 조국을 등지고 예술가의 길을 걷겠다고 다짐하는 하나의 에피파니이다. 그리스 신화에서 크레타섬의 미궁을 건설한 뒤 미노스 왕에 의해 갇힌 몸이 된 다이달로스가 아들 이카루스와 함께 날개를 만들어 크레타섬을 탈출하듯이 스티븐도 조국 아일랜드의 암울한 환경으로부터 탈출을 꿈꾸게 되는 것이다.

의식의 흐름

『젊은 예술가의 초상』에서 에피파니와 더불어 눈여겨봐야 할 것이 〈의식의 흐름〉이라는 기법이다. 의식의 흐름이란 말 그대로 우리의 머릿속에 마치 물이 흐르듯이 의식이 흘러 다닌다는 뜻이다. 20세기에 들어 모더니스트들은 삶의 모습보다는 인간들이 어떤 생각을 하는지, 다시 말해 인물의 심리 묘사에 주목해 그들의 무의식을 탐구했다. 울프는 다음과 같이 말하고 있다. 〈삶은 가지런히 일렬로 나열되어 있는 마차의 램프가 아니다. 삶은 빛을 발하는 후광, 의식의 처음부터 끝까지 우리를 에워싸고 있는 반투명한 외피이다. 소설가의 임무는 될 수 있는 대로 이질적인 외부 세계와 독립하여 이러한 변화무쌍하고 아직 알려지지 않은 영혼을 전달하는 것이 아니겠는가?〉울프와 같은 모더니스트들은 현실이란 리얼리스트들이 주장하는 외면적 경험의 세계가 아니라 시시각각으로 변하는 내면적 현실이라고 주장한다. 그렇다 보니 기존의 글쓰기 방식으로는 인간의 무의식 세계를 그릴 수 없어서 조이스는 의식의 흐름이라는 독창적인 기법을 도입하게 된 것이다.

인간은 하나의 생각을 하다가도 아무 관련 없는 생각이 무의식적으로 이어져 머릿속이 뒤죽박죽되고 논리적으로 아무 관계도 없는 일종의 잡생각 같은 것으로 머릿속이 꽉 차게 된다. 지금 이 순간에도 어떤 생각이 머리를 맴돌다 사라지고, 또 앞선 생각과는 아무런 연관성도 없는 생각이 나타나고 사라지기를 반복할지 모른다. 이렇게 생각이 물 흐르듯 흘러가 버리는 것이 바로 의식의 흐름이다. 이상섭 교수의 『문학 비평 용어 사전』을 빌려 정의하면 〈생각, 기억, 특히 비논리적이고 예측할 수 없는 연상이 때때로 추상적이고 논리적인 단편적 사고와 뒤섞여 흐르는 것〉을 말한다. 조이스를 위시한 모더니스트들은 무질서하고 잡다한 생각을 아무런 설명 없이 있는 그대로 지면에 옮겨 놓는다. 등장인물의 머릿속에 들어가 그들의 무질서한 의식 상태를 의식의 흐름이라는 기법을 사용해 묘사하다 보니 앞뒤가 맞지 않고 읽기가 난해한 것이다. 『젊은 예술가의 초상』 첫 대목을 읽어 보자.

옛날에, 좋았던 시절에, 음매 소가 길을 따라 내려왔는데, 길을 따라 내려오던 이 음매 소는 베이비 터쿠라는 이름의 예쁜 소년을 만났더란다…….

아버지는 그에게 이 이야기를 해줬다. 아버지는 외알박이 안경 너머로 그를 바라보았다. 아버지 얼굴엔 수염이 텁수룩했다. 그는 베이비 터쿠였어. 음매 소는 베티 번이 사는 길로 왔고 베티는 레몬 맛 사탕을 팔았지.

오, 들장미 피네
그 작고 푸른 풀밭에.

그는 그 노래를 불렀다. 그가 즐겨 부르는 노래였다.

오, 푸운 장미꼬 피고.

오줌을 싸면 처음엔 뜨듯하지만 이내 차가워진다. 그의 어머니는 기름 먹인 시트를 깔아 놓았다. 그 냄새가 아주 이상했다.

어머니는 아버지보다 냄새가 좋았다. 어머니는 그가 춤을 출수 있게 피아노로 뱃사람의 뿔피리 무도곡을 연주했다. 그는 춤을 추었다.[30]

리얼리즘에 익숙한 독자들이라면 생소하고 당황스러울 것이다. 스티븐은 어릴 적 아버지가 들려준 이야기를 기억하다가 갑자기 잠자리에서 오줌을 싼 기억을 떠올리고 아무런 설명도 없이 어머니 냄새를 기억하다가 다시 어머니가 피아노를 쳐준 것을 떠올린다.

의식의 흐름 기법이 가장 잘 나타난 작품은 조이스의 대표작이자 세기의 명작인 『율리시스』이다. 이 작품은 1904년 6월 16일 하루 동안에 아일랜드의 수도 더블린에서 일어난 사건을 다루고 있는데 분량이 자그마치 한글 번역본 기준으로 1천 3백 쪽이 넘는다. 어느 작가가 하루 동안 일어난 사건을 1천 3백 쪽이나 써 내려갈 수 있겠는가? 주인공의 인생 편력을 연대기적으로 서술하는 리얼리즘 소설이라면 시간 배경이 적어도 5년 이상은 되어야 할 것이다. 예컨대 러시아 리얼리즘의 최대 문호인 톨스토이의 『전쟁과 평화』는 무려 15년에 걸친 러시아의 역사를 재현하고 있다. 그런데 모더니즘 작가들은 의식의 흐름 기법 덕분에 인물의 외면적 행동 이면에 숨어 있는 심리적 동기나 내면적 갈등을 엄청나게 많은 지면을 할애해 드러낼 수 있는 것이다. 이렇게 조이스는 인간의 의식을 연대기적 시간 속에서 움직이는 것이 아니라 언제나 유동적인 것으로 파악했다. 그리하여 현대 인간의 복잡한 의식의 실체를 묘사해 20세기 소설의 새로운 이정표를 제시했다.

예술을 찾아 비상하는 스티븐

『젊은 예술가의 초상』은 당시 영국의 식민지였던 아일랜드의 정치적 혼란기에 성장한 스티븐이 예술가로서 자기 추방의 길을 그려 낸 소설이다. 작가는 스티븐이 조국 아일랜드를 떠날 수밖에 없는 이유를 세 가지나 들고 있다. 바로 〈가정〉, 〈종교〉, 〈조국〉이다. 스티븐은 성장하면서 가족, 종교 그리고 국가와 갈등을 겪는다. 먼저 어린 스티븐의 예술적 감수성에 족쇄를 채우는 것은 가정이다. 그의 아버지 사이먼 디덜러스는 권위적인 가장이며 술집을 들락거리고 허풍을 떠는 인물로 가정을 책임지지 못하는 무능한 아버지이다. 흡사 테스의 아버지 같은 인물이랄까. 그리고 스티븐의 어머니는 가톨릭에 심취해 그에게 종교를 강요하며 엄격한 도덕 교육을 시키려 한다. 점차 피폐해지는 가정에서 스티븐은 세속적으로 변해 버린 아버지의 모습에 경멸을 느끼고 어머니의 억압적인 태도에 반항을 한다.

두 번째로 종교도 스티븐을 혼란에 빠뜨린다. 그는 어릴 적부터 가톨릭의 분위기 속에서 성장한다. 당시 아일랜드는 영국의 식민지였는데, 아일랜드를 다스리는 지배 계층은 신교도이고 피지배자들은 구교도여서 종교 갈등이 상존해 있었다. 1장에 묘사된 가족들 사이에서 벌어지는 종교 갈등 같은 것을 보고 자란 스티븐은 종교에 강한 불신감을 품게 된다. 그리고 성직자의 횡포와 위선을 목도하고 종교적 권위에서 벗어나고자 몸부림친다. 그는 빅토리아 시대의 계관 시인인 알프레드 테니슨Alfred Tennyson의 시보다 영국 사회의 반항아이자 가톨릭교회의 이단아인 바이런의 시를 더 좋아하게 된다. 이런 과정에서 스티븐은 성직자보다는 예술가가 자신의 소명임을 인식한다.

세 번째로 스티븐의 영혼을 억누르는 것은 조국이다. 그는 아일랜드의 독립운동가 파넬의 몰락을 보면서 정치에 환멸을 느낀다. 그리하여 대학에 들어가면서 아일랜드 문예 부흥 운동에 동참하지 않고 반민족주의로 돌아선다. 그는 민족주의가 생명력을 잃어 마비되었다고 판단하고 친구에게 의미심장한 말을 던진다. 〈이 나라에서는 한 사람의 영혼이 탄생할 때 그물을 뒤집어씌워 날지 못하게 한다고. 너는 나에게 국적이나 국어니 종교니 말하지만, 나는 그 그물을 빠져나와 도망치려고 노력할 거야.〉 결국 스티븐은 자신의 어두운 자화상을 암울한 조국의 현실과 병치시키며 친구에게 비장하게 심정을 밝힌다.

넌 내가 어떤 일을 하고 싶으며 어떤 일은 하고 싶지 않은지 물었어. 이제 내가 앞으로 하려는 일과 하지 않으려는 일을 말해 줄게. 나는 내가 더 이상 믿지 않는 것을 섬기지는 않을 거야, 그게 내 집이든, 조국이든, 교회든. 그리고 난 어떤 삶이나 예술의 양식으로 가능한 한 자유롭게, 가능한 한 온전하게 나 자신을 표현하려고 할 거야. 나를 방어하기 위해서 스스로에게 허락한 침묵, 망명, 잔꾀라는 무기만을 사용하면서 말이야.[31]

스티븐은 배신자인가
가정과 종교와 조국을 등지고 예술가의 길을 가겠다고 선언한 스티븐의 행위에 대해 잠시 생각해 보자. 리얼리스트들은 스티븐에게 가혹한 평가를 내릴지도 모른다. 그들은 현실의 삶을 재현해 어떻게 해서라도 독자들에게 현실을 인식시키고 바람직한 사회를 유도하려고 애쓰기 때문이다. 김남주 시인의 「가엾은 리얼리스트」가 생각나는가? 나는 왜 아카시아 향기를 맡을 때 꽃그늘에 그늘진 농부의 주름살이 생각나고, 석양에 비친 파도를 보고 가뭄에 오그라든 나락잎이 어른거려 애만 태우는가. 왜 밤별이 곱다고 노래할 수 없는가? 리얼리스트들은 현실의 고달픈 상황과 아픔을 그저 지나칠 수 없는 것이다. 그런데 모더니스트들은 이런 사회 문제에는 아무런 관심이 없다. 오직 개인의 입장만을 다룰 뿐이다.

그렇다면 스티븐을 어떻게 볼 것인가. 가정을 버리고 신을 섬기지 않고 조국을 배반한 비겁자인가? 일반적인 관점에서 보면 스티븐의 행위는 정상에서 벗어난 것일 수 있다. 그렇지만 앞서 베르테르, 히스클리프, 개츠비의 비정상적 사랑을 이해하고 수긍한 바 있다. 스티븐도 그들처럼 현실 너머의 이상을 좇는 낭만주의적 속성을 지닌 인물이다. 그는 시대와 타협하지 않고, 예술가로 성장하는 데 방해가 되는 요소들을 하나하나 벗겨 내며, 자신의 정체성을 끊임없이 성찰한다. 그래서 인습과 현실의 제약에 묶여 끊임없이 갈등하며 사는 현대인들은 이상적 사랑과 진정한 자아를 추구하는 이들의 행위에 찬사를 보내는 것이다. 특히 모더니즘 시대에 스티븐이 절망과 혼돈의 상황이 만들어 내는 억압에서 벗어나지 못하고 그대로 주저앉았다면 자신의 진정한 자아를 찾는 위대한 예술가로 성장하지 못했을 것이다.

문학의 줄기를 잡는 노트

스티븐은 예술가의 삶을 위해 가정, 종교, 조국이라는 자신의 외피를 과감히 벗어던지고 비상한다. 그에게 필요한 것은 자유이다. 그는 가정, 종교, 조국 대신 침묵, 유배, 간계를 이용해 자신을 가능한 한 자유롭게 표현하겠다고 말한다. 그러므로 정신이 구속되지 않는 한 자유로운 상태에서 자신을 표현할 수 있게 해주는 삶 혹은 예술 양식을 찾는 것이 예술가로서 지향해야 할 궁극적인 목표가 된다. 모더니즘 시대는 절망과 혼돈의 시대이고 개인이나 자아가 사회나 집단보다 우선시된다. 그리하여 시대와의 불화를 단절하고 자신의 정체성을 찾아가기 위해 자유로운 영혼의 길을 나서는 스티븐의 행위에 공감할 수 있는 것이다.

조이스는 『젊은 예술가의 초상』 마지막 부분에서 세상의 청춘들에게 희망의 외침을 남긴다. 독자들이 외우고 다닐 정도로 유명한 구절이다. 〈다가오라, 삶이여! 나는 체험의 현실을 몇백만 번이고 부닥쳐 보기 위해 그리고 내 영혼의 대장간 속에서 아직 창조되지 않은 내 민족의 양심을 벼리어 버리기 위해 떠난다.〉여기서 〈떠난다〉는 말은 〈회피하라〉는 뜻이 아니라 〈도전하라〉는 의미일 것이다. 조이스의 말을 이렇게 풀어쓰고 싶다. 〈청춘들이여! 아무리 어렵고 두려운 세상이라도 기죽지 말고 당당히 나아가 도전하라!〉

16장 **트라우마에서 벗어나지 못한 채 살아가기 위한 중얼거림: 커트 보니것의 『제5도살장』**

「뭐 그런 거지.」

지금까지 인본주의 세계관을 주창하고 나선 르네상스, 독자에게 교훈을 주고자 한 고전주의, 이성의 해방을 추구한 슈투름 운트 드랑, 실존은 본질에 앞선다는 실존주의, 저 너머 세계를 동경하는 낭만주의, 문학은 현실의 반영이라는 리얼리즘, 문학에 운명론을 끌어들인 자연주의, 인간의 주관적인 내면세계로 눈을 돌린 모더니즘에 대해 읽어 왔다.

　그렇다면 모더니즘의 뒤를 이은 문화 예술 운동은 무엇일까? 포스트모더니즘이다. 모더니즘 앞에 〈포스트post〉라는 말이 붙은 합성어이다. 포스트모더니즘은 바로 오늘날 우리 시대의 문화 현상으로 우리는 포스트모더니즘의 한복판에 살고 있다. 문학이란 어차피 그 사회 속에서 살아 나가는 사람들의 삶을 반영하는 것이다. 이번 장에서는 우리의 시대를 반영하고 있는 포스트모던과 포스트모더니즘이 무엇인지 알아보고, 포스트모더니즘의 대표적 작품인 커트 보니것Kurt Vonnegut Jr.

의 『제5도살장 Slaughterhouse-Five』을 함께 읽어 보기로 하자.

포스트모던이란 무엇인가

우선 〈모던〉이란 단어부터 살펴보자. 모던은 전통적인 권위와 사고방식을 거부하고 이성과 과학적 관점을 취하면서 인간 중심주의를 지향한다. 〈모던하다〉라고 할 때는 장식성을 배제하고, 간결한 미를 추구하고, 현대적이며 도시적인 감각이 느껴진다. 오늘날 직장인들의 옷차림은 대체로 모던풍인 슈트 차림이고, 건축에서는 단순하고 간결한 형태의 편안함과 시각적 아름다움을 보여 준다. 이렇게 모던은 산업 사회의 대량 생산 체제 속에서 복잡한 현대인의 생활 방식에 적합한 개념이다. 그렇다 보니 개인의 개성이나 다양성은 무시되고 획일성의 한계에 부딪히게 된다. 컴퓨터로 대변되는 정보화 시대에 이르면서 획일화 대신 자율성이나 다양성을 수용할 수 있는 새로운 사회 현상, 즉 포스트모던의 필요성이 부각된 것이다.

모더니즘 사회에서는 합리적이고 이성적인 세계관이 지배적이었다. 과학과 이성의 힘은 달에 토끼가 살고 있다고 믿었던 마술적이고 감성적인 세계관을 무참히 깨뜨려 버렸다. 그러나 포스트모던 시대에 접어들면서 〈감성 없이 이성만으로 살아갈 수 있을까?〉 하는 의문이 제기된다. 그간 이성 중심주의 사회에서 감성의 주체인 몸을 억압하고 학대해 온 것이 사실이다. 과연 육체가 배제된 채 영혼과 정신만 있는 삶이나 감성의 개입이 없는 이성만의 삶을 인간의 진정한 모습이라고 볼 수 있을까? 바로 이런 문제 제기에서 포스트모던 사회가 등장한 것이다. 그리하여 머리와 이성보다는 몸과 감성을 더 중시하게 되었다.

포스트모던 하면 떠오르는 것은 다양화된 스타일이다. 공무원들이 획일적인 슈트 차림 대신 캐주얼한 차림으로 나타난다. 멀쩡한 청바지를 찢어 입기도 하고, 미니스커트가 유행하는 가운데 발목까지 덮은 긴 치마를 입기도 한다. 건축에서도 기능 위주의 공리적이고 획일적인 구조를 벗어나 열린 공간을 중시하면서 옛것과 현대성을 접목한 퓨전 한옥 같은 것이 나타난다. 음악에서는 팝과 오페라를 접목한 〈팝페라popera〉라는 새로운 장르가 나왔고, 동서양 음식을 교묘하게 접목한 퓨전 음식이 등장했다. 문학에서는 사실과 허구를 결합한 〈팩션faction〉이라는 신조어가 등장하며, 인물의 심리 묘사가 사라지고 현실과 허구의 경계가 허물어지고 교훈이나 도덕을 전달하는 것에 반발한다. 현대는 포스트모던 사회가 분명하지만 아직은 사회와 문화 저변에 모던과 포스트모던이 공존하고 있다고 볼 수 있다.

포스트모더니즘이란 무엇인가

포스트모더니즘이라는 용어를 처음 사용한 사람은 영국의 역사가이자 문명 비평가인 아널드 토인비Arnold Joseph Toynbee였다. 그는 방대한 저작인 『역사의 연구A Study of History』에서 우리 시대를 사회 불안, 세계 대전, 혁명의 시대 그리고 〈포스트모던 시대〉로 명명했다.

두 차례의 세계 대전이 끝나고 베트남전과 소비에트 연방의 몰락 그리고 동구 공산권의 해체 등 굵직한 정치적·사회적 변화로 인해 인본주의적 낙관주의는 서서히 무너지기 시작했다. 특히 제2차 세계 대전에서 인간이 인간에게 자행한 20세기 최대의 잔혹사인 나치의 〈아우슈비츠 대학살〉은 서구인들에게 지울 수 없는 아픈 상처를 남겼다. 최근에는 지구 온난화, 환경 파괴, 핵전쟁의 위협 등 〈위험 사회〉의 도래로 인간의 이성과 과학의 한계가 현실로 드러나게 되었다.

여기에서 태어난 포스트모더니즘은 고답적이고 엘리트주의적인 고급문화에 대항하는 대중문화 운동으로 발전하여 절대적 이념을 거부하고 자율성·다양성·대중성을 중시하면서 탈이념의 정치 이론을 낳았다. 가부장적 남성 중심주의에 대항하는 페미니즘, 제삼 세계 문학 운동, 전위 예술, 흑인 인권 운동, 프랑스의 해체주의 등이 포스트모더니즘과 맥을 같이한 현상이다. 포스트모더니즘을 간단히 정의하면 1950~1960년에 미국이 주도한 문화 운동으로 정치·경제·사회·문화 전 영역에 걸쳐 자본주의의 소비문화와 대중 예술에 기반을 둔 시대의 이념이다.

포스트모더니즘의 특징

•상대주의

삶의 방식에서 절대적인 진리, 가치, 규범을 인정하지 않는다. 예전에 금기시되었던 동성애나 성전환 등에 대해서도 하나의 성향으로 간주하려 한다. 특히 상대주의의 입장을 문화에 접목한 이론이 〈문화 상대주의〉인데 문화 간의 우열을 가릴 수 없으니 서로 상대성을 인정하자는 것이다. 흑인종, 백인종, 황인종 간에는 절대적인 문화의 우월이 없다는 것이다.

• **탈중심주의**

〈모든 길은 로마로 통한다〉라는 말은 모더니즘의 〈중심주의〉를 단적으로 보여 주는 말이다. 중심주의는 중심과 주변을 하나의 구조로 보는 구조주의적 관점이다. 이데올로기적 관점에서 볼 때 중심이 주변을 차별하고 억압하며 부당한 권력을 행사하기 때문에 문제가 되는 것이다. 대표적으로 가부장적 남성 중심주의가 있고, 정치적으로는 서구 중심주의가 있다. 이러한 권력을 해체하고 기능, 권력, 패권을 주변으로 분산하고자 하는 이념이 탈중심주의다. 탈중심주의는 이성 중심주의, 서구 중심주의, 자본주의, 백인 우월주의, 기독교 절대주의 등을 해체하자는 사회 변혁 운동으로 이어지며 다원주의와 연결되었다.

• **다원주의**

기본적으로 다양성을 인정하고 다양한 의견을 존중한다. 원칙이나 목적에서 〈틀림〉이 아니라 서로의 〈다름〉을 인정하며 다양한 모습을 추구한다. 문화적 관점에서는 〈문화 다원주의〉와 〈다문화주의〉가 있는데, 둘은 약간 차이가 있다. 문화적 다양성을 인정하고 사회 통합을 추구한다는 점에서는 같지만, 전제 조건과 실현 방법은 다르다. 문화 다원주의는 문화 다양성을 인정하지만 주류 문화의 존재를 전제 조건으로 하는 것이고, 다문화주의는 주류의 존재를 인정하지 않고 다양한 문화가 평등하게 인정받는 것이다. 문화 다원주의 국가로는 미국을 들 수 있고, 다문화주의 국가에는 호주와 캐나다가 있다.

• 감성주의

전 영역에서 이성보다는 감각적인 것을 추구하고 감정에 따라 행동한다. 이를테면 괴테의 『젊은 베르테르의 슬픔』은 이성과 합리성에 반발해 인간의 감성을 부르짖는다. 괴테는 베르테르를 감정과 욕망 같은 본능에 충실하게 만들어 로테를 사랑할 수밖에 없는 인물로 그렸다. 감성주의, 감상주의, 감정주의는 넓게는 같은 의미로 쓰이며, 이성주의와 합리주의에 반대되는 말이다.

저자의 죽음

20세기 초엽만 하더라도 기존의 전통이나 인습에 혁명적으로 도전하던 모더니즘 예술은 고급 예술이라는 전통으로 서서히 굳어져 버렸다. 모더니즘 문학은 사회로부터 유리되어 예술 자체를 위한 예술로 전락하게 되었다. 처음에는 혁신이니 뭐니 하다가 세월이 흐르면서 사회 현실에 매몰되어 기성 문화로 눌러앉아 버린 것이다. 영국의 제임스 조이스나 버지니아 울프 같은 위대한 모더니스트들이 연달아 죽고 나서 모더니즘 문학은 영락의 길을 걷게 된다. 이제 모더니즘 문학은 제2차 세계 대전이 끝난 1940년대 말엽부터 점차 약화되기 시작하여 포스트모더니즘 문학의 탄생을 예고하게 된다.

포스트모더니즘을 상징적으로 잘 표현하는 말은 구약 성서의 「전도서」 1장 9절에 나오는 〈태양 아래 새로운 것은 없다〉라는 구절일 것이다. 아무리 새로운 것을 세상에 내놓더라도 이미 과거에 누군가가 만든 것을 새롭게 반복하는 것뿐이라는 말이다.

포스트모더니즘 작가들은 언어는 이미 만들어져 있기 때문에 새로운 발견이나 창조가 가능하지 않고, 텍스트를 재해석하고 왜곡할 수 있을 뿐이라고 주장한다. 그들이 쓴 작품의 글자나 어구들도 따지고 보면 도서관에 꽂혀 있는 수많은 책 속 어딘가에 숨겨져 있다는 것이다. 따라서 그들은 창작자가 아니라 편집자에 불과하다.

포스트모더니즘 문학의 이런 현상을 학문적으로 정리한 프랑스의 비평가 롤랑 바르트Roland Barthes는 〈저자의 죽음〉이라는 파격적인 개념을 들고나왔다. 멀쩡히 살아 있는 저자가 죽었다니? 이게 무슨 소리인가. 대체로 문학 작품은 작가가 허구를 완벽하게 창조하여 독자들에게 실제 상황인 것처럼 믿게 만든다. 다시 말해 현실에 있을 법한 리얼리티가 있는 서사를 제시해 왔다. 그래서 흔히 말도 안 되는 황당한 이야기를 들었을 때 〈소설 같은 이야기〉라고 말한다. 포스트모더니즘 작가들은 〈현실〉과 〈허구〉가 구별이 안 된다고 주장한다. 오늘날은 현실의 세계가 허구의 세계를 압도하는 세상이 되어 버렸기 때문이다. 문학 작품이나 영화가 아무리 상상력을 동원해 리얼리티를 창조하더라도 그것은 이미 현실에서 일어나고 있는 사건이 되어 버린다. 혼란스럽고 무질서한 시대에 더는 〈픽션〉과 〈실제〉의 구별이 모호하다. 그렇다 보니 소설 독자나 영화 팬들은 기존 형식의 소설과 영화가 시시하고 재미가 없는 것이다. 기존의 창작법으로는 소설을 쓸 수 없는 상황이 되어 버렸다.

우리는 지금까지 작가가 던지는 문학적 메시지가 무엇인지를 찾으며 작품을 읽어 왔다. 리얼리스트나 모더니스트들은 자신의 작품이 허구라는 사실을 밝히지 않고 그것이 마치 사실인 양 진지하게 접근한다. 그런데 포스트모더니스트들은 자신의 작품에 더 이상 현실을 반영할 수 없어, 자신의 작품이 허구라는 것을 작품 속에서 밝히는 경우가 허다하다. 작가는 작품의 창조자가 아니라 그저 편집자나 필사자에 불과하여 독자에게 자신의 문학적 세계관을 전달하지 않는다. 따라서 텍스트는 작가가 아닌 독자의 몫으로 돌아간다. 독자는 작가의 의도에 따라 작품을 읽는 것이 아니라 주체적·능동적으로 작품을 읽으며 창의적으로 감상해야 한다는 것이다. 포스트모더니스트들은 리얼리스트들과는 달리 독자들을 설득하거나 강요하는 메시지를 남기지 않는다. 따라서 이런 독법의 관점에서 보자면 작품의 저자는 죽은 셈이 된다.

사실 독자가 작품을 재구성해 창조적으로 읽으려면 높은 지적 능력이 요구된다. 포스트모더니즘 문학은 모더니즘 문학의 난해성과 엘리트주의를 반대하고 나섰지만, 그 역시 읽기가 만만찮고 소화해 내기도 어려운 실정이다. 과연 그러한지 포스트모더니즘의 대표작 『제5도살장』을 살펴보기로 하자.

소설의 숲속으로

1969년에 출간된 『제5도살장』은 제2차 세계 대전의 막바지인 1945년 2월 13일 영미 폭격기들이 〈엘베강의 피렌체〉라 불릴 정도로 아름다운 독일의 드레스덴에 가한 융단 폭격을 독특한 시각으로 그려 낸 반전 소설이다. 소설 제목은 작가 보니것이 당시 전쟁 포로로 잡혀 수용되어 있던 드레스덴 포로수용소가 실제로 있었던 제5도살장을 개조하여 만든 데에서 따온 것이다. 그는 폭격기에 의해 초토화되어 수만 명의 목숨을 앗아 간 드레스덴 공습에서 간신히 살아남아 미국으로 돌아온 뒤에도 평생 전쟁의 충격에서 벗어나지 못하고 열렬한 반전주의자가 되었다. 이런 자신의 경험을 다룬 반전 소설을 쓰겠다는 구상을 무려 23년이나 했다고 한다. 소설의 전체 제목은 『제5도살장 혹은 아이들의 십자군 전쟁Slaughterhouse-Five, Or the Children's Crusade』이다. 이 소설은 1972년에 영화화되었으며, 국내에는 「죽음의 순례자」라는 제목으로 개봉되었다. 흔히 반전 소설은 전쟁의 참혹상을 적나라하게 보여 주고, 전쟁에 의한 인간성 상실을 부각시켜 반전사상을 독자들에게 고취한다. 그런데 이 소설은 반전 소설이기는 하나 실상 전쟁(드레스덴 폭격)에 대한 이야기는 일부일 뿐이고 반전사상을 드러내거나 고취하지 않는다.

이 소설은 독특한 구성 방식을 취하고 있다. 총 10장으로 구성되어 있는데, 1장에서는 작가인 〈나〉가 중심인물로 나와 이 소설의 창작 과정을 밝힌다. 2장부터 끝까지는 〈빌리 필그림〉이라는 삼인칭 인물이 중심인물이다. 하지만 해설자인 〈나〉가 때때로 등장해 자신의 의견이나 생각을 말하기도 한다. 즉 주인공 빌리와 작가인 〈나〉가 혼재되어 등장한다. 또한 빌리라는 인물이 과거, 현재, 미래를 제 마음대로 넘나들며 끊임없이 시간 여행을 한다는 점이 독특하다. 서사가 연대기적으로 이루어지는 기존 소설의 시간 개념이 완전히 붕괴된 것이다. 소설 속의 시간이 뒤죽박죽

되어 정신을 똑바로 차리지 않으면 소화해 내기가 만만찮은 소설이다. 다 읽어도 주제를 머릿속에 담아 두기 어렵다. 포스트모더니즘 소설이기 때문이다.

빌리 필그림은 1922년에 태어나 뉴욕의 일리엄에서 자란다. 큰 키에 우스꽝스럽게 생겼고 몸이 허약한 빌리는 일리엄 검안학교의 야간반에 다니다가 제2차 세계 대전 때 징집되어 참전하게 된다. 그는 독일군이 마지막 공격을 펼치던 1944년 12월, 철모와 전투화도 없이 벨기에의 벌지 전투에 투입된다. 그리고 전선의 후방에 뒤처져 있다가 세 명의 병사와 함께 낙오병이 되어 독일군의 공격을 피하려고 시골로 들어간다.

독일군에 생포되기 전, 빌리는 시간에서 해방되어 여행을 한다. 그는 어린 시절로 돌아갔다가 마흔한 살인 1965년으로 간다. 다시 1965년에서 눈을 깜박거리더니 1958년으로 갔다가 1961년으로 시간 여행을 한다. 장소는 검안사 부부들이 모인 뉴욕의 크리스마스이브 파티이다. 그러다가 그는 독일 전선의 후방으로 돌아와 독일군에 발각되고 덤불에서 나올 때는 1967년 라이온스 클럽 오찬 모임에 있다. 이렇게 빌리는 과거, 현재, 미래로 끊임없이 시간 여행을 하지만 자신의 운명을 바꿀 순 없다.

오찬을 마치고 집으로 돌아온 빌리가 두 눈을 감았다 뜨니 룩셈부르크에 돌아와 있다. 그는 전쟁 포로를 태운 열차에 실려 동쪽으로 이송되다가 잠이 들어 다시 1967년으로 시간 여행을 한다. 그리고 딸의 결혼식 날 〈트랄파마도어〉라는 행성에서 온 우주인들에 의해 납치된다. 깜빡 의식을 잃은 뒤 깨어 보니 다시 전

공습 후 폐허가 된 드레스덴(1945년)

장이다. 그는 유개 화차를 타고 포로수용소로 이동해 에드거 더비라는 미군을 만난다. 미래를 볼 수 있는 빌리는 더비가 드레스덴에서 총살될 것이라고 생각한다.

이제 중년의 검안사가 된 빌리가 서툴게 골프를 치다가 현기증을 느껴 정신을 차려 보니 골프장이 아니라 비행접시 안이다. 지구에서 5백만 킬로미터 떨어진 트랄파마도어로 가기 위해 시간 왜곡대로 가고 있다. 빌리는 순간적으로 어린 시절로 돌아간다. 아주 짧게 엄마, 아빠와 함께한 뒤 다시 포로수용소로 돌아와 포로들이 주최한 연회장에서 뮤지컬을 보다가 비명을 질러 대는 바람에 진료소 침대에 묶여 모르핀 주사를 맞고 의식이 몽롱한 상태로 전쟁이 끝난 후인 1948년 봄 정신 병동에 잠시 머물다가 포로수용소를 거쳐 향군 병원으로 돌아온다.

빌리는 원룸 아파트를 거쳐 포로수용소 병원으로 돌아간 뒤 다시 트랄파마도어의 동물원으로 돌아온다. 트랄파마도어는 빌리의 짝으로 몬태나 와일드 핵이라는 영화배우를 데려온다. 빌리는 다시 수용소 진료소로 돌아온 뒤 독일 드레스덴으로 이송된다. 드레스덴은 군수 공장이나 병력이 없는, 국제법상 비무장 도시이다. 빌리와 포로들은 드레스덴 수용소로 들어간다. 미군 포로들은 정문에서 다섯 번째 건물을 배정받는다. 곧 도살될 돼지들을 수용하기 위해 지은 집이다. 커다란 숫자가 건물 위에 쓰여 있는데 그들의 주소는 〈슐라호포트-퓐트〉이다. 〈슐라호포트〉는 〈도살장〉이라는 뜻이고 〈퓐트〉는 〈5〉라는 뜻이다.

이제 빌리는 25년 뒤 몬트리올에서 열리는 검안사 집회에 참석하기 위해 일리엄에서 전세 비행기를 탄다. 그는 비행기가 충돌할 것을 알지만 두 눈을 감고 1944년으로 시간 여행을 한다. 드디어 드레스덴이 파괴되고 있다. 지하 저장고로 피신해 있던 빌리와 동료들은 위에서 마치 거인이 걸어 다니는 듯한 소리를 듣는다.

다시 빌리가 탄 비행기가 버몬트주 슈거부시 산에 충돌해 그는 의식을 잃은 채 병원으로 후송된다. 이 소식을 접한 아내가 일리엄에서 병원까지 차를 몰고 오다가 병원에 도착하자마자 일산화탄소 중독으로 목숨을 잃는다.

빌리는 병원에서 몰래 빠져나와 라디오 프로그램에 출연한다. 이 프로그램에서 소설이 죽었는지를 놓고 토론을 벌인다. 드디어 빌리에게 발언권이 돌아와 그는 비행접시와 트랄파마도어에 관한 이야기를 하다가 스튜디오에서 쫓겨난다. 그리고 호텔로 돌아와 시간 여행을 해서 트랄파마도어로 돌아온다.

빌리는 1945년 드레스덴으로 돌아간다. 포로들은 도시가 폭격당한 지 이틀 뒤 시체 발굴을 위해 폐허로 들어간다. 시체 발굴 작업을 하다가 에드거 더비가 주전자 하나를 들고나오다 현장에서 붙잡혀 약탈 죄로 재판을 받고 총살당한다. 빌리 일행은 외양간에 갇혀 지내다가 어느 날 아침 잠에서 깨어 전쟁이 끝난 것을 알게 된다. 그들은 가로수 길을 지나다가 새들의 소리를 듣는다. 한 마리가 빌리에게 말한다. 〈쩍쩍?〉 이렇게 소설은 끝난다.

메타픽션

『제5도살장』은 포스트모더니즘 소설의 주요 특징인 메타픽션의 요소를 갖추고 있다. 메타픽션은 〈메타+픽션〉이라는 말인데, 그리스어 메타meta는 〈-을 넘어서〉, 〈-뒤에〉라는 뜻이다. 아리스토텔레스의 제자들이 스승이 죽은 후 제목이 없는 글들을 발견해 정리하는 과정에서 자연학 이외의 글들을 모아 자연학 다음에 배치한다는 의미로 〈메타피지카Metaphysica〉라 명명한 데에서 기인했다. 영어로는 〈메타피직스metaphysics〉, 한글로는 〈형이상학〉이라 부른다. 마찬가지로 메타픽션도 메타피직스를 본뜬 것이다. 메타픽션이란 기존 소설 같은 플롯과 기승전결의 서사 구조를 배제하고 전통적 의미의 주인공 없이 현실과 허구를 뒤섞어 표현하는 기법의 소설이다. 등장인물의 심리 묘사도 주제도 없고, 서사가 연대기적으로 그려지지 않아 현재, 과거, 미래가 뒤죽박죽으로 섞인다. 그래서 메타픽션은 기존의 소설 양식에 반(反)한다는 의미로 〈반소설〉, 〈반리얼리즘〉, 〈자기 반영 소설〉 등으로도 불린다.

메타픽션 작가들은 자신이 쓴 작품이 만들어진 이야기임을 의도적으로 독자들에게 드러낸다. 전통적 소설가는 자신의 작품이 허구라고 말하지 않고 모든 게 사실인 양 독자들을 설득한다. 그래서 문학 여행자들은『폭풍의 언덕』의 무대가 된 하워스의 바람 부는 언덕에 서서 히스클리프를 기다리고,『테스』의 마지막 무대가 된 스톤헨지를 방문해 경찰에게 끌려가는 테스를 안타깝게 바라본다. 소설이 허구라는 것을 알면서도 진짜라고 믿게 되는 것이다. 그런데 메타픽션은 소설의 제작 과정을 드러냄으로써 허구라는 것을 이미 밝혀 버린다. 그래서 작품에 작가가 생각하는 〈소설 쓰기〉가 나타나는 것이다. 소설 중간에 느닷없이 작가가 등장해 현재 쓰고 있는 소설에 대해 말한다. 『제5도살장』의 말미에도 작가가 등장해 〈이 이야기에는 등장인물이 거의 없고, 극적인 대결도 거의 없다. 여기에 나오는 사람들은 대부분 병든데다 엄청난 힘에 휘둘리는 무기력한 노리개에 지나지 않기 때문이다〉[32]라고 밝혀 버린다.

『제5도살장』1장에서 메타픽션의 특징인 〈소설 속의 소설 쓰기〉를 살펴볼 수 있다. 보니것은 자신이 목격한 드레스덴 공습에 대한 소설의 창작 과정을 상세히 밝힌다.

이 모든 일은 실제로 일어났다, 대체로는. 어쨌든, 전쟁 이야기는 아주 많은 부분이 사실이다. (……) 23년 전 제2차세계대전의 전장에서 집에 돌아왔을 때는 드레스덴 파괴에 관해 쓰는 게 쉬울 거라 생각했다. 그냥 내가 본 것을 전하기만 하면 되니까. 게다가 걸작이 되거나 적어도 큰돈은 손에 쥐게 해줄 거라 생각했다. 주제가 워낙 거대하니까.[33]

그러다가 그는 자신이 겪은 전쟁 경험, 특히 드레스덴 공습의 대량 학살을 종래의 문학 기법으로 논리적으로 재현하는 것이 불가능함을 깨닫는다. 드레스덴 공습이 끝나고 시체 더미가 가득한 곳에서 찻주전자를 훔쳤다고 해서 총살당하는, 소설보다 더 기막

힌 현실을 기존의 소설 쓰기 기법으로 재현하기란 불가능한 것이다. 그래서 그는 리얼리티와 허구의 융합이라는 새로운 소설 기법을 창조한다. 메타픽션 기법과 공상 과학 소설을 혼합한 새로운 양식의 소설을 내놓은 것이다. 이런 문학 기법을 이용해 작가 보니것은 빌리 필그림이라는 대리 인물을 내세워 시간 여행의 서사를 진행한다.

빌리의 시간 여행

빌리는 시간 속에서 경련성 마비를 일으키는 〈시간상 발작 환자〉이다. 그의 시간 여행에 관해서는 소설 첫머리에 적혀 있다.

들어보라: 빌리 필그림은 시간에서 풀려났다. 빌리는 노망이 든 홀아비로 잠이 들었다가 결혼식 날 깨어났다. 1955년에 하나의 문으로 들어갔다가 1941년에 다른 문으로 나왔다. 그 문으로 다시 들어가니 1963년의 자신이 나왔다. 자신의 출생과 죽음을 여러 번 보았다, 그는 그렇게 말한다, 그 사이의 모든 사건과 무작위로 만난다.[34]

빌리는 1968년 비행기 사고를 계기로 1967년 트랄파마도어라는 행성에 납치된 적이 있다고 말하면서 제2차 세계 대전 중의 드레스덴, 현재, 과거, 트랄파마도어를 아무런 인과 관계 없이 발작적으로 여행한다. 빌리의 시간 여행은 대체로 네 가지 차원으로 이루어진다. 첫째는 비행기 사고로 정신이 이상해진 빌리가 자신이 트랄파마도어 행성에 납치되었다고 주장하는 노년의 상황, 두 번째로 트랄파마도어에 납치되어 그의 짝으로 납치되어 온 와일드 핵과 아이를 낳고 그곳에 머무르는 상황, 세 번째로 독일군에 의해 포로로 잡혀 드레스덴 포로수용소에서 머무는 상황, 네 번째로 빌리의 어린 시절과 결혼하고 자식을 낳은 젊은 시절의 상황이 그려진다. 노년의 삶에서 비행기 사고로 병원 침대에 누워 잠깐 잠이 들었는데 깨어 보니 포로수용소 침대였다는 식으로 시간이 이동된다.

폭탄이 장대비처럼 쏟아지는 드레스덴 폭격에서 살아남아 집에 돌아온 빌리가 자신의 의지와는 상관없이 그 전쟁의 한복판으로 하염없이 되돌아가야 하는 모습 자체가 서글픈 현실의 모습이 된다. 빌리는 미래를 예지하는 능력이 있지만 과거, 현재, 미래를 바꿀 수 없다. 그는 아무것도 바꿀 수 없는 현실을 그대로 수용할 수밖에 없다. 그래서 그저 자신에게 일어나는 사건의 흐름을 덤덤히 수동적으로 받아들이는 인물로 묘사될 뿐이다. 실제로 빌리가 현실을 바꾸기 위해 노력하는 흔적은 어디에도 없다. 다음은 전쟁의 참혹상에 대한 아이러니와 허무의 극치이다.

「내 생각에 책의 클라이맥스는 가엾은 우리 에드거 더비의 처형이 될 것 같아.」내가 말했다. 「엄청난 아이러니잖아. 도시 전체가 잿더미가 되고, 수도 없이 많은 사람들이 죽임을 당했어. 그런데 미국인 보병 한 명이 폐허에서 찻주전자를 가져갔다는 이유로 체포됐지. 그런 뒤에 정식 재판에 회부되었다가 총살대에게 처형됐잖아.」[35]

보니것은 드레스덴 폭격으로 수만 명이 사망한 것과 그 수만 명이 죽은 폐허에서 전쟁 포로가 주인 없는 찻주전자 하나를 챙겼다고 해서 총살형을 당한 것을 블랙 유머로 대비시켜 삶에 대한 아이러니를 느끼게 한다. 그리고 빌리는 죽는 장면이 나올 때마다 〈뭐, 그런 거지〉라는 독백을 무려 106번이나 한다. 이 말에서 어찌할 수 없는 상황에 대한 허무감과 무력감이 배어 나온다. 〈원래 대학살 뒤에는 모든 것이 아주 고요해야 하는 거고, 실제로도 늘 그렇습니다. 새만 빼면〉이라는 작가의 말은 전쟁의 잔인성에 대한 처절한 아이러니이자 블랙 유머이다.

빌리의 행적을 통한 메시지

포스트모더니즘 소설은 독자가 창의적으로 읽어 내야 한다고 말했는데, 아무리 창의적으로 읽는다고 해도 작가의 의도와 전혀 다르게 읽을 수는 없다. 어딘가에 작가가 독자에게 들려주는 메시지가 숨어 있을 것이다. 『제5도살장』에는 문학적 주제나 메시지가 적시되어 있지 않지만 문학적 함의는 분명히 있다. 1장에서 〈나는 아들들에게 어떤 상황에서도 대학살에는 참여하지 말라고, 적의 대학살 소식을 듣고 만족하거나 기뻐해서는 안 된다고 말하곤 했다. 나는 또 아들들에게 학살 기계를 만드는 회사에서는 일하지 말고, 우리에게 그런 기계가 필요하다고 생각하는 사람들은 경멸하라고 말해왔다〉[36]라고 작가 자신의 반전사상을 분명히 드러내고 있지만, 이후 작품에서 반전에 대한 입장은 더 이상 나오지 않는다.

빌리가 트랄파마도어인들에게 전쟁을 예방할 방법이 있느냐고 묻자 그들은 〈그건 우리도 어쩔 도리가 없기 때문에 그냥 안 보고 말지요. 무시해 버립니다. 우리는 기분 좋은 순간들을 보면서 영원한 시간을 보냅니다〉라고 말하면서 지구인들도 노력하면 그 방법을 배울 수 있을 것이라고 충고한다. 작가가 트랄파마도어를 소설에 도입한 이유는 무엇일까? 얼핏 보면 전쟁의 트라우마를 잊게 해주는 도피처로 설정한 것 같지만, 그것 말고도 뭔가가 있을 것이다. 문제는 빌리가 트랄파마도어인들의 충고를 수용하고 있는지에 대한 언급이 없다는 것이다. 따라서 독자들은 빌리를 통해 문학적 메시지를 얻을 수 없다. 트랄파마도어인들의 견해를 어떻게 해석할지는 온전히 독자들의 몫이 된다.

트랄파마도어인들은 빌리에게 미래도 전쟁의 비극도 자신들이 어떻게 할 수 없는 운명과도 같은 것이어서 현실을 받아들일 수밖에 없다고 충고한다. 그렇다면 이렇게 해석할 수도 있겠다. 미래란 어차피 다가올 현실이니 그 현실을 즐기라는 것이다. 어디서 많이 들어 본 이야기이다. 1989년에 개봉한 영화 「죽은 시인의 사회」에서 존 키팅 선생이 학생들과 헤어지면서 〈카르페 디엠Carpe diem〉이라고 말한다. 이 말의 숨은 뜻은 현재 상황이 안 좋더라도 기꺼이 받아들여 최선을 다하고 미래에 대한 믿음보다는 현재에 충실하자는 의미일 것이다. 다음 장에서 읽을 테지만, 『차라투스트라는 이렇게 말했다』에서 니체는 우리의 삶이 영원히 반복된다는 〈영원 회귀〉를 부정해 허무주의에 빠지지 말고 그대로 받아들이라고 말한다. 그리하여 자신의 운명을 사랑(아모르 파티)하고 현재의 삶을 즐기라는 것이다. 트랄파마도어인들의 사고방식은 니체의 것과 결을 같이한다. 바로 〈카르페 디엠〉과 〈아모르파티〉를 통해 현실을 수용하고 초월함으로써 허무주의를 극복하자는 말이 아닐까? 이 작품이 던지는 메시지가 될 것이다. 〈하느님, 저에게 제가 바꿀 수 없는 것을 받아들일 수 있는 차분한 마음과 제가 바꿀 수 있는 것을 바꿀 수 있는 용기와 언제나 그 차이를 분별할 수 있는 지혜를 주소서.〉[37]

문학의 줄기를 잡는 노트

알게 모르게 우리의 일상사에 깊숙이 자리 잡은 포스트모더니 즘은 긍정적인 면과 부정적인 면을 동시에 지니고 있다. 먼저 주 체 및 경계의 해체와 탈중심 경향은 서구 중심주의의 극복과 반 성으로 연결된다. 그리하여 제삼 세계와 같은 〈타자〉의 존재를 인정하고 그들의 목소리를 경청하고 다원주의를 지향한다. 하지 만 비판도 만만찮다. 포스트모더니즘은 후기 자본주의 시대에 나 타난 문화 방식으로 주체를 해체하는 전략은 독점 자본의 지배 전략이라는 것이다. 다시 말해 기존의 체제를 해체한다고 말하면 서 그 체제를 극복할 수 있는 전망은 없다는 것이다. 비판론자들 은 미국에서 생겨난 포스트모더니즘이 결국 미국의 자본주의 지 배 권력을 공고히 하는 데 기여할 뿐이라고 말한다.

전쟁 트라우마에서 벗어나지 못하고 시간 여행을 하면서 수동 적인 희생자로 살아가는 빌리는 허먼 멜빌의 『필경사 바틀비 *Bartleby, the Scrivener*』에서 〈안 하는 편이 더 좋겠습니다〉라는 대답만 되풀이하며 소극적으로 저항하다가 죽음을 맞이한 바틀비 그리 고 파트리크 쥐스킨트Patrick Suskind의 『좀머 씨 이야기 *Die Geschichte von Herrn Sommer*』에서 〈제발 나를 좀 그냥 놔두시오〉라고 말하면서 매일 마을을 하염없이 걷는 좀머 씨를 연상시킨다. 빌리 역시 〈뭐 그런 거지〉라고 끊임없이 중얼거린다. 빌리, 바틀비, 좀머 씨 세 사람의 이해하기 어려운 중얼거림은 전쟁과 같은 큰 사건의 트라 우마에서 벗어나지 못한 채 현대 자본주의 사회를 마지못해 힘겹 게 살아 나가는 희생자이자 낙오자임을 방증한다. 우리는 이들을

나무라기보다는 그런 상황으로 몰아붙인 전쟁과 자본주의 사회
를 돌아보지 않을 수 없다.

17장

삶의 무력감을 극복하기 위한 한마디, 아모르파티: 프리드리히 니체의 『차라투스트라는 이렇게 말했다』

「신은 죽었다. 이제 우리는 초인이 나타나기를 원한다.」

고전의 명문장 중에서 우리의 뇌리에 박혀 있는 것을 꼽자면 무엇보다도 셰익스피어의 『햄릿*Hamlet*』에서 햄릿이 절규하며 내뱉은 〈사느냐 죽느냐, 그것이 문제로다〉라는 말이 떠오른다. 햄릿의 실존적인 고뇌를 여실히 보여 주는 이 독백은 어쩌면 세계 문학사에서 가장 널리 알려진, 가장 위대한 명문일 것이다. 고전의 명문은 아니더라도 〈주사위는 던져졌다〉라는 명언도 있다. 이 명언은 율리우스 카이사르Julius Caesar가 기원전 49년 1월 자신의 정예 부대를 이끌고 루비콘강을 건너 조국 로마로 진격하면서 병사들에게 한 말로 알려져 있다. 햄릿의 독백, 카이사르의 외침과 견주어도 손색이 없는 명문장이 하나 더 있다. 바로 〈신은 죽었다Gott ist tot〉라는 말이다.

〈신은 죽었다〉라고 외친 이는 독일의 시인이자 철학자인 프리드리히 니체Friedrich Wilhelm Nietzsche이다. 니체의 선언은 당시 서구의 철학계와 기독교계는 물론이고 사회 전체에 파문을 몰고 왔다. 〈신이 죽었다니? 신이 우리를 보살피고, 우리를 갈 길로 인도하고, 또 죽어서 신이 살고 있는 천국에 가는데 신이 죽었다니? 이건 신에 대한 모독이다. 미치지 않고서야 어떻게 이런 불경스러운 말을 할 수 있겠나〉라는 반응이 들끓었다.

〈신은 죽었다〉는 니체가 『즐거운 학문Die fröhliche Wissenschaft』과 『차라투스트라는 이렇게 말했다Also sprach Zarathustra』에서 말한 명제이다. 『즐거운 학문』에서 니체는 한 미치광이의 말을 이렇게 적고 있다. 〈신은 죽었다. 신은 죽은 채로 있다. 그리고 우리가 그를 죽여 버렸다. 살인자 중의 살인자인 우리는 어떻게 스스로를 위로할 것인가?〉 그리고 『차라투스트라는 이렇게 말했다』에서 차라투스트라는 〈신은 모두 죽었다. 이제 우리는 초인이 나타나기를 원한다〉라고 말한다. 니체는 왜 신이 죽었다고 말했을까?

아는 만큼 보인다

니체의 위대한 명제인 〈신은 죽었다〉를 중심으로 『차라투스트라는 이렇게 말했다』에 대해 이야기해 보려 한다. 무거운 철학적 사유인 〈신의 죽음〉과 〈초인〉 개념을 한 장에서 다루기에 벅찬 느낌이 드는 것은 사실이다. 지금까지 문학 고전을 다루었는데 느닷없이 철학서를 접하니 의아할지도 모르겠다. 『차라투스트라는 이렇게 말했다』는 분명 철학서이다. 그런데 이 책의 내용은 물론이고 문체와 구성은 일반 철학서와는 거리가 있다. 니체는 이 책에서 철학적 사유와 사변을 논증적이거나 연역적인 방법으로 전개하지 않고 문학 특유의 상징적이고 은유적인 묘사 형식을 빌려 설명하고 있다. 그리하여 주인공 차라투스트라를 중심으로 숲속의 성자, 광대, 예언자, 마술사, 동물, 식물 등의 캐릭터가 등장하고 심지어 달, 태양, 무지개, 사막 등도 참여하여 사건을 난해하지 않은 언어로 흥미롭게 풀어 나가는 서사 구조를 갖추고 있다. 차라투스트라의 행적을 따라가다 보면 한 권의 문학서를 읽는 느낌이 들 것이다.

그렇다고 이 책에 대한 이해가 그리 만만한 것은 아니다. 니체가 자신의 철학 사상을 문학적으로 풀어놓긴 했으나 딱 이것이라는 직접적인 표현보다는 비유적인 표현으로 알 듯 모를 듯 적어 놓아 이해하기가 쉽지 않다. 오스트리아 태생의 독일 철학자 알프레트 보임러Alfred Bäumler는 〈니체를 이해하는 사람은 『차라투스트라는 이렇게 말했다』를 이해할 수 있지만 『차라투스트라는 이렇게 말했다』만으로는 니체를 이해할 수 없다〉라고 지적하기도 했다. 보임러의 지적은 니체 철학을 읽어 내기가 그만큼 만만치 않다는 뜻일 것이다.

〈역사는 아는 만큼 보인다〉라는 말이 있다. 가까운 경주나 로마에 여행을 갔다고 치자. 신라나 로마의 역사에 대한 지식이 있는 사람은 그만큼 보일 것이고, 또 관련 지식이 덜한 사람은 딱 아는 만큼만 보일 것이다. 영국의 시인 윌리엄 블레이크William Blake는 「순수의 전조Auguries of Innocence」라는 시에서 〈한 알의 모래에서 세계를 보고 / 한 떨기 들꽃에서 천국을 본다〉라고 노래했다. 시인 특유의 감수성에서 나온 낭만적 표현이지만 〈아는 만큼 보인다〉는 진리를 담고 있는 듯하다. 마찬가지로 『차라투스트라는 이렇게 말했다』를 이해하려면 어느 정도 독서력을 갖추고 있어야 한다. 그런 이유에서 이 책을 후반부에 배치했다. 이제 헬레니즘부터 포스트모더니즘까지 예비지식을 쌓았으니 『차라투스트라는 이렇게 말했다』에 대한 이야기를 이해할 수 있으리라 믿어 의심치 않는다. 물론 보임러의 지적처럼 니체 철학을 완전히 이해하리라는 생각은 떨쳐 버려야겠지만.

니체 철학의 키워드

『차라투스트라는 이렇게 말했다』를 관통하는 니체 철학의 키워드는 〈신의 죽음〉, 〈영원 회귀〉, 〈힘에의 의지〉, 〈초인〉이다. 니체는 근대 문명과 이성을 비판하고 이를 극복하기 위해 초인 사상을 제시한다. 그가 활동한 시기는 유럽에서 산업 혁명과 경제 성장을 이루고 난 뒤 서구 열강들이 식민지 쟁탈전에 뛰어들고, 독일은 철혈 재상 비스마르크Otto Eduard Leopold von Bismarck에 의해 유럽의 강국으로 떠오르던 시대였다. 이러한 시대 배경에서 니체는 유럽 문화의 위기를 파악했다. 그는 사회적 빈곤이나 부패뿐만 아니라 2천 년 이상 서구의 역사와 사회를 지탱해 온 초월적 가치 체계의 위기를 진단하고 해결책을 제시하고자 했다.

니체는 삶의 저변에 있는 가치의 근본이 된 기독교 신학과 형이상학이 그 원인이라고 파악했다. 그리고 신의 효용 가치가 다했기 때문에 사회에는 더 이상 신이 필요하지 않다고 주장한다.

그는 기독교를 가치 체계로 하는 유럽 문명사회의 몰락과 니힐리즘(허무주의)의 도래를 예리하게 직감했다. 그리하여 근대 과학의 발달과 함께 사람들은 플라톤이 주장하는 초감각적인 이데아나 초월적인 인격신의 존재를 더 이상 믿지 않게 되었다고 주장한다. 중세 시대만 해도 사람들이 모든 사유와 행동을 신에게서 찾은바 신은 인간의 역사에 개입해 왔다. 하지만 근대인은 생각과 행동의 준거점을 더 이상 신에게서 찾지 않게 되었다. 이러한 시대 상황을 니체는 〈신은 죽었다〉는 말로 표현한 것이다.

니힐리즘은 기존의 신, 구원, 진리로 대표되는 절대적 가치 체계나 일체의 권위가 존재하지 않는다고 보고 이를 부인하는 삶의 태도를 말한다. 이런 상황이 되면 〈왜 사는지〉, 〈어떻게 살아야 하는지〉에 대한 기준이나 희망이 없어진다. 그리하여 오직 허망한 무(無)밖에 남지 않는다. 신의 개념을 부정하게 되면 사람들은 니힐리즘에 빠져 삶의 지표를 상실하고 방황하게 된다. 니체는 삶의 무력감을 극복하기 위해 있는 그대로의 세계를 직면하고 의연히 버텨 나갈 수 있는 〈긍정의 힘〉을 지녀야 한다고 주장한다. 내세적인 삶이 아니라 실존적이고 지상적인 것을 본질로 하는 삶의 철학을 주장하고 나선 것이다. 그는 이러한 철학적 사유를 실현하기 위해 신 대신 초인을 창조했다. 신이 죽은 사회에서 인간은 신의 구원 따위는 떨쳐 버리고 〈힘에의 의지〉와 〈영원 회귀〉를 통해 초인이 되어야 한다고 주장한다. 초인이 되어야만 니힐리즘의 무력한 상태에서 벗어나 건강한 삶을 지향할 수 있기 때문이다. 그렇다면 우리는 정말로 초인을 만날 수 있으며, 또 초인으로 변화될 수 있는가? 이에 대한 답을 찾기 위해 〈신의 죽음〉, 〈힘에의 의지〉, 〈영원 회귀〉, 〈초인〉이라는 네 가지 핵심 사유가 『차라투스트라는 이렇게 말했다』에 어떻게 드러나는지 이야기해 보겠다.

작품 속으로

『차라투스트라는 이렇게 말했다』는 4부로 구성되어 있으며, 1883~1885년 사이에 1·2·3·4부가 독립적으로 저술되고 출판된 후 다시 한 권으로 묶인 책이다. 각 부는 다시 스무 개 정도의 독립된 이야기로 나뉘고 소제목이 붙어 있다. 그리고 1부 첫머리에 책의 서문 격인 「차라투스트라의 머리말」이 열 개로 나뉘어 있다. 이야기를 진행시키는 사람은 차라투스트라이고 각각의 상대가 등장해 그와 대화를 나눈다. 차라투스트라는 동굴에서 나와 숲, 마을, 섬 등지를 여행하며 다시 동굴로 돌아오기를 반복한다. 그 과정에서 만남, 가르침, 이별, 깨달음을 경험한다. 초인의 가르침에서 시작하여 초인이 나타나기 직전에 끝나는 셈이다.

제1부

차라투스트라가 10년 동안 산속에 머물며 고독한 은둔자로서 정신을 수양하고 깨달음을 얻은 후 그동안 얻은 지혜와 철학을 가르치기 위해 인간 세계로 내려오는 것에서 이야기는 시작된다. 그는 산을 내려오다가 늙은 성자를 만나 〈신은 죽었다〉고 말하며 작은 읍의 장터에 모인 군중 속으로 들어가 〈나는 그대들에게 초인을 가르친다. 인간은 극복되어야 할 존재이다〉라고 외친다.

나는 그대들에게 초인을 가르친다. 인간은 극복되어야 할 존
재이다. 그대들은 인간을 극복하기 위해 무엇을 했는가? 지금
까지 모든 존재는 자신을 넘어서는 뭔가를 창조했다. 그런데
그대들은 이 거대한 밀물의 한가운데에서 썰물이 되기를, 인간
을 극복하기보다는 짐승으로 돌아가기를 원하는가? (……) 보
라, 나는 그대들에게 초인을 가르친다! 초인은 지상의 의미이
다. 그대들의 의지는 초인이 지상의 의미여야 한다고 말해야
한다! (……) 예전에는 신에 대한 불경이 최대의 불경이었다.
그러나 신은 죽었고, 그와 더불어 그 불경스러운 자들도 죽었
다. 이제 가장 무서운 일은 지상에 불경을 저지르고 그 불가해
한 존재의 내장을 지상의 의미보다 더 높이 존중하는 것이다!
(……) 진실로 인간은 더러운 강물이다. 더러운 강물을 받아들
이고도 더러워지지 않으려면 먼저 바다가 되어야 한다. 보라,
나는 그대들에게 초인을 가르친다. 초인이 바로 바다이고, 그
대들의 커다란 경멸은 그 속으로 가라앉을 것이다.[38]

계속해서 차라투스트라는 군중을 향해 〈인간은 짐승과 초인
사이에 매인 밧줄, 심연 위에 매인 밧줄이다. 저편으로 건너가는
것도 위험하고, 건너가는 도중도 위험하고, 뒤돌아보는 것도 위
험하고, 덜덜 떨며 멈춰 서는 것도 위험하다. 인간의 위대한 점은,
인간이 다리이지 목적이 아니라는 데 있다. 인간의 사랑할 만한

점은, 인간이 건너감이고 몰락이라는 데 있다〉라고 외친다. 초인으로 이행하는 것은 위험하지만 이런 감행은 인간을 인간답게 만들어 준다. 인간의 존재 이유는 인간이 과정이기 때문이다. 기존의 모습을 버리고 초인으로 가는 과정을 통해 인간다운 인간이 될 수 있다는 뜻이다.

1부에서 핵심적인 내용은 초인에 이르는 인간의 정신 발달에 대한 것이다. 차라투스트라는 〈나는 그대들에게 세 가지 변화에 대해 말한다. 정신이 어떻게 낙타가 되고, 낙타가 어떻게 사자가 되며, 사자가 어떻게 마침내 어린아이가 되는지〉라고 말하면서 낙타, 사자, 어린아이로 이어지는 정신 발달의 3단계에 대해 자세히 설명한다. 첫 번째는 낙타의 단계이다. 〈참을성 있는 정신은 이런 더없이 무거운 짐들을 모두 짊어진다. 짐을 가득 싣고 사막을 향해 걸음을 재촉하는 낙타처럼 자신의 사막을 향해 걸음을 재촉한다.〉 이 쓸쓸한 사막에서 두 번째 변화가 일어난다. 낙타가 사자로 변하는 것이다. 〈정신은 자유를 쟁취하여 자신의 사막을 다스리는 주인이 되려 한다. (……) 자유를 탈취하기 위해 사자가 필요한 것이다.〉 사자는 다시 어린아이로 탈바꿈한다. 〈사자도 할 수 없는 무엇을 어린아이가 할 수 있겠는가? 강탈을 일삼는 사자가 왜 어린아이가 되어야 하는가? 어린아이는 순진무구이고 망각이며 새로운 출발, 유희, 저절로 굴러가는 바퀴, 최초의 움직임, 성스러운 긍정이다.〉

여기서 낙타는 모든 것을 감내해야 하는 굴욕적인 정신을, 사자는 그 굴욕에 저항해 자유를 쟁취하는 정신을, 어린아이는 새로운 가치를 창조할 수 있는 정신을 각각 상징한다. 무거운 짐을 싣고 아무런 저항도 못 하고 자신이 감내해야 하는 사막을 묵묵히 걸어가는 낙타는 관습, 규범, 종교에 매몰되어 자신의 의지대로 실천적인 삶을 살지 못하는 복종과 수동성을 가리킨다. 낙타의 짐은 형이상학과 종교적 세계관이다. 드디어 낙타는 자신의 존재를 깨닫고 올가미에서 벗어나 자유를 추구한다. 사자는 낙타처럼 무거운 짐을 짊어지지 않는다. 〈너는 해야 한다〉와 투쟁해 〈나는 하려 한다〉로 바뀌게 된 것이다. 그러나 사자의 용기도 힘에 의존한 것이어서 불완전한 소극적 자유이다. 미래 창조에 대한 적극적 의지는 쟁취하지 못했다. 니힐리즘의 극복은 사자 단계에서는 불가능하고 어린아이로 변한 인간의 정신이 감당해야 한다. 그래서 사자는 다시 어린아이로 태어난다. 현재를 살면서 미래를 바라보는 새로운 출발이다. 어린아이 단계는 새로운 삶을 창조해 낼 힘을 지닌 단계이다. 그래서 니체는 어린아이의 단계를 초인의 수준에 도달한 것으로 본다. 어린아이는 있는 것을 그대로 받아들이며 새로운 삶을 창조해 낼 수 있는 첫 움직임이기 때문이다.

제2부

다시 산속 동굴로 돌아간 차라투스트라는 사람들을 멀리한다. 그는 자신이 사랑하는 사람들에 대한 그리움으로 고통의 나날을 보내다가 제자들을 찾아 나선다. 차라투스트라는 스물두 개의 이야기를 통해 성직자와 도덕군자와 현자들의 위선을 폭로하고, 학자와 시인들의 허세를 비판한다. 그리고 세상살이를 위한 처세술을 가르친다. 이런 〈힘에의 의지〉와 〈자기 극복〉이 2부의 중심 내용을 이루고 있다. 니체는 힘에의 의지를 가장 긍정적으로 사용할 수 있는 인간을 초인이라 부른다.

2부에서는 「지복의 섬에서」, 「성직자들에 대하여」, 「자기 극복에 대하여」가 눈여겨볼 만한 대목이다. 「지복의 섬에서」에서 차라투스트라는 신은 하나의 추측일 뿐 존재하지 않는다며 신의 허구성을 증명하고 있다. 〈지금까지 그대들에게 세계라고 불린 것은 그대들에 의해 새로이 창조되어야 한다. 그것이 바로 그대들의 이성, 그대들의 형상, 그대들의 의지, 그대들의 사랑이 되어야 한다!〉

「성직자들에 대하여」에서는 그리스도교 사제들에 대해 〈사악한 적〉이라며 날카로운 공격을 가한다. 교회라는 제도와 교리는 사제들의 작품이라는 것이다. 〈오, 저 성직자들이 지은 오두막집을 보라! 저들은 달콤한 냄새를 풍기며 자신들의 동굴을 교회라 부른다. (……) 저들은 인간을 십자가에 못 박는 것 말고는 달리 신을 사랑하는 법을 알지 못했다.〉

「자기 극복에 대하여」에서 차라투스트라는 삶의 근본 법칙으로서 힘에의 의지를 가르친다. 〈나는 살아 있는 것을 발견한 곳에서 힘에의 의지를 발견했다. (……) 오로지 삶이 있는 곳에 의지도 있다. 그러나 그것은 삶에의 의지가 아니라 힘에의 의지이다!〉 힘에의 의지를 통해 삶은 상승과 강화를 지향하게 된다는 것이다.

2부의 마지막 장인 「가장 고요한 시간」에서 차라투스트라는 〈나의 말은 아직 산들을 옮긴 적이 없고, 내가 말한 것은 인간들에게 이르지 못했다. 나는 분명 인간들을 향해 다가갔지만, 아직 인간들에게 도달하지 못했다〉라며 자신의 사유가 허무주의를 초래할 가능성을 예견하면서 제자들과의 이별을 슬퍼하며 또다시 동굴 속으로 들어간다. 3부에서 전개될 허무주의 도래에 대한 경고와 그 극복을 암시하고 있다.

제3부

3부에서 차라투스트라는 제자들과 헤어진 후 홀로 긴 여행을 떠난다. 그리고 여러 지역을 돌아다닌 후 산속의 동굴로 돌아온다. 동굴에서 차라투스트라는 영원 회귀의 힘을 축적해 그것을 가르치겠다는 열망을 품는다. 3부의 핵심 내용은 영원 회귀 사상이다. 영원 회귀 사상에 의해 초인에 대한 희망이 실현된다.

3부에서 주목해야 할 대목은 영원 회귀의 사유를 밝히고 있는 「환영과 수수께끼에 대하여」와 「회복하는 자」이다. 먼저 영원 회귀에 대해 차라투스트라는 이렇게 말한다. 〈만물 가운데에서 달릴 수 있는 것은 틀림없이 이미 언젠가 이 길을 따라 달리지 않았겠느냐? 만물 가운데에서 일어날 수 있는 것은 틀림없이 이미 언젠가 일어나고 행해지고 지나가 버리지 않았겠느냐? (……) 그대와 나, 우리 모두 틀림없이 이미 존재하지 않았겠느냐? 그리고 언젠가는 되돌아와서 밖으로 이어지는 다른 길, 우리 앞에 놓인 저 길고도 으스스한 길을 달려야 하지 않겠느냐? 우리는 영원히 되돌아와야 하지 않겠느냐?〉 그리고 「회복하는 자」에서 차라투스트라는 이렇게 말한다. 〈모든 것이 가고, 모든 것이 되돌아온다. 존재의 수레바퀴는 영원히 돌고 돈다. 모든 것이 죽고, 모든 것이 새롭게 피어난다. 존재의 세월은 영원히 흐른다. (……) 아, 인간은 영원히 회귀한다! 왜소한 인간은 영원히 회귀한다!〉

제4부

차라투스트라는 운둔 생활을 하다가 인간들의 외침을 듣는다. 실패한 자유정신들이 도움을 구하는 소리였다. 왕, 마술사, 예언자, 교황, 추악한 인간, 비렁뱅이를 자처하는 자, 차라투스트라의 그림자 등이 도움을 구하기 위해 차라투스트라를 찾아온다. 반쯤 깨어 있지만 아직 초인의 경지에 이르지 못한 자들이다. 그들은 신이 없는 시대의 공허함과 무의미함을 깨닫고 이런 절박한 순간에 새로운 비전이 필요하다고 말한다. 차라투스트라는 이들을 〈더 높은 인간〉이라 부르며 현실에 갇혀 있는 〈말인(末人)〉 위에 두었다. 말인은 초인과 대립되는 존재로 자기 극복에의 의지가 결여된 채 현실에 만족하는 탐욕스러운 인간을 뜻한다. 이들은 기존의 가치 규범에 예속되어 편안함과 안락함을 추구하고, 허무주의에 빠져 진취성과 창의적 사고가 결여되어 자기 극복이 불가능하다. 차라투스트라는 말인에 대해 다음과 같이 말한다. 〈슬프다! 인간이 더 이상 별을 낳지 못하는 시대가 올 것이다. 슬프다! 자기 자신을 더 이상 경멸할 줄 모르는 더없이 경멸스러운 인간의 시대가 올 것이다. (……) 지상은 작아졌으며, 모든 것을 작게 만드는 말인이 지상을 경중경중 뛰어다니고 있다.〉 그들은 자기 자신을 직시하지 못해 자기 극복이 불가능한 허무주의에 빠진 존재들이다. 차라투스트라는 더 높은 인간들과 함께 만찬을 들면서 창조적 인간, 즉 초인의 길에 대해 설파한다.

「도움을 구하는 외침」이 4부를 이끌어 가는 역할을 한다. 「더 높은 인간에 대하여」에서 차라투스트라는 실패한 자유정신의 소유자들을 더 높은 인간들이라 부르고, 신의 죽음 이후에 등장하는 초인을 준비하는 자들이라 일컫는다. 초인은 신을 부정할 수 있는 용기를 갖추어야 하고, 목표를 위해 인간의 모습을 경멸하는 자가 되어야 한다는 것이다. 〈자! 사자가 왔다. 나의 아이들이 가까이에 있다. 차라투스트라는 무르익었다. 나의 때가 왔다. 이것은 아침이다. 나의 낮이 시작된다. 이제 위로 떠올라라, 그대 위대한 정오여!〉라고 크게 외치고서 차라투스트라는 어두운 산속에서 떠오르는 아침 해처럼 불타는 모습으로 힘차게 자신의 동굴을 떠난다. 이렇게 『차라투스트라는 이렇게 말했다』는 대단원의 막을 내린다.

초인이란 무엇인가

니체가 말하는 초인은 독일어로 〈위버멘시Übermensch〉이고 영어로는 〈오버맨overman〉이다. 〈자신을 넘어서는 자〉, 〈자신을 극복하는 자〉라는 뜻이다. 우리말로 초인(超人)이라 부르는데 초월적인 사람 혹은 슈퍼맨처럼 초능력을 지닌 자로 오해받을 소지가 있다. 그래서 위버멘시를 그대로 사용하는 경우도 많다. 초인이란 현재 자신의 조건이나 상태에 안주하는 것이 아니라 위험을 무릅쓰고 그것을 넘어서서 자신을 극복하고 기존의 모든 것을 뛰어넘은 역사상 가장 강력한 개인인 새로운 유형의 인간이라 할 수 있다. 니체가 『차라투스트라는 이렇게 말했다』에서 의도한 바는 차라투스트라를 등장시켜 인간에게 초인 사상을 불어넣고 또 초인으로 만들려는 것이었다. 여기서 초인은 초월적 세계의 신처럼 신격이 주입된 그런 존재가 아니라 이 지상에서 구현 가능한 실존적 유형의 인간이다. 차라투스트라가 〈인간은 짐승과 초인 사이에 매인 밧줄, 심연 위에 매인 밧줄〉이라고 말하고 있듯이 인간은 한낱 어릿광대에 의해 운명이 좌우될 수 있는 무의미한 존재이다. 따라서 차라투스트라는 〈나는 그대들에게 초인을 가르친다. 인간은 극복되어야 할 존재이다〉 그리고 〈지금은 인간이 목표를 세울 때이다. 지금은 인간이 최고의 희망을 싹 틔울 때이다〉라고 설파하면서 초인을 인간의 삶이 지향해야 할 목표이자 인간 존재의 목적이라고 가르친다.

그럼 초인의 경지에는 어떻게 도달할 수 있는가? 앞서 초인이 되기 위한 〈낙타-사자-어린아이〉의 3단계 비유를 이야기했지만 보통의 인간은 어떻게 초인이 될 수 있는가? 초인이 자신을 극복하는 존재라면 어떤 동인(動因)으로 자기 상승이 가능하겠는가? 이 문제에 대해 니체는 인간은 힘에의 의지를 가지고 있어서 누구나 초인이 될 수 있다고 말한다. 힘에의 의지에 대해서는 나중에 살펴보기로 하고 초인을 정리해 보자.

첫째, 초인은 초월적 세계의 신을 대체하는 새로운 신이 아니라 개개인이 누구나 성취할 수 있는 실존적 이상이다.

둘째, 초인은 신을 잃어버린 사회에서 삶의 지표를 상실한 사람들에게 하나의 대안이 된다.

셋째, 초인은 힘에의 의지에 의해 자기 극복을 시도하는 인간이다.

넷째, 초인은 형이상학적 이분법의 미망(迷妄)에서 깨어나 절대적 도덕을 파괴한다.

다섯째, 초인은 자기 존재의 의미를 초월 세계에서 찾지 않고 지상에서 찾는 인간이다.

여섯째, 초인은 자기 자신에 대해 긍정의 힘을 느껴 자신을 행복하게 만드는 인간이다.

일곱째, 초인은 인간이 가진 힘에의 의지를 행사할 수 있는 존재이므로 이 지상에서 구현 가능한 인간형이다.

여덟째, 〈나는 언제나 나를 넘어선다〉라는 말처럼 초인은 현실에서 끊임없이 자기를 창조하는 능동적 인간이다.

차라투스트라는 누구인가

차라투스트라는 기원전 600년경에 고대 페르시아에 살았던 예언자이자 조로아스터교의 창시자이다. 원래 페르시아 말로는 〈자르도슈트〉인데 영어식 이름인 〈조로아스터Zoroaster〉를 독일어로 옮긴 것이다. 조로아스터교는 불을 신성시해 〈배화교(拜火敎)〉라고도 불린다. 『차라투스트라는 이렇게 말했다』에서 차라투스트라는 초인을 지상에 알리러 온 예언자이다.

차라투스트라는 10년 동안 산속에 머물며 깨달음을 얻은 뒤 속세로 내려와 대중에게 초인 사상을 설파하는 인물이다. 그가 정말로 깨달음의 경지에 올라 득도를 한 것인지, 아니면 불교에서 말하는 해탈을 한 존재인지, 신과 인간의 중간 존재인 성인(聖人)인지 헷갈린다. 니체도 차라투스트라에 대해 〈선지자〉도 아니고, 자르도슈트처럼 〈종교 창시자〉도 아니며, 〈유혹자〉도 아니라고 말한다. 현자나 세상의 구원자는 더더욱 아니라는 것이다. 아무튼 뭔가를 깨우친 모호한 노인으로 등장한다.

차라투스트라는 산속의 동굴에서 나와 중생을 구원하기 위한 여정을 펼치다가 인간에게 실망해 굴속으로 들어가고 또 나오기를 반복하면서 초인 사상을 설파한다. 책을 어렵사리 완독했는데 차라투스트라가 그렇게 설파하고 염원한 초인은 끝내 나타나지 않고 차라투스트라는 동굴을 떠나면서 이야기가 끝나니 허탈하기까지 하다. 니체가 형이상학적인 이데아를 그렇게나 공격했는데 초인은 흡사 이데아 같은 존재인가, 아니면 아일랜드 태생의 프랑스 극작가 사뮈엘 베케트Samuel Barclay Beckett의 『고도를 기다리며Waiting for Godot』에서 블라디미르와 에스트라공이 그토록 기다리지만 끝내 오지 않는 〈고도〉 같은 존재인가.

분명한 것은 니체는 형이상학적 이분법을 몹시 싫어했다. 그가 차라투스트라를 끌어온 이유도 기원전 6세기에 자르도슈트가 선과 악은 모순 관계를 형성하는 것이 아니라 마치 새의 양 날개처럼 어느 하나가 없으면 다른 것도 존재하지 못한다는 식의 교설을 했기 때문이다. 서구 기독교와 형이상학을 비판하고자 한 니체는 자르도슈트의 이 교설에 귀가 솔깃했을 것이다. 어쨌든 차라투스트라는 세상에 나와 형이상학적 사유에 대항해 신 대신 영원 회귀에 바탕을 두고 초인 사상을 가르치는 자이다.

그렇다면 〈차라투스트라 자신은 초인인가?〉라는 질문이 나올 수 있다. 차라투스트라가 자신이 초인이라고 말한 대목은 어디에도 없다. 일반 대중은 자기 극복을 통해 초인이 될 수 있다고 했는데, 10년 동안 동굴에서 수행하고 깨달은 바가 있는 차라투스트라 정도가 되어야만 초인이 될 수 있다면 그건 좀 곤란한 일이 아닐까? 니체는 꼭 초인의 경지에 다다르는 것에 방점을 찍은 것이 아니라 초인을 향한 결단과 의지로 긍정적 삶을 살며 끊임없이 자기 극복을 하는 인간에게 지지를 보낸 것이 아닐까.

형이상학적 이원론에 대한 비판

니체는 왜 신은 죽었다고 말했을까? 2천 년 이상 인간의 삶에 절대적인 영향을 끼쳐 온 신의 존재가 인간의 실존적 삶에 나쁜 영향이라고 끼쳤단 말인가? 이제부터 〈신은 왜 죽었나〉에 대한 근원적 질문에 답하기로 하자. 이 질문에 대한 답은 먼저 이원론에서 시작해야 한다.

이원론이란 세계 전체가 서로 대립되는 두 개의 근본 원리로 구성되어 있다고 하는 사고방식이나 태도를 가리킨다. 이를테면 세상은 선과 악, 영혼과 물질, 영과 육이 서로 대립하는 곳이라는 것이다. 두 개의 독립적인 원리가 서로 대립하고 투쟁하면서 궁극적으로 둘 중 하나가 승리한다는 논리이다. 이분법적 사유는 서구 사회를 지배해 왔고, 지금도 우리 사회에 남아 있다. 인종적 관점에서 볼 때 서구 제국주의자들은 유색인과 백인으로 이분화시켜 백인은 우둔한 유색인을 계몽하고 가르쳐야 한다는, 소위 영국의 계관 시인이자 소설가인 러디어드 키플링Joseph Rudyard Kipling의 〈백인의 책무〉라는 말로 그들의 제국주의적 지배를 정당화했다.

이원론에는 〈형이상학적 이원론〉과 〈기독교적 이원론〉이 있다. 서구의 형이상학과 종교는 생성하고 소멸하는 세계를 가상으로 간주하고 이데아나 신의 초감각적이고 영원한 세계만을 참된 실재로 본다. 형이상학적 이원론의 뿌리는 플라톤으로 거슬러 올라간다. 이데아를 삼각형에 비유한 바 있다. 플라톤에 따르면 이데아란 〈객관적이고 불변하는 사물의 본질〉이다. 그래서 그는 감각적인 세계의 개별자를 보지 말고 추상적인 보편자를 인식해야 한다고 말한다.

플라톤에 따르면 이 세상에는 현상계와 이데아계가 존재한다. 현상계는 생성·변화·소멸하는 현실적·육체적 세계이고, 이데아계는 영구불변의 관념적·정신적 세계이다. 현상계는 우리가 살고 있는 불완전한 감각 세계로 이데아의 그림자일 뿐이다. 보이는 세계는 영원하고 참된 것의 복제에 불과하다는 것이다. 이데아계는 영원불변하며 현상 세계의 원본이 되는 세계이다. 현상 세계는 이데아에 근거해야만 성립이 가능하다. 따라서 철학의 최종 목적은 바로 현상 세계의 원본인 이데아를 인식하는 것이다. 이처럼 플라톤은 이데아와 현상, 이성과 지각, 영혼과 육신을 구분하는 철저한 이원론자로서 전자가 후자보다 우월하다고 주장한다.

기독교적 이원론은 세계를 신의 세계인 피안과 인간의 세계인 차안으로 나눈다. 신의 세계는 불변하는 이데아계, 인간 세계는 변화하는 현상계와 같은 맥락이다. 인간은 오로지 신의 구원에 의해서만 내세의 행복을 보장받을 수 있고 인간 스스로는 행복을 개척할 수 없는 나약한 존재이다. 또한 인간은 육체와 영혼이라는 두 실체로 구성되어 있다고 보는데, 육체는 생멸하지만 영혼은 불멸한다고 믿는다. 따라서 신자와 불신자로 나누어 신자의 영혼은 천국으로 가고 불신자의 영혼은 지옥에 떨어진다는 것이다.

형이상학적 이원론과 종교적 이원론

• 플라톤은 세계를 이데아계와 이데아가 불완전하게 실현된 현상계로 나누고, 기독교는 천국의 세계인 피안과 현세인 차안으로 나눈다. 이데아의 세계와 피안은 영원불변하고 선한 세계이고, 현상계와 차안은 끊임없이 생성하고 소멸하는 악한 세계이다.

• 인간 역시 현실에 속하는 악한 육신과 영원불멸하는 순수 영혼으로 나눈다. 순수 영혼은 선을 지향하고 육신은 개인의 욕망과 이익을 추구한다.

• 모든 인간은 신 앞에 평등한 존재라는 평등주의를 지향한다.

19세기 후반에 들어 이러한 이원론에 균열이 생기기 시작했다.

19세기에 서구 사회는 산업 혁명을 겪으면서 자본주의를 확립하고 제국주의 체제를 기반으로 침략과 약탈을 내면화했다. 서구인들은 인류의 문명과 역사는 긍정적으로 진보할 것이라 믿었으나 자본주의 사회의 모순과 한계가 드러나기 시작하고 19세기 후반에 이르러 서양 사상은 진통을 겪게 된다. 기독교가 권력을 행사해 부패하게 되자 서구 지성인들은 기독교의 이원론을 비판하기에 이른다. 일찍이 기독교는 면죄부 판매와 십자군 전쟁을 겪었고, 다윈의 『종의 기원』을 필두로 하는 진화론의 등장과 함께 그 권위와 신뢰가 바닥을 치고 있었다. 이제 종교는 사회를 이끌어 가는 역할을 상실했다고 본 것이다. 기독교는 구원이라는 명분으로 인간을 나약하게 하고 의존하게 만든다는 주장에 힘이 실리기 시작했다.

시대를 간파해 낸 순발력

이런 시대 상황에서 니체가 〈신은 죽었다〉는 명제를 던지며 치고 나온 것이다. 사실 니체뿐만 아니라 다른 지성인들도 당대의 종교 비판에 가세하고 있었다. 19세기 영국 빅토리아 시대의 대표적인 비평가인 매슈 아널드Matthew Arnold는 「도버 해변Dover Beach」이라는 시에서 밀려가는 파도를 보며 당시 쇠퇴해 가던 기독교의 모습을 떠올렸다. 4연의 일부를 인용해 본다. 〈신앙의 바다 / 한때 만조가 되어, 이 지구 해변 둘레에 / 접어 놓은 찬란한 허리띠처럼 누워 있었다. / 그러나 나는 지금 들을 뿐이다. / 구슬프게 물러가는 긴 파도 소리를〉

플라톤은 진정한 세계를 〈이데아〉라고 했고, 기독교는 인간이 진정으로 찾아야 하는 세계는 〈천국〉이라 강조했다. 이처럼 서양 문명은 플라톤의 이데아에서 중세의 기독교적 신에 이르기까지 이름만 다를 뿐 〈저 세계〉라는 관념을 추구해 왔다. 인간의 현세적 삶을 부정하고 저 너머의 삶을 추구하며 거기에서 삶의 위안을 얻으려 했다. 니체는 이것을 서양 문명의 병이라 진단했다. 형이상학적 이원론의 사유로 세상을 바라보더라도 현재의 고통은 사라지지 않는다. 오히려 인간을 나약하게 만들 뿐이다.

이원론에 대한 니체의 반박

• 세계는 피안과 차안으로 나뉘지 않고 오직 생성하고 소멸하는 하나의 세계만이 존재한다. 세상이 선하거나 악하다는 판단은 객관적이지 않다. 그것은 심리 상태의 결과일 뿐이다. 따라서 형이상학적이든 종교적이든 이원론은 폐기되어야 한다.
• 인간은 악한 육체와 선한 순수 영혼으로 나뉘어 있지 않고, 힘에의 의지라는 충동에 의해 지배받는 존재이다.
• 인간은 평등한 존재가 아니다. 동물처럼 차등이 존재한다. 인간이 불평등한 이유는 초인에 도달하는 과정에서 자기 극복 단계에 차이가 있기 때문이다.

신이 부재한 사회는 어떻게 될까? 바로 니힐리즘의 상태가 되고 만다. 그럼 니힐리즘을 극복하는 대안은 무엇인가? 니체는 내세적인 것에서 벗어나 지상에서 본질로 하는 삶의 철학을 주장해 신이 죽은 시대에 근대인이 지향해야 할 삶의 새로운 방향과 목표를 모색했다. 궁극적으로 초월적인 신에 대립하는 실존적인 초인을 창조해 낸 것이다. 그렇다면 그가 말하는 초인의 경지에는 어떻게 다다를 수 있을까? 니체는 영원 회귀 사상을 인식하고 힘에의 의지를 통해 초인이 될 수 있다고 주장한다.

영원 회귀란 무엇인가

3부 「회복하는 자」에서 차라투스트라는 숲속의 동굴로 돌아간다. 산에서 내려와 자신이 깨달은 지혜를 전파하려 했지만 사람들이 깨닫지 못하자 산으로 돌아간 것이다. 그는 7일 동안 앓아누운 후 짐승들의 간호로 침상에서 일어나 짐승들과 대화를 나눈다. 이 장면에서 니체는 짐승들의 입을 빌려 영원 회귀 사상에 관해 말한다.

모든 것이 가고, 모든 것이 되돌아온다. 존재의 수레바퀴는 영원히 돌고 돈다. 모든 것이 죽고, 모든 것이 새롭게 피어난다. 존재의 세월은 영원히 흐른다. 모든 것이 부러지고, 모든 것이 새롭게 이어진다. 존재의 똑같은 집이 영원히 지어진다. 모든 것이 갈라서고, 모든 것이 다시 반갑게 인사한다. 존재의 순환은 영원히 자기 자신에게 충실하다. (······) 아, 인간은 영원히 회귀한다! 왜소한 인간은 영원히 회귀한다! (······) 오, 차라투스트라여, 그대가 어떤 자이고 어떤 자가 되어야 하는지 그대의 짐승들은 잘 알고 있기 때문이다. 보라, 그대는 영원 회귀의 스승이다. 이것이 이제 그대의 운명이다! (……) 보라, 우리는 그대가 무엇을 가르치는지 잘 알고 있다. 만물은 영원히 회귀하고 우리 자신도 회귀하며 우리는 이미 무수히 여러 번 존재했고 우리와 더불어 만물도 무수히 여러 번 존재했다는 것을 가르친다.[39]

영원 회귀는 『차라투스트라는 이렇게 말했다』의 핵심 사상이다. 말 그대로 〈같은 것이 영원히 반복된다〉는 뜻으로 현재 우리에게 일어나고 있는 행복한 일도 불행한 일도 과거에 똑같이 일어났고, 앞으로도 영원히 똑같이 일어날 거라는 것이다. 비 내리는 날 오후 카페 창가에 앉아 커피를 시켜 놓고 창밖을 멍하니 바라보고 있다면, 나는 오래전 과거에도 비 내리는 날 오후 카페에 앉아 커피를 시켜 놓고 창밖을 멍하니 바라보고 있었을 테고, 만년이 지난 먼 미래에 똑같은 순간이 와도 똑같은 행동을 할 거라는 것이다. 존재의 수레바퀴는 영원히 돌고 돌기 때문이다. 니체식으로 해석하면 우리가 살고 있는 현재의 삶은 과거에도 똑같이 반복했던 바로 그 삶이다. 이렇게 똑같은 것이 영원히 반복되는 영원 회귀의 삶을 니체는 인간이 받아들여야 하는 삶이라고 보았다. 그렇다면 질문을 해보겠다. 과거와 마찬가지인 현재의 삶을 미래에 조금도 개선되지 않은 채 똑같이 반복하기를 원하는가? 미래에도 이런 무한한 반복 속에서 의미 없는 삶을 반복하며 권태에 빠질지, 아니면 어떤 기쁨을 위해 현재의 고통에 맞서 긍정의 힘을 생각해 봐야 할지 둘 중 하나이다.

현재가 도덕적이고 목적 있는 삶이 아니라고 현재의 삶을 부정하게 되면 자신의 삶을 사랑하지 않는 허무주의적 사유에 빠지게 된다. 앞서 낭만주의에서 배웠듯이 현실을 부정하고 저 너머의 바깥 세계, 즉 이상 세계나 유토피아를 꿈꾸게 되고 플라톤의 『국가』처럼 이상 정치를 염원하게 되는 것이다. 여기서 니체는 현실의 삶을 부정하고 이데아의 세계나 피안의 세계를 동경하면 현재의 삶은 황폐화된다고 말한다. 플라톤의 이데아 세계와 기독교의 피안이 현실을 부정하는 사상이라면, 니체의 영원 회귀 사상은 있는 그대로의 현실을 가능한 한 긍정하는 사유이다.

3부 「환영과 수수께끼에 대하여」에서 차라투스트라는 뱀에게 목구멍을 물린 양치기를 본다. 양치기는 뱀을 잡아당기지만 헛수고일 뿐이다. 이 위급한 상황에서 차라투스트라는 〈물어라! 콱 깨물어라! 머리통을 물어라!〉라고 양치기에게 외친다. 양치기는 차라투스트라의 충고대로 〈뱀을 정통으로 물고선 뱀의 머리통을 멀리 뱉어 냈다〉. 그는 더 이상 양치기가 아니었다. 〈그는 변화한 자, 빛에 둘러싸인 자로서 웃고 있었다! 이제껏 지상에서 그처럼 웃은 자는 아무도 없었다.〉 이 장면에서 목을 물려 저항할 수 없는 양치기의 상황은 우리의 현실과 닮았다. 뱀은 역겨움, 증오, 연민, 선과 악이 존재하는 현실이라 할 수 있다. 양치기의 웃는 모습은 고통스럽고 힘든 삶을 긍정하는 태도에 대한 은유이다. 과연 우리는 양치기처럼 고통스러운 삶을 긍정할 수 있을까?

아모르파티

니체는 현재의 삶을 부정해 허무주의에 빠지지 말고 영원 회귀를 그대로 받아들여 자신의 운명을 사랑하고 현재의 삶을 즐기라고 말한다. 플라톤의 이데아나 기독교의 피안을 버리고 현상계와 차안의 세계에서 실존적인 삶을 긍정하라는 의미이다. 그는 이러한 현실의 삶을 긍정하는 수단으로 〈아모르파티amor fati〉를 제시한다. 어느 대중 가수가 부른 노래 제목이 연상되지만 니체가 『즐거운 학문』에서 사용해 유명해진 어구이다. 이 책에서 니체는 다음과 같이 말한다.

나는 사물들에 있어서 필연적인 것을 아름다운 것으로 보는 법을 더 배우고자 한다. 그렇게 하여 사물을 아름답게 만드는 사람 중 하나가 될 것이다. 네 운명을 사랑하라Amor fati, 이것이 지금부터 나의 사랑이 될 것이다! 나는 추한 것과 전쟁을 벌이지 않으련다. 나는 비난하지 않으련다. 나를 비난하는 자도 비난하지 않으련다. 눈길을 돌리는 것이 나의 유일한 부정이 될 것이다! 무엇보다 나는 언젠가 긍정하는 자가 될 것이다![40]

아모르는 〈사랑〉이고, 파티는 〈운명〉을 뜻한다. 영어로는 〈love of fate〉이다. 운명에 대한 사랑, 운명애로 번역될 수 있다. 좋은 것이든 싫은 것이든 자신의 운명을 받아들여 즐기라는 뜻이다. 그저 운명을 수동적으로 받아들여 굴복하거나 순응하라는 뜻이라고 오해하지 마시길. 영원 회귀를 받아들여 인생은 원래 그런 것이라고 허무주의에 빠져 도피하거나 수동적으로 살지 말고 자신을 사랑하고 능동적이고 주체적으로 살라는 뜻이다. 어느 시인이 말했던가. 〈내일도 내일이 되면 오늘이다〉라고. 미래의 삶도 어차피 그때가 되면 현재의 삶이 된다. 동일한 삶이 영원히 반복되는 상황에서 인간들은 허무주의에 빠지지 않고 영원 회귀를 받아들이되 26운명애를 통해 초인에 다가갈 수 있다는 것이다. 이제 남은 하나, 〈힘에의 의지〉에 대해 이야기해 보자.

힘에의 의지란 무엇인가

2부에서 니체는 또 다른 핵심 사상인 힘에의 의지를 소개하고 있다.

나는 살아 있는 것을 발견한 곳에서 힘에의 의지를 발견했다. 그리고 섬기는 자의 의지 속에서도 주인이 되려는 의지를 발견했다. 더 약한 자의 주인이 되려 하는 약자의 의지는 약자가 강자를 섬겨야 한다고 약자를 설득한다. 약자도 이 기쁨만은 포기하기 어렵다. 작은 자가 가장 작은 자에게 힘을 휘두르는 기쁨을 맛보기 위해 더 큰 자에게 헌신하듯이, 가장 큰 자도 힘을 위해 헌신하고 목숨을 건다. 모험과 위험, 죽음을 건 주사위 놀이가 가장 큰 자의 헌신이다. (……) 존재하지 않는 것이 어떻게 원할 수 있으며, 이미 생존하고 있는 것이 어떻게 생존하기를 원할 수 있겠는가! 오로지 삶이 있는 곳에 의지도 있다. 그러나 그것은 삶의 의지가 아니라 힘에의 의지이다! (……)

영원히 변치 않는 선과 악은 존재하지 않는다! 선과 악은 자진해서 끊임없이 자신을 극복해야 한다.[41]

존재하는 것은 모두 힘을 향한 의지를 지니고 있다. 존재하는 것은 존재하는 것에 만족하지 않고 더 많은 힘을 확보하기 위해 분투한다. 니체는 이것을 힘에의 의지라 부르고, 인간 행동의 기본적 충동이며 우리 삶을 지배하는 근본 원리로 파악하고 있다. 예전에는 〈권력에의 의지〉라 번역되었는데, 정치적으로 오해받을 소지가 있어 요즈음은 힘에의 의지를 사용하고 있는 추세이다.

한 남성이 몸무게가 백 킬로그램에 육박해 의사로부터 비만이라는 진단과 함께 운동 처방을 받았다고 치자. 그는 굳게 마음먹고 매일 퇴근해 가볍게 저녁을 먹은 후 헬스클럽에 가서 헉헉대며 운동을 한다. 어느 날 헬스클럽에 가려고 하다가 친한 친구의 전화를 받는다. 오늘 날씨도 더우니 치맥(치킨과 맥주)을 하자는 것이다. 이 말을 듣는 순간 그의 눈앞에는 생맥주 거품과 닭 다리가 어른거린다. 그는 마치 〈뷔리당의 당나귀〉*처럼 양 갈래 길 사이에서 갈등에 휩싸인다. 그간 열심히 운동했으니 오늘 밤만은 한잔해도 된다는 유혹과 나 자신과의 약속도 약속이니 지켜야 한다는 당위성 사이에서 고민한다. 이 순간 그의 마음속에 내재되어 있는 힘에의 의지가 발현된다. 더 강한 힘을 얻기 위해 내적

* 14세기 프랑스의 철학자 장 뷔리당Jean Buridan의 이름을 딴 것으로 양쪽에 동질·동량의 먹이를 놓아두었을 때 당나귀가 어느 쪽 먹이를 먹을 것인가를 결정하지 못해 굶어 죽는다고 하는 이야기.

투쟁을 해서 가장 큰 힘이 선택된다. 결국 그는 친구의 유혹을 뿌리치고 헬스클럽으로 향한다.

인간은 욕망의 수레바퀴에서 허우적거리다가 고통 속에서 죽어 가는 존재가 아니라 그러한 고통을 극복해 나가는 존재이다. 힘에의 의지가 그것을 가능하게 해준다. 힘에의 의지는 경쟁과 투쟁이 끊임없이 반복되는 삶에서 고통을 수동적으로 받아들이지 말고 긍정으로 받아들여 그것을 극복해 나가는 힘이다. 현실에 안주하거나 굴복하지 말고 힘에의 의지에 따라 자신을 극복해 스스로를 고양시키는 사람들이 있다. 인류 문명사에서 말인과 같은 다수의 인간과는 달리 이런 사람들이 새로운 문명과 문화를 만들어 시대를 이끌어 왔다. 더 높은 것을 지향하기 위한 창조성의 충동도 힘에의 의지의 표현이다. 정치, 철학, 종교, 예술, 과학 등 문화와 문명의 발전은 다 힘에의 의지가 발현된 산물인 것이다.

니체는 초인이 유토피아 차원에서나 가능한 인간 유형이 아니고, 이상으로 초탈한 인간 유형도 아니라고 말한다. 그보다는 인간 개개인이 구현해야 할 실존적 이상이라는 것이다. 바로 자기 극복을 가능하게 하는 정신적 기제인 힘에의 의지를 가지고 있고, 또 그것을 행사할 수 있는 존재이기 때문이다.

문학의 줄기를 잡는 노트

니체를 빼고 20세기 서구 정신을 논할 수 없을 만큼 그는 현대 철학뿐만 아니라 문화와 예술에 지대한 영향을 끼쳤다. 그의 철학은 실존주의에 등불을 밝혀 주었고, 후기 구조주의에 문을 열어 주었다. 포스트모더니즘도 그 영향을 벗어날 수 없었다. 인간은 자신의 미래를 스스로 선택하면서 본질을 만들어 가는 존재임을 부르짖은 실존주의는 니체 사상의 적자임에 틀림없다. 절대적인 진리, 가치, 규범을 인정하지 않고 이성보다는 감각을 추구하며 감정에 따라 행동한다는 포스트모더니즘 역시 니체 철학을 이어받은 것이라 하겠다.

니체는 19세기 후반 유럽에서 플라톤과 기독교식의 이분법적 사유는 이제 서구 문명과 인간의 삶을 이끌어 갈 동력을 상실했다고 보고 〈신의 죽음〉을 외쳤다. 그리고 신이 죽은 사회에서 초인을 등장시켜 니힐리즘의 극복을 제시했다. 초인 사상을 통한 니체 철학의 근본은 현실에 존재하지 않는 이데아의 세계나 종교에서 말하는 천국에 연연하지 말고 현재의 실존적인 삶에 충실하자는 것이다. 그러기 위해서 인간은 끊임없이 스스로를 극복해야만 창조적인 삶의 지평을 열 수 있다고 보았다. 니체는 영원 회귀를 수용하고 힘에의 의지를 통해 삶을 긍정적이고 창조적으로 이끌어 가자고 말한다. 자유 의지가 결여된 채 〈너는 해야 한다〉로 상징되는 비굴한 낙타의 상태에서 벗어나, 현실에서 자유 의지를 획득해 가며 기존의 가치 체계와 투쟁하는 〈나는 하려 한다〉를 상징하는 사자를 거쳐, 어린아이처럼 자신의 세계를 획득해 창조적인 삶을 살아야 한다고 역설한다.

신이 죽은 사회 → 니힐리즘 도래 → 영원 회귀 사상 수용과 힘에의 의지 발현 → 초인에 도달

그렇다면 우리는 과연 초인이 될 수 있는가? 형이상학과 피안의 미망에서 깨어나 있는 그대로의 삶을 긍정하고 운명을 사랑하고 힘에의 의지를 발휘하여 자기를 극복하는 창조자의 수준에 도달할 수 있을까? 『차라투스트라는 이렇게 말했다』에서도 초인은 끝내 나타나지 않은 채 끝나 버린다. 4부에서 차라투스트라가 도움을 구하기 위해 자신을 찾아온 반쯤 깨어 있는 사람들을 말인보다는 상위에 있는 〈더 높은 인간〉이라고만 불렀듯이 자신을 극복해 초인이 되는 길은 어렵고 험난하다. 다시 위의 질문으로 돌아가 보자. 이에 대한 답은 차라투스트라가 〈인간의 위대한 점은, 인간이 다리이지 목적이 아니라는 데 있다〉라고 말하는 대목과 니체의 또 다른 저서 『이 사람을 보라Ecce Homo』에서 〈이 책(『차라투스트라는 이렇게 말했다』)의 진정한 이해는 단지 머리로만 이해하지 않고 그것의 의미를 찾아 자신의 삶에 체화하여 삶을 바꾸는 것이다〉라고 말하는 부분에서 힌트를 얻을 수 있다. 초인으로의 이행은 위험하지만 이런 감행과 과정 자체가 인간을 인간답게, 아름답게 만들어 준다. 현대를 살아가는 우리에게 주어진 운명을 사랑하고 초인을 향해 끊임없이 자신을 극복하고 노력하는 과정의 중요성을 일깨워 주려는 의도가 아닐까.

니체의 초인 사상을 떠올리게 하는 시 한 구절을 소개하면서 이야기를 마무리하겠다. 미국의 낭만파 시인 헨리 롱펠로Henry Wadsworth Longfellow의 시 「인생 찬가A Psalm of Life」의 3연과 마지막 연이다.

우리가 가야 할 곳, 또한 가는 길은
즐거움도 아니고 슬픔도 아니다
내일이 오늘보다 낫도록
행동하는 것이 인생이다

(……)

자, 우리 모두 일어나 움직이자
어떤 운명이든 용기를 지니고
끊임없이 성취하고 추구하면서
노력하고 기다리며 배우자

18장

서로의 고통과 좌절을 위로하자:
니코스 카잔차키스의 『그리스인 조르바』

「내게 중요한 것은 오늘, 이 순간에 일어나는 일입니다.」

『차라투스트라는 이렇게 말했다』에서 차라투스트라는 그렇게나 돌아다니며 초인 사상을 설파했지만 초인은 끝내 나타나지 않았다. 기독교식으로 말하면 초인은 우리 앞에 〈현현〉하지 않았다. 니체는 그저 차라투스트라의 입을 빌려 운명을 사랑하고 초인을 향해 끊임없이 자신을 극복하고 노력하는 과정의 중요성을 일깨워 주었다. 그런데 정작 초인이 현실적으로 어떤 사람인지 궁금하다. 니체가 초인이란 유토피아 차원의 인간 유형이 아니고 〈인간 개개인이 구현해야 할 실존적 이상〉이라 말했으니 말이다.

과연 우리 주변에 그런 인간형은 존재하는가? 미혼모에게서 태어나자마자 버림받고 양부모 밑에서 자라 세계적 기업인 〈애플〉을 창업하고 혁신을 향해 끊임없는 도전 정신을 이어 간 스티브 잡스Steve Jobs는 초인인가? 아니면 의과 대학을 졸업하고 가톨릭 사제가 되어 아프리카에서 말라리아와 콜레

라로 죽어 가는 주민들을 돕기 위해 병원과 학교를 설립하여 죽을 때까지 헌신한 〈수단의 슈바이처〉라 불리는 고(故) 이태석 신부인가? 반드시 이런 위대한 인물들만 초인이 되라는 법은 없을 것이다. 이제 우리 주변에 있을 법한 친근한 초인 한 사람을 소개하겠다. 바로 〈조르바〉라는 사람이다.

알렉시스 조르바는 현대 그리스 문학을 대표하는 작가 니코스 카잔차키스Nikos Kazantzakis의 대표작 『그리스인 조르바』에 등장하는 인물이다. 이 작품은 1946년에 처음 출간되었으며 1980년 이윤기가 번역해 한국에 소개한 이래 스테디셀러의 반열에 올라 있다. 원제목은 그리스어로 〈알렉시스 조르바스의 삶과 모험Vios ke politia tou alexi zorba〉인데 제목이 바뀐 이유는 영어 번역본 제목인 〈그리스인 조르바Zorba the Greek〉를 우리말로 번역했기 때문이다. 따라서 조르바스는 그리스식 이름이고 조르바는 영어식 이름이다.

자유를 꿈꾸는 이들을 위한 책

교보문고 북클럽 〈낭만서점〉이 2008~2017년까지 10년 동안 세계 문학 선호도를 조사한 적이 있다. 여기서 50대와 60대가 1위로 꼽은 작품이 『그리스인 조르바』였다. 일탈과 자유를 꿈꾸는 혹은 은퇴와 새 출발을 앞둔 이들이 조르바의 자유와 해방에 크게 공감해 동경의 대상이 되었을 것이다. 실제로 문화 심리학자 김정운은 쉰 살이 되던 해에 이 소설을 다시 읽고는 교수직을 버리고 그림을 공부하러 일본으로 갔다는 일화도 있다.

『그리스인 조르바』는 실존 인물을 바탕으로 한 작품이다. 카잔차키스는 제1차 세계 대전의 여파로 석탄이 부족해지자 1917년 펠로폰네소스에서 잠시 갈탄 광산을 운영한 적이 있었는데, 그때 예오르요스 조르바스를 일꾼으로 고용한다. 『그리스인 조르바』의 알렉시스 조르바는 바로 조르바스라는 실존 인물이 모델이다.

카잔차키스는 『영혼의 자서전Report to greco』에서 이렇게 고백하고 있다. 〈내 영혼에 가장 깊은 자취를 남긴 사람들의 이름을 대라면 나는 아마 호메로스와 붓다와 니체와 베르그송과 조르바를 꼽으리라. (……) 조르바는 삶을 사랑하고 죽음을 두려워하지 말라고 가르쳤다.〉[42] 더욱이 그는 삶의 길잡이를 선택하라면 틀림없이 조르바를 선택할 것이라고 말하면서 조르바 앞에서보다 자신의 영혼에 대해서 더 수치를 느꼈던 적이 없었다고 고백한다. 『그리스인 조르바』에서도 화자인 〈나〉는 조르바와 함께 생활하면서 〈진리를 발견한 사람은 조르바다〉라고 외치고 〈나는 내 인생을 헛일에다 써버린 것이었다〉라고 반성한다. 도대체 조르바가 어떤 인간이기에 그럴까?

카잔차키스가 조르바라는 인물을 창조하는 데 결정적으로 영향을 끼친 사상은 프랑스의 생철학자 앙리 베르그송Henri Bergson의 자유 개념과 니체의 초인 사상이다. 카잔차키스는 아테네 대학에서 법학을 공부하다가 1908년 파리로 건너가 베르그송과 니체의 철학을 공부한다. 그는 베르그송의 강의를 듣고 니체를 읽으면서 생철학*에 경도되었다. 특히 니체의 초인을 인류의 희망

---

* philosophy of life. 합리주의와 이성을 중심으로 한 낙관주의 세계관에 반기를 들

이라고 부르면서 『영혼의 자서전』에 이렇게 쓰고 있다.

「신은 죽었노라.」 심연의 언저리로 우리들을 끌고 가서 그대가 말했다. 희망은 오직 하나, 인간은 자신의 본질을 초월하여 초인을 창조해야 한다. 그러면 우주를 다스리는 일이 모두 그의 어깨에 떨어지고, 그는 그런 책임을 수행할 권세를 얻으리라. 신은 죽었고, 그의 왕좌는 비었으니, 우리들은 스스로 신의 자리에 앉으리라.[43]

카잔차키스에게 조르바는 바로 니체가 말하는 초인이었다. 앞서 살펴보았듯이 니체는 신의 죽음이라는 명제를 던지고 그에 뒤따르는 니힐리즘을 극복하기 위해 아모르파티와 힘에의 의지를 통해 초인으로 거듭나야 한다고 주장한다. 이러한 니체의 초인 사상은 카잔차키스의 정신세계와 문학적 사유의 핵심으로 자리 잡았다.

일인칭 시점과 페르소나

『그리스인 조르바』는 〈책벌레〉라고 불리는 젊은 지식인이자 자본가인 〈나〉가 크레타로 가기 전 항구 도시 피레아스에서 예순다섯 살의 조르바를 처음 만나 그와 함께 크레타섬에서 광산 사업을 벌이면서 일어난 일을 기록한 작품이다. 이 작품은 나라는

고나와 삶의 체험에서 모든 것을 파악하려고 한 철학. 이성과 과학만으로는 인간의 삶을 제대로 파악할 수 없다고 주장하며 이성보다는 감정과 의지를, 지식보다는 직관, 체험, 충동, 의지 등을 중시함.

인물이 조르바를 관찰한 내용을 독자들에게 들려주는 방식, 즉 일인칭 관찰자 시점의 소설이다. 앞서 『폭풍의 언덕』에서 일인칭 화자인 록우드가 넬리에게서 들은 이야기를 독자들에게 들려주었고, 『위대한 개츠비』 역시 닉 캐러웨이라는 일인칭 관찰자가 개츠비에 대한 이야기를 독자들에게 들려주었다. 그런데 『그리스인 조르바』에는 이 작품들과 다른 점이 있다. 바로 일인칭 관찰자가 작가 카잔차키스의 페르소나에 해당한다는 것이다. 문학에서는 일인칭 관찰자 시점이라고 해서 화자가 반드시 작가 자신이라고 생각해서는 안 된다. 나라는 인물은 작가가 창조해 낸 허구적 인물에 불과하다. 다만 나라는 인물이 작가를 대신하는 경우가 더러 있기는 하다. 이 경우 나는 작가의 페르소나가 되는 것이다. 앞서 『유토피아』에서 작중 인물 모어는 실제 저자 모어이고, 라파엘 또한 모어의 페르소나라고 설명한 바 있다. 『그리스인 조르바』에서 화자는 시종 조르바의 행적을 관찰하여 들려주는데 여기에 카잔차키스의 삶에 대한 사유가 뒤섞인다. 나라는 인물은 카잔차키스의 페르소나가 되는 것이다. 그러므로 『그리스인 조르바』는 실존 인물인 조르바의 연대기인 동시에 카잔차키스의 생애를 그린 자전 소설이기도 하다.

소설의 숲속으로

평생 책만 붙들고 살아왔던 나는 돌연 크레타섬에 있는 갈탄 광산 사업을 하겠다고 결심한다. 마침 크레타 해안에 폐광이 된 갈탄 광산 자리를 빌려 둔 게 있어서 나는 책벌레 족속들과는 거리가 먼 노동자, 농부 같은 단순한 사람들과 새 생활을 해보기로 마음먹는다. 그리하여 피레아스 항구에서 크레타섬으로 가는 배를 기다리다가 조르바라는 사내를 처음 만난다. 그는 겨드랑이에다 납작한 보따리를 끼고 있었는데, 나에게 가장 강렬한 인상을 남긴 것은 냉소적이면서도 불길같이 타오르는 그의 강렬한 시선이었다. 그 자리에서 조르바는 대뜸 자신을 고용해 달라고 부탁한다. 나는 조르바가 범상치 않은 인물임을 알아챈다. 오랫동안 찾아다녔으나 만날 수 없었던 바로 그 사람, 살아 있는 가슴과 커다랗고 푸짐한 언어를 쏟아 내는 입과 위대한 야성의 영혼을 지닌 사나이, 아직 모태인 대지에서 탯줄이 떨어지지 않은 사나이임을 직감하고 그 자리에서 그를 고용한다. 나는 조르바와 함께 크레타행 배를 탄다. 이 섬에서 그와의 운명적인 생활이 시작된다.

조르바는 안 해본 일이 없는, 만고풍상을 다 겪은 특이한 인물이다. 그가 들려준 무용담에 따르면 광산 일도 해보았고, 행상 일을 하며 마케도니아 전역을 떠돌아다니다가 동네에 과부라도 있으면 그녀와 놀아나기도 했다. 터키와의 전쟁에서 수많은 사람을 죽여 보기도 했고, 젊은 시절에 산투르라는 악기에 꽂혀 결혼 자금을 몽땅 털어 악기를 사서 돌아다니며 연주를 했다. 지금도 그는 자신의 생각을 말보다는 춤이나 악기로 표현하는 것을 좋아한다. 그리고 한때 도자기를 만들면서 물레를 돌리다가 손가락 하나가 걸리적거려 불편하다는 이유로 손도끼로 자신의 손가락을 잘라 버리기도 했다.

조르바는 나에게 마음이 내켜야 일을 하니 자기에게 윽박지르지 말라는 단서를 붙인다. 〈결국 당신은 내가 인간이라는 걸 인정해야 한다 이겁니다〉, 〈인간이라니, 무슨 뜻이지요?〉라고 묻는 나에게 그는 〈자유라는 거지!〉라고 짤막하게 대답한다.

크레타섬에 도착한 나는 탄광 개발에 대한 경험이나 지식이 없어 모든 것을 조르바에게 맡긴다. 그사이 조르바는 한때 카바레 가수였던 오르탕스 부인을 만난다. 그녀는 크레타섬에 드나드는 선장들과 사귀어 왔던 여인이다. 조르바는 현란한 말과 멋진 산투르 연주로 오르탕스의 마음을 얻고 그녀와 사귀게 된다.

본격적으로 광산 개발이 시작된다. 즉흥적이고 자유분방한 조르바는 이성적이고 사려 분별이 강한 나와 충돌을 빚기도 하지만 시간이 흐르면서 나는 이상하게도 조르바의 자유로운 태도에 조금씩 자극을 받아 그를 점점 매력적인 사람으로 받아들인다. 나는 조르바와 같이 살면서 그의 모습을 관찰하고 그의 말을 들으며 이성 중심의 사유가 점차 허물어지는 것을 느낀다.

「내가 보기에는, 두목은 배고파 본 적도, 죽여 본 적도, 훔쳐 본 적도, 간음한 적도 없는 것 같은데? 그래 가지고서야 어떻게 세상 돌아가는 꼴을 알 수 있겠어요? 당신 머리는 순진하고 살갗은 햇빛에 타보지 않았어요.」 그는 노골적으로 무시하고 있었다. 나는 내 섬약한 손과 창백한 얼굴, 피투성이가 되어 진창을 굴러 보지 못한 내 인생이 부끄러웠다.[44] (……)

내 영혼을 육신으로 채우리라. 내 육신을 영혼으로 채우리라. 그리하여 마침내 저 영원한 두 적대자가 내 안에서 화해하게 만들리라.

　침대 위에 우두커니 앉은 채 완전히 허비되고 있는 내 인생을 생각했다. 열린 문을 통해, 나는 별빛으로 조르바의 모습을 겨우 분간할 수 있었다. 그는 밤새처럼 바위 위에 쪼그리고 앉아 있었다. 그가 부러웠다. 진리를 발견한 사람은 조르바다, 라고 나는 생각했다. 그의 길이 옳은 길이다.[45]

　어느 비 오는 날, 두 사람은 산책을 나갔다가 빗속을 헤매던 아름다운 젊은 과부 소멜리나를 만난다. 그녀는 미모 때문에 끊임없이 마을 청년들의 구애를 받는다. 대뜸 조르바는 과부가 혼자 자게 내버려 두는 것은 죄악이니 나에게 한번 들이대 보라고 종용한다. 하지만 이성으로 똘똘 뭉친 나는 용기를 내지 못하고 마음만 졸인다. 결국 소멜리나는 나에게 마음을 열고 사랑을 나누게 된다. 이 일로 조르바는 나를 치켜세운다. 그사이 소멜리나를 짝사랑하던 동네 청년이 그녀에게 구혼했다가 거절당하자 자살하는 사건이 벌어진다. 이에 분노한 마을 사람들이 몰려와 청년의 자살에 대한 책임을 물어 그녀에게 돌을 던지고 행패를 부린다. 그 과정에서 나는 마을 사람들에게 맞서 소멜리나를 보호하려고 애써 보지만 죽은 청년의 아버지가 그녀를 칼로 찔러 죽이게 된다.

　광산 사업은 계획대로 진척되지 못한다. 광산의 갱도가 자꾸 무너지는 바람에 진전이 없자 조르바는 산속의 수도원을 발견하고 수도원 소유의 산에 있는 나무들을 이용한다는 아이디어를 생각해 낸다. 그들은 케이블 설치와 벌목을 위해서 수도원장과 계약을 맺으러 수도원을 방문했다가 의문의 총소리를 듣는다. 젊은 수도사가 신부에게 살해된 것이다. 조르바는 이것을 이용해 돈 한 푼 들이지 않고 계약을 끝낸다. 그리고 산에 케이블을 설치하기로 마음먹고 필요한 장비를 사기 위해 크레타섬을 떠나 육지로 간다. 조르바는 약속된 날짜에 돌아오지 않지만 오르탕스 부인은 그가 결혼반지를 사서 돌아올 것이라고 믿는다.

어느 날 밤, 오르탕스 부인이 조르바를 찾아와 육지에 나갔다가 결혼 화환을 사 오지 않았다고 불평을 터트리며 조그만 반지를 꺼내 약혼을 하자고 말한다. 이에 조르바는 즉시 약혼에 동의한다. 두 사람은 해안에서 나를 증인으로 하여 약혼식을 거행한다. 그 후 오르탕스 부인은 앓다가 죽게 된다. 그럼에도 조르바는 케이블 공사에 더욱 매진하고 마을 사람들과 수도원 수사들을 초청해 시험 작동을 한다. 그런데 계획했던 것과는 달리 통나무가 무서운 속도로 케이블을 타고 내려와 바닥에 고꾸라진다. 결국 케이블을 받치고 있던 탑이 무너지게 되고 사업은 완전한 실패로 돌아선다.

나는 조르바와 해변에 앉아 양고기를 구워 먹는다. 내가 춤을 가르쳐 달라고 하자 조르바는 기꺼이 알려 준다.

「조르바! 이리 와보세요! 춤 좀 가르쳐 주세요!」

조르바가 펄쩍 뛰어 일어났다. 그의 얼굴이 황홀하게 빛나고 있었다.

「춤이라고요, 두목? 정말 춤이라고 했소? 야호! 이리 오쇼!」

「조르바, 시작해 봐요! 내 인생은 바뀌었어요! 자, 한번 달려 봅시다!」[46]

해변에서 열정적으로 춤을 추는 것으로 나와 조르바의 생활은 끝이 난다. 우리는 헤어져 각자의 길을 떠난다. 하지만 나는 크레타섬에서 조르바와 함께한 시절을 잊을 수가 없다. 〈그 크레타 해안에서 나는 행복을 경험하면서, 내가 행복하다는 걸 실감하고 있었다.〉 헤어진 후에도 나는 조르바와 3년간 편지를 주고받으며 서로의 안부를 묻는다. 〈시간이 흘러가면서 달콤한 추억의 독물로 오염되어 갔다. 내 친구의 그림자도 내 영혼에 그늘을 드리웠다. 그 그림자는 나를 떠나지 않았다. 떠나는 걸 바라지 않아서 더욱 그랬다.〉 어느 날 밤 조르바가 나의 꿈에 나타난다.

그가 무슨 말을 했던지, 왜 왔던지 기억나지 않는다. 그러나 깨었을 때 가슴이 터질 것 같았다. 까닭 모르게 눈물이 고였다. 어떤 저항할 수 없는 욕망이 나를 사로잡았다. 그와 더불어 크레타 해안에서 지냈던 생활을 다시 짜 맞추고 싶었다. 기억을 다그쳐, 조르바가 내 마음속에 흩뿌린 말, 절규, 몸짓, 눈물, 춤을 그러모으고 싶었다. 그것들을 살려 놓고 싶었다.

이 욕망이 어찌나 격렬한지 겁이 났다. 나는 이 욕망을, 이 지구 어느 곳에선가 조르바가 죽어 가고 있는 징후로 파악했다. 나는 내 영혼이 그의 영혼과 너무도 밀착되어 있어서 어느 한쪽이 죽는데 다른 한쪽에서 몸을 떨거나 고통으로 절규하지

않을 수는 없다고 생각했다.[47]

조르바의 그림자가 무겁게 내려앉아 나는 그의 연대기를 써야겠다는 압박감에 시달렸다. 그리하여 과거를 현재로 재현시키고 조르바를 실체 그대로 소생시키며 미친 듯이 써 내려갔다. 그 와중에 나는 조르바가 죽었다는 편지를 받았다. 어느 교장이 조르바의 말을 받아서 나에게 보낸 것이었다.

그는 이런 말을 남겼습니다.
「선생님, 이리 좀 오시오. 내겐 그리스에 친구가 하나 있소. 내가 죽거든 편지를 좀 써주시어, 최후의 순간까지 정신이 말짱했고 그 사람을 생각하더라고 전해 주시오. 그리고 나는 무슨 짓을 했건 후회는 않더라고 해주시오. 그 사람의 건투를 빌고 이제 좀 철이 들 때가 되지 않았느냐고 하더라고 전해 주시오. (……) 미망인 말씀에 따르면 고인은 자주 선생님 이야기를 했고 자기의 사후에는 산투르를 선생님께 드리어 정표를 삼겠다는 분부가 있었다고 합니다. 그래서 미망인께서는 선생님께 이 마을을 지나는 걸음이 있으시면 손님으로 그날 밤을 쉬시고 아침에 떠나실 때는 산투르를 가지고 가시라는 것입니다.[48]

이렇게 조르바는 죽는 순간까지 그리스인 친구를 생각했고, 분신처럼 아끼던 산투르를 나에게 남긴다는 편지를 끝으로 소설은 끝난다.

자유인 조르바

주름투성이에 움푹 들어간 뺨, 튼튼한 턱, 튀어나온 광대뼈, 벌레 먹은 나무처럼 풍상에 찌든 얼굴이지만 빛나고 예리한 눈동자를 지닌 예순다섯 살의 알렉시스 조르바. 손도끼로 제 손가락을 잘라 버린 무지막지한 사내, 여자를 얼마나 좋아하는지 쪼글쪼글 늙어 퇴물이 된 카바레 가수이자 창녀였던 오르탕스 부인한테 빠진 사내, 결혼은 공식적으로 한 번 했지만 비공식적으로는 천 번, 아니 3천 번 정도 했다고 떠벌리는 사내, 수도사를 부추겨 수도원을 태워 먹은 사내, 하고 싶은 것은 하고 하기 싫은 것은 악마가 협박해도 꿈쩍도 하지 않는 사내, 절대 자유를 추구하는 사내. 이것만 봐도 조르바는 규범을 이탈한 부도덕한 인간임에 틀림없다. 이런 사람이 현자나 초인이라니? 일정한 도덕률과 규범 속에서 평범하게 사는 사람들은 분명 이해하기가 어려울지도 모른다. 특히 성직자, 수녀, 수도승을 보면 〈더러운 인간들! 악당들!〉이라고 거침없이 내뱉으며 하느님을 자신의 동기 동창쯤 여기는 조르바. 기독교인이라면 더더욱 조르바를 이해하기 어려울 것이다. 그런데 왜 작가의 페르소나인 나는 조르바를 위대한 인간으로 추켜세우며 초인의 경지에 올려놓고 있는가? 조르바에 대한 나의 관찰을 관찰해 보자.

이분법의 조화

『그리스인 조르바』에 등장하는 두 인물은 대조적이다. 우선 나는 지성인이고 자본주의자이고 젊다. 매사를 이성적으로 판단한다. 반면 조르바는 배움이 짧고 여기저기 떠돌아다니며 육체노동으로 삶을 영위하는 나이가 든 사람이다. 그는 누구에게도 종속되지 않는 자유로움을 추구하고 본능에 충실하다. 나는 육체보다는 정신을, 본능보다는 이성을 중시하지만 조르바는 정신보다는 육체를, 이성보다는 본능이 앞서는 인간이다.

이분법적 사유의 해체를 그렇게도 주장해 왔던 니체와 마찬가지로 카잔차키스 역시 인간의 삶에 있어 영원히 모순되는 반대 개념에서 하나의 조화를 창출하려고 노력했다. 이분법적 사유는 세상은 선과 악, 영혼과 물질, 영과 육이 서로 대립하고 투쟁해 궁극적으로 둘 중 하나가 승리하는데 대체로 전자가 승리한다는 논리이다. 서구 사회를 지배해 온 이러한 이분법적 사유의 해체를 주장한 이가 니체였다. 니체의 사상에 경도된 카잔차키스는 서로 대립되는 둘의 조화에 매달렸다. 이런 정신이 조르바라는 인물을 통해 고스란히 드러나고 있다. 조르바에게 육체와 영혼은 하나로 인식된다.

「육체에는 영혼이란 게 있습니다. 그걸 가엾게 여겨야지요. 두목, 육체에 먹을 걸 좀 줘요. 뭘 좀 먹이셔야지. 아시겠어요? 육체란 짐을 진 짐승과 같아요. 육체를 먹이지 않으면 언젠가는 길바닥에다 영혼을 팽개치고 말 거라고요.」

나는 당시 육신의 쾌락을 업신여기고 있었다. 가능하면, 먹어도 부끄러운 짓이라도 하는 것처럼 은밀하게 먹어 치웠다.[49]

조르바의 말에는 기독교나 플라톤이 주장하는 정신 대 육체라는 이분법적 사유는 거짓말이며, 정신과 육체는 우리의 생명 안에서 서로 분리될 수 없이 통일되어 있다는 니체와 베르그송의 생철학 이론이 반영되어 있다.

나는 평소에 육체를 천한 것으로 생각해 등한시하고 정신에 방점을 찍고 있었다. 식사도 게걸스럽게 하지 않고 육체에 필요한 만큼, 그것도 드러내지 않고 조용히 먹는 그런 사람이었다. 그런 내가 육신의 즐거움을 직접 체험하게 된다. 조르바의 종용으로 소멜리나와 사랑을 나눈 후 나는 이제껏 몰랐던 육신의 즐거움이 정신의 즐거움으로 변하는 경험을 한다. 육체와 영혼은 분리된 것이 아니라 하나임을 체험한 것이다. 나는 〈내 정신을 육신으로 채워야겠다. 내 육신을 정신으로 채워야겠다. 그렇다면 내부에 도사린 영원한 적대자인 육체와 정신을 화해시켜야 한다〉라는 말처럼 육체와 정신의 이분법적 대립이 아닌 서로 조화를 추구하는 것을 배운다.

조르바는 지식인인 나의 이성과 지성을 공격한다. 「그래요, 당신은 그 잘난 머리로 이해라는 걸 합니다. 당신은 이렇게 말할 겁니다. 〈이건 옳고 저건 그르다, 이건 진실이고 저건 아니다, 그 사람은 옳고 딴 놈은 틀렸다…….〉 그래서 어떻게 된다는 겁니까? 당신이 그런 말을 할 때마다 나는 당신 팔과 가슴을 봅니다. 그래, 팔과 가슴이 뭘 합니까? 침묵한다 이겁니다. 한마디도 하지 않아요. 흡사 피 한 방울 흐르지 않는 것 같다 이겁니다. 그래, 무엇으로 이해한다는 건가요? 머리로? 웃기지 맙시다!」 지식인인 나는 무식자인 조르바의 사유에 감동하며 그를 부러워한다. 그는 내가 펜과 잉크로 배우려던 것들을 살과 피로 싸우고 죽이고 입을 맞추면서 살아온 것이다. 〈내가 고독 속에서 의자에 눌어붙어 풀어 보려고 하던 문제를 이 사나이는 칼 한 자루로 산속의 맑은 대기를 마시며 풀어 버린 것이다.〉 나는 교육받은 사람들의 이성보다 더 깊고 자신만만한 조르바의 긍지에 찬 태도를 존경하게 된다. 〈우리라면 고통스럽게 몇 년을 걸려 얻을 것을 그는 단숨에 그 정신의 높이에 닿을 수 있었다.〉 여기서 조르바의 말 역시 이성보다는 감정, 지식보다는 직관을 주장하는 생철학의 관점을 대변한다. 〈당신 책을 한 무더기 쌓아 놓고 불이나 확 싸질러 버리쇼.〉

조르바라는 초인

앞서 〈우리는 과연 초인이 될 수 있는가?〉라는 질문을 던진 적이 있다. 니체의 말을 인용했지만, 초인 사상을 그저 머리로만 이해하지 말고 그 의미를 찾아 자신의 삶에 체화하여 삶을 바꾸려고 노력하는 것이야말로 초인에 도달하는 길이 아닐까 한다. 이런 모습을 우리는 조르바에게서 발견할 수 있다.

나는 조르바의 두목이지만 그의 제자이기도 하다. 조르바에게 일을 시키지만 사실은 조르바가 스승이 되어 나를 가르치고 있다. 조르바가 나에게 〈당신이 읽은 책에는 뭐라고 쓰여 있습디까?〉라고 비아냥거려도 〈당신 대가리는 아무리 봐도 아직 여문 것 같지 않소〉라고 직격탄을 날려도 즐겁기만 하다. 그래서 조르바는 변형된 차라투스트라이자 내가 기다리는 초인이다. 그리고 화자인 나는 『차라투스트라는 이렇게 말했다』에서 차라투스트라가 〈더 높은 인간들〉이라 부른 실패한 자유정신의 소유자에 해당된다. 그래서 이 소설에 다른 제목을 붙인다면 〈조르바는 이렇게 말했다〉가 되겠다. 물론 카잔차키스가 〈초인〉이라고 부르는 것은 니체의 〈위버멘시〉와 정확하게 일치하지는 않을 것이다. 그렇지만 차라투스트라가 〈인간의 위대한 점은, 인간이 다리이지 목적이 아니라는 데 있다〉라고 말한 것처럼 카잔차키스의 초인 역시 완성된 인간이 아니라 인간 조건을 극복하기 위해 투쟁하는 인간, 이른바 베르그송의 〈엘랑 비탈élan vital〉을 성취시키는 인간이다. 카잔차키스의 『영혼의 자서전』에 실린 조르바에 대한 글을 살펴보자.

힌두교에서는 이른바 구루(導師)라고 일컫고, 아토스산의 수사들이 〈아버지〉라고 부르는 삶의 길잡이를 선택해야 하는 문제가 주어졌다면, 나는 틀림없이 조르바를 택했으리라. 그 까닭은 글 쓰는 사람이 구원을 위해 필요로 하는 바로 그것을 그가 갖추었으니, 화살처럼 허공에서 힘을 포착하는 원시적인 관찰력과, 마치 만물을 항상 처음 보듯 대기와 바다와 불과 여인과 빵 따위의 영구한 일상적 요소에 처녀성을 부여하게끔 해주며 아침마다 다시 새로워지는 창조적 단순성과, 영혼보다 우월한 힘을 내면에 지닌 듯 자신의 영혼을 마음대로 조종하는 대담성과, 신선한 마음과 분명한 행동력 그리고 마지막으로 초라한 한 조각의 삶을 안전하게 더듬거리며 살아가기 위해 하찮은 겁쟁이 인간이 주변에 세워 놓은 도덕이나 종교나 고향 따위의 모든 울타리를 때려 부수려고 조르바의 나이 먹은 마음에서 회생의 힘을 분출해야 하던 결정적 순간마다 인간의 뱃속보다도 더 깊고 더 깊은 샘에서 쏟아져 나오는 야수적인 웃음을 그가 지녔기 때문이었다.[50]

인간이 세워 놓은 도덕이나 종교를 부수고, 어디에도 구속받지 않으며, 자유 의지에 따라 현재의 실존적 삶을 사는 조르바야말로 초인이라 할 수 있다. 조르바는 저 너머의 삶이 아닌 바로 현재, 이 순간의 삶을 중시하고 삶의 조건을 극복하려는 인간이다.

「나는 어제 일어난 일은 생각 안 합니다. 내일 일어날 일을 자문하지도 않아요. 내게 중요한 것은 오늘, 이 순간에 일어나는 일입니다. 나는 자신에게 묻지요. 〈조르바, 지금 이 순간에 자네 뭐 하는가?〉〈잠자고 있네.〉〈그럼 잘 자게.〉〈조르바, 지금 이 순간에 자네 뭐 하고 있는가?〉〈일하고 있네.〉〈잘해 보게.〉〈조르바, 자네 지금 이 순간에 뭐 하는가?〉〈여자에게 키스하고 있네.〉〈조르바, 잘해 보게. 키스할 동안 딴 일일랑 잊어버리게. 이 세상에는 아무것도 없네. 자네와 그 여자밖에는. 키스나 실컷 하게.〉」[51]

소설 후반부에 접어들면서 초인 사상의 그림자는 점점 짙어진다. 고가 케이블 공사를 준공하지만 탑이 무너져 내려 실패로 돌아가고 나는 파산에 직면한다. 모든 것이 수포로 돌아가고 사람들이 비웃지만 나는 조르바와 해변에서 풍성한 식사를 즐긴다. 허무의 심연 앞에 맞닥뜨린 나와 조르바는 웃고 떠들며 노는 순진무구한 어린아이들로 변한다. 그리고 조르바는 나에게 혀로 표현할 수 없는 말을 보여 주겠다고 하며 춤을 춘다. 조르바는 손뼉을 치며 박자를 맞추면서 외친다. 〈브라보, 젊은이! 종이와 잉크는 지옥으로나 보내 버려! 상품, 이익 좋아하시네. 광산, 인부, 수도원 좋아하시네. 이것 봐요, 당신이 춤을 배우고 내 말을 배우면 우리가 서로 나누지 못할 이야기가 어디 있겠소!〉 나는 〈조르바의 춤을 바라보며 처음으로 무게를 극복하려는 인간의 처절한 노력을 이해했다〉. 나는 이 세상을 이기고 허무의 심연을 도약하는 새로운 인간, 초인의 모습을 보았다. 그래서 조르바는 위대한 것이다. 나는 조르바와 함께 춤을 추면서 일생 동안 찾아다녔지만 찾을 수 없었던 정신의 자유와 해방을 맛보게 된다.

나는 모든 것을 잃었다. 돈, 사람, 고가선, 수레를 모두 잃었다. 우리는 조그만 항구를 만들었지만 실어 내보낼 물건이 없었다. 깡그리 날아가 버린 것이었다.

그렇다. 내가 뜻밖의 해방감을 맛본 것은 정확하게 모든 것이 끝난 순간이었다. 마치 어렵고 어두운 필연의 미로 속에 있다가 자유가 구석에서 행복하게 놀고 있는 걸 발견한 것 같았다. 나는 자유의 여신과 함께 놀았다.

모든 것이 어긋났을 때, 자신의 영혼을 시험대 위에 올려놓고 그 인내와 용기를 시험해 보는 것은 얼마나 즐거운 일인가! 보이지 않는 강력한 적 ― 혹자는 하느님이라고 부르고 혹자는 악마라고 부르는 ― 이 우리를 쳐부수려고 달려온다. 그러나 우리는 부서지지 않는다.[52]

메토이소노

카잔차키스의 〈메토이소노Metoisono〉는 니체의 초인 사상과 더불어 『그리스인 조르바』를 읽어 내는 데 주요한 키워드이다. 메토이소노는 〈거룩하게 되기〉를 혹은 〈거룩하게 만드는 변화〉인 성화(聖化)를 가리킨다. 카잔차키스는 『영혼의 자서전』에서 〈사업이 거덜 난 날, 세상에 거칠 것이 없는 자유인 조르바는 바닷가에서 춤을 추었고, 나는 그 조르바의 모습을 마음에 새겼다. 보라, 조르바는 부도난 사업체 하나를 《춤》으로 변화시켰다. 이것이 바로 《메토이소노》이다. 《거룩하게 만들기》이다. 나는 조르바라고 하는 위대한 자유인을 겨우 책 한 권으로 변화시켰을 뿐이다〉라고 적고 있다. 〈거룩하다〉는 〈뜻이 매우 높고 위대하다〉를 의미한다.

그렇다면 무엇이 거룩하단 말인가? 예를 들어 보겠다. 포도가 포도즙이 되는 것은 물리적 변화이다. 포도즙이 포도주가 되는 것은 화학적 변화이다. 그런데 포도주가 〈사랑〉이 되고 〈화해〉가 되고 〈성체(聖體)〉가 되는 것, 이것이 바로 메토이소노이다. 물리적 변화와 화학적 변화 저 너머에 존재하는 변화이다. 카잔차키스는 보이는 것과 보이지 않는 것, 육체와 영혼, 물질과 정신, 선과 악 등 모순되는 반대 개념에서 하나의 조화를 창출하려는 끊임없는 투쟁 속에서 일어나는 변화를 메토이소노라 불렀다. 그는 메토이소노야말로 인간의 궁극적인 변화이자 구원이라고 보았다. 니체가 주장한 3단계 변화 중에서 어린아이로의 변화와 같은 맥락으로 이해하면 좋겠다.

포 도 → 포 도 즙 → 포 도 주 → 사 랑
물리적 변화　　화학적 변화　　메토이소노

벼 → 밥 → 탄 수 화 물 → 즐거운 노동(조르바의 경우)
물리적 변화　화학적 변화　　메토이소노

조르바가 말하는 메토이소노의 예를 찾아보자. 그는 나에게 말한다. 〈두목, 음식을 먹고 그 음식으로 무엇을 하는지 말해 보시오. 두목의 창자에서 그 음식이 무엇으로 변하는지 말해 보시오. 그러면 나는 두목이 어떤 인간인지 말해 주리다. (……) 혹자는 먹은 음식으로 비계와 똥을 만들고, 혹자는 일과 좋은 유머에 쓰고, 내가 듣기로는 혹자는 하느님께 돌린다고 합디다. (……) 나는 내가 먹는 걸 일과 좋은 유머에 쓴답니다. 과히 나쁠 것도 없겠지요!〉 특히 사업이 망한 뒤 춤을 추는 장면은 메토이소노의 절정을 이루는 대목이다. 실패 자체를 실패로 인지하기보다 더 높은 차원으로 승화시키는 것, 그것은 메토이소노의 실현이다. 모든 것이 끝난 순간이지만 나는 해방감을 맛보고 자유의 여신과 함께 놀고 있다는 것을 알게 된다. 〈외부적으로 참패했어도 속으로는 정복자가 되었다고 생각하는 순간 우리 인간은 더할 나위 없는 긍지와 환희를 느끼는 법이다. 외부적인 파멸은 지고의 행복으로 바뀌는 것이었다.〉이것이 메토이소노이다.

엘랑 비탈이란

엘랑 비탈이라는 용어는 베르그송이 『창조적 진화*Évolution créatrice*』에서 처음 소개한 개념이다. 앞서 살펴보았듯이 우리의 삶이 미리 결정되어 있다고 한다면 결정론적 관점이고, 우리가 주체적으로 결정할 수 있다는 견해는 자유 의지론적 관점이다. 하디는 결정론자로서 테스의 운명은 유전이나 사회 환경에 의해 결정되어 있다는 관점으로 소설을 엮어 나간다. 그와 반대로 베르그송은 자유 의지론의 대표적 철학자이다. 그는 생명의 역사에 있어 인간의 삶과 세계에서 결정론을 부정하고 자유의 존재성을 강조했다. 그는 〈창조란 생명이 진화하는 가운데 발생하는 질적 비약을 의미한다〉라고 말한다. 모든 종은 동일한 근원을 가지고 있는데, 이 근원이 엘랑 비탈로 가능하다고 주장한다. 엘랑 비탈이란 무엇인가? 우리말로 옮기면 엘랑elan은 〈도약〉혹은 〈약동〉을 뜻하고 비탈vital은 〈생명〉이라는 뜻으로 엘랑 비탈은 〈생명의 도약〉혹은 〈도약적인 생명〉이다. 다시 말해 생명을 유지하고 진화와 창조를 이루어 내는 〈생명의 도약을 이루는 근원적인 무한한 힘〉이다.

베르그송은 생명이 창조적으로 진화하기 위해서는 에너지의 점진적인 축적과 에너지가 비결정적 방향으로 폭발할 수 있게 통로를 만들어 그 끝을 자유 행위로 통하게 해야 한다고 주장한다. 예를 들어 보자. 포탄 안에 들어 있는 화약과 그것을 둘러싼 쇠로 된 외피가 있다고 치자. 화약은 자유롭게 밖으로 뻗어 나가려는 성질이 있고, 외피는 화약이 밖으로 나오지 못하도록 가두고 있다. 여기서 화약은 생명의 성질을 은유하고, 외피는 생명의 힘을 가두어 두는 물질의 저항을 은유한다. 철학적으로 이야기하면 생명은 밖으로 뻗어 나가려는 자유를 상징하고, 물질은 자유를 구속하려는 저항을 상징한다. 포탄은 언제 터지게 될까? 생명이 물질의 저항을 넘어서는 순간 폭발이 일어난다.

적절한 예가 될지 모르겠다. 어느 가부장적인 가정에 공부를 꽤 잘하는 아이가 있다 치자. 중학교까지 전교 1등을 달린 터라 아이에 대한 아버지의 꿈은 크기만 했다. 아버지는 아이를 일류대 의대에 보내 의사로 만들 작정이었다. 그런데 아이가 고등학교에 진학하더니 음악 동아리에 가입하게 되고, 아버지 몰래 기타를 치면서 대중음악에 빠져 공부를 등한시하게 되었다. 급기야 가수가 되겠다고 선언한다. 아버지는 아이를 어르고 달래고 협박도 해보지만 헛수고일 뿐 두 사람 사이에는 한동안 팽팽한 갈등이 지속된다. 이 경우 음악에 대한 열정은 아이 안에 내재되어 있는 엘랑 비탈이고, 음악에 반대하는 아버지의 힘은 엘랑 비탈에 저항하는 물질이다. 이 둘의 관계는 화약에 해당하는 생명의 자유인 엘랑 비탈과 외피에 해당하는 물질적 저항의 대립이다. 이 대립에서 아이가 아버지의 뜻에 따라 복종하면 엘랑 비탈은 억눌려지는 셈이고, 아이가 가출해 자기 인생을 살기로 작정하면 폭발이 일어난 것에 해당한다. 물론 요즈음은 자식이 음악에 대한 엘랑 비탈이 충만하고 음악적 자질이 있으면 적극적으로 밀어주는 부모가 많은 듯하다.

은유로서의 엘랑 비탈, 생명의 충분한 도약을 위해서 우리는 어떻게 해야 할까? 그저 가만히 앉아서 기다리면 엘랑 비탈이 축적되는가? 그렇지 않다. 니체는 초인이 되기 위해 영원 회귀를 받아들이고 아모르파티와 힘에의 의지가 필요하다고 말했다. 오래전 이충희라는 농구 선수가 있었다. 그는 눈이 나빠 농구 골대가 희미하게 보여 감각적으로 슛을 날리려고 매일 3천 개의 슛을 날리고 잠을 잤다는 일화가 있다. 그러한 노력의 결과가 엘랑 비탈의 폭발로 이어져 오늘날까지 전설적 슈터로 남아 있는 것이다.

엘랑 비탈이 폭발한 조르바

그렇다면 카잔차키스의 조르바는 어떤가? 포탄이 어느 방향으로 터져 나갈지 모르듯이 베르그송은 생명 진화의 방향은 정해져 있지 않다고 보았다. 그래서 그는 엘랑 비탈의 폭발을 〈생명의 자유〉라고 표현하지 않았나. 조르바만큼 자유 의지대로 사는 사람이 또 있을까? 그는 작고 납작한 보따리 하나와 산투르를 짊어지고 바람 부는 대로 어디든지 갈 수 있는 자유로운 영혼이다. 하고 싶을 때 하고 하기 싫을 때 하지 않는, 그러면서도 일을 할 때는 집중과 노력을 아끼지 않는 사나이. 특히 조르바가 오르탕스 부인을 대하는 태도는 이성적 사유로는 도저히 이해할 수 없는 그야말로 자유 의지의 실현이다. 이 늙고 천박하고 볼품없는 여자를 조르바는 왜 좋아했을까? 그는 그녀의 얼굴 뒤에 숨겨진 그녀의 영혼을 보지 않았을까. 조르바는 모든 여자에게는 위엄이 있다고 믿으며 신성하고 신비스러운 아프로디테의 얼굴을 떠올렸을 것이다. 〈오르탕스 부인은 덧없는 순간의 투명한 가면에 지나지 않았고 조르바는 이 가면을 찢고 영원한 입술에 키스하는 것이었다.〉

이렇게 카잔차키스는 베르그송의 엘랑 비탈이 상징하는 자유의지를 조르바라는 인물을 통해 표출했다. 조르바는 엘랑 비탈이 폭발한 자유로운 영혼이자 카잔차키스가 제시하는 초인이다. 〈겁쟁이 인간이 주변에 세워 놓은 도덕이나 종교나 고향 따위의 모든 울타리를〉 부수고 뛰쳐나온 자유인 조르바는 화자인 나를 향해 〈아니오, 당신은 자유롭지 않아요. 당신이 묶인 줄은 다른 사람들이 묶인 줄과 다를지 모릅니다. 그것뿐이오. 두목, 당신은 긴 줄 끝에 있어요. 당신은 오고 가고 그리고 그걸 자유라고 생각하겠지요. 그러나 당신은 그 줄을 잘라 버리지 못해요〉라고 말한다. 물론 나는 조르바가 말하는 울타리를 벗어나지 못했고, 조르바 수준까지 도달하지 못했다. 니체식으로 해석하자면 나는 처음에는 말인의 수준이었지만 조르바를 만난 후 드높은 인간까지는 도달했다고 볼 수 있겠다.

문학의 줄기를 잡는 노트

카잔차키스는 『그리스인 조르바』에서 화자인 나를 통해 조르바의 삶과 그의 사유를 묘사함으로써 차라투스트라가 전하고자 했던 초인에 관한 가르침을 그리고 있다. 조르바는 니체의 초인 사상, 베르그송의 자유 의지, 카잔차키스의 메토이소노가 결합된 생철학의 재현을 이룬 자유인이다. 『차라투스트라는 이렇게 말했다』와 『그리스인 조르바』에서 인간 존재에 관한 철학의 근본 질문들, 이를테면 실존에 처한 〈인간은 어떻게 살아야 하는가?〉, 〈인간은 무엇을 위해 살아야 하는가?〉에 대한 니체와 카잔차키스 사이의 공통점을 읽어 낼 수 있다. 조르바는 당시 두 번의 세계 대전을 겪으며 지치고 절망한 당대의 사람들, 헤밍웨이가 말한 〈잃어버린 세대〉에게 잃어버린 자유에 대한 희망과 용기를 일깨워 주었다. 그는 복잡하고 혼란스러운 현재를 살아갈 수밖에 없는 우리의 고통과 좌절을 위로하는 멘토이다.

자유인이기에 그만큼 만고풍상을 겪은 조르바, 처음 만났을 때 〈인간은 자유〉라고 외친 조르바, 자기 일에 최선을 다하고 어떤 일에도 후회를 하지 않는 조르바, 죽을 때까지 온전한 정신의 소유자인 조르바, 마지막 순간까지 친구가 철들기를 기대하는 조르바. 그런 조르바를 보고 화자인 나는 인생을 헛일에다 써버렸다고 반성한다. 그리하여 나는 조르바를 〈위대한 인간〉, 아니 초인이라 불렀다. 이러한 사유가 카잔차키스의 것이든 조르바의 것이든 이 작품은 우리에게 현재의 삶을 어떤 방식으로 바라보고, 또 어떻게 살아가야 하는지를 깨닫게 해준다. 『차라투스트라는 이렇게 말했다』가 소설적인 철학서라면 『그리스인 조르바』는 철학적인 소설이다. 영혼의 자유를 갈망하며 전 세계를 방랑한 조르바이기도 한 카잔차키스의 묘비명에는 이렇게 적혀 있다.

Δεν ελπίζω τίποτα. Δε φοβούμαι τίποτα. Είμαι λέφτερος.
나는 아무것도 바라지 않는다. 나는 아무것도 두려워하지 않는다. 나는 자유다.

주

1 플라톤, 『플라톤의 국가·정체(政體)』, 박종현 옮김(서울: 서광사, 2020 개정증보판1쇄) 615~617면

2 아리스토텔레스, 『시학』, 손명현 옮김(서울: 고려대학교출판부, 2009) 25면

3 같은 책, 54~55면

4 모어, 토머스, 『유토피아』, 전경자 옮김(파주: 열린책들, 2012) 36~37면

5 프로스트, 로버트 외, 『가지 않은 길』, 손혜숙 옮김(파주: 창비, 2014)

6 김남주, 『사상의 거처: 김남주 시집』(서울: 창작과 비평사, 1993) 16면

7 발자크, 오노레 드, 『고리오 영감』, 임희근 옮김(파주: 열린책들, 2009) 14~16면

8 같은 책, 16~18면

9 같은 책, 160~161면

10 같은 책, 419면

11 디킨스, 찰스, 『위대한 유산(하)』, 류경희 옮김(파주: 열린책들, 2014) 120~124면

12 같은 책, 353~354면

13 괴테, 요한 볼프강 폰, 『젊은 베르테르의 슬픔』, 김인순 옮김(파주: 열린책들, 2009) 32~36면

14 같은 책, 74~81면

15 같은 책, 112~113면

16 카뮈, 알베르, 『이방인』, 김예령 옮김(파주: 열린책들, 2011) 134~141면

17 카프카, 프란츠, 『변신』, 홍성광 옮김(파주: 열린책들, 2009) 124~125면

18 헤밍웨이, 어니스트,『노인과 바다』, 이종인 옮김(파주: 열린책들, 2012) 115~
116면

19 같은 책, 112~113면

20 같은 책, 78면

21 같은 책, 79면

22 같은 책, 83면

23 같은 책, 110면

24 같은 책, 300면

25 하디, 토머스,『테스 (하)』, 김문숙 옮김(파주: 열린책들, 2011) 664~665면

26 피츠제럴드, 프랜시스 스콧,『위대한 개츠비』, 한애경 옮김(파주: 열린책들,
2011) 229면

27 같은 책, 205면

28 조이스, 제임스,『젊은 예술가의 초상』, 성은애 옮김(파주: 열린책들, 2011)
231면

29 같은 책, 303~306면

30 같은 책, 9~10면

31 같은 책, 336면

32 보니것, 커트,『제5도살장』, 정영목 옮김(서울: 문학동네, 2016) 204면

33 같은 책, 13~14면

34 같은 책, 39면

35 같은 책, 17~18면

36 같은 책, 34면

37 같은 책, 258면

38 니체, 프리드리히,『차라투스트라는 이렇게 말했다』, 김인숙 옮김(파주: 열린책
들, 2015) 14~16면

39 같은 책, 290~294면

40 니체, 프리드리히,『즐거운 학문』, 안성찬·홍사현 옮김(서울: 책세상, 2005)
255면

41 니체, 프리드리히,『차라투스트라는 이렇게 말했다』, 김인숙 옮김(파주: 열린책
들, 2015) 151~153면

42 카잔차키스, 니코스,『영혼의 자서전 (하)』, 안정효 옮김(파주: 열린책들, 2009)
619면

43 같은 책, 449면

44 카잔차키스, 니코스,『그리스인 조르바』, 이윤기 옮김(서울: 열린책들, 2000)

35면

45 같은 책, 111면

46 같은 책, 339면

47 같은 책, 440면

48 같은 책, 442~443면

49 같은 책, 52면

50 카잔차키스, 니코스, 『영혼의 자서전 (하)』, 안정효 옮김(파주: 열린책들, 2009)
619~620면

51 카잔차키스, 니코스, 『그리스인 조르바』, 이윤기 옮김(서울: 열린책들, 2000)
390면

52 같은 책, 416면

참고 문헌

강성률, 『서양철학사 산책』 (서울: 평단문화사, 2009)

고명섭, 『니체 극장: 영원 회귀와 권력 의지의 드라마』 (파주: 김영사, 2012)

골드만, 루시앙, 『소설사회학을 위하여』, 조경숙 옮김 (파주: 청하, 1992)

공명수, 『미국 소설 다시 읽기』 (서울: 동인, 2014)

권택영, 『포스트모더니즘이란 무엇인가』 (서울: 민음사, 1990)

김남주, 『사상의 거처: 김남주 시집』 (서울: 창작과 비평사, 1993)

괴테, 요한 볼프강 폰, 『젊은 베르테르의 슬픔』, 김인순 옮김 (파주: 열린책들, 2009)

괴테, 요한 볼프강 폰, 『젊은 베르테르의 슬픔』, 붉은여우 옮김, 김욱동 해설 (파주: 지식의숲, 2013)

권봉운, 『헤밍웨이의 삶과 언어 예술』 (서울: 한결미디어, 2013)

권오경 외, 『현대 미국 소설의 이해』 (서울: 동인, 2002)

근대영미소설학회, 『19세기 영국 소설 강의』 (서울: 신아사, 1999)

김영균, 『국가』 (파주: 살림, 2008)

김용철, 『영국 소설가 평전』 (서울: 신아사, 2007)

김우탁 외, 『영미 극작가론』 (서울: 문학세계사, 1987)

김욱동, 『모더니즘과 포스트모더니즘』 (서울: 현암사, 1992)

김욱동, 『문학이란 무엇인가』 (서울: 문예출판사, 1996)

김욱동, 『위대한 개츠비를 다시 읽다』 (서울: 이숲에올뻬미, 2013)

김재화, 『영미시의 정수』 (서울: 동인, 2014)

김종철, 『대지의 상상력』 (서울: 녹색평론사, 2019)

김학동, 『제임스 조이스』 (서울: 건국대학교출판부, 2001)

김현, 『문학과 유토피아』 (서울: 문학과지성사, 1980)

김현, 『문학 사회학』 (서울: 민음사, 1983)

김현숙, 『디킨즈 소설의 대중성과 예술성』 (서울: 한신문화사, 1996)

나병철, 『근대성과 근대 문학』 (서울: 문예출판사, 1995)

니체, 프리드리히, 『차라투스트라는 이렇게 말했다』, 김인숙 옮김(파주: 열린책들, 2015)

니체, 프리드리히, 『즐거운 학문』, 안성찬 옮김(서울: 책세상, 2005)

디킨스, 찰스, 『위대한 유산』, 류경희 옮김(서울: 열린책들, 2014)

디킨스, 찰스, 『크리스마스 캐럴』, 박경서 옮김(서울: 새움, 2018)

레몽, 미셸, 『프랑스 현대 소설사』, 김화영 옮김(서울: 현대문학, 2007)

루카치, 죄르지, 『소설의 이론』, 반성완 옮김(서울: 심설당, 1985)

루카치, 죄르지, 『문제는 리얼리즘이다』, 홍승용 옮김(서울: 실천문학사, 1985)

리비스, 프랭크 레이먼드, 『영국 소설의 위대한 전통』, 김영희 옮김(파주: 나남, 2007)

만하임, 카를, 『이데올로기와 유토피아』, 임석진 옮김(파주: 김영사, 2012)

모루아, 앙드레, 『영국사』, 신용석 옮김(서울: 홍성사, 1987)

모어, 토머스, 『유토피아』, 전경자 옮김(파주: 열린책들, 2012)

밀러, 아서, 『세일즈맨의 죽음』, 오화섭 옮김(서울: 범우사, 1989)

박지향, 『영국사: 보수와 개혁의 드라마』 (서울: 까치, 1997)

박찬국, 『니체를 읽는다: 막스 셸러에서 들뢰즈까지』 (서울: 아카넷, 2015)

박혜숙, 『프랑스 문학 입문』 (서울: 연세대학교 출판부, 2008)

발자크, 오노레 드, 『고리오 영감』, 임희근 옮김(파주: 열린책들, 2009)

백낙청 엮음, 『리얼리즘과 모더니즘』 (서울: 창작과비평사, 1990)

백낙청 엮음, 『서구 리얼리즘 소설 연구』 (서울: 창작과비평사, 1990)

백낙청, 『문학이 무엇인지 다시 묻는 일』 (서울: 창비, 2011)

백승영, 『니체』 (파주: 한길사, 2011)

베르그송, 앙리, 『창조적 진화』, 황수영 옮김(서울: 아카넷, 2005)

브로트, 막스, 『나의 카프카』, 편영수 옮김(서울: 솔출판사, 2018)

사르트르, 장폴, 『문학이란 무엇인가』, 정명환 옮김(서울: 민음사, 1998)

서숙, 『위대한 개츠비: 서숙 교수의 영미 소설 특강 2』 (서울: 이화여자대학교출판부, 2008)

서정욱, 『플라톤이 들려주는 이데아 이야기』 (서울: 자음과모음, 2005)

소수만, 「헤밍웨이의 빙산 이론과 침묵의 언어」, 『영어영문학연구』 25.1(1999): 75~93면

스탕달,『적과 흑 (상, 하)』, 임미경 옮김 (파주: 열린책들, 2009)

스윈지우드, 앨런,『문학의 사회학』, 정혜선 옮김 (서울: 한길사, 1990)

아리스토텔레스,『시학』, 천병희 옮김 (서울: 문예출판사, 1993)

아우어바흐, 에리히,『미메시스: 서구 문학에 나타난 현실 묘사: 근대편』, 김우창·유종호 옮김 (서울: 민음사, 1991)

안삼환,『새 독일 문학사』(서울: 세창출판사, 2016)

안진태,『괴테 문학 강의』(파주: 열린책들, 2015)

영미문학연구회 엮음,『영미 문학의 길잡이』(서울: 창작과비평사, 2001)

오웰, 조지,『영국식 살인의 쇠퇴』, 박경서 옮김 (서울: 은행나무, 2014)

윌리엄스, 레이먼드,『문학과 사회』, 나영균 옮김 (서울: 이화여자대학교출판부, 1988)

윌리엄스, 레이먼드,『마르크스주의와 문학』, 박만준 옮김 (서울: 지식을만드는지식, 2009)

유기환,『알베르 카뮈』(서울: 살림, 2004)

윤철호,『엘랑 비탈』(서울: 북스넛, 2010)

이글턴, 테리,『문학 이론 입문』, 김명환 옮김 (서울: 창비, 1986)

이덕형,「나폴레옹과 괴테:『젊은 베르테르의 슬픔』의 수수께끼」,『독일언어문학』64 (2014): 241~260면

이상섭,『문학비평용어사전』(서울: 민음사, 2001)

이서규,「카뮈의 부조리 철학에 대한 고찰」,『철학 논집』35 (2013): 139~178면

이철,『르네상스와 신고전주의 영시의 이해』(서울: 신아사, 2014)

임철규,『왜 유토피아인가』(서울: 민음사, 1994)

임철규,『우리 시대의 리얼리즘』(서울: 한길사, 1983)

장석주,『시인의 마음을 흔드는 세계 명시 100선』(서울: 북오션, 2017)

장정희,『토머스 하디: 삶과 문학 세계』(서울: 건국대학교출판부, 1995)

전승혜,『찰스 디킨스』(서울: 건국대학교출판부, 1996)

정정호 외,『포스트모더니즘의 쟁점』(서울: 도서출판 터, 1991)

정해성,『19세기 영미시 이해와 감상』(서울: 형설, 2002)

제이콥스, 앨런,『유혹하는 책 읽기』, 고기탁 옮김 (파주: 교보문고, 2014)

조이스, 제임스,『젊은 예술가의 초상』, 성은애 옮김 (파주: 열린책들, 2011)

조이스, 제임스,『영웅 스티븐 망명자들』, 김종건 옮김 (서울: 범우사, 2003)

조정래,『프란츠 카프카』(서울: 살림, 2005)

주경철,『유토피아, 농담과 역설의 이상 사회』(파주: 사계절, 2015)

채사장,『지적 대화를 위한 넓고 얕은 지식』(서울: 한빛비즈, 2017)

천승걸, 『미국 문학과 그 전통』(서울: 서울대학교출판부, 1994)

최대해, 「에밀리 브론테의 『폭풍의 언덕』: 구조적 이해와 의미」, 『신영어영문학』 62(2015): 181~202면

최혜영, 『그리스 문명』(서울: 살림, 2004)

칠더즈, 조셉와 헨치, 게리 『현대 문학·문화 비평 용어 사전』 황종연 옮김(서울: 문학동네, 1999)

카뮈, 알베르, 『이방인』, 김예령 옮김(파주: 열린책들, 2011)

카잔차키스, 니코스, 『그리스인 조르바』, 이윤기 옮김(서울: 열린책들, 2000)

카잔차키스, 니코스, 『크노소스 궁전』, 박경서 옮김(파주: 열린책들, 2008)

카잔차키스, 니코스, 『영혼의 자서전』, 안정효 옮김(파주: 열린책들, 2009)

카프카, 프란츠, 『변신』, 홍성광 옮김(파주: 열린책들, 2009)

프랑스학연구회, 『프랑스 문학의 지평』(서울: 월인, 2002)

플라톤, 『플라톤의 국가·정체(政體)』, 박종현 옮김(서울: 서광사, 2020 개정증보판 1쇄)

피츠제럴드, 프랜시스 스콧, 『위대한 개츠비』, 한애경 옮김(서울: 열린책들, 2011)

피츠제럴드, 프랜시스 스콧, 『말괄량이 아가씨와 철학자들』, 박경서 옮김(고양: 아테네, 2000)

하디, 토머스, 『테스 (하)』, 김문숙 옮김(파주: 열린책들, 2011)

하우, 어빙, 『소설의 정치학』, 김재성 옮김(서울: 화다, 1988)

하우저, 아르놀트, 『문학과 예술의 사회사 3』, 염무웅·반성완 옮김(파주: 창비, 2016)

한국괴테학회, 『괴테 사전』(서울: HUEBOOKs, 2016)

허상문, 『영국 소설의 이해』(인천: 우용출판사, 2001)

헤밍웨이, 어니스트, 『노인과 바다』, 이종인 옮김(파주: 열린책들, 2012)

헤밍웨이, 어니스트, 『태양은 다시 떠오른다』, 권진아 옮김(서울: 시공사, 2012)

헤밍웨이, 어니스트, 『오후의 죽음』, 장왕록 옮김(서울: 책미래, 2013)

헤밍웨이, 어니스트, 『우리 시대에』, 박경서 옮김(고양: 아테네, 2010)

현대영미소설학회 편, 『20세기 미국 소설의 이해 I』(서울: 신아사, 2003)

홉스봄, 에릭, 『혁명의 시대』, 정도영·차명수 옮김(파주: 한길사, 1998)

Bronte, Emily, *Wuthering Heights*(Penguin Classics, 2003)

Hemingway, Ernest, *Death in the Afternoon*(Vintage/Ebury, 2000)

Hemingway, Ernest, *The Sun Also Rises*(Scribner, 2006)

인명 찾아보기

지은이 **박경서** 영남대학교에서 조지 오웰의 정치 소설을 전공해 영문학 박사 학위를 받고, 영국 케임브리지 대학교 하기 대학원에서 영문학을 수학했다. 문학의 사회학적 의미에 관심을 두어 정치 소설에 관해 다수의 논문을 발표했으며, 범죄 문학과 자본주의 이데올로기에 관한 연구를 진행하며 틈틈이 신문에 칼럼을 쓰고 있다. 영남대학교 강의 교수를 거쳐 현재 영남대학교와 국립 안동대학교에서 강의를 하고 있다. 지은 책으로 『조지 오웰』이 있고, 옮긴 책으로 『1984년』, 『동물농장』, 『코끼리를 쏘다』 등 다수 있다.

명작을 읽는 기술 문학의 줄기를 잡다

발행일   2021년 7월 15일 초판 1쇄
         2021년 9월 15일 초판 2쇄

지은이   박경서
발행인   홍예빈·홍유진
발행처   주식회사 열린책들

경기도 파주시 문발로 253 파주출판도시
전화 031-955-4000 팩스 031-955-4004
www.openbooks.co.kr